Karyn Sepulveda
Drei Freundinnen fürs Glück

KARYN SEPULVEDA

Drei Freundinnen fürs *Glück*

Roman

Aus dem Englischen
von Angelika Naujokat

DIANA

MIX
Papier aus verantwortungsvollen Quellen
FSC® C014496

Penguin Random House Verlagsgruppe FSC® N001967

Deutsche Erstausgabe 10/2021

Die Originalausgabe erschien 2018 unter dem Titel
Letters To My Yesterday bei Ventura Press, Paddington/Australien

Redaktion: Antje Steinhäuser
Umschlaggestaltung: Favoritbüro GbR, München
Umschlagmotiv: © Shutterstock.com (An Ya; mamita)
Satz: Leingärtner, Nabburg
Druck und Bindung: GGP Media GmbH, Pößneck

Printed in Germany
ISBN 978-3-453-36083-9

www.diana-verlag.de
Dieses Buch ist auch als E-Book lieferbar.

Dieser Roman ist dem Andenken zweier äußerst starker Frauen gewidmet:

ROBERTA CROZIER UND MARY HARRISON

Rose

1928

Wenn diese Wände sprechen könnten, dachte Rose, als sie die Treppenstufen vor der Eingangstür ihres Wohnhauses, die gleichzeitig zu ihrem Gemischtwarenladen hinaufführten, mit reichlich Wasser abspülte. Sobald sie die Kleinen ins Bett gebracht hatte, begann ihr abendliches Ritual: Sie füllte zwei große Eimer an der Seite des Hauses und goss diese über den Stufen aus. Es gab einfach zu viele Landstreicher auf der Suche nach einem Schlafplatz, und so traurig das auch war, sie duldete es nicht, wenn jemand vor dem Laden herumlungerte, mit dem sie ihren Lebensunterhalt für ihre Familie bestritt.

Als sie die leeren Eimer aufnahm, bemerkte sie ein Automobil, das ein Stück die Straße hinunter geparkt war. Wie merkwürdig – ein Automobil in ihrer Straße, so weit von der Innenstadt entfernt! *Wer in aller Welt kam auf die Idee, bis hier herauszufahren?*, fragte sie sich. Rose hätte sich den Wagen gern näher angeschaut, traute sich aber nicht, die Kleinen allein im Haus zurückzulassen. Stattdessen verrenkte sie sich den Hals und stellte sich auf die Zehenspitzen, um einen besseren Blick zu erhaschen. Es war fast schon eine Nobelkarosse, so breit und robust wie der Wagen war. Sie entdeckte eine schemenhafte Gestalt, die auf dem

Vordersitz lag. Augenscheinlich schlief dort jemand. Was noch merkwürdiger war. Wenn sich jemand einen Wagen leisten konnte, wieso bestand dann die Notwendigkeit, darin zu schlafen? Rose zuckte mit den Schultern. Sie hatte gelernt, keine Zeit mehr mit dem Versuch zu verschwenden, die Absonderlichkeiten des Lebens zu verstehen.

Sie schritt langsam an ihrer Hausseite entlang, genoss das Gefühl des weichen Grases und der Erde unter ihren nackten Fußsohlen. Dann stellte sie die Eimer für den nächsten Abend an die gewohnte Stelle neben dem Zapfhahn ab. Bevor sie ins Haus zurückging, legte sie ihre Handfläche auf die kühle Backsteinwand des Hauses und dankte Gott für den Tag. Sie dankte ihm für das Geld, das sie mit ihrem Laden verdient hatte und für das Essen, das sie und ihre Kinder zu sich genommen hatten, während so viele andere ohne etwas zu beißen auskommen mussten. Und dann dankte sie ihm wie jeden Abend für das Haus, ihren eigenen Platz in dieser Welt: *Maher Street Nummer 33*. »Wenn diese Wände sprechen könnten«, flüsterte Rose, als sie das Haus betrat und die chaotische Welt dort draußen für die Nacht aussperrte.

»So ist es gut, Marie, noch ein Löffel. Braves Mädchen, alles aufgegessen!« Rose lächelte, während sie ihrer dreijährigen Tochter den Mund abwischte. Sie blickte zu ihrem Älteren, Lucas, hinüber und nickte zufrieden, als auch er den letzten Löffel seines Haferbreis im Mund verschwinden ließ. Ihre Kinder hatten ihr Essen immer schon zu schätzen gewusst, ganz so, als hätten sie bereits sehr früh begriffen, welch ein Glück sie hatten, drei Mahlzeiten am Tag zu bekommen.

Es war sieben Uhr in der Früh, und Rose hatte bereits die Milchlieferung für den Laden angenommen. Jetzt, da die Kinder angezogen und satt waren, führte sie sie zu der Tür, die den Laden mit ihrem Haus verband. »Benehmt euch«, mahnte sie, als die beiden hindurchrannten. Es war jeden Morgen das Gleiche – die Kinder stürmten zur Ladentheke, um die Kundinnen zu begrüßen, die früh dran waren. Meistens waren die beiden aber brav, daher konnte sich Rose nicht beschweren. Lucas half ihr, wo er nur konnte – obwohl er erst fünf war, versuchte er bereits, die Regale aufzuräumen und den Holzboden zu fegen. Und da Marie ihrem Bruder alles nachmachte, tapste sie ihm den ganzen Tag hinterher. Rose öffnete die verschlossene gläserne Eingangstür, schwang sie nach außen auf und klemmte einen glatten Kieselstein darunter, der als Türstopper fungierte. Ein paar ihrer Stammkundinnen, Mrs. Leon und Mrs. Knightly, warteten bereits vorn am Zaun und tuschelten vermutlich wieder einmal über irgendwelche Gerüchte. Rose winkte ihnen zu und bemühte sich, nicht die Augen zu verdrehen, als beide schuldbewusst zurückwinkten und auf sie zugeschlendert kamen. Als ob Rose nicht wüsste, dass sie über sie redeten. Sie redeten schließlich über jeden. Wenn da eine alleinerziehende Mutter, die ein neues Haus gebaut und einen eigenen Laden eröffnet hatte, keinen Gesprächsstoff für sie bot, wären sie wohl zu Unrecht als neugierige Tratschtanten bekannt.

»Guten Morgen, Mrs. Leon, Mrs. Knightly«, begrüßte sie sie und nickte ihnen zu, als sie an ihr vorbei in den Laden gingen.

»Rose, Sie sehen heute Morgen aber gut aus«, verkündete Mrs. Leon. Mrs. Knightly lächelte zustimmend.

Rose strich über die Vorderseite ihres hellgrünen Kleides, das sie selbst genäht hatte. Es hatte ein Muster aus zartweißen Blümchen und war ihr Lieblingskleid. »Sehr freundlich von Ihnen.«

Die Damen warteten an der Ecke des großen Holztresens, der im vorderen Bereich des Ladens stand. Rose trug die üblichen Waren zusammen: frisch gebackenes Brot, Milch und jeweils ein Viertelpfund Pfeilwurz-Kekse.

»Und ein Glas Marmelade, wenn Sie welche dahaben, Rose. Mir ist jede Geschmacksrichtung recht.« Mrs. Knightly behauptete immer, dass ihr alles recht sei, dabei war ihr in Wahrheit eigentlich nie etwas recht. Rose griff nach einem Glas Pflaumenmarmelade, die sie erst vor wenigen Tagen eingekocht hatte, und stellte es auf den Tresen.

»Keine Erdbeere, Rose?«, erkundigte sich Mrs. Knightly.

»Leider nein.« Rose notierte die Artikel in einer dicken Kladde.

»Hallo«, rief Lucas vom anderen Ende der Theke, wo er hinaufgeklettert war und Anstalten machte, Marie hinaufzuhelfen, damit sie ihm Gesellschaft leistete. Rose warf ihm einen strafenden Blick zu, und er sprang sogleich wieder hinunter, wobei er seine Schwester mitzerrte.

»Du meine Güte, du bist aber heute Morgen ein kleiner Wildfang, Lucas«, sagte Mrs. Leon und tauschte einen wissenden Blick mit Mrs. Knightly.

Weil er keinen Vater hat. Rose konnte ihre Gedanken förmlich hören.

»Das macht einmal drei und einmal sechs. Vielen Dank auch, meine Damen.« Die Frauen schnalzten mit den Zungen und durchstöberten ihre Portemonnaies, als wäre der Preis nicht jeden Morgen der gleiche. Rose lächelte nur und wartete. Nach zweieinhalb Jahren, die sie nun schon allein war, scherte sie sich nicht mehr länger darum, was die Leute über sie dachten, solange sie ihre Rechnungen zahlten.

Am späten Vormittag wurde es ruhig im Laden. Rose drapierte gerade für die Auslage eine frische Ladung Kekse auf einem Tablett, als sie eine vertraute Stimme vernahm.

»Hallo, Mrs. Rose«, rief Apanie, und Rose winkte ihr vom Schaufenster aus zu. Sie beobachtete, wie Apanie und ihr kleiner Sohn, Konol, vorn um den Zaun herumgingen. Sie schaute gern zu, wie sie sich bewegten, so sachte, mühelos, fast als würden sie schweben. Sie war sich sicher, dass sie, wenn sie nachschaute, keine Fußspuren von ihnen finden würde. Rose trat nach draußen, um ihnen entgegenzugehen. Konol beteiligte sich bereits an Lucas' und Maries Spiel, die im Vorgarten Kiesel schnippten.

»Guten Morgen, Apanie«, sagte Rose.

»Geht es gut, Mrs. Rose?«

»Ja, danke. Und wie geht es dir?«

»Gut, gut. Ich habe Zweige.« Apanie reichte Rose drei perfekt geformte Eukalyptuszweige. Sie hatten wie immer genau die richtige Länge und Breite, um die kleine Kiste mit Früchten und Gemüse im Laden zu bedecken. Apanie hatte Rose nach der Eröffnung ihres Ladens mit den Zweigen bekannt gemacht. Rose war ihr eines Tages begegnet, als sie die Straße vor ihrem Haus hinunterschritt und Apanie mit ihren Stammesleuten, den Bidjigal, auf der Suche nach Käufern für die Zweige am George River entlangging. Apanie hatte ihr erklärt, dass die Zweige den frischen Waren Schatten spendeten und der Duft des Eukalyptus das Gemüse länger frisch hielt. Seitdem brachte sie Rose alle zwei Wochen neue Zweige vorbei.

»Vielen Dank.« Rose reichte der jungen Frau drei Schillinge.

Apanie schenkte ihr ein herzliches Lächeln und wünschte ihr für die kommenden Wochen alles Gute. Dann holte sie ihren Sohn, rief allen einen Abschiedsgruß zu und machte sich wieder auf den Weg, um in aller Ruhe die Straße hinunterzugehen. Rose verbrachte nie viel Zeit mit Apanie, aber inzwischen freute sie sich auf ihr kleines geschäftliches Zusammentreffen und genoss die Ruhe, die die junge Frau ausstrahlte.

Rose hockte sich zu ihren Kindern auf die Erde. »Da habt ihr ja einen ganz anständigen Steinhaufen gesammelt.«

»Guck dir mal den hier an, Mummy.« Marie hielt einen glatten grauen Stein in die Höhe, der sich wenig von all den anderen unterschied, aber Rose betrachtete ihn dennoch für einen Moment voller Bewunderung.

»Können eure Steine wohl für eine Weile ohne euch zurechtkommen?«, erkundigte sie sich.

Lucas schüttelte den Kopf. »Steine liegen doch nur rum, Mum. Auf die muss man nicht aufpassen!«

Wenn er einmal nicht lächelte, was selten der Fall war, wirkte Lucas ernst und besorgt. Darin ähnelte er seinem Vater. Marie dagegen kicherte nur bei der Vorstellung, dass man sich um Steine kümmern müsste.

»Da hast du natürlich recht.« Rose richtete sich auf und wischte sich die Hände ab.

»Wer hat Lust, mir jetzt mit den Eisgläsern zu helfen?« Lucas sprang sofort auf, gefolgt von Marie, und beide schrien begeistert, als sie in den Laden vorausliefen. Rose tadelte sie ein wenig, weil sie sich in so kurzer Zeit so dreckig gemacht hatten und wischte ihnen Hände und Gesichter mit einem feuchten Waschlappen ab. Dabei war sie in Wahrheit froh darüber, wenn sie sich dreckig machten, denn ihrer Überzeugung nach war ein dreckiges Kind ein vergnügtes Kind.

Lucas holte die zwölf Eisgläser, die sie am Vortag ausgewaschen und getrocknet hatte, hinten aus dem Lagerraum und stellte sie vorsichtig auf der Theke ab, kletterte dann hinauf und setzte sich daneben. Rose hob Marie hinauf und setzte sie ebenfalls auf die Theke. Sie ließ die Kinder abwechselnd den frisch gepressten Saft einer Orange und zwei Teelöffel Zucker in einem Krug mit Wasser mischen. Sie rührten voller Begeisterung, die pummeligen Händchen um den Metallstab geklammert, den Rose zum Rühren benutzte. Dann sahen sie zu, wie Rose jedes Glas mit der Mischung füllte. Lucas und Marie hüpften hinter Rose her, als diese einige Male hin und her lief, um die Gläser in die Küche zu tragen und ins Eisfach des Kühlschranks zu stellen. Sie machte diese Eisgläser im Sommer täglich. Sie kosteten kaum etwas, daher verlangte sie für jedes lediglich einen halben Penny. In den wärmeren Monaten kauften viele Kinder nach der Schule eins als wöchentliche Leckerei, leckten vergnügt an dem kühlen Orangeneis. Hin und wieder blieb zur Freude von Lucas und Marie auch mal ein Glas übrig, und dann schlürften und saugten sie, die klebrigen Kinne mit dem süßen Fruchtsirup bedeckt.

Sobald die Eisgläser vor sich hin froren, ermunterte Rose die Kinder wieder, draußen zu spielen. Während sie zusah, wie sie im Vorgarten einen weiteren Haufen ansammelten – dieses Mal Stöcke –, bemerkte sie ein Automobil, das langsam die Straße heraufgefahren kam und dabei auf beiden Seiten mächtige Staubwolken erzeugte. Sie war sich sicher, dass es sich um den Wagen vom gestrigen Abend handelte, denn die Chance, dass innerhalb von vierundzwanzig Stunden zwei dieser Fahrzeuge ihre kleine Straße befuhren, war einfach lächerlich gering. Und tatsächlich hielt das Auto fast an derselben Stelle. Aber dieses Mal schwang die Fahrertür auf und ein gut gekleideter Mann stieg aus, richtete sich auf und strich über seine feine, aber zerknitterte Kleidung. Rose schüttelte den Kopf. Er machte den Eindruck, als hätte er am gestrigen Abend dem Alkohol zu stark zugesprochen. Sie ging hinaus zu der Stelle, wo Lucas und Marie spielten, und sah zu, wie der Mann blinzelnd in den hellen Himmel schaute, ehe er sich umblickte. Er bemerkte, dass Rose ihn beobachtete, winkte freundlich und kam auf sie zu. *Wer um alles in der Welt mochte das wohl sein?*, fragte sich Rose und stellte zugleich fest, dass der Fremde ein ziemlich nettes Lächeln besaß. Er schlenderte geradewegs auf die Stelle zu, wo Rose mit ihren Kindern stand, nickte und lächelte, als er auf das Schild im Schaufenster zeigte.

»Guten Morgen, Ma'am, Kinder«, sagte der Mann und tat so, als tippe er sich an einen nicht vorhandenen Hut.

»Guten Morgen«, erwiderte Rose, ohne jedoch sein Lächeln zu erwidern.

»Hallo!«, sagte Lucas.

»Hallo!«, wiederholte Marie.

»Ist das Ihr Auto?«, fragte Lucas.

»Jawohl, Sir, ist es«, erwiderte der Mann.

Lucas warf sich in die Brust, und Rose hätte beinahe ein Kichern von sich gegeben. Lucas hielt sich gern für einen erwachsenen Gentleman, und »Sir« genannt zu werden war das größte Kompliment, das man ihm machen konnte.

»Und wem gehört der Laden dort?«, erkundigte sich der Mann und zeigte über die Schultern der Kinder hinweg.

»Uns!«, erwiderte Marie.

»Uns beiden und Mum«, fügte Lucas erklärend hinzu.

»Und serviert Mum auch Tee?« Der Mann drehte sich zu Rose um, und dieses Mal kam sie nicht umhin, sein sympathisches Lächeln zu erwidern.

»Hin und wieder schon. Eigentlich haben wir einen Gemischtwarenladen, aber ich könnte Ihnen eine Tasse aufbrühen. Bleibt hier und spielt weiter, Kinder«, wies sie Lucas und Marie an, ehe sie den Kunden in den Laden führte.

Als der Mann mit einer heißen Tasse Tee und zwei dicken gebutterten Brotscheiben vor sich an der Theke saß, hielt er Rose endlich seine Hand hin.

»Entschuldigen Sie, dass ich mich noch nicht vorgestellt habe. Mein Name ist Charles. Danke für Ihre Freundlichkeit.«

Rose schüttelte ihm die Hand. »Nichts zu danken. Ich gehe davon aus, Sie sind ein zahlender Kunde.« Rose betrachtete ihn mit festem Blick.

»Aber ja, natürlich bin ich das.« Charles zog eine kleine Geldbörse aus seinem Jackett und legte eine Pfundnote auf den Tresen. Rose nahm sie und reichte ihm das Wechselgeld.

»Darf ich fragen, welche geschäftlichen Angelegenheiten Sie so weit hinausführen?«, erkundigte sich Rose, die ihre Neugierde nicht länger zu bezähmen vermochte.

»Keine Geschäfte, bloß Vergnügen.« Charles grinste und nahm einen Bissen von seinem Brot, wobei zahlreiche Krümel herabfielen.

»Im Auto zu schlafen kann doch kein Vergnügen sein. Das waren doch Sie da draußen letzte Nacht, nicht wahr?«

Charles hob die Hände wie ein schuldbewusster Straßenräuber.

»Ja, das war ich.« Ein weiterer Biss.

»Schlafen Sie immer in Ihrem Auto?«

»Eigentlich nicht. Gestern Nacht war glücklicherweise eine Premiere. Ich war Ehrengast bei einer Abschiedsfeier und wollte in meinem, äh, angeheiterten Zustand nicht nach Hause fahren, daher ...« Er zuckte mit den Schultern.

»Und jetzt sind Sie wieder hier.«

Er räusperte sich plötzlich, hustete dann laut und zog ein Taschentuch hervor, um damit seinen Mund zu bedecken. Rose füllte ein Glas mit Wasser und reichte es ihm.

»Vielen Dank. Entschuldigen Sie, Schlafmangel bekommt mir nicht. Ja, ich bin wieder hier. Der Grund ist folgender: Mein Freund wohnt ein paar Straßen weiter, wie viele weiß ich nicht mit Sicherheit, aber genügend, um einen Betrunkenen zu warnen, dass er keinesfalls mehr fahrtüchtig ist.« Charles stieß ein trockenes, heiseres Lachen aus. »Ich bin heute Morgen dorthin zurückgefahren, um sie wissen zu lassen, dass ich noch am Leben bin. Allerdings kamen mir die meisten dort halb tot vor, um ehrlich zu sein. Und weit und breit nicht eine Tasse Tee oder eine Schnitte Brot in Sicht. Da habe ich mich daran erinnert, dass ich gestern Nacht das Schild Ihres Ladens gesehen habe und dachte, ich schaue auf dem Nachhauseweg einmal vorbei, um etwas Nahrung zu mir zu nehmen. Das wird die Fahrt sehr viel erträglicher machen.« Charles ließ den Tee in der Tasse herumwirbeln und nahm einen weiteren Schluck. »Großartiger Tee«, sagte er und hob die Tasse wie zum Gruß.

»Danke.« Rose griff nach einem Lappen, um den Tresen abzuwischen.

»Wie lange führen Sie diesen Laden schon, Ma'am?«

»Mein Name ist Rose, und es sind jetzt beinahe zwei Jahre.« Der Schmerz jener Zeit überkam sie manchmal mit einer solchen Heftigkeit, als wäre es erst gestern geschehen.

»Ich werde das Gefühl nicht los, dass eine interessante Geschichte dahintersteckt, warum Sie die Besitzerin dieses Ladens sind. Ich darf doch annehmen, dass er Ihnen in der Tat gehört?«

Rose nickte. »Ja, das tut er, ebenso wie das Haus.« Sie wusste, dass ihre Augen vor Stolz glänzten, weil sie in der Lage war, dies zu sagen.

»Und wie lautet die Geschichte?« Charles trank seinen Tee in aller Ruhe und nahm zwischen den Schlucken kleine Bissen von dem Brot, als bereite es ihm großes Behagen. Rose hatte keine Ahnung, warum sie diesem wildfremden Mann ihre Geschichte erzählte, aber sie tat es. Ohne zu zögern.

»Mein Ehemann ist vor beinahe drei Jahren ganz plötzlich gestorben«, begann sie, überrascht, dass da kein Zittern in ihrer Stimme war. Vielleicht war inzwischen genug Zeit vergangen, sodass sie diese Worte mühelos auszusprechen vermochte.

»Tut mir leid«, murmelte Charles.

Rose nickte zum Zeichen des Dankes. »Er war nicht krank, ist einfach eines Abends auf dem Nachhauseweg von der Arbeit zusammengebrochen. Dem Anschein nach Herzversagen. Also stand ich plötzlich mit einem Zweijährigen und einem Säugling alleine da. Wir hatten ein Häuschen ein Stück die Straße hinunter gemietet und etwas gespart, da ich von Johns Lohn immer ein wenig beiseitegelegt hatte. John war mein Ehemann.« Rose genoss es für einen Moment, seinen Namen laut auszusprechen. Das hatte sie schon lange nicht mehr getan. Charles schaute sie aufmerksam an, während er weiteraß.

»Über die Jahre waren dabei beinahe fünfhundert Pfund zusammengekommen. Nicht genug, um ein Haus zu kaufen, aber es war ein Anfang. Doch ich hatte keine Ahnung, wie ich arbeiten und mich gleichzeitig um die Kinder kümmern sollte. Dann spazierte ich eines Tages die Straße hinauf und hinunter, um die kleine Marie in den Schlaf zu wiegen, und bemerkte dabei das freie Grundstück genau an dieser Stelle. Und ich dachte, stell dir vor, hier wäre ein Laden. In der Nähe von all diesen Häusern und der Schule weiter unten an der Straße. Was für ein fabelhaftes Fleckchen. Und vielleicht wäre es sogar möglich, ein kleines Haus anzubauen, in dem man wohnen könnte. Ich dachte darüber nach, wie wunderbar das wäre. Und während ich so auf dem Gras dastand, sah ich es vor mir. Ich sah das Backsteinhaus mit seinem großen Vorgarten und den Schatten spendenden Bäumen darin. Ich sah das große Schaufenster des Ladens mit einem kunstvoll geschriebenen Schild, auf dem ›Gemischtwarenladen‹ zu lesen stand. Ich sah Auslagen mit selbst gebackenem Brot und Keksen. Und dann sah ich mich mit meinen Kindern in den Armen und einem Gefühl von Sicherheit in unserem eigenen Haus, unserem eigenen Heim sitzen.«

Rose wurde sich plötzlich bewusst, dass sie all dies zum ersten Mal laut ausgesprochen hatte und das noch dazu einem Fremden gegenüber. Charles betrachtete sie mit einem solch faszinierten Blick, dass sie das Bedürfnis verspürte, sich zu erklären.

»Ich meine damit nicht, dass ich verrückt gewesen bin, denn ich habe es nicht wirklich vor mir gesehen. Ich habe es mir wohl nur so sehnlich gewünscht. Ich ... «

Charles räusperte sich erneut. »Ich glaube, ich weiß ganz genau, was Sie meinen. Bitte erzählen Sie weiter, Rose.«

»Also habe ich mir dieses Leben für meine Kinder vorgestellt, und es kam mir so vor, als wäre ein großes Feuer unter mir entzündet worden. Ich fand rasch heraus, dass es als Frau beinahe unmöglich war, ein Darlehen von der Bank zu bekommen, und ich hatte keine reiche Familie oder reiche Freunde. Aber ich hatte Will, den Metzger, den besten Freund meines Mannes. Er hat mich sehr unterstützt und führte selbst einen Laden. Er war einverstanden, das Darlehen in seinem Namen für mich aufzunehmen und innerhalb weniger Wochen hatte ich das Geld. Und hier bin ich. Dank Gott und Will, dem Metzger.«

»Und dank Rose«, fügte Charles hinzu.

»Ja, und dank Rose«, stimmte sie zu.

Charles hatte seinen Tee schon längst ausgetrunken und die Brote aufgegessen, und Rose schämte sich mit einem Mal, dass sie so lange über sich selbst gesprochen hatte. Was war nur über sie gekommen? Aber Charles war ein guter Zuhörer, und sie hatte es genossen, ihre Geschichte einmal in Gänze erzählen zu können.

»Nun, das war die beste Geschichte, die ich seit Langem gehört habe. Vielen Dank dafür«, sagte Charles und wischte sich den Mund mit der Serviette ab.

»Ich danke Ihnen fürs Zuhören, Charles. Aber Sie müssen mir wenigstens eine Sache über sich selbst erzählen, bevor Sie gehen.«

Charles stand auf und kratzte sich am Kinn. »Ich bin Pilot«, sagte er, ohne eine Miene zu verziehen.

Rose lachte. Ein Pilot, der in seinem Automobil schläft. Er nahm sie offensichtlich auf den Arm.

»Sie sind also wahrhaftig Pilot, Mr. …«

»Smith. Mr. Kingsford Smith«, ergänzte Charles.

Der Name kam Rose irgendwie bekannt vor.

»Also fliegen Sie wohl demnächst wieder irgendwohin?«, erkundigte sich Rose.

»Pardon?«

»Sagten Sie nicht, Sie seien der Ehrengast bei einer Abschiedsfeier gewesen?«

»Ja, das war ich. Und ich fliege in der Tat schon bald. Nach Neuseeland, um genau zu sein. Gleich morgen früh. Mit einem Freund, in meinem neuen Flugzeug.« Rose beäugte ihn misstrauisch. Sie war sich immer noch nicht sicher, ob dies nicht doch ein Scherz war. In diesem Moment kam Lucas hereingerannt. Er hielt seine Schwester an der Hand, damit sie sicher die wenigen Steinstufen hinaufkam, ließ sie aber sofort los, sobald sie drinnen waren, und stürmte auf Charles zu.

»Haben Sie gesagt, dass Sie Pilot sind?«, fragte er ihn und vermochte dabei kaum stillzustehen.

»Lucas«, sagte Rose mit mahnender Stimme. »Es gehört sich nicht, meine Unterhaltungen zu belauschen.«

»Aber ich wusste das doch alles schon, was du erzählt hast. Es ist doch kein Lauschen, wenn man es schon weiß«, wandte Lucas ein. Dann drehte er sich wieder Charles zu und sah ihn an, legte den Kopf ganz weit in den Nacken, um dessen Gesicht zu sehen.

»Ja, das habe ich gesagt, junger Mann«, erwiderte Charles.

»Ich bin Lucas, und das ist Marie«, sagte Lucas. »Sie liebt Flugzeuge. Kann nicht genug davon bekommen. Wir zeichnen sie andauernd. Gerade eben erst haben wir eins draußen gezeichnet. Möchten Sie es mal sehen?« Lucas wartete gar nicht erst auf eine Antwort. Er packte Charles bei der Hand und führte ihn nach draußen auf den Vorplatz. Gemeinsam betrachteten sie alle die eindrucksvolle Zeichnung eines Flugzeugs, die in die Erde geritzt worden war. Aus dem Cockpit winkten zwei winzige Strichmännchen.

»Bist du das mit deiner Schwester?« Charles kniete sich hin, sodass er mit Lucas auf Augenhöhe war.

»Ja.«

»Eure Mum darf nicht mitfliegen?«, erkundigte sich Charles.

»Mummy mag keine Flugzeuge«, antwortete Lucas.

Rose spürte, wie sie bei dem Gedanken an all ihre abfälligen Bemerkungen über Flugzeuge, die sie Lucas gegenüber gemacht hatte, errötete. Der Gedanke an Höhe jagte ihr generell Angst ein, aber wenn sie in der Zeitung etwas über Flugzeuge las, verspürte sie bei der Vorstellung von einem Menschen oben am Himmel, der nun einmal kein Vogel und dort daher gänzlich fehl am Platz war, ein besonders heftiges Gefühl von Übelkeit.

»Hmm. Würdet ihr zwei, Marie und du, denn eines Tages einmal gern in einem Flugzeug fliegen?«

Marie quietschte und hüpfte wie eine Wilde, um ihrer Freude Ausdruck zu verleihen, während Lucas ein wenig mehr Zurückhaltung zeigte, lediglich ein paar kleine Hüpfer machte und dabei immer wieder »Ja!« rief.

Charles kicherte. »Es wird noch ein Weilchen dauern, aber wenn ihr Geduld habt, verspreche ich euch, dass ich eines Tages zurückkommen und euch zu einem Flug abholen werde. Das heißt, wenn eure Mum es erlaubt.«

Als Charles sie anlächelte, dämmerte es Rose mit einem Mal, wer er war. Charles Kingsford Smith. *Du meine Güte*, dachte sie und konnte gar nicht glauben, dass sie so lange gebraucht hatte, um es sich zusammenzureimen. Er war in letzter Zeit durch seine Flugvorhaben recht berühmt geworden. In der Tat hatte sie gerade erst letzten Monat in der Zeitung gelesen, dass er in diesem Jahr versuchen würde, als erster Pilot erfolgreich die Strecke nach Neuseeland zu bewältigen. Sie erinnerte sich daran, wie sie gedacht hatte, dass er vermutlich über dem Meer abstürzen würde, wie die beiden anderen Piloten vor ihm, die bereits bei dem Versuch gescheitert waren. Nun, da sie ihn kennengelernt hatte, hoffte sie auf jeden Fall, dass sie damit falschlag.

»Nun, wenn es nur ein kurzer Flug ist … über Land … dann, denke ich, wäre das wohl möglich«, sagte Rose, womit sie eine weitere Runde Quietschen und Hüpfen auslöste.

Schließlich richtete sich Charles wieder auf. Er griff nach unten und tätschelte den beiden Kindern die Köpfe, nahm dann Roses Hand zwischen seine beiden Hände und schüttelte sie sanft.

»Es war mir ein Vergnügen, Sie kennenzulernen und Ihre außergewöhnliche Geschichte über Ihr außergewöhnliches Heim zu hören«, sagte er.

Außergewöhnlich. Rose erlaubte dem Wort für einen Moment, ihre Gedanken zu erfüllen. Ein Mann, der in Kriegen gekämpft und Luftfahrtgeschichte geschrieben hatte, hielt ihr Heim für *außergewöhnlich.*

»Vielen Dank, Charles, es war mir ebenfalls ein Vergnügen, Sie kennenzulernen.«

»Smithy. Bitte nennen Sie mich Smithy. Wir werden uns alle wiedersehen.«

»Viel Glück für Ihren Flug, Smithy«, sagte Rose, die sich ganz und gar nicht sicher war, ob sie ihn jemals wiedersehen würde.

An jenem Abend, zur Schlafenszeit, drückte Rose ihre Kinder fest an sich, als sie sich rechts und links in ihren Armen an sie kuschelten. Sie verspürte eine angenehme Erschöpfung nach einem langen Arbeitstag. Aber sie war glücklich. Vermutlich war sie dies nun schon eine ganze Weile. Natürlich vermisste sie ihren Mann. Sie hatte ihn geliebt. Und das Leben wäre sicherlich leichter, wenn er noch da wäre. Doch nachdem sie Smithy heute ihre Geschichte erzählt hatte, war ihr klar geworden, welch eine Stärke sie besaß, wie viel es gab, auf das sie stolz sein konnte. Sie drückte ihren Kindern nacheinander einen Kuss auf den Scheitel und atmete dabei den leichten Seifenduft ihrer Haare ein.

»Wenn diese Wände sprechen könnten«, flüsterte Rose und drückte die beiden noch enger an sich.

»Was würden sie sagen, Mum?«, fragte Lucas mit großen Augen, neugierig darauf, endlich das Geheimnis des Geflüsters zu erfahren, von dem seine Mutter immer sprach.

»Sie würden sagen, dass dies ein außergewöhnliches Haus ist. Es ist gewöhnlich und dennoch in so vielerlei Hinsicht erstaunlich. Also ist es außer-gewöhnlich.«

»Aber warum? Was ist hier passiert?« Lucas war enttäuscht darüber, dass die Geister, von denen er geglaubt hatte, dass sie in den Wänden dieses Hauses flüsterten, nichts Interessanteres zu sagen hatten.

»Es geht nicht so sehr um das, *was* hier passiert ist. Es ist mehr als das. Es geht darum, was hier gewesen ist, worüber gesprochen wurde, welche Hoffnungen gehegt wurden, welche sich erfüllt haben. Aber es ist sogar noch mehr als das, meine Süßen, es geht darum, was hier noch passieren wird.«

»Und was ist das?«, versuchte es Lucas ein weiteres Mal und kreuzte dabei die Finger, in der Hoffnung auf etwas Gruseliges.

»Alles. Hier könnte alles passieren. Und das ist das Außergewöhnliche an unserem Haus. Hier in der Maher Street Nummer 33 ist alles möglich.«

Kapitel 1

Marie

Gegenwart

Marie zog energisch die Vorhänge zur Seite, bis sie ganz geöffnet waren und das weiche Licht des frühen Morgens in ihr Café schien. Das hier war ihre Lieblingszeit – bevor die anderen eintrafen und ihre Gedanken von nichts anderem erfüllt waren als von den Möglichkeiten, die der Tag bereithielt. Ihre Mitarbeiter begannen um sechs Uhr, daher sorgte sie dafür, immer schon eine halbe Stunde früher im Café zu sein, um die Geräte einzuschalten, sich einen Cappuccino zuzubereiten und damit an ihrem Lieblingstisch Platz zu nehmen, der sich in der vorderen Ecke des Cafés, direkt am Fenster, befand. Dort trank Marie genüsslich ihren Kaffee und ging dabei in Gedanken die Fragen durch, die sie sich jeden Tag stellte: *Tag? Donnerstag. Datum? 29. Oktober. Premierminister? Malcolm Turnbull. Name? Marie Crozier.* Geschafft. Sie nickte zufrieden. Sie war immer noch klar im Kopf. Marie trank die Tasse aus, erhob sich mit frischer koffeinerfüllter Energie und startete in ihren Tag.

»Morgen, Marie«, sagte Dax grinsend, als er das Café betrat. Sie war sich sicher, dass sie ihren Küchenchef noch nie ohne ein Lächeln gesehen hatte. Seit über zwanzig Jahren war er meist der erste

Mensch, dem sie am Morgen begegnete, und sie war dankbar für dieses Grinsen.

»Guten Morgen, Dax. Ich habe bereits die Käsekuchen in den Ofen geschoben, also liege ich schon mal einen Punkt in Führung.« Dax warf mit einer übertrieben dramatischen Geste einen Blick auf seine Armbanduhr und schüttelte den Kopf. Nachdem ihn Marie damals eingestellt hatte, war zwischen den beiden ein heftiger Wettbewerb entflammt, wer über den Tag hinweg die meisten Gerichte zubereitete. Der Gewinner durfte am nächsten Morgen später anfangen und nach Lust und Laune damit prahlen. In den letzten Jahren hatte allerdings Dax den Großteil des Kochens übernommen. Marie konnte inzwischen nur noch mit den Käsekuchen punkten, die sie weiterhin jeden zweiten Tag backte. Und gelegentlich mit der Zubereitung eines Sandwichs oder eines Salats.

»Ist Schummeln, wenn du vor mir anfängst!«, mokierte sich Dax, als er sich eine knallrote Schürze über den Kopf zog. Marie hatte keine Uniform für ihre Mitarbeiter vorgesehen, bat lediglich darum, dass sie wenigstens ein Kleidungsstück mit leuchtender Farbe trugen. Dax bevorzugte Jeans und ein schlichtes T-Shirt, besaß aber verschiedene farbige Schürzen, unter denen er jeden Morgen eine auswählte.

»Unsinn, das ist doch kein Schummeln. Und jetzt schreib meinen Punkt auf, sonst kürze ich dir den Lohn.« Dax stieß einen Seufzer aus und stellte sich auf die Zehenspitzen, um einen Kreidestrich auf Maries Seite der schmalen Tafel zu machen, die am Kühlschrank hing. Das Windspiel an der Eingangstür signalisierte, dass die erste Kundschaft des Tages eingetroffen war und Marie hatte so eine Ahnung, um wen es sich handelte. Sie ließ Dax in der Küche zurück und durchquerte das Café, wo sie eine ihrer Stammkundinnen erblickte. Dee wartete vorn an der Theke und studierte mit gerunzelter Stirn die Karte mit den Gerichten zum Mitnehmen. Sie schaute fast jeden Morgen auf ihrem Weg zur Arbeit an einer staatlichen Schule in der Nähe in Maries Café vorbei, studierte aber dennoch jeden Tag die Speisekarte, als enthielte sie unverhoffte neue Möglichkeiten.

»Guten Morgen, meine Liebe. Wie geht es Ihnen?«, fragte Marie und beugte sich vor, um Dee auf die Wange zu küssen.

Dee legte ihre Hände auf Maries Arme, drückte sie sanft und antwortete: »Mir geht's gut, danke. Bin nur etwas müde. Ich glaube, ich brauche heute einen Double-Shot-Latte. Wie geht's Ihnen?«

»Kommt sofort und mir geht's gut, meine Liebe. Nehmen Sie heute doch einfach einmal Platz. Wenn Sie müde sind, sollten Sie sich hinsetzen und sich ein gutes Frühstück gönnen.«

Dee nickte. »Das werde ich machen. Danke, Marie. Ich nehme ein Omelett mit Spinat und Käse.« Dee nahm auf einem der Barhocker an der Theke Platz.

Maries Café war nicht groß. Die meisten Gäste bezeichneten es als gemütlich, was sie freute, denn mit seinen zwölf Holztischen und der großen Theke war es für sie wie ein verlängertes Zuhause. Die meisten Leute, die allein aßen, setzten sich auf einen der acht hell gepolsterten Holzhocker an der Theke. Marie wollte gerade die Bestellung zu Dax hinübertragen, als Katie mit der Jacke über dem Arm zur Tür hereingestürmt kam. Ihre Haare waren zerzaust, als wäre sie gerade erst aufgestanden.

»Tut mir schrecklich leid, Marie, ich habe den Wecker nicht gehört, was keine Entschuldigung ist, ich sollte zwei stellen. Keine Sorge, ich werde sofort loslegen.« Marie hielt die Hand in die Höhe, um sie zum Schweigen zu bringen. Sie mochte Katie, die in

Vollzeit als Kellnerin für sie arbeitete, aber sie hatte nichts für deren dramatische Auftritte übrig.

»Es sind gerade einmal fünf Minuten, Katie, und wir haben genau einen Gast. Gehen Sie nach hinten und beruhigen Sie sich erst einmal, bevor Sie anfangen.«

Katie nickte. »Danke, Marie, tut mir wirklich leid«, sagte sie, als sie Richtung Küche davoneilte und Dax auf dem Weg zu dem kleinen Lagerraum zuwinkte, wo die Mitarbeiter ihre Sachen aufbewahrten. Dees und Marys Blicke trafen sich, und Dees Augenbrauen wanderten ein wenig in die Höhe, während sie ein Lachen unterdrückte. Das Problem mit Katie war, dass sie das Chaos anzog, dachte Marie, als sie Dees Bestellung von der Küche herübertrug. Ihr Leben war voll davon: Exfreunde, unbezahlte Rechnungen, Strafzettel, verlorene Schlüssel, verlorene Portemonnaies. Sie war ein nettes Mädchen, aber flatterhaft und viel zu leichtsinnig. Nicht dass Marie sie deshalb verurteilen würde – sie selbst war mit zwanzig ähnlich gewesen, und es hatte zur damaligen Zeit durchaus Spaß gemacht.

Dax war umgeben von Zutaten für die zahlreichen Frühstücksbestellungen, die schon bald eingehen würden.

»Die erste ist da«, sagte Marie und befestigte die Bestellung an dem Klammeraufhänger, der längs vom Vorbereitungstisch verlief.

»Mein erster Punkt«, sagte Dax mit einem Zwinkern und rief Dee ein »Hallo« zu. Dee winkte zu ihm herüber. Katie kam aus der Tür des Lagerraums gestürzt, und Marie musste an sich halten, um nicht mit ihr zu schimpfen. Konnte sie nicht einfach normal gehen, anstatt ständig durch die Gegend zu hetzen? Wenigstens schien sie sich gekämmt zu haben und machte in der türkisfarbenen Bluse, die sie zu ihrer Jeans trug (deren Risse an den Knien Marie großzügig übersah, da die Läden sie nun einmal so verkauften), einen fröhlichen Eindruck. Das Windspiel an der Tür ertönte erneut, und Stimmen erfüllten das Café.

»Bereit für den Arbeitstag, Katie?«, erkundigte sich Marie lächelnd.

»Bin ich. Danke für Ihr Verständnis wegen des Weckers, ich verspreche Ihnen, dass ich morgen …«

Marie tätschelte Katie den Rücken. »Schon gut, meine Liebe. Los geht's, an die Arbeit!«

Katie eilte nach vorn zur Theke, um eine kleine Gruppe gut gekleideter Männer zu begrüßen, die gerade hereingekommen waren.

Marie stützte sich für einen Moment auf den Tisch neben Dax. »Das sollte sich mal ein Arzt ansehen«, sagte sie mit einem vielsagenden Blick zu Katie hinüber. Was eigentlich als Scherz gemeint war, klang allerdings viel zu bissig. Dax lachte trotzdem. »Ich glaube, die richtige Medizin könnte uns allen nicht schaden, oder?«

»Das ist wohl wahr«, stimmte ihm Marie zu und machte sich auf, um die nächste Gästeschar zu begrüßen.

»Vierzehn Dollar, meine Liebe«, sagte Marie.

Dee hielt ihre Kreditkarte vor das Lesegerät und tippte ihre Pin ein. »Es war übrigens köstlich. Essen schmeckt so viel besser, wenn man sich dabei hinsetzt.«

»Der Ansicht bin ich auch.«

Dee warf einen Blick auf ihre Armbanduhr, während sie auf ihre Quittung wartete. Es war noch nicht einmal Viertel vor sieben, aber sie schien schnellstens loszuwollen.

»Voller Terminkalender?«

»Ja, in der Tat. Ich habe heute einige Meetings und eine Telefonkonferenz mit dem Schulministerium.« In dem Moment machte sich Dees Handy wie aufs Stichwort bemerkbar. Eine Melodie – Trommeln begleitet von einer Art Flötenton – ertönte. Die Frau, die zu Dees Rechten an der Theke saß, schüttelte den Kopf, und ihr Gesicht nahm einen angewiderten Ausdruck an, als sei ihr ein unangenehmer Geruch in die Nase gestiegen.

»Könnten Sie das leiser machen?«, fauchte sie Dee an.

Dee stellte ihr Handy auf stumm und drehte sich zu der Frau um.

»Tut mir leid, wenn Sie mein Klingelton derartig stört«, sagte sie in giftigem Tonfall. »Genießen Sie Ihren Kaffee.« Dann wandte sie sich wieder Marie zu und verabschiedete sich von ihr. Kaum hatte sie einen Schritt getan, murmelte die Frau: »Ich *hasse* Kanakenmusik.«

Dee erstarrte, und Marie beschlich ein ungutes Gefühl. Sie kannte die Frau an der Theke nicht sehr gut, aber sie war ein regelmäßiger Gast und schien sich immer über irgendetwas zu beschweren. Dee trat auf die Frau zu, sodass sie neben ihr stand, während diese weiter an ihrem Kaffee nippte.

»Was haben Sie gesagt?«

Die Frau stellte ihre Tasse langsam ab, drehte sich und blickte zu Dee auf. Sie war sehr blass und hatte mattbraunes Haar. Im Vergleich zu Dees olivenfarbener Haut und ihrem seidigen schwarzen Haar wirkte sie farblos.

»Ich sagte, ich hasse Kanakenmusik.«

»Dachte ich mir doch. Und ich hasse zufälligerweise dieses Wort, also könnten Sie Ihre Meinung vielleicht beim nächsten Mal für sich behalten?«

»Nein, kann ich nicht. Das hier ist ein freies Land und wenn ich Kanakenmusik hasse, dann kann ich das sagen, egal zu wem auch immer.« Die Stimme der unscheinbaren Frau war laut, aber zittrig.

Dee stand ganz still da, und Marie bemerkte, dass sie ihre Hände an den Seiten zu Fäusten geballt hatte und tief einatmete. Einen Moment lang befürchtete sie, dass sie die kleine graue Maus schlagen könnte. Doch stattdessen setzte sie ein breites Lächeln auf und sagte mit ihrem Gesicht dicht an dem der Frau langsam auf Arabisch: »*Laydak yawm eazim ahmaq ghyr almutaelimin.*« Dann lehnte sie sich über die Theke und küsste Marie auf beide Wangen.

»Ich wünsche Ihnen einen wunderschönen Tag, Marie«, sagte sie und marschierte aus dem Café hinaus.

Die Frau wandte sich dem Mann zu, der neben ihr saß.

»Haben Sie das gehört? Was zum Teufel hat sie zu mir gesagt? Sie ist bestimmt eine Zigeunerin und hat mich mit einem Fluch belegt.«

Marie zog für einen Moment in Erwägung, höflich zu sein. Diese Frau war ein zahlender Gast. Aber andererseits war Marie zu alt, um sich mit solchem Mist herumzuärgern. Sie schlurfte auf ihrer Seite der Theke so weit, dass sie genau gegenüber der Frau zum Stehen kam.

»Wenn Sie Ihren Kaffee ausgetrunken haben, möchte ich Sie bitten, mein Café zu verlassen und nicht mehr wiederzukommen. Diese Frau ist eine hoch angesehene Schulleiterin, die mit Ihnen in unserem wunderbaren, freien Land Arabisch gesprochen hat.«

Die Stänkereien der Frau, der nur kurz vor Überraschung die Luft weggeblieben war, gingen für Marie auf dem Rückweg zur Küche in dem vernehmlichen Applaus des ganzen Cafés unter. Dax tätschelte ihren Arm, als sie in der Küche ankam.

»Kannst eine verdammt resolute alte Frau sein, wenn dir danach ist«, sagte er lachend.

»Ich betrachte das mal als Kompliment. Gib mir einen Punkt dafür.« Marie ging zum Lagerraum durch und nahm auf einem der Klappstühle Platz. Das Herz hämmerte ihr in der Brust, und sie vermochte sich nicht zu erklären wieso. Es war zwar aufregend gewesen, diese Frau aufzufordern, zu verschwinden, aber warum war da plötzlich dieses unwohle Gefühl und diese Enge in ihrer Brust? Sie schloss die Augen und atmete ganz langsam. Nach einer kleinen Weile normalisierte sich ihr Herzschlag wieder, und sie vermochte sich davon zu überzeugen, dass es ihr gut ging. Alte Frauen durften sich schon mal unwohl fühlen, besonders nach einer kleinen Aufregung. Derart beruhigt erhob sie sich vorsichtig, um sich wieder an die Arbeit zu machen.

Kapitel 2

Isla

Gegenwart

Morgens war immer noch die schwerste Zeit des Tages: Diese wenigen sich ausdehnenden Sekunden zwischen Schlafen und Wachen. Aber Isla blieb nicht mehr im Bett liegen, in der Vergangenheit gefangen, sondern warf jeden Morgen die Bettdecke zur Seite und begab sich gleich unter die Dusche ihres luxuriösen, direkt ans Schlafzimmer angrenzenden Bades. Während das dampfende Wasser die Erinnerungen fortwusch, gewann sie an Stärke, um den Tag zu bewältigen. Sie hoffte immer noch, diese Stärke eines Tages bereits beim Aufwachen zu spüren.

»Einen Macchiato, bitte.« Isla reichte die Münzen hinüber und begab sich an die Seite der Theke, wo all die anderen trübsinnigen Kunden auf ihren ersten Koffeinkick des Tages warteten. Das Café unter ihrem Büro war klein und unpersönlich. In den vergangenen zwei Jahren hatte sie jeden Morgen, fünf Tage in der Woche, ihren Macchiato hier bestellt und dennoch blickten sie die Mitarbeiter immer noch ausdruckslos an, als hätten sie nicht die geringste Ahnung, weshalb sie dort war. Was vielleicht damit zu tun hatte, dass Isla ein Gesicht hatte, das man leicht vergaß, wie ihr ein Junge in der Highschool tatsächlich einmal gesagt hatte. Sie waren beide erst sechzehn gewesen und ziemlich betrunken, aber trotzdem saß es wie ein Stachel, und sie erinnerte sich viel öfter an diese Bemerkung als sie sollte.

»Macchiato«, rief der Barista mit diesem gewissen italienischen Singsang, den Isla nie zustande brachte. Sie nickte ein Dankeschön und trank langsam aus dem Becher, während sie den Aufzugsknopf zu ihrem Büro drückte. Sie hatte einen arbeitsreichen Tag vor sich und konnte es kaum erwarten.

»Dieser Klient ist anders«, sagte Islas Chef, Simon.

Isla nickte zustimmend. Sie hatten bisher noch nie mit einer Schule zusammengearbeitet. Der Auftrag stellte eine Herausforderung dar, der sie sich aber nur zu gern stellte. Das erste Meeting mit dem Bildungsministerium war gut verlaufen. Sie hatte die Ideen des Teams in einer soliden Präsentation vorgestellt, und das Budget war gesichert. Egal aus welchem Blickwinkel man dieses Projekt auch betrachtete, es schien auf Erfolgskurs zu sein.

»Ich habe alles im Griff. Ich treffe mich heute Mittag um …« – Isla konsultierte ihre Notizen – »… zwei Uhr mit Dee, der Schulleiterin. Ich freue mich darauf. Dies ist eine neue Facette unserer Arbeit, auf die ich sehr gespannt bin. Sie nicht?«

»Doch, doch, und ich bin froh, dass Sie alles im Griff haben, denn ich habe keine Zeit dafür. Ich fliege morgen nach Hongkong, daher müssen Sie es allein hinkriegen.«

Es kostete Isla große Mühe, nicht die Augen zu verdrehen. Es war ihre Aufgabe als Marketingleiterin, so etwas hinzukriegen. Simons Bedürfnis ständig zu überprüfen, ob sie klarkam, war nervtötend. Er musste nicht bei dem Meeting dabei sein, er musste nicht ihre Zahlen und ihre Präsentationen überprüfen, er musste sich nicht in ihre Arbeit einmischen. Aber er tat es. Andauernd.

Doch anstatt irgendetwas davon laut auszusprechen, lächelte Isla nur höflich und wünschte ihm eine gute Reise.

Die Schule war leicht zu finden, ein freier Parkplatz allerdings nicht. Isla drehte drei Runden, ehe sie aufgab und sich ein paar Straßen entfernt auf die Suche machte. Sie war in diesem Vorort von Hurstville aufgewachsen, doch ihre Eltern waren mit ihr weggezogen, als sie zehn war. Fünfundzwanzig Jahre später sah hier alles anders aus. Die Schule befand sich an der Ecke der King Georges Road – Islas Meinung nach eine der schlimmsten Straßen in Sydney. Sämtliche Seitenstraßen in der Nähe waren in Einbahnstraßen verwandelt worden und randvoll mit parkenden Autos. Sie bekam Beklemmungen, als sie ihren Wagen in eine winzige Parklücke mehrere Straßen von der Schule entfernt quetschte. Wie gut hatte sie es da mit ihrem eigenen Haus in Dural, im Nordwesten von Sydney, getroffen. Das Pendeln während der Stoßzeiten war zwar ein Albtraum, aber wenn sie zu Hause war, konnte sie in dem Grün um sich herum wenigstens durchatmen und ihren Wagen parken, ohne in Panik zu geraten.

Als sie vor dem Sekretariat ankam, war sie ein wenig verschwitzt. Sie nahm ein Papiertaschentuch heraus und tupfte sich damit das Gesicht ab, schwang sich dann die Handtasche über die Schulter und drückte die schwere Glastür auf. Die Sekretärin hob sofort die Hand, und Isla verharrte im Türrahmen, wobei sie sich wieder wie ein kleines Mädchen vorkam. Die Sekretärin hatte tiefe Furchen um ihren Mund, die ihr einen grimmigen Ausdruck verliehen und beim Sprechen ins Telefon noch verstärkt wurden. Aus irgendeinem Grund erinnerte sie Isla an einen Drachen. *Ich werde dich Drachenlady nennen*, dachte sie und gratulierte sich im Stillen dazu. Einen Moment später beendete die Drachenlady ihr

Telefonat, warf Isla einen Blick über den Rand ihrer Brille hinweg zu und sagte: »Jaaah?«, als spräche sie mit einer Fünftklässlerin. Isla fand das so komisch, dass sie erst einmal gar nichts darauf antwortete. Sie räusperte sich und betrat das Sekretariat.

»Hallo, mein Name ist Isla, und ich komme von Market Thrive. Ich habe um zwei einen Termin mit Dee?« Isla hatte keine Ahnung, warum es sich wie eine Frage anhörte. Der Termin stand schon seit Wochen fest.

»Mrs. Dawood ist gerade mit einer Schülerin beschäftigt. Sie können dort drüben Platz nehmen.« Isla warf einen Blick auf ihre Armbanduhr: sechs Minuten vor zwei. *Also gut, Drachenlady, ich werde Platz nehmen.* Sie wischte den Stuhl ab, bevor sie sich hinsetzte, was dämlich war, denn nun hatte sie die Keime an den Händen. Sie benutzte unauffällig das handliche Desinfektionsmittel, das sie immer bei sich trug, weil sie an einer übertriebenen Angst vor Gastroenteritis litt. Sie war als Teenager einmal sehr schlimm daran erkrankt, hatte sich über zwei Mitschülern erbrochen und sich auch noch auf dem Nachhauseweg im Zug mehrfach übergeben müssen. Bei dem Gedanken an die Gesichter der Leute, die ihr beim Brechen zugesehen hatten, bekam sie heute noch eine Gänsehaut. Infolgedessen ging sie kein Risiko ein und war auch seither nie mehr daran erkrankt. Die Erinnerung machte ihr allerdings nun bewusst, dass es in diesem Raum ein wenig nach Erbrochenem roch. Sie fragte sich, wie vielen Kindern hier im Empfangsbereich wohl schon übel geworden war. Sie versuchte, nicht auf dem Stuhl hin und her zu rutschen, als sich Gott sei Dank die Tür öffnete und eine große, elegant gekleidete Frau mit einem breiten Lächeln auf sie zutrat.

»Hallo, Isla, ich bin Dee. Freut mich, Sie kennenzulernen.« Dee schüttelte Islas Hand mit einem festen Griff trotz ihrer weichen, zarten Hände.

»Hallo, Dee. Danke, dass Sie sich die Zeit nehmen.«

Dee tippte leicht gegen Islas Ellbogen und führte sie in Richtung der Tür, aus der sie gerade herausgetreten war. Isla schenkte der Drachenlady im Vorbeigehen ein ziemlich kühles Lächeln. Was diese mit einem funkelnden Blick und geblähten Nasenflügeln quittierte. Sie folgte Dee einen schmalen Flur hinunter bis zu einer weiteren Tür. Zu Islas Enttäuschung ähnelte Dees Büro im Grunde dem Sekretariatsbereich: ein Schreibtisch aus billigem Holz, ein verblasster blauer Teppich und alte Lamellenvorhänge an den Fenstern. Isla hatte etwas viel Hübscheres erwartet. Dee trug ein wunderschön geschnittenes marineblaues, dreiviertellanges Kleid und cremefarbene Stöckelschuhe. Ihr Haar war gewellt und schwang bei jeder Bewegung, als wäre es frisch geföhnt. Isla hatte ein entsprechendes Büro erwartet. Wenngleich ihm der Duft nach einem teuren Parfüm einen Vorteil gegenüber dem Sekretariat verschaffte. Sie setzte sich auf einen der Stühle vor Dees Schreibtisch. Auf dem Namensschild auf ihrem Schreibtisch stand »Adeena Dawood«. *Adeena.* Isla zog ihn Dee vor. Was für ein hübscher Name.

»Ich würde gern in Ihren eigenen Worten hören, was Sie sich von dieser Marketingkampagne erhoffen, Dee.« Isla hatte bislang nur Kontakt mit dem Bildungsministerium von New South Wales gehabt, und auch wenn sie die Zielsetzung verstand und sie auch nachvollziehen konnte, wollte sie dennoch sicher sein, dass sie sich einig waren.

Dee lehnte sich in ihrem Bürostuhl zurück und holte tief Luft, bevor sie sprach.

»Nun, vermutlich wissen Sie bereits, dass die South Public School zur ersten öffentlich anerkannten interreligiösen Schule in Australien ernannt werden soll. Natürlich war sie schon immer interreligiös, sämtliche öffentlichen Schulen sind es, aber dies ist das erste Mal, dass dies in den Fokus der Öffentlichkeit gerückt wird.« Dee lehnte sich lächelnd nach vorn. »Ich habe mit Führern verschiedener Religionen an einem Lehrplan gearbeitet, der den Schwerpunkt auf das Erkennen und Begreifen gemeinsamer Ideologien und den Vergleich von Ähnlichkeiten setzt. Im Prinzip lehren wir die *Ethik* aller Religionen und nicht religiöse Vorschriften.«

Als Isla das erste Mal davon hörte, hatte ihr die Idee gleich gefallen. Sie war mit Eltern aufgewachsen, die sich selbst als »Spiritualisten« bezeichnet hatten oder mit anderen Worten als »Gläubige aller Religionen«. Die Idee, sich auf religiöse Gemeinsamkeiten statt auf Unterschiede zu konzentrieren, hatte sie gleich angesprochen, und Dees Elan und ihr Engagement waren genau das, worauf sie gehofft hatte.

»Und die Kampagne zielt auf Eltern ebenso wie auf die breite Öffentlichkeit ab?«

Dee nickte. »Ja, denn ich bin davon überzeugt, dass der Lehrplan von allen Schulen in New South Wales aufgegriffen werden wird, sollten wir damit erfolgreich sein.«

»Und eines Tages hoffentlich in ganz Australien«, fügte Isla hinzu.

»Genau.« Dee besaß ein umwerfendes Lächeln. Und mit einem Mal erinnerte sich Isla an sein Lächeln. An die winzig kleinen Zähne, die nie eine Chance gehabt hatten, auszufallen. Sie spürte, wie der Raum schrumpfte und ihre Atmung schneller wurde. *Nein*, befahl sie sich. *Nicht jetzt. Stopp. Konzentriere dich.* Isla bekam mit, dass Dee mit einem Mal besorgt wirkte, sie fragte, ob sie ihr ein Glas Wasser bringen solle, aber Isla konzentrierte sich nur darauf, ihre Atmung zu verlangsamen. Diese Gedanken aus ihrem Kopf zu verbannen. Nur einen Moment noch und sie hätte wieder die Kontrolle. Und so war es.

»Es tut mir leid. Alles okay. Wirklich. Ich fühle mich heute einfach nicht ganz wohl. Vielen Dank.« Isla griff nach dem Wasserglas, das Dee ihr hingestellt haben musste. Sie trank langsam, erlaubte dem kühlen Wasser, sie weiter zu beruhigen.

»Für einen Augenblick war ich wirklich beunruhigt. Sie sind kreidebleich geworden.« Dee nahm wieder Platz, aber der besorgte Ausdruck in ihren Augen blieb. Isla stellte das Glas auf dem Schreibtisch ab und nahm ihr Notizbuch heraus, entschlossen, das Meeting fortzusetzen.

Eine Stunde später war Isla auf dem Weg zu einem kleinen Café nur wenige Straßen von der Schule entfernt. Dee hatte ihr vorgeschlagen, dort einen Kaffee zu trinken und abzuwarten, bis die nachmittägliche Hektik auf den Straßen nachgelassen hatte. Isla war froh, wieder an der frischen Luft zu sein. Das Meeting war gut verlaufen. Sie hatte nun eine ziemlich genaue Vorstellung davon, in welche Richtung es gehen sollte, und konnte einige Mockups in Auftrag geben und ihren Autor an die Formulierung setzen. Sie bog in die Maher Street ein, und plötzlich kam ihr alles so vertraut vor. *War sie hier nicht schon einmal gewesen?* Gut möglich, denn ihr altes Zuhause hatte sich nur wenige Minuten entfernt von hier befunden. Und als sie die Maher Street 33 mit dem urigen Eckladen in dem altmodischen Backsteinhaus erblickte, wurde ihr klar, dass sie natürlich schon einmal hier gewesen war. Als kleines Mädchen hatte sie hier ihr Taschengeld für Lutscher ausgegeben. Eine nette alte Dame hatte den Laden geführt und ihr immer einen Extralutscher umsonst gegeben. Nun hing ein altmodisches Holzschild vorne im Schaufenster, auf dem »Café« zu lesen stand. Isla erinnerte sich daran, dass der Laden wegen der großen Fenster immer lichtdurchflutet gewesen war. Sie schritt über einen gepflasterten Weg, der von der Auffahrt zur Eingangstür des Cafés führte. Die Tür stand auf, und als Isla eintrat, spürte sie, wie ihre Sinne erwachten. Da war der Duft von frisch gebackenem Brot, die Wärme des Sonnenlichts, das auf die Holztische und Stühle traf, und der Klang von Lachen. Es kam von der anderen Seite der Theke, wo eine ältere Dame auf einem Hocker saß und mit zwei Frauen mittleren Alters, die neben ihr saßen, lachte. Die alte Dame blickte auf, und Isla winkte.

»Guten Tag, Liebes. Möchten Sie sich setzen oder etwas mitnehmen?« Sie rührte sich nicht von ihrem Hocker weg, aber es war offensichtlich, dass es sich um die Besitzerin handelte. Isla fragte sich, ob sie die Frau war, die ihr damals die Lutscher verkauft hatte. Sie konnte sich nicht mehr daran erinnern, wie sie ausgesehen hatte, wusste aber noch, dass sie stets ein Lächeln im Gesicht hatte.

»Hallo. Ich würde mich gern setzen, wenn das in Ordnung ist?«, sagte Isla.

»Natürlich, Liebes. Suchen Sie sich nur einen Platz aus. Ich schicke Ihnen gleich jemanden vorbei, um Ihre Bestellung aufzunehmen.« Die alte Dame erhob sich mit einer erstaunlichen Wendigkeit von ihrem Hocker. Isla hatte erwartet, dass sie stöhnen und sich langsam bewegen würde, um dann hinkend davonzugehen. Aber nein, diese Frau, die über achtzig zu sein schien, erhob sich ohne jedes Getue und schritt zu der offenen Küche im hinteren Teil des Cafés hinüber.

Isla fand einen kleinen Tisch vorn in der Ecke, an einem der Fenster. Die großen Bäume im Vorgarten versperrten den Blick auf die dahinterliegende, stark befahrene Straße und erschufen die Illusion, sich auf dem Land zu befinden. Isla blickte sich im Café um, bewunderte die reizende, gemütliche Einrichtung. Es gab nicht viele Tische, höchstens ein Dutzend. Alle waren mit verschiedenen großen Gefäßen geschmückt, die Sträuße aus Wildblumen und Grün enthielten. Die Küche befand sich zwar hinten in der Ecke, war jedoch so beeindruckend, dass sie die Aufmerksamkeit auf sich zog. Sie war im Fünfzigerjahre-Look gehalten mit bunten, übergroßen Geräten. Der Kühlschrank war blassgelb mit einem riesigen Metallgriff. Der Fliesensockel, der als Spritzschutz diente, war im gleichen Ton gehalten. Herd, Ofen und Dunstabzugshaube waren schwarz, was das Blau der kleineren Geräte wie den Toaster hervorstechen ließ. Es war die beste Küche, die Isla je gesehen hatte, und übertraf ihre eigene kalte, moderne Edelstahlküche zu Hause in jeder Hinsicht. Die eigentliche Attraktion des Cafés stellte allerdings die Holztheke vorn gegenüber vom Eingang dar. Eine dicke Platte aus braunem Holz, blank geputzt und gesäumt von hell gepolsterten Barhockern. Neben den Frauen mittleren Alters, die Kaffee tranken, saß am anderen Ende noch eine kleine Gruppe von jungen Leuten – offenbar Studenten –, die sich angeregt vor dem Bildschirm eines Laptops unterhielten. Obwohl die meisten Tische besetzt waren, kam es einem gar nicht so vor, als wäre hier viel los. Das Café strahlte Ruhe aus, und Isla atmete sie ein.

»Sie scheinen in Gedanken versunken zu sein.« Eine freundliche Stimme durchbrach die Ruhe, und Isla öffnete die Augen. Sie fragte sich, wie lange sie wohl schon so dagesessen hatte und spürte, wie sie errötete. Die alte Dame stand an ihrem Tisch und lächelte auf sie herab.

»Tut mir leid, das war ich tatsächlich.«

»Kein Grund sich zu entschuldigen. Was darf ich Ihnen bringen?« Isla hatte noch nicht einmal einen Blick in die Karte geworfen und bestellte nur wie gewohnt einen Macchiato.

»Nicht hungrig?«

Isla bemerkte erst jetzt, dass sie tatsächlich am Verhungern war. »Ich hätte eigentlich gern noch ein getoastetes Käsesandwich.«

Die alte Dame zwinkerte ihr zu. »Das kriegen wir bestimmt hin. Sollte nicht allzu lange dauern.«

Isla sah zu, wie die Frau davonschlenderte, unterwegs an einem Tisch stehen blieb und mit einem breiten Lächeln einen leeren Teller mitnahm. Sie war wunderschön gekleidet, trug ein schlichtes Kleid mit kurzen Ärmeln. Aber es hatte ein bezauberndes Wirbelmuster aus Blau, Grün und Weiß und schmiegte sich elegant an ihren schlanken Körper. Dazu trug sie bequeme und doch schicke Sandalen. *Donnerwetter, ich hoffe, ich werde mal wie sie aussehen, wenn ich so alt bin,* dachte Isla.

Nur wenige Minuten später brachte eine junge Kellnerin ihr den Kaffee und das Sandwich. Es war außen knusprig und der Käse innen wunderbar weich und zähflüssig. Isla vertilgte es rasch und trank zum Abschluss ihren perfekten Macchiato, während sie auf die Bäume im Vorgarten blickte. Als sie schließlich aufstand, um zu gehen, war ihr Magen voll, und sie fühlte sich zufrieden wie schon lange nicht mehr. Sie musste sich unbedingt bei Dee bedanken, dass sie ihr dieses Café empfohlen hatte. Der Verkehr würde nun sicherlich nicht mehr so schlimm sein.

Isla wartete an der Kasse hinter einem jungen Paar mit einem Baby, das sie aus seinem Kinderwagen heraus anschaute. Isla lächelte und zog komische Grimassen, was das Kind vor Vergnügen quietschen ließ. Sie trat zur Seite, damit das Paar den Kinderwagen nach draußen bugsieren konnte und konzentrierte sich dann darauf, ihre eigene Rechnung zu bezahlen, wobei sie das freudige Glucksen des Babys ausblendete. Sie schlug sich heute wirklich gut.

»Hat es geschmeckt, Liebes?« Die alte Dame lächelte Isla an.

»Es war köstlich, vielen Dank. Das beste Sandwich, das ich je gegessen habe!«

Die alte Dame lachte und tippte auf der Theke auf ihrem iPad herum, was Isla nur noch mehr beeindruckte.

»Freut mich zu hören. Das macht dann zwölf Dollar, Liebes.«

Isla hielt ihre Karte vor das Lesegerät und fragte sich erneut, ob es sich wohl um dieselbe Frau handelte, die früher den Laden geführt hatte.

»Darf ich fragen, ob Ihnen dieses Lokal schon immer gehört hat?«

Die Augen der Frau leuchteten, als sie nickte. »Das hat es. Seit fünfundzwanzig Jahren betreibe ich dieses Café. Aber als ich vor fünfzig Jahren hier begonnen habe, da war es noch ein Laden, den ich von meiner Mutter Rose übernommen habe.«

»Wusste ich's doch! Ich bin so oft hier gewesen. Ich habe mit meinen Eltern ganz in der Nähe gewohnt und mein ganzes Geld hier für Lutscher ausgegeben.«

»Wirklich? Nun, dann freue ich mich, Sie wiederzusehen!«

»Isla, mein Name ist Isla.«

»Wie wunderbar, Sie wiederzusehen, Isla. Mein Name ist Marie.

Kapitel 3

Dee

Gegenwart

»Freut mich, Sie zu sehen, Mr. Nugyen. Hat James Ihnen erzählt, dass er es ins Basketball-Auswahlteam geschafft hat?« Dee lächelte, als sich der kleine Mann vor ihr verneigte. Er war der Vater einer der talentiertesten Sportler der Schule, aber bekanntermaßen sehr streng mit dem Jungen, weshalb ihn Dee jedes Mal, wenn sie ihn sah, daran zu erinnern versuchte, wie großartig sein Sohn war. Mr. Nugyen sprach kaum Englisch, aber sie hoffte, dass er sie verstand. James, der neben seinem Dad stand, strahlte sie an, und sie zwinkerte ihm zu, bevor sie sich der Mutter eines anderen Schülers zuwandte. Es hatte zum letzten Mal geläutet, und Dee legte Wert darauf, sich jeden Nachmittag um diese Zeit im Abholbereich der Eltern aufzuhalten. Sie hatte viel zu oft mit Schulleitern zusammengearbeitet, die ständig in ihrem Büro saßen und darüber vergaßen, eine Beziehung zur Schulgemeinschaft zu knüpfen. Ihr Mentor, Richard Lawson, war dagegen ins Schulleben eingetaucht. Er hatte beinahe die Namen sämtlicher Schüler gekannt, regelmäßig unterrichtet und Eltern am Morgen begrüßt und sich am Nachmittag von ihnen verabschiedet. Dee versuchte in seine Fußstapfen zu treten. Hatte allerdings durchaus den Eindruck, es auf ihre ganz eigene Weise zu tun. Sie begegnete dem Blick einer besonders schwierigen Mutter und wappnete sich.

»Hallo, Mrs. Olowitzch«, sagte sie lächelnd.

»Mrs. Dawood, diese Parksituation ist ein Witz. Das muss sich noch mal jemand vom Gemeinderat ansehen. Offen gestanden, haben wir alle die Nase gestrichen voll!«

Dee nickte und stimmte ihr zu, dass es an der Zeit sei, sich noch einmal mit dem Gemeinderat in Verbindung zu setzen. Dabei erwähnte sie allerdings nicht, dass sie jede Woche einmal mit einem Ratsmitglied sprach, um eine Lösung für die wachsenden Verkehrsprobleme im Umfeld der Schule zu finden. »Sprechen wir es doch bei der nächsten Versammlung des Eltern- und Bürgervereins diese Woche an. Werden Sie da sein?«

»Ja, ja, werde ich. Die Parkerei ist ein Witz, ein absoluter Witz!«

»Ich bin damit ebenso unzufrieden wie Sie, Mrs. Olowitzch. Dann sehen wir uns ja bei der Versammlung.« Dee schritt rasch davon und verbrachte die nächsten zwanzig Minuten damit, sich mit so vielen Eltern wie möglich zu unterhalten.

Um zwanzig nach drei ging sie zum Lehrerzimmer hinüber, um die Vorbereitungen für die nachmittägliche Versammlung zu treffen. Sie fand jeden Mittwoch von halb vier bis halb fünf statt und war für die meisten im Lehrerkollegium ein Fluch. Und um ehrlich zu sein, auch für sie, aber das wöchentliche Pensum war vom Bildungsministerium vorgeschrieben, und es führte kein Weg daran vorbei. Dees Stellvertreter, Sean Gilroy, war bereits im Lehrerzimmer und verteilte die Schüsseln mit Schokolade, die sie jede Woche bereitstellten, um die Lehrkräfte milde zu stimmen.

»Du warst schneller, Sean«, sagte Dee. Sean war ein fantastischer Stellvertreter, der beste, mit dem Dee in den letzten zehn

Jahren ihrer Tätigkeit als Schulleiterin zusammengearbeitet hatte. Sie musste nie zweimal um etwas bitten.

»Du weißt doch, dass ich meine Schokoladenpflichten sehr ernst nehme.« Sean steckte sich eine Schokokugel in den Mund und hielt ihr dann die Schüssel hin. Dee wollte ihm gerade sagen, dass sie in letzter Zeit darauf achtete, was sie aß, um ein wenig fitter zu werden, doch dann fiel ihr ein, dass sie heute Nachmittag Beurteilungskriterien besprachen, was immer Gegenstand hitziger Diskussionen war, daher griff sie sich eine Handvoll Kugeln und stopfte sich alle auf einmal in den Mund.

Als Dee die Versammlung zu Ende gebracht hatte, fühlte sie sich erschöpft. Ihr war bewusst, wie überarbeitet die Lehrer waren. Sie erinnerte sich noch gut daran, wie sie als Klassenlehrerin selbst Beurteilungen schreiben musste. Aber sie war immer wieder erstaunt über die Angriffslustigkeit mancher im Lehrerkollegium.

»Wie sollen wir dreißig Beurteilungen schreiben, für das nächste Jahr planen und uns auch noch mit diesem ganzen verdammten Glaubensdingsda-Lehrplan befassen? Das ist zu viel!« Anne Leroy, die schon seit über zwanzig Jahren zum Lehrkörper gehörte, war die Schlimmste von allen gewesen.

»Ich verstehe das, Anne. Das tue ich wirklich. Es gibt so viel Arbeit, wir sind alle sehr müde, und es wäre schön, wenn die Weihnachtsferien etwas schneller kämen! Hört zu, ich werde jeden von euch in der nächsten Woche einen Tag freistellen, damit ihr mit den Bewertungen beginnen könnt, und wir werden den neuen Lehrplan Schritt für Schritt übernehmen. Das Ministerium hat uns dafür weitere Freistellungszeit zur Vorbereitung später im Quartal versprochen.«

Anne hatte die Nase gerümpft und etwas gemurmelt, das Dee

nicht verstanden hatte, aber alle anderen schien die Aussicht auf einen unterrichtsfreien Tag freudig zu stimmen.

»Noch einmal vielen Dank an alle. Ihr wisst, wie viel ich von euch halte. Zusammen werden wir diese anstrengende Zeit schon überstehen. Und vergesst nicht, dass ihr euch jederzeit mit euren Anliegen an Sean oder mich wenden könnt. Ich wünsche euch einen schönen Abend!« Lautes Geplapper ertönte, als die Lehrer den Raum verließen, allerdings kaum einer, ohne sich noch bei Dee zu verabschieden oder ihr gar zu danken. Sean begann die Tische abzuräumen, doch Dee forderte ihn auf, nach Hause zu gehen.

»Das ist mein Ernst, Sean, raus mit dir, deine Frau braucht dich.« Sean war vor Kurzem zum ersten Mal Vater geworden, und sie wusste, dass es bei seinem kleinen Mädchen Probleme mit dem Stillen und dem Schlafen gab.

»Habe ich dir heute schon gesagt, dass ich dich liebe, Dee?« Sean grinste und stürmte förmlich aus dem Raum. Sie lächelte, während sie die leeren Schüsseln einsammelte und Schokoladenpapierchen wegwarf. Sean schien ein toller Ehemann zu sein. Er erzählte immer voller Besorgnis von seiner erschöpften Frau und kannte die tägliche und nächtliche Routine seines Babys in- und auswendig, was darauf schließen ließ, dass er seinen gerechten Anteil leistete. Er erinnerte Dee ein wenig an ihren eigenen Mann, von dem sie wusste, dass er heute Abend kochen würde. Oliver arbeitete in seinem Job als IT-Spezialist an der Macquarie University ebenso hart wie Dee, und sie hatten sich die Arbeitsbelastung innerhalb der Familie immer fifty-fifty geteilt – selbst während Dee mit ihren Jungs zu Hause im Mutterschaftsurlaub gewesen war. Sie wäre jetzt auch schon zu gern nach Hause gefahren, aber da warteten noch ein paar Stunden mit Papierkram auf sie. Daher machte sie sich auf den Weg in ihr Büro, bereit, so viel Arbeit wie möglich zu erledigen, aber auch entschlossen, komme was wolle, spätestens um sechs Schluss zu machen.

»Wo sind meine Jungs?«, rief Dee wie immer, als sie die Haustür öffnete. Der köstliche Duft von Curry umfing sie wie eine sanfte Umarmung, als sie ihr Haus betrat. Dieses Curry war Olivers Spezialität, und er bereitete es meist mittwochs zu, wenn Dee oft sehr gestresst war. Zwei Stimmen riefen gleichzeitig »Hallo«, als sie ihre Tasche auf dem Dielentisch abstellte, aus ihren Schuhen schlüpfte und die Kühle der Dielenbretter unter ihren Füßen genoss. Jedes Mal, wenn sie nach Hause kam, vermisste sie den Klang der Stimmen ihrer kleinen Jungs, die die Diele entlanggestürmt kamen, nach ihrer Mummy schrien und sie umschlangen, während sie ihre Gesichter mit Küssen bedeckte. Auch wenn sie inzwischen sechzehn und vierzehn waren, überkam sie dennoch diese Enttäuschung, dass sie nicht mehr auf sie zurannten, um sie zu begrüßen. Aber als sie in der Küche ankam und sah, dass ihre fast erwachsenen Jungs ihrem Vater dabei halfen, das Abendessen zuzubereiten, schmolz ihr Herz.

»Hallo, Schatz, wie war dein Tag?«, fragte Oliver und lehnte sich für einen Kuss zu Dee hinüber. Er trug wieder einmal diese alberne Schürze mit dem Bild des gemeißelten Torsos eines Mannes darauf, was über seinen Büroklamotten komisch aussah, aber er liebte dieses Ding nun mal.

»Er war gut. Und wie war eurer, Jungs?« Dee küsste ihren jüngeren Sohn, Adrian, auf die Wange, die ein wenig verschwitzt roch. Anschließend lehnte sich ihr älterer Sohn, John, über den Tresen, um sie auf die Wange zu küssen. Er roch nach Aftershave. Dee nahm sich vor, ihn bei Gelegenheit zu bitten, es mit Adrian zu teilen.

»Also, meiner war völlig verrückt. Ich war froh, früher zu verschwinden«, sagte Oliver und rührte dabei das gelbe Curry in dem großen Topf, der auf dem Herd stand. Er bereitete immer die doppelte Menge zu, damit sie das, was übrig blieb, am nächsten Tag zu Mittag essen konnten. Adrian zuckte die Schultern.

»Meiner war ätzend. Sämtliche Lehrer waren ätzend.«

John boxte ihn gegen den Arm. »Weil du ein Vollidiot bist!«

»John! Sag so was nicht – du weißt es doch besser!« Sie wandte sich Adrian zu. »Die achte Klasse ist nun mal hart, Habibi. Streng dich an, mach deine Hausaufgaben und verschwende keine Zeit damit, dich über deine Lehrer zu beschweren, in Ordnung?«

»Ja, schon gut«, sagte er schmollend und versetzte seinem Bruder ebenfalls einen Boxhieb.

»Das reicht. Wie war dein Tag, John?«

»Gut«, erwiderte er. Dee zog die Augenbrauen in die Höhe und wartete.

»Ich hatte einen guten Tag. Wir haben im Fußball gegen St. Marks gewonnen. Und ich habe zwei Tore geschossen.«

»Super!« Oliver hob die Hand in die Höhe, und John klatschte ab. Dee umarmte ihn. Ihre Jungs erwiderten ihre Umarmungen immer. Sie hatte von anderen Eltern gehört, dass sich ihre Teenager vor ihnen zurückzogen, aber auch wenn sie im Vergleich zu früher, als sie noch kleiner waren, weitaus seltener mit ihr sprachen, waren sie dennoch immer anhänglich, was Dee genoss. Schließlich wich John zurück.

»Danke, danke. Ist ja kein großes Ding. Ich schieße dauernd Tore.«

»Ja, das wissen wir, du Angeber. Und jetzt reich mir mal die Teller«, sagte Oliver, und Adrian lachte. Dee legte ihm einen Arm um die Schultern.

»Wirst du nächstes Jahr auch Fußball spielen, mein Schatz?«

Adrian schüttelte den Kopf. »Fußball ist ätzend. Außerdem hast du gesagt, wenn ich weiter zum Karate gehe, muss ich keinen anderen Sport machen!«

Dee hob die Hände. »Ich weiß, ich weiß. War ja auch nur eine Frage. Du bist der Karatemeister, und dabei können wir es belassen.« Sie legte ihre Hände wie zum Gebet vor ihrer Brust zusammen und verneigte sich in Adrians Richtung. Der verdrehte die Augen, aber da war auch ein stolzer Ausdruck in ihnen. Er war immer schon gut in Karate gewesen und besaß bereits den schwarzen Gürtel.

»Abendessen ist fertig. Schnappt euch einen Teller und los geht's«, befahl Oliver. Sie nahmen sich ihre Teller und bedienten sich selbst, bevor sie alle an dem großen Holzesstisch Platz nahmen. Sie beteten nicht, verharrten aber immer für einen Moment, sobald alle saßen. Oliver hatte ganz zu Beginn ihrer Ehe damit angefangen. Sie hatten damals beide Platz genommen, und er hatte Dees Hand gehalten, erst sie und dann sein Essen angesehen, gelächelt und schließlich den ersten Bissen genommen. Dee hatte automatisch mitgemacht und ihn erst Wochen später gefragt, was das eigentlich solle.

»Das ist mein stiller Dank für meine hinreißende Frau und das Essen«, hatte Oliver geantwortet.

»Und bei wem bedankst du dich?« Oliver glaubte nicht an Gott und auch wenn Dee sein Innehalten für einen tollen Einfall hielt, so war sie doch ein wenig verwirrt. Oliver hatte nur mit den Schultern gezuckt.

»Keine Ahnung. Ich danke dir, ich danke mir, ich schätze, ich danke dem Universum oder wem auch immer. Ich bin einfach dankbar, verstehst du?« Und Dee hatte verstanden. Sie hatte den

Moment der Stille genutzt, um Allah zu danken und seither war es bei ihnen Tradition.

»Wo wollen wir denn im Januar unseren Urlaub verbringen«, erkundigte sie sich, nachdem alle mit dem Essen fertig waren. Es verblüffte sie immer wieder, wie schnell Oliver und die Jungs aßen. Und es verblüffte sie noch mehr, dass sie inzwischen in der Lage war, mitzuhalten.

»Oh, keine Ahnung, Schatz. Meinst du nicht, dass es jetzt schon ein bisschen zu spät ist, um irgendwas zu buchen?«, fragte Oliver und wischte sich den Mund ab. Da es die letzte Oktoberwoche war, fand Dee, dass sie noch jede Menge Zeit hatten. Aber Oliver buchte ihre Urlaube gern bereits ein Jahr im Voraus. Letztes Jahr waren sie in den Sommerferien zu Hause geblieben und hatten Zeit mit Olivers Vater verbracht, nachdem seine Mum gestorben war. Aber er lebte nun zufrieden bei Olivers Schwester und würde sie für ein paar Wochen nicht vermissen. Dee sehnte sich danach, irgendwo, weit weg von hier, am Pool zu liegen und ein gutes Buch zu lesen.

»Könnten wir nicht nach Hawaii fliegen?«, fragte Adrian.

»Oder nach Europa?«, wagte sich John vor.

»Ich dachte eher an Noosa oder Hamilton Island. Irgendwo, wo es warm ist, aber was nicht allzu weit weg liegt.«

»Noosa finde ich gut«, sagte Adrian.

John nickte und zuckte mit den Schultern.

»Ja, warum nicht, das wäre prima. Aber glaubst du, dass wir noch irgendwo eine vernünftige Unterkunft finden?«, fragte Oliver mit gerunzelter Stirn.

Dee lächelte, stellte sich vor, wie sie alle gemütlich am Strand entlangspazierten, jeden Abend essen gingen, beim Sonnenuntergang im Meer schwammen – himmlisch. »Überlass das nur mir.«

Dee legte ihr Buch auf den Nachttisch, als Oliver ins Bett kam. Er hatte seine abendliche Routine erledigt, nachgesehen, ob die Jungs in ihren Zimmern waren, die Kaffeemaschine für den nächsten Morgen programmiert und noch einmal überprüft, ob wirklich alle Türen und Fenster verriegelt waren. Er legte sich mit dem Rücken aufs Kissen und verschränkte die Arme hinter seinem Kopf. Dee kuschelte sich an ihn, legte ihren Kopf auf seine Brust.

»Was hältst du davon, dass Adrian all seine Lehrer hasst?«, fragte sie.

»Ich glaube nicht, dass er sie alle hasst. Na ja, seine Religionslehrerin vielleicht schon. Wie heißt sie noch mal?«

Dee setzte sich auf. »Mrs. Itsines. Wieso sollte er sie hassen?« Sie sah die junge, sanft wirkende Lehrerin vor sich, die sie beim Elternsprechtag kennengelernt hatte.

»Na, weil sie der Klasse doch gesagt hat, dass Adrian ein Muslim ist«, sagte Oliver so beiläufig, als handele es sich um etwas, das Dee nicht nur bekannt war, sondern das sie auch akzeptiert hatte.

»Sie hat was?«

»Hat er es dir denn nicht erzählt? Letzte Woche haben sie Weltreligionen durchgenommen oder so was, und sie hat Adrian gebeten, der Klasse etwas über den Islam zu erzählen. Er war stinksauer. Ich kann gar nicht glauben, dass er es dir nicht erzählt hat.«

Dee verspürte ein Brennen, das von ihrem Magen in ihren Brustkorb aufstieg. »Und ich kann nicht glauben, dass *du* es mir nicht erzählt hast. Wann war das?«

Oliver setzte sich ebenfalls auf. »Keine Ahnung. Letzte Woche Montag, glaube ich. Jedenfalls hat er es mir da auf dem Weg zum Karatetraining erzählt. Tut mir leid, ich dachte, du wüsstest es, weil er mir erklärt hat, dass du ihm gesagt hättest, er solle es nicht persönlich nehmen. Außerdem dass er kein Muslim sei, aber selbst wenn er einer wäre, nichts Schlimmes daran sei und er jedes Recht hätte, zu erläutern, was er über die Religion wusste.«

Dee zerbrach sich den Kopf, denn das klang definitiv so, wie sie tatsächlich reagieren würde, aber er hatte ihr nichts davon erzählt. Sie würde es niemals vergessen, wenn ihr Sohn, der so empfindlich reagierte, wenn es um kulturelle Dinge ging, ihr so etwas anvertraut hätte. Sie legte sich auf ihr eigenes Kissen zurück.

»Er hat es mir nicht erzählt.«

»Komisch. Aber scheinbar hat er gewusst, was du sagen würdest.«

Dee seufzte, und Oliver rutschte zu ihr hinüber und legte den Arm um ihre Taille.

»Du bist aufgebracht.«

»Natürlich bin ich das. Er ist nicht zu mir gekommen und viel schlimmer noch, er dachte, er wüsste bereits, was ich sagen würde.«

»Und hat er recht gehabt? Was hättest du denn gesagt?«

»Vermutlich genau das. Denn es ist überhaupt nichts falsch daran, Muslim zu sein. Ich bin Muslimin, verflixt noch mal! Warum muss er sich dafür schämen?« Dee wusste, dass sie ungerecht war. Ihr Sohn war erst vierzehn, und die meisten seiner Freunde waren katholisch und das nur, weil sie – genau wie Adrian – auf die beste Schule in der Gegend gingen, die zufällig eine katholische Schule war. Vermutlich wünschte sie sich nur, dass er ein bisschen stolzer auf seine libanesischen Wurzeln wäre, so wie John. Vielleicht lag es an ihrem Aussehen. John war die männliche Version von Dee, hatte schwarzes Haar, dunkle Augen und olivfarbene Haut. Adrian war ein heller Typ, wie Oliver.

»Er schämt sich nicht, Schatz. Versetze dich doch einmal in seine Lage: Er geht auf eine katholische Schule, er hört alles, was die Nachrichten über Muslime zu sagen haben, und dann bringt man ihn in Verlegenheit, weil er die Religion erklären soll? Komm schon, selbst du würdest unter einem solchen Druck nachgeben.«

Würde Dee nicht, aber sie verstand, was Oliver meinte. »Du hast recht, ich weiß. Ich wünschte nur, er hätte mit mir darüber gesprochen. Vielleicht gehe ich am Wochenende mit ihm essen und versuche mal, mit ihm zu reden.«

Oliver gab Dee einen Kuss auf die Wange. »Klingt nach einem Plan. Gute Nacht, mein Liebling«, sagte er und schaltete die Lampe aus.

Dee schloss die Augen, aber sie sah immer nur die gleiche Szene vor sich: wie sie als Mädchen von einer Fremden angeschrien wurde, deren Gesicht voller Hass war und die Dee schlimme Beleidigungen an den Kopf warf. Plötzlich verwandelte sich das Gesicht der Frau aus ihrer Kindheit in das bleiche Gesicht aus dem Café. Dee hatte niemandem von dem Vorfall heute Morgen erzählt. Sie hätte beinahe Oliver angerufen, als sie das Café verließ, es dann aber unterlassen. Es war die Sache nicht wert gewesen. Bloß eine alberne Begegnung mit einer albernen Frau. Dee glaubte, dass die meisten Menschen besser waren als diese Frau mit ihren Vorurteilen. Zumindest versuchte sie, daran zu glauben. Das waren sie doch, oder? Ihre Gedanken begannen abzuschweifen und weitere Erinnerungen zu wecken, mit denen sie sich nicht befassen wollte. Sie griff in ihre Nachttischschublade, nahm eine kleine Flasche mit Schlaftabletten heraus und schluckte eine halbe. Es dauerte nur wenige Minuten, bis ihre Erinnerungen verschwammen, sie die Verwirrung ihres Sohnes vergaß und in einen tiefen, traumlosen Schlaf fiel.

Kapitel 4

Dee

1976

Adeenas Vater hatte immer behauptet, dass ihre Tränen die größten seien, die er jemals gesehen hätte.

Glücklicherweise war in ihren acht Lebensjahren bisher noch nicht viel geschehen, das ihrer Tränen wert gewesen wäre. Als ihre Mutter an einer unbekannten Krankheit starb, war sie noch ein Baby gewesen. Und da sie sich nicht an sie erinnern konnte, weinte sie auch nicht um sie. Adeena hatte Frauen bei Trauerzügen, die manchmal durch ihr Dorf führten, weinen sehen. Mit wogender Brust, wehklagend, das Gesicht bedeckt. Manchmal, wenn Adeena allein war, ahmte sie sie nach, stellte sich vor, jemanden so sehr zu lieben, dass sie am Boden zerstört war. Ihr Vater hatte sie einmal dabei erwischt und ihr den Hintern versohlt, weil er glaubte, dass sie sich über trauernde Frauen lustig machte. Sie hatte ihm zu erklären versucht, dass das gar nicht ihre Absicht gewesen sei, sondern sie nur so tat, als wäre sie eine von ihnen, doch er hörte ihr nicht zu. Und nun, an diesem scheinbar ganz gewöhnlichen Abend unter der Woche, vergoss Adeena viele Tränen, weil ihre Angst so groß war, wie sie es niemals für möglich gehalten hatte. Ihr Vater war fast zitternd vor Aufregung von der Arbeit im Schlachthof nach Hause gekommen. Adeena bereitete gerade das Abendessen für sie beide zu und wich zurück, als ihr Vater die Hand nach ihr ausstreckte und ihr sagte, dass er wunderbare Neuigkeiten habe.

»Bitte wasch dich erst«, forderte sie ihn auf und hielt sich die Nase zu. Für gewöhnlich wusch sich ihr Vater, wenn er nach Hause kam, bevor er sie begrüßte. Wasser und Seife waren zwar nicht stark genug, um den Gestank des Todes ganz zu entfernen, aber sie halfen.

»Nein, ich habe aufregende Neuigkeiten«, erwiderte er. »Unser Antrag wurde bewilligt – wir ziehen nach Australien!«, sagte er und vollführte einen komischen kleinen Freudentanz auf dem Schieferboden ihrer beengten Küche. Adeena erstarrte. Sie hatte es für einen Scherz gehalten, als er vor vielen Monaten davon gesprochen hatte, nach Beirut zu fahren, um den Antrag zu stellen, nach Australien umzuziehen. Als er fort war, war Adeena nach nebenan gelaufen, um ihrer besten Freundin, Ferwa, davon zu erzählen. Ferwa wusste alles über Australien – sie hatte einen Verwandten, der dort hingezogen war. Offenbar handelte es sich um ein Land, das ganz unten am Ende der Welt, lag, wo es nicht mehr weiterging. Ferwa erzählte ihr, dass es dort seltsame Tiere mit langen Schwänzen gab, die über die Straßen hüpften und die Leute nur Englisch sprachen. Adeena hatte mit aller Inbrunst zu Allah gebetet, damit er sie nicht nach Australien schickte. Doch nun stand ihr Vater vor ihr, umhüllt vom Gestank von Lammblut, und teilte ihr mit, dass sie dort hinziehen würden. Adeena wurde speiübel. Sie klammerte sich an den Küchentisch, um Halt zu finden.

»Was ist denn los?«, wollte ihr Vater wissen.

»Ich will nicht nach Australien ziehen«, flüsterte sie und brach in Tränen aus. Sein Gesicht nahm einen weicheren Ausdruck an, und er führte sie zu dem kleinen Küchentisch hinüber. Sie ignorierte den Gestank und nahm neben ihm Platz.

»Jetzt schau sich einer nur diese großen Tränen an«, sagte er und wischte ihr eine von der Wange. »Adeena, du möchtest nur deshalb nicht dorthin, weil du nichts über dieses Land weißt. Es ist ein schöner Ort. Einige Leute aus unserem Dorf leben bereits dort, und sie sind da willkommen und glücklich. Ich werde bessere Arbeit finden, und du kannst auf eine gute Schule gehen. Wir werden Englisch lernen und glücklich sein.«

Adeena betrachtete das Gesicht ihres Vaters, während er diese Worte sprach. Sie hatte ihn noch niemals so aufgeregt erlebt. Sie holte tief Luft, atmete zittrig ein. Vermutlich spielte es keine Rolle, wo sie lebte, solange sie zusammen waren.

»Na schön, dann werden wir eben in Australien wohnen«, sagte sie. Ihr Vater schloss sie in die Arme. Adeena hielt den Atem an. Sie hoffte, dass er in Australien eine Arbeit finden würde, die nichts mit toten Tieren zu tun hatte.

Sie konnte sich nicht entscheiden, ob das Fliegen ihr gefallen würde oder nicht. Es war auf jeden Fall aufregend, am Flughafen anzukommen und all die Betongebäude und die Flugzeuge zu sehen. Aber drinnen war es voll, und die Leute sprachen sehr laut. Ihr Vater schien nervös, wedelte während sie wartend dasaßen mit den Tickets und etwas, was sich Pass nannte. Adeena war sich nicht sicher, worauf sie warteten, aber sie war auch angespannt. Ihr Vater wirkte erst gelöster, als eine Nummer über einen Lautsprecher aufgerufen wurde. Er übergab die Tickets und zeigte ihre Pässe, und dann gingen sie durch eins der vielen Gates nach draußen. Dort stand ein Flugzeug mit einer steilen Metalltreppe, die vom Boden zu einer Tür auf der rechten Vorderseite der Maschine führte. Es war so laut dort draußen, dass sich Adeena die Ohren zuhalten musste. Ihr Vater tat es ihr nach und begann dann, auf das Flugzeug zuzuhüpfen.

Sie staunte und lachte und hüpfte ihm hinterher, vergaß ihre Nervosität, als sie, immer noch kichernd, die Treppe hinaufstiegen.

Der Sitz im Flugzeug fühlte sich so ähnlich an wie der im Wagen ihres Onkels, der sie zum Flughafen gebracht hatte. Aber als der Motor startete, bewegte sich das Flugzeug so schnell, dass sie ihre Lider zupresste, den Arm ihres Vaters packte und ihren Kopf darunter vergrub. Nach ein paar Minuten wurde das Geräusch leiser, aber ihr Magen fühlte sich an, als bewege er sich von allein, und die Ohren taten ihr weh. Sie presste sich weiterhin an die Brust ihres Vaters, während er ihr sanft übers Haar strich, bis sie einschlief. Sie wachte während des Nachtflugs immer wieder auf und hatte jedes Mal vergessen, wo sie war. Ihr Vater schien seine Augen nie zu schließen. Jedes Mal, wenn sie zu ihm aufblickte, starrte er mit einem kleinen Lächeln auf dem Gesicht vor sich hin.

Als das Flugzeug landete, musste Adeena furchtbar dringend aufs Klo und war ganz wirr im Kopf. Sie klammerte sich an die Hand ihres Vaters, als sie durch Glastüren in warme, schwüle Luft hinaustraten. Ihr Vater hob sie hoch und schwenkte sie dort draußen vor dem Flughafen durch die Luft, als wäre sie ein Baby. Sie warf den Kopf in den Nacken, und der Wind erfasste ihr Haar. »Wir sind zu Hause«, rief er.

Adeena kam zu dem Schluss, dass sich vier Wochen wie eine sehr lange Zeit anfühlen konnten. Vier Wochen waren sie nun in Australien, und doch kam es ihr so vor, als würde sie den Libanon bereits vergessen. Auch wenn es ihr nicht gefiel, war sie dennoch nicht unglücklich. In diesen vier Wochen war es ihrem Vater gelungen, Arbeit in einer Fabrik zu finden. Er arbeitete zwar wieder mit toten Tieren, in einer Hühnerfabrik, aber wenigstens waren die Hühner schon tot, erklärte er Adeena. Sie hatten auch eine

Mietwohnung gefunden. Sie befand sich in einem Vorort namens Lakemba, und in dem Gebäude wohnten noch andere Leute aus dem Libanon. Sogar eine Familie aus ihrem Dorf. Diese Familie war sehr nett zu Adeena und ihrem Vater. Der Mann, Ahmed, half ihnen dabei, billige Möbel zu finden, und die Frau, Rania, kaufte Lebensmittel, um ihnen die Schränke und den Kühlschrank zu füllen. Sie brachte auch oft Gerichte vorbei, sodass Adeena seit ihrer Ankunft noch kein einziges Mal hatte kochen müssen. Bisher war es ganz in Ordnung, in Australien zu leben.

Morgen früh würde sie das erste Mal zur Schule gehen, und ihr Vater hatte seinen ersten Arbeitstag in der Fabrik. Die Schule war nur zehn Minuten entfernt, daher würde er sie zu Fuß dort hinbringen und dann den Bus zur Arbeit nehmen. Aber sie müsste sich den Weg nach Hause merken und am Nachmittag allein zurückgehen, weil er erst später von der Arbeit kam. Bei dem Gedanken daran hatte sie ein komisches Gefühl im Magen, doch sie ignorierte es und erklärte ihrem Vater, dass sie das schon schaffen werde, da sie ein gutes Gedächtnis habe. Sie wollte, dass er sich darauf konzentrierte, seine Arbeit gut zu machen und sich nicht um sie sorgte. Sie wusste, dass er nervös war, denn er hatte sich Kassetten angehört, um Englisch zu üben. Er machte sich Sorgen, dass ihm sein Chef eine Frage stellen könnte und er nicht wüsste, wie er sie beantworten solle. Ahmed hatte ihm versichert, dass er sich keine Sorgen machen musste. Er kannte Leute, die in der Fabrik arbeiteten. Es waren Libanesen, die Englisch sprachen. Ahmed versicherte ihrem Vater, dass sie sich um ihn kümmern würden.

Als Adeena am nächsten Morgen erwachte, war es draußen noch dunkel. Sie ging sogleich in die Küche und stellte einen Topf mit Milch auf den Herd, um sie aufzuwärmen. Dann nahm sie Brot und

Butter heraus und bereitete das Frühstück zu. Als ihr Vater erwachte und verschlafen in die Küche kam, standen Teller mit Früchten, Joghurt und gebutterten Brotscheiben bereit. Dazu gab es Gläser mit warmer Zimtmilch. Ein Strahlen erschien auf seinem Gesicht.

»Guten Morgen, meine kleine Adeena. Nun sieh sich einer an, was du alles vorbereitet hast«, sagte er und deutete auf den Tisch. Adeena lächelte stolz. »Bei einem solchen Start in den Tag kann er nur ganz wunderbar werden«, lobte er sie. Sie nahmen beide Platz und begannen, langsam zu essen.

»Freust du dich auf die Schule?«, fragte er.

»Ja«, erwiderte sie wahrheitsgemäß. Sie war zwar aufgeregt, aber sie vermisste das Spielen mit Ferwa und hoffte, dass sie eine neue beste Freundin finden würde.

»Gut. In der Schule wirst du rasch Englisch lernen. Ahmed hat mir gesagt, dass sein Neffe auf dieselbe Schule geht und Englisch in zwei Wochen gelernt hat. Du bist klug, also wirst du nur eine Woche brauchen«, sagte ihr Vater lächelnd.

Als sie mit dem Frühstück fertig waren, zog Adeena vorsichtig ihre neue Schuluniform an. Ihre Schule im Libanon hatte nur aus einem Dutzend Dorfkinder in einem einzigen Raum bestanden. Es hatte keine Uniform gegeben. Aber die Schule hier war groß. Sie hatte sie gesehen, als ihr Vater sie gemeinsam mit dem von der Regierung geschickten Dolmetscher dort angemeldet hatte. Und alle sahen so unglaublich schick aus in ihren gold-blauen Uniformen. Adeena begutachtete sich im Spiegel. Sie band ihr dickes schwarzes Haar zu einem engen Pferdeschwanz zusammen und war mit dem Ergebnis glücklich. *Ich sehe genauso aus wie die anderen Kinder*, dachte sie und lächelte.

Als sie am Schultor ankamen, gab Adeenas Vater ihr einen Kuss auf die Wange.

»Hab einen schönen Tag, meine kleine Adeena.«

»Du auch.« Sie winkte und sah zu, wie er davonging. Dann drehte sie sich zum Tor um und schritt hindurch, wobei sie sich vorkam, als betrete sie damit eine neue Welt. Kinder rannten herum, und es gab jede Menge Geschrei – Worte, die Adeena nicht verstand. Aber sie klangen glücklich. Sie vernahm Lachen. Das hier ist ein guter Ort, dachte sie. Sie ging auf das Gebäude zu, in dem sie bei ihrer Anmeldung gewesen war. Dort saß eine Frau hinter einem Tisch. Sie blickte auf und sagte etwas zu ihr. Adeena hatte keine Ahnung, was die Frau gesagt hatte, daher lächelte sie und nickte. Die Frau wiederholte die eigenartig klingenden Worte. Adeena nickte wieder. Dieses Mal gab die Frau ein lautes Schnaufen von sich, stand auf und sprach die gleichen Worte, aber mit einer lauteren Stimme. Adeena fürchtete, dass sie sie irgendwie verärgert hatte. Also sagte sie eins der wenigen englischen Wörter, die sie kannte. »Ja.« Die Frau machte etwas Komisches mit ihren Augen, als blicke sie zur Decke hinauf und griff nach dem Telefon. Adeena senkte den Kopf und knetete ihre Hände. *Eine Woche*, dachte sie. *In einer Woche werde ich Englisch sprechen und kann mich mit ihr unterhalten. Dann wird sie nicht mehr böse auf mich sein.*

»Keine Sorge, sie ist nicht immer so schlecht gelaunt«, flüsterte eine Stimme auf Arabisch in ihr Ohr. Sie drehte sich zur Seite und sah ein Mädchen neben sich stehen, das beinahe so groß war wie sie. Das Mädchen hatte dunklere Haut als Adeena, aber das gleiche dicke schwarze Haar.

»Bist du Libanesin?«, fragte Adeena.

Das Mädchen schüttelte den Kopf. »Ägypterin«, sagte es mit einem Lächeln. »Mein Name ist Myra.« Adeena erwiderte das Lächeln und nannte ihren eigenen Namen.

»Weißt du, in welcher Klasse du bist?«, fragte Myra, und Adeena schüttelte den Kopf.

»Wie alt bist du?«, erkundigte sich Myra.

»Acht. Beinahe neun.«

»Ich auch! Ich habe in zwei Wochen Geburtstag. Warte hier, ich werde an deiner Stelle mit ihr reden. Ihr Name ist Mrs. Donaldson, und sie eigentlich ganz nett, aber auch etwas mürrisch.«

Was für eine seltsame Art und Weise, jemanden zu beschreiben. Adeena hatte viele nette Menschen kennengelernt und auch viele mürrische, aber keinen, der beides war. Außer ihrem Vater, der häufig mürrisch war, dies aber nie einem Fremden gegenüber sein würde. Sie lauschte, als Myra sich mit der Frau in dieser seltsam klingenden Sprache unterhielt. Eine Minute später wandte sie sich wieder zu Adeena um und lächelte sie mit einem Blatt Papier in der Hand an.

»Du bist in meiner Klasse«, sagte Myra grinsend. »Wir haben die beste Lehrerin überhaupt: Miss Grace. Komm mit, ich zeige dir, wo du deine Tasche und deine Sachen hintun kannst. Hier, steck das ein.« Myra reichte Adeena das Blatt.

»Was ist das?«, fragte Adeena, und Myra zuckte mit den Schultern.

»Keine Ahnung. Langweiliger Infokram für deine Eltern. Komm schon.« Myra nahm Adeena an die Hand, und gemeinsam hüpften sie durch den mit Kindern gefüllten Betondschungel zu ihrem ersten echten Klassenzimmer. Adeena warf einen Blick zum Himmel hinauf und bedankte sich im Stillen bei Allah, dass er ihr Myra geschickt hatte.

Kapitel 5

Marie

Gegenwart

Pünktlich um fünf nach sechs in der Früh kam Dee zur Tür herein, um ihren üblichen Flat White abzuholen. Marie hatte ihn kurz zuvor bereits in einen Coffee-to-go-Becher gefüllt und reichte ihn ihr sogleich über die Theke. Dee belohnte sie mit einem strahlenden Lächeln.

»Sie verwöhnen mich, Marie«, sagte sie und gab ihr vier Dollar. »Das mit gestern tut mir leid. Ich hätte die Frau vermutlich lieber ignorieren sollen, statt eine solche Szene zu machen.«

»Wagen Sie es ja nicht, sich zu entschuldigen! Ich habe die Frau übrigens rausgeworfen, nachdem Sie gegangen waren. Konnte sie ohnehin nicht leiden. Hat ständig wegen irgendwas rumgejammert.«

Dee hielt sich die Hände vor den Mund und schüttelte lachend den Kopf. »Rausgeworfen? Ist nicht Ihr Ernst!«

»Nun, ich habe nicht etwa Hand an sie gelegt, aber ich habe ihr meine Meinung gesagt, und sie ist beleidigt abgezogen. Und sie ist hier nicht mehr willkommen.«

Dee griff nach Maries Hand.

»Sie sind unglaublich. Vielen Dank für Ihre Unterstützung. Genau das habe ich heute Morgen gebraucht.« Marie bemerkte, dass Dees Lächeln nicht ihre Augen erreichte.

»Sie machen sich doch wegen ihr hoffentlich keine Gedanken? Das sollten Sie nicht. Sie ist bloß ein Dummkopf mit kleinkarierten Ansichten.«

Dee zog sich einen Barhocker heran. »Ich weiß. Sie hat mich nur auf dem falschen Fuß erwischt. Meine Schule ist gerade dabei, dieses interreligiöse Programm zu starten, und ich war so überzeugt, dass es funktionieren würde, dass die Leute es begrüßen würden. Aber dann trifft man so jemanden und ...«

»Solch voreingenommene Menschen wird es immer geben, Liebes. Damit müssen Sie klarkommen und Ihr Ziel dennoch erreichen. Sie werden schon sehen, dass es hier viele Menschen gibt, die eine Menge von Ihnen und auch von Ihrem neuen Programm halten.« Marie wusste dies zwar nicht mit Sicherheit, aber sie wusste, dass sie überzeugend war. Dees Augen erhellten sich, wie Marie es so oft nach einem kurzen, guten Gespräch mit einem Gast erlebte. Mit einem Mal erblickte sie neue Hoffnung darin.

»Vielen Dank, Marie. Sie haben vollkommen recht. Ich werde auf gar keinen Fall aufgeben – wir haben ja noch nicht einmal angefangen! Übrigens habe ich mich gestern mit der Marketingfrau getroffen. Ich habe sie auf einen Kaffee vorbeigeschickt. Haben Sie sie kennengelernt? Eine ganz bezaubernde, elegante Frau, groß und schlank. Ihr Name ist Isla.«

»Isla – ja, die habe ich kennengelernt. Stellen Sie sich vor, sie hat schon hier eingekauft, als das Café noch ein Gemischtwarenladen war. Ist Jahrzehnte her. Ich kann aber nicht behaupten, dass ich mich an sie erinnere. Es waren so viele Kinder, die hier ihr Taschengeld vernascht haben. Aber ja, eine reizende junge Frau. Kam mir aber irgendwie traurig vor.«

Marie erinnerte sich daran, wie Islas Augen feucht geworden

waren, als sie das Baby vor sich betrachtete. Sie vermutete, dass sie vielleicht Probleme hatte, schwanger zu werden.

»Finden Sie? Mir kam sie sehr selbstbewusst vor. Obwohl …« Dee verstummte mitten im Satz, als habe sie etwas sagen wollen, was sie besser nicht sagen sollte.

Marie hielt nichts von Mutmaßungen. Sie war den Menschen zwar zugewandt, interessierte sich für sie. Und sie besaß eine gute Intuition, was nicht ausblieb, wenn man so viel Zeit mit Fremden verbrachte, wie sie es tat. Aber sie wollte nicht als Klatschtante gelten, daher verkniff sie sich jede weitere Bemerkung.

»Danke, dass Sie sie hergeschickt haben. Sie ist ein nettes, junges Ding.«

»Das finde ich auch. Und jetzt sollte ich mich besser auf den Weg machen, Marie.« Dee griff nach ihrer Handtasche und dem Kaffee und schob den Hocker mit der Hüfte an die Theke. »Vielen lieben Dank. Sie haben keine Ahnung, wie sehr ich Ihre weisen Worte heute Morgen gebraucht habe.«

»Gern geschehen. Aber Sie müssen mir unbedingt noch verraten, was Sie gestern zu dieser törichten Frau gesagt haben. Dax und ich haben da nämlich eine Wette laufen.«

Dee lachte. »Eigentlich war es gar nicht so schlimm. Ich habe sie eine ungebildete Närrin genannt. Oh, und ihr einen schönen Tag gewünscht.«

»Eine Beleidigung mit einem höflichen Abschluss. Das gefällt mir, und damit habe ich meine Wette gewonnen. Alles Gute heute bei der Arbeit, Liebes.«

Marie sah ihr nach, als Dee selbstbewusst davonmarschierte. Sie bewunderte die Stärke dieser Frau. Marie dachte an ihre Mutter, die auch eher durch ihr Leben gestürmt als geschritten war. Sie empfand sich zwar selbst auch als stark, aber solche Frauen wie ihre Mutter und Dee besaßen noch etwas anderes. Sie war sich sicher, dass Dee ihr großes Schulprojekt schon auf den Weg bringen würde. Das Telefon läutete und riss sie aus ihren Gedanken.

»Hallo, Mum, wie geht's dir?« Es war Ryan. Ihr Ältester. Marie spürte, wie sich ihr Gesicht zu einem Lächeln verzog.

»Herzlichen Glückwunsch zum Geburtstag, mein Schatz! Ich sollte doch eigentlich *dich* anrufen. Wieso bist du denn schon so früh wach?« Ryan war Sanitäter, und sie wusste, dass er gestern Spätschicht gehabt hatte.

»Danke, Mum. Ich bin noch gar nicht im Bett gewesen, wollte mich jetzt erst hinlegen. Deshalb dachte ich, ich rufe dich vorher mal an. Ist es wirklich okay, wenn wir heute Abend alle zu dir kommen? Lily bringt das Essen mit. Ich glaube, Lasagne.« Lily war Ryans Frau und eine gute Köchin. »Und Kat den Kuchen.« Kat war Maries ältere Tochter und nicht gerade ein Genie in der Küche, daher hoffte Marie, dass es ein gekaufter Kuchen sein würde.

»Aber natürlich! Das klingt doch wunderbar. Und ich habe gestern mit Lacey gesprochen. Sie wird heute Abend gegen acht anrufen, damit sie immerhin mit dir sprechen kann.« Lacey war Maries Jüngste, inzwischen auch bereits vierzig, und sie lebte mit ihrem Mann in Singapur.

»Perfekt«, gähnte Ryan.

»In Ordnung, dann schlaf mal schön, mein Großer. Bis heute Abend.« Marie legte auf und stand für einen Moment lächelnd da. Ihre Kinder waren immer so gut zu ihr. Sie erwarteten nicht von ihr, dass sie zu ihnen kam. Stattdessen kamen sie jeden Sonntag und auch zu allen besonderen Gelegenheiten zum Essen zu ihr. Und sie erwarteten auch nicht, dass sie für sie kochte. Sie tauchten einfach auf, brachten das Essen mit und verwöhnten sie. Sie musste bei ihrer Erziehung wohl doch etwas richtig gemacht haben!

Marie beugte sich hinab, um einen großen Zweig aufzuheben, der auf dem Weg lag, zerbrach ihn in mehrere kleine Stücke und warf sie ins Beet. Sie kam jeden zweiten Nachmittag in den Vorgarten hinaus und sammelte herabgefallene Zweige vom Weg auf. Sie hasste die Vorstellung, dass sich jemand die Beine zerkratzen könnte, wenn er auf sie trat. Die Ahornbäume waren prächtig, aber sie verloren so viele Zweige. Marie griff gerade nach einem kleinen, als mit einem Mal von der Straße vorn ein lautes Hupen ertönte, gefolgt von einer Schimpftirade. Sie schritt hinüber, um zu sehen, was vor sich ging. Ein kleiner blauer Wagen schwenkte soeben immer noch hupend auf seine Fahrbahnseite zurück, und Marie erblickte Isla, die bleich und mit weit aufgerissenen Augen auf sie zukam.

»Isla? Alles in Ordnung, Liebes?« Marie streckte den Arm aus und ergriff Islas Hand. Die nickte und blickte zur Straße zurück.

»Ich habe wohl vor mich hingeträumt und plötzlich ... so ein Mist! Ich bin einfach direkt vor das Auto gelaufen.« Isla presste ihre Hand an die Brust.

»Der Fahrer hat Sie aber nicht ungestraft davonkommen lassen.«

Langsam kehrte wieder Farbe in Islas Wangen zurück. »Ernsthaft. Ich kann nicht glauben, dass mir das gerade passiert ist.«

»War es wenigstens ein guter Tagtraum?«

Isla zögerte nur eine Sekunde. »Äh, ja, ich hatte gerade an Ihr getoastetes Käsesandwich gedacht. Ich war auf dem Weg zu Ihnen.«

»Nun, dann hat er sich ja gelohnt.« Maries Café war berühmt für sein getoastetes Käsesandwich. Sie bereitete es zu wie schon ihre Mutter es getan hatte: mehrere Lagen Cheddar und anderer schmackhafter Käse, dazu ein Hauch Parmesan, umhüllt von frischem, außen wie innen gebuttertem Brot. »Kommen Sie nur herein. Darf es auch noch ein Macchiato sein?«

»Sie haben sich an meine Kaffeebestellung erinnert.« Isla wirkte sichtlich geschmeichelt.

Marie führte sie zu demselben Tisch, an dem sie tags zuvor gesessen hatte und rief Katie die Bestellung zu. Die nickte, reckte beide Daumen in die Höhe und wäre auf ihrem Weg zur Küche beinahe über ihre eigenen Beine gestolpert.

»Waren Sie mit zwanzig auch so tollpatschig wie unsere liebe Katie hier?« Marie lachte.

Isla wirkte plötzlich wieder angespannt.

»Äh, nein. Ich glaube nicht.«

Marie beschloss, sich zu ihr zu setzen. Die junge Frau hatte dringend einen kleinen Plausch nötig, dessen war sie sich sicher.

Als Isla mit ihrem Essen fertig war und langsam ihren Kaffee trank, hatte Marie ihr die ganze Geschichte des Ladens erzählt.

»Respekt! Ihre Mutter muss eine tolle Frau gewesen sein. Aber was ist mit Ihnen? Wann haben Sie den Laden übernommen?«

»Tja, das dürfte inzwischen beinahe fünfzig Jahre her sein. Nach meiner Hochzeit sind wir hierhergezogen und haben Mum geholfen. Dann ist sie plötzlich krank geworden, und ich habe ganz übernommen.«

»Ist Ihr Mann, ähm, verstorben?« Islas Wangen röteten sich ein wenig.

»Ja, das ist er. Vor fünfundzwanzig Jahren. Kurz bevor ich den Laden in ein Café verwandelt habe. Aber lassen Sie uns doch über etwas anderes reden.« Die fünfundzwanzig Jahre hatten zweifellos dabei geholfen, ihr gebrochenes Herz zu heilen, aber es überraschte Marie manchmal, wie sehr es sie immer noch aus der Fassung brachte, über ihren Mann zu reden. Sie wollte nicht, dass sie ihre Emotionen überkamen und sie sich bloßgestellt fühlte.

»Was werden Sie mit dem Rest des Tages anfangen, Liebes?«, erkundigte sie sich freundlich.

»Ich habe noch einen Termin oben in Kogarah. Aber nichts Berauschendes.«

»Na, da wäre ich mir nicht so sicher! Dee war heute Morgen hier, und sie hat mir erzählt, wie großartig Sie in Ihrem Job sind.«

Isla schien augenblicklich etwas aufrechter auf ihrem Stuhl zu sitzen.

»Oh, das ist wirklich nett von ihr. Ich war auch sehr beeindruckt von ihr. Ich glaube, wir werden gut zusammenarbeiten.« Isla warf einen Blick auf ihre Armbanduhr und seufzte. »Ich wünschte, sie wäre es, mit der ich mich gleich treffe. Ich sollte mich besser auf den Weg machen, Marie. Wenn es Ihnen nichts ausmacht, zahle ich heute bar.« Isla nahm genau zwölf Dollar aus ihrem Portemonnaie und reichte sie Marie. »Danke, das war ein tolles Mittagessen, und es hat gutgetan, mit Ihnen zu reden.«

Da war wieder dieses kleine Zittern in ihrer Stimme. Marie streckte die Hand aus und drückte Islas Schulter.

»Ich habe zu danken. Alles Gute für Ihren nächsten Termin.«

Marie sah ihr nach, als Isla davonging. Da war eine Unsicherheit in ihrem Schritt. Als wäre sie sich nicht ganz sicher, in welche Richtung sie gehen solle. Marie hatte das Gefühl, als würde sie sie demnächst noch des Öfteren hier sehen.

Sie machte früher Schluss als gewöhnlich und überließ es Dax und Katie, das Café für den Nachmittag zu schließen. Sie wusste, dass es heute Abend mit der Familie spät werden würde und wollte sich noch ein Weilchen hinlegen. Marie machte es sich gemütlich und betrachtete die gerahmten Fotos, die auf ihrem Nachttisch standen. Da war das Hochzeitsfoto von Samuel und ihr, auf dem er seine Arme um ihre Taille gelegt hatte, als wolle er sie an sich ziehen, und sie blickte ihm dabei tief in die Augen. Dann war da noch das Foto, auf dem sie als kleines Mädchen mit ihrem Bruder Lucas und ihrer Mutter zu sehen war. Man hatte ihr erzählt, dass sie sich kurz vor der Aufnahme den Kopf gestoßen hatte und sowohl ihr Bruder als auch ihre Mutter schienen sie besonders gut festzuhalten. Und trotzdem lachten sie alle über etwas in der Ferne.

Durch das Gespräch mit Isla über ihre Vergangenheit waren in Marie alte Erinnerungen wach geworden. Von Zeit zu Zeit waren ihre Kindheitserinnerungen vom Laden und der Schule beinahe so frisch wie die Gegenwart, und dann wieder schienen sie einer anderen Frau zu gehören. Heute spürte sie Rose und Lucas hier bei sich, fühlte sich ihnen nahe. Und als sie in einen leichten Schlaf fiel, wusste sie, dass sie von ihnen träumen würde.

Kapitel 6

Marie

1935

Marie zitterte, als sie sich das Wollkleid über den Kopf zog. Es war mitten im Winter, und sie hasste es, sich frühmorgens anzuziehen. Und ganz besonders hasste sie es, sich am Wochenende so früh anzuziehen. Wenn es nach ihr ginge, würde sie noch ein, zwei Stündchen im Bett liegen und lesen, im Pyjama frühstücken und sich *dann* anziehen. Aber ihre Mutter weckte sie jeden Morgen um sieben, egal welcher Tag es war, und sie bestand darauf, dass Lucas und sie sich vor dem Frühstück anzogen. Marie konnte nicht verstehen, wieso. Ihre Freundin Therese frühstückte im Pyjama. Und sie durfte an den Wochenenden sogar bis neun schlafen. Aber Marie machte sich gar nicht erst die Mühe, mit ihrer Mutter zu streiten. Sie würde ihr bloß erklären, wie besonders ihr Haus war, ebenso wie der Laden, und dass sie sich auf den bevorstehenden Tag vorbereiten mussten.

Während sich Marie ihr langes braunes Haar bürstete, ermahnte sie sich. Sie wusste, dass es egoistisch von ihr war, wegen der Kälte auf ihre Mutter böse zu sein. Sie wusste auch, wie schwer ihre Mutter arbeitete, damit der Laden lief und das, obwohl sie in den Zeitungen über die vielen armen Menschen lasen, die nichts zu essen hatten und manchmal sogar auf der Straße schlafen mussten. Marie funkelte sich im Spiegel wütend an. »Du bist kein Baby mehr!«, herrschte sie sich an, was ihr jetzt nicht mehr schwerfiel, weil ihr wärmer war. Sie machte ihr Bett und schlüpfte dann hinaus in Richtung Küche.

Lucas, der jeden Tag von selbst im Morgengrauen erwachte, saß bereits am Küchentisch und aß seinen Haferbrei. Rose stellte gerade eine Schale und ein Glas warmer Milch an Maries Sitzplatz.

»Guten Morgen, Mum, Lucas«, sagte Marie und setzte sich.

»Guten Morgen, mein Schatz«, erwiderte Rose.

Lucas nuschelte beim Essen etwas und nickte ihr zu. Marie gab sich Mühe, keinen Seufzer von sich zu geben, während sie ihren Haferbrei aß. Und sie versuchte, nicht darüber nachzudenken, dass jeder Samstag genau gleich war. Sie aßen zusammen und folgten Rose dann in den Laden, um ihr bei der Arbeit zu helfen. Dort plauderten sie mit der Kundschaft, und nach der Stoßzeit am Morgen durften sie den Rest des Tages nach Belieben verbringen, solange dies im Haus oder im Garten geschah. Manchmal lud Marie Therese zu sich ein, und sie flochten Gänseblümchenketten oder dachten sich Stücke aus und spielten sie nach. Sie hatten Spaß, aber Marie sehnte sich danach, einmal am Wochenende zu Therese gehen zu dürfen und mit deren Puppen zu spielen oder die Reifenschaukel im Vorgarten auszuprobieren.

»Marie? Hast du gehört?«, unterbrach Rose Maries Gedanken.

»Tut mir leid, Mum, was hast du gesagt?«

Lucas stupste sie mit seinem Löffel und nannte sie eine Tagträumerin. Marie streckte ihm die Zunge heraus, bevor sie sich auf die Worte ihrer Mutter konzentrierte.

»Ich sagte, du musst heute bis nach dem Mittagessen im Laden bleiben. Ich habe viele Bestellungen zu erledigen.«

Marie zwang sich zu einem Nicken, anstatt die Augen zu verdrehen. »In Ordnung, Mum«, sagte sie. Marie wandte sich Lucas zu. »Bist du auch den ganzen Tag im Laden?« Er schüttelte den Kopf.

»Nein. Ich muss heute Nachmittag noch Hausaufgaben machen.«

Marie war sich sicher, dass er dabei ein Grinsen unterdrückte. Lucas war nur zwei Klassen über ihr, und es war kaum zu glauben, dass seine Hausaufgaben so viel schwerer waren als ihre eigenen. Mit denen war sie immer schon freitags fertig, aber alle paar Wochen schien Lucas besonders viel Hausaufgaben auf zu haben, an denen er dann das ganze Wochenende arbeiten musste. Sie vermutete, dass das Blödsinn war, und er lediglich in seinem Zimmer herumfaulenzte. Marie warf ihm mit hochgezogenen Augenbrauen einen Blick zu, damit er mitbekam, dass sie ihn durchschaute. Aber Lucas zuckte nur mit den Schultern, trug seine Schüssel zur Spüle hinüber und schlenderte Richtung Laden davon. Marie aß ihr Frühstück auf, wusch ihre Schüssel aus und folgte mit Rose. Lucas hatte bereits sämtliche Jalousien geöffnet und schloss gerade die Eingangstür auf. Marie blickte hinaus und erwartete, ein paar Stammkundinnen zu sehen, die auf Einlass warteten, doch stattdessen parkte direkt vor dem Haus ein glänzendes silbernes Automobil, an dem ein Herr in einem gebügelten Anzug lehnte. Marie wollte ihre Mutter gerade fragen, wer das wohl sein könnte, als Rose sich die Hand vor den Mund hielt und lachte.

»Ist er's wirklich?«, sagte sie mit einer eigenartig hohen Stimme, die Marie noch nie zuvor bei ihr gehört hatte.

»Wer soll das sein?«, fragte Marie. Aber Rose ignorierte sie und schritt geradewegs zur Theke hinüber. Lucas stand immer noch im Türrahmen und starrte wie die anderen wenigen Kundinnen draußen diesen Mann an, der nun auf den Laden zukam und sich in

Richtung der Damen gewandt an einen imaginären Hut tippte, als er an ihnen vorbeiging.

»Toller Wagen«, sagte Lucas, als er eintrat. Der Mann hielt ihm seine Hand hin, und Lucas ergriff sie, um sie zu schütteln.

»Der schien dir schon vor einigen Jahren gefallen zu haben«, sagte er. Lucas neigte den Kopf zur Seite und kniff die Augen zusammen, als versuche er, sich an etwas zu erinnern, während der Mann zur Theke hinüberschritt. Er lachte Rose an, und zu ihrer Überraschung stellte Marie fest, dass ihre Mutter sein Lachen erwiderte. Dabei war Rose für gewöhnlich ziemlich kurz angebunden bei ihren männlichen Kunden.

»Hallo, Smithy«, sagte Rose.

»Sie erinnern sich noch an mich, Rose«, erwiderte der Mann.

Rose strich sich mit den Händen über das Kleid, und Marie war sich sicher, dass sie sogar ein wenig errötete. *Wer ist das nur?*, fragte sie sich.

»Allerdings erinnere ich mich noch an Sie. Sie sind seit unserem Zusammentreffen so etwas wie eine Berühmtheit geworden.«

Marie kam es so vor, als würde der Mann nun ebenfalls erröten. Sie blickten einander geradewegs in die Augen und benahmen sich ihrer Meinung nach sehr merkwürdig.

»Hallo«, sagte sie.

Der Mann blickte zu Marie herab und schenkte ihr ein so warmes Lächeln, dass sie ihm das seltsame Benehmen ihrer Mutter sogleich vergab.

»Hallöchen. Marie, nicht wahr?«

»Ja! Kenne ich Sie?« Marie blickte zu Rose hinüber, die nickte.

»Es ist schon eine ganze Weile her, und du warst noch sehr klein, aber ja, wir kennen uns. Als wir uns begegnet sind, habe ich dir versprochen, dass ich wiederkommen werde, um mein Versprechen einzulösen.« Lucas hatte sich zu ihnen gesellt, und sie drängten sich um die Theke, ohne die Kundinnen zu beachten, die umherliefen und mithörten.

»Sind Sie der Pilot?«, erkundigte sich Lucas, der umherhüpfte, als müsste er auf die Toilette.

»Der bin ich. Und mögt ihr zwei immer noch Flugzeuge? Ich glaube, es war Marie, die sie besonders mochte, als wir uns kennengelernt haben.«

»Ja!«, riefen Marie und Lucas wie aus einem Munde. Marie hatte Flugzeuge schon immer gemocht, besonders als sie noch kleiner gewesen war. Sie hatte die Küchenstühle immer so zusammengerückt, dass sie an ein Cockpit erinnerten, und Stunden damit verbracht, sich vorzustellen zu fliegen. Selbst heute noch zeichnete sie kunstvolle Bilder von Flugzeugen.

Smithy lachte. »Würdet ihr gern in einem mitfliegen?« Lucas sprang wie ein Wilder auf und ab und rief wieder »Ja!«, aber Marie wandte sich Rose zu, überzeugt, dass diese es verbieten würde.

»Dürfen wir, Mum?«, fragte sie und befürchtete schon, dass die gekräuselte Stirn ihrer Mutter »Nein« bedeutete.

Rose blickte von Lucas zu Marie und zuckte dann mit den Schultern. »Ich habe nichts dagegen. Solange es wirklich sicher ist?«

»So sicher wie ein Automobil«, verkündete Smithy und legte dabei die Hand auf sein Herz. Marie wusste, dass ihre Mutter Autos nicht traute, doch zu ihrem Erstaunen lächelte sie, daher erlaubte sich Marie nun auch, begeistert zu sein.

»Wann fliegen wir denn?«, fragte sie aufgeregt.

»Wie wäre es mit jetzt gleich?«, erwiderte er. Rose machte für einen Moment einen gehetzten Eindruck, blickte zum ersten Mal zu den Kundinnen hinüber und dann zur Uhr.

»Tut mir leid, ich weiß, dass es sehr kurzfristig ist. Ich habe einen so vollen Terminkalender, aber ich dachte ... «

»Nein, nein, ist schon gut«, unterbrach ihn Rose. »Geben Sie uns bitte noch eine Stunde, wenn das möglich ist.«

Als sie die Worte vernahm, kam sich Marie vor, als flöge sie bereits, und sie schloss ihre Arme um die Taille ihrer Mutter, verspürte eine solche Dankbarkeit, wie sie sie noch niemals zuvor empfunden hatte. Die nächste Stunde raste an ihnen vorbei. Während Smithy an der Theke saß und eine Tasse Tee trank, überschlugen sich Rose, Lucas und Marie, um die Kundinnen zu bedienen, die weiterhin eintrafen, um ihre morgendlichen Einkäufe zu erledigen. Rose entschied, dass sie die für heute geplanten Bestellungen auch am Montag tätigen konnte, und um halb neun hing Rose zum ersten Mal an einem Morgen während der Ladenöffnungszeit das ›Geschlossen‹-Schild an die Tür und drehte den Schlüssel um.

Die Fahrt zum Flughafen war allein schon aufregend. Marie war erst ein paar Male in einem Automobil mitgefahren und noch niemals mit einem so schicken wie diesem. Sie saß mit Lucas auf dem Rücksitz, das Fenster bis ganz nach unten hinuntergedreht, und hielt die Augen geschlossen, während der Wind ihr über das Gesicht strich. Rose saß vorn und plauderte die ganze Zeit mit Smithy. Marie hörte für eine Weile zu, aber als sie merkte, dass es nur um die Depression und das Tätigen von Geschäften ging, ignorierte sie ihr Gespräch. Als sie an der größten betonierten Fläche anhielten, die sie jemals gesehen hatte, kam es ihr so vor, als wären sie nur wenige Minuten unterwegs gewesen. Hinter einem hohen Stacheldrahtzaun standen mehrere Flugzeuge, die bereit schienen, sich jeden Moment in die Lüfte zu erheben. Marie hatte das Gefühl, als würde ihr das Herz in der Kehle explodieren, so aufgeregt war sie.

Smithy schaltete den Motor des Wagens ab und drehte sich zu ihr und Lucas um.

»Seid ihr bereit?«, fragte er.

»Natürlich«, erwiderte Lucas mit viel zu lauter Stimme. Marie hatte sich ein wenig besser unter Kontrolle und schaffte es, ein leiseres »Ja« hervorzustoßen.

Smithy wandte sich Rose zu. »Und was ist mit Mum? Sind Sie auch bereit?«

Rose warf Marie und Lucas einen Blick zu. »Äh, also, wenn Sie vollkommen überzeugt sind, dass es für die Kinder sicher ist, würde ich es eigentlich vorziehen, hier unten zu warten«, sagte sie mit blassem Gesicht.

Marie fiel ein, dass ihre Mutter unter Höhenangst litt. Sie hatte Lucas und ihr einmal erzählt, dass sie als junges Mädchen auf das Dach des Nachbarn geklettert und dort herumbalanciert war, bevor sie schließlich hinunterfiel und sich das Bein brach. Seitdem wurde ihr jedes Mal schlecht, wenn sie nur daran dachte, auf etwas Höherem zu stehen als einem Stuhl.

»Natürlich nur, wenn ihr zwei damit einverstanden seid.« Rose drehte sich mit besorgtem Gesicht zu Marie und Lucas um.

»Natürlich, Mum, wir schaffen das schon. Stimmt's, Marie?«, sagte Lucas.

Marie lächelte Rose an, um sie zu beruhigen. »Wir schaffen das auf jeden Fall«, versicherte sie ihr und stellte zu ihrer Erleichterung fest, dass sich das Gesicht ihrer Mutter entspannte und sie ihr Lächeln erwiderte.

»Sie bekommen den besten Platz des Hauses«, verkündete Smithy, stieg aus dem Wagen und ging um ihn herum zum Kofferraum, um eine dicke rote Decke herauszunehmen. Die breitete er auf der Motorhaube aus. Dann öffnete er die Tür auf der Beifahrerseite, hielt Rose seine Hand hin und half ihr aus dem Automobil.

Die Art und Weise, wie Rose seine Hand ergriff und lächelnd zu ihm aufblickte, verursachte einen eigenartigen Schmerz in Maries Magen. Dies war eines der wenigen Male in ihrem Leben, dass sie dachte, wie schön es gewesen wäre, einen Vater zu haben. Dabei zuschauen zu können, wie ihrer Mutter aus einem Wagen hinausgeholfen wurde, anstatt mitanzusehen, wie sie Tag für Tag in einem Laden arbeitete. Aber Marie schüttelte diesen Gedanken ab, als Lucas seine Tür öffnete und hinaussprang. Sie tat es ihm gleich und rannte nach vorn zum Auto, wo Rose auf der Decke Platz nahm und ihre Knöchel übereinanderschlug, als säße sie auf einem richtigen Stuhl.

Smithy legte seine Arme um Maries und Lucas' Schultern. »Los geht's, Nachwuchspiloten!«, sagte er, und sie winkten Rose zum Abschied zu, die sie – wenn auch mit zitternden Lippen – anlächelte.

»Seid vorsichtig!«, rief sie ihnen nach, als sie auf ein großes Tor zugingen.

Der Motor des Flugzeugs dröhnte lauter, als Marie es sich jemals vorgestellt hatte, und ihr Magen hüpfte umher, während das kleine Flugzeug langsam, aber mit wilder Entschlossenheit immer höher und höher in den Himmel stieg. Sie wusste nicht so recht, ob sie sich fürchten oder freuen sollte. Aber sobald sie in der Luft waren, beruhigte sich ihr Magen, und es kam ihr so vor, als würden sie schweben wie ein riesiger Vogel. Sie presste die Stirn an das schmale Fenster und starrte auf die lächerlich kleinen Bäume, Straßen und Häuser unter ihnen hinab. Das wirkliche Leben wirkte von hier oben so winzig, so unbedeutend. Marie beobachtete Smithy dabei, mit welcher Leichtigkeit er die Schalthebel und Knöpfe bediente, nebenbei auf interessante Dinge hinwies, die sie überflogen, und auf die Welt dort unten hinablächelte. Maries Blicke schweiften über den endlos blauen Himmel, und sie kam zu dem Schluss, dass das hier das wahre Leben war: wie ein Vogel zu fliegen. Es kam ihr so vor, als wäre ihr ganzer Körper mit einer prickelnden Gänsehaut überzogen, als wäre plötzlich alles möglich. Sie schaute zu Lucas hinüber und lächelte über das alberne Grinsen auf seinem Gesicht. Er reckte beide Daumen in die Höhe, und sie tat es ihm nach. Dann warf sie den Kopf in den Nacken und lachte. Da war sie heute Morgen an einem ganz normalen, langweiligen Samstag aufgewacht und jetzt war sie hier, mit ihren zehn Jahren in einem echten Flugzeug mit einem berühmten Piloten! Es war eigentlich zu verrückt, um wahr zu sein. Als sie eine Stunde später nach einem Flug über ausgedehnte perfekte Strände und tiefgrüne Hügel wieder landeten, entschied Marie, dass sie genau wie Smithy sein und Pilotin werden wolle. Sie hatte nicht vor, es jemandem zu erzählen, weil sie wusste, dass man sie auslachen würde. Aber sie würde Pilotin werden, dessen war sie sich sicher.

Als Smithy sie am späten Nachmittag zu Hause absetzte, versprach er, dass er wiederkommen und sie auf einen weiteren Flug mitnehmen werde – und das nicht erst in sieben Jahren, wie bei seinem letzten Besuch. Er schüttelte Lucas und Marie die Hand und gab Rose einen Kuss auf die Wange, ehe er davonfuhr und ihnen aus dem offenen Fenster winkte, bis er außer Sichtweite war. Sie liefen zu dritt um die Wette, wer zuerst auf der Rückseite des Hauses war, und Rose machte sich daran, Sandwiches für das Abendessen zuzubereiten. Obwohl es kühl war an diesem Spätnachmittag, aßen sie gemeinsam auf einer Picknickdecke im Garten hinter dem Haus und unterhielten sich fröhlich über den wundervollen Tag.

»Das war der beste Tag meines Lebens«, verkündete Marie.

»Finde ich auch. Flugzeuge sind unglaublich«, sagte Lucas.

Marie war froh, dass er nicht erklärte, auch Pilot werden zu wollen. Sie hatte nicht vor, jemandem von ihrem Traum zu erzählen, aber es würde schwierig werden, es geheim zu halten, wenn sie im Stillen mit Lucas konkurrieren müsste.

»Es war ein außergewöhnlicher Tag«, sagte Rose. »Und er begann in unserem ...«

»... außergewöhnlichen Haus«, beendeten sie den Satz gemeinsam und kicherten.

»So ist es«, sagte Rose und nickte, den Blick scheinbar entrückt in die Ferne gerichtet.

Marie schob ihren Teller zur Seite, legte sich auf die Decke und bettete den Kopf in den Schoß ihrer Mutter. Während ihr Rose über das Haar strich, starrte Marie zum Himmel hinauf und stellte sich vor, wie sie in ihrem eigenen Flugzeug dort hinaufstieg, Dinge erreichte, die vor ihr noch kein Mädchen erreicht hatte.

Während sie sich diesen Traum ausmalte, ahnte sie noch nicht, dass Smithy nur wenige Monate später über dem Meer abstürzen würde. Und sie hatte noch nicht die Tränen in den Augen ihrer Mutter gesehen, als diese die Neuigkeit in der Zeitung las und in den Tagen, die folgten, ungewöhnlich still war. Und während Marie an diesem kalten Winternachmittag im Schoß ihrer Mutter lag, war ihr auch noch nicht bewusst, dass ihr Traum zusammen mit ihrem berühmten Freund sterben würde.

Kapitel 7

Marie

Gegenwart

»Auf mich!«, rief Ryan fröhlich und alle riefen »Auf dich!« und stießen mit ihren Gläsern auf seinen Geburtstag an. Marie nippte an ihrem Weißwein und blickte sich am Tisch um, während sich ihre Familie über Lasagne und Salat hermachte. Ihre Schwiegertochter, Lily, füllte einen Teller für sie, und im ersten Moment wollte Marie sie daran erinnern, dass sie ihr eigenes Café führte und ganz gewiss imstande war, sich selbst einen Teller zusammenzustellen, aber dann lächelte sie und bedankte sich bei Lily.

Die Lasagne war gut, aber Marie war beinahe zu müde, um etwas hinunterzubekommen. Sie lehnte sich auf ihrem Stuhl zurück und blickte sich in der Runde um. Ryan langte zu. Er war schon immer ein guter Esser gewesen. Lily plauderte mit Kat – dem Vernehmen nach ging es um irgendeinen traurigen Film. »Ich habe geheult, nicht bloß geweint, *geheult*! Es war echt peinlich«, sagte Kat lachend, während Lily sie tröstete, dass es ihr ebenso ergangen sei. Das klang nach einem schrecklichen Film, befand Marie. Drei Enkeltöchter – allesamt Teenager – saßen am anderen Ende des Tisches, wo sie ein leises, intensives Gespräch über irgendetwas führten. Es waren gute Mädchen, aber in ihrem Alter sollten sie die Dinge doch etwas leichter nehmen, entspannter sein, wunderte sich Marie. Man konnte fast den Eindruck gewinnen, sie würden über das Ende der Welt reden. Ihr war aufgefallen, dass viele junge Leute, die in ihr Café kamen, mit Vorliebe lange, traurige Diskussionen über den unvermeidlichen Untergang der Menschheit führten. Marie war sich ziemlich sicher, dass sie sich in ihrem Alter lediglich Sorgen um ihre Hausaufgaben und das Tanzen gemacht hatte.

»Fühlst du dich nicht gut, Mum?«, erkundigte sich Ryan.

»Wie kommst du denn darauf? Ich fühle mich prima. Es schmeckt köstlich, Lily.« Zum Beweis steckte sie sich einen großen Löffel Lasagne in den Mund

»Oh, danke, Mum. Ist sie nicht ein bisschen zu trocken?« Lily war eine geborene Pessimistin.

»Ganz und gar nicht. Sie ist perfekt.«

»Auf jeden Fall besser, als wenn *ich* mich daran versucht hätte!« Kat hob ihr Glas und trank den Rest des Weines aus. Marie versuchte nicht darüber nachzudenken, ob es ihr zweites oder bereits ihr drittes Glas war. Kat war seit mehreren Jahren geschieden und auch wenn es ihr gut zu gehen schien, war Marie sicher, dass sie wesentlich mehr trank als früher.

»Keine Sorge, Mum, ich muss nicht zurückfahren«, sagte Kat, als hätte sie Maries Gedanken gelesen. »Nic hat jetzt den Führerschein! Ein Hoch auf Nic!« Kat hob ihr Glas in Richtung ihrer einzigen Tochter. Nic verdrehte die Augen und setzte die Unterhaltung mit ihren Cousinen fort. Kat und Lily lachten trotzdem und unterhielten sich darüber, wie unglaublich es war, dass sie sich nun von ihren eigenen Kindern kutschieren lassen konnten. Marie unterdrückte ein Gähnen. Sie würde wirklich gern ins Bett gehen.

Es war nach zehn, als Maries Familie nach Hause ging. Es war ein wundervoller Abend gewesen; Marie wünschte nur, sie hätte sich nicht so erschöpft gefühlt. Sie winkte den Wagen von Ryan und Kat hinterher und sah ihre roten Bremslichter in einem Meer aus anderen Wagen verschwinden. Selbst zu dieser späten Stunde mitten in der Woche war der Verkehr auf der King Georges Road grauenhaft. Marie lief langsam an der Seite ihres Hauses entlang und bevor sie hineinging, tat sie noch etwas, das sie von ihrer Mutter gelernt hatte. Sie blieb kurz stehen und bedankte sich im Stillen, während sie mit einer Hand die kühlen Backsteine berührte, für ihre Familie. Sie wusste, dass ihre Kinder nicht perfekt waren und dass es viel gab, um das sie sich Sorgen machen könnte, wenn sie es denn zuließe. Aber sie waren erwachsen, erfolgreich, selbst Eltern und glücklich (zumindest meistens und soweit Marie es zu beurteilen vermochte). Sie hatte allen Grund, dankbar zu sein.

Marie war sich nicht sicher, wofür ihre Mutter dankbar gewesen war – vermutlich für sie und Lucas. Es tat ihr immer noch in der Seele weh, wenn sie an ihren Bruder dachte, der für immer ein junger Mann bleiben würde. Über sechzig Jahre waren vergangen, in denen sie nun schon ohne ihn lebte und dennoch vermochte sie sich ganz genau an sein Gesicht, an seine Stimme, an sein Lachen erinnern. Sie würde ihn immer vermissen.

Nachdem sie den Seiteneingang abgeschlossen hatte, begann Marie ihr allabendliches Ritual. Sie war zwar eine Stunde später als üblich dran, aber sie würde nicht ruhig schlafen können, wenn sie es ausfallen ließe. Sie ging durch die Verbindungstür ins Café und prüfte nochmals, ob sämtliche Tische sauber und eingedeckt waren, ihr iPad am Ladegerät hing und die Vorhänge zugezogen waren. Ihre Mitarbeiter hatten sie noch nie enttäuscht, und Marie rechnete nicht damit, dass etwas nicht in Ordnung war, aber es erfüllte sie mit Befriedigung, das Café in der abendlichen Stille zu erleben. In ihren Augen war es wie ein Theater, das für sein Publikum bereit war. Anschließend begab sie sich in ihre eigene Küche und genehmigte sich ein großes Glas Baileys mit Milch. Eine Freundin hatte ihr geraten, es damit zu versuchen, als Marie nach Samuels Tod Probleme mit dem Schlafen gehabt hatte. Es entspannte sie, und selbst so viele Jahre später verließ sie sich immer noch darauf, um nachts Ruhe zu finden.

Sie nahm an ihrem Esstisch Platz, den Lily sofort nach dem Abendessen wieder blitzsauber gewischt hatte. Sie trank langsam und stellte fest, dass das Glas in ihrer Hand ein wenig zitterte. Marie sah zu, wie ihre runzlige, mit Altersflecken bedeckte Hand unkontrollierbar zu zittern begann, als gehöre sie einer anderen. Sie stellte das Glas so langsam ab wie möglich, verschüttete dabei aber die Hälfte des süßen Inhalts. Sie legte beide Hände vor sich auf den Tisch und versuchte, ihr nun rasendes Herz zu beruhigen. Nicht schon wieder, flehte sie. Das Zimmer schien sich zu drehen, obwohl sie still dasaß. Sie presste die Lider zusammen, konzentrierte sich auf ihre Atmung – ein und aus –, und tatsächlich verlangsamte sich ihr Herzschlag allmählich. Sie öffnete die Augen, aber der ganze Raum hatte einen eigenartig sepiafarbenen Ton, als befände sie sich in einer alten Fotografie. Bin ich wirklich hier? Ist das wirklich das Jetzt?, fragte sie sich. Aber dann war der Farbton plötzlich wieder verschwunden, und Marie wusste, dass es ihr gut ging. *Natürlich geht es mir gut. Es war bloß ein anstrengender Tag.* Sie schimpfte mit sich, trank ihren Baileys aus, wischte den Tisch ab und trottete Richtung Schlafzimmer davon.

Als Marie die Bettdecke in die Höhe zog und es sich auf ihrem weichen Kissen gemütlich machte, musste sie sich eingestehen, dass sie es für einen Moment mit der Angst zu tun bekommen hatte. Was albern war. Mit über neunzig wurde man beinahe wöchentlich gefragt, ob man Angst vor dem Sterben hatte und ihre Antwort darauf war ein klares »Nein«. Es gab so viele geliebte Menschen, die auf der anderen Seite auf sie warteten. Sie hatte keinen Grund, sich zu fürchten. Aber was sie sich nicht eingestehen wollte, war, dass sie für einen Augenblick, vielleicht eine Sekunde nur, vergessen hatte, wo sie war. Und den Verstand zu verlieren war das Einzige, wovor sie sich wirklich fürchtete. Nun, da die Angst vor der Demenz durch ihre Gedanken tobte, fühlte sich Marie trotz des Glases Baileys ärgerlicherweise wieder hellwach. Sie drehte sich auf die Seite, kuschelte sich in das Kissen und versuchte, die Augen zu schließen. Nein, an Schlaf war nicht zu denken. Marie setzte sich auf, stopfte sich das Kissen in den Rücken und versuchte, sich an etwas Schönes zu erinnern. Als Erstes fiel ihr ein Flugzeug ein, und sie lächelte, als sie daran dachte, wie sie draußen vor dem Haus mit Lucas Flugzeuge auf die Erde gezeichnet hatte. Sie hielt ihren Finger in die Höhe und vermochte beinahe, die Kühle der Erde daran zu spüren. War das wirklich schon achtzig Jahre her? Zum zweiten Mal an diesem Tag fragte sich Marie, wie es nur sein konnte, dass ihr Leben so schnell vergangen war.

Kapitel 8

Isla

Gegenwart

Dieses Wartezimmer ist viel zu blau, dachte Isla und stellte sich vor, wie sie es umgestalten würde. Sie hatte einen Blick in ein paar der Zeitschriften geworfen, die auf dem Beistelltisch neben dem hübschen Ledersofa, auf dem sie saß, auslagen, fühlte sich aber gelangweilt und nervös. Sie war zehn Minuten zu früh zu dem Termin mit ihrem neuen Therapeuten eingetroffen und dummerweise gleich hineingegangen. Isla war immer angespannt, wenn sie einen neuen Therapeuten traf. Sie wäre besser noch ein paar Schritte die belebte Straße hinuntergelaufen, in der sich die Praxis befand. Sie warf einen weiteren Blick auf ihr Smartphone, aktualisierte ihre E-Mails. Nichts in den letzten dreißig Sekunden. Es war zwei Minuten nach zwei. Der Therapeut verspätete sich. Isla schlug die Beine übereinander und wippte mit dem Fuß. Nur ein paar Sekunden später tauchte ein großer, extrem schlanker Mann aus seinem Behandlungszimmer auf und lächelte sie an.

»Isla? Ich bin Ian. Bitte, kommen Sie doch herein.« Er trat zur Seite und streckte die Hand mit einer Zeigegebärde in Richtung seines Türrahmens aus. Er kam ihr dabei wie ein Grundschullehrer vor, der seinen Schützlingen den Weg in den Klassenraum weist. Ein sehr großer Lehrer, dachte Isla. Als sie an ihm vorbeiging und ihm dabei zunickte, stellte sie fest, dass sie ihm nur knapp bis an die Schulter reichte, obwohl sie eins achtundsiebzig groß war und ihre höchsten Absätze trug. Das Behandlungszimmer war glücklicherweise weniger blau. Es war schlicht eingerichtet mit jeweils zwei einander leicht zugewandten cremefarbenen Sesseln. Zwischen den Sesseln stand ein hölzerner Couchtisch im Landhausstil mit einem Wasserkrug, zwei sauberen Gläsern und einem großen Notizbuch darauf. Kein Schreibtisch, keine Motivationssprüche an den Wänden. Lediglich ein Landschaftsbild. Das Zimmer war schlicht eingerichtet, wirkte aber nicht kalt. Isla spürte, wie sich ihre Nervosität langsam legte. Ian schien darauf zu warten, dass sie sich setzte, daher nahm sie in dem ihr am nächsten stehenden Sessel Platz, von dem aus sie auf das Bild blickte. Sie legte die Handtasche auf ihren Schoß und schlug dann die Beine übereinander, jedoch ohne mit dem Fuß zu wippen. Ian setzte sich in den gegenüberstehenden Sessel und griff nach dem großen Notizbuch auf dem Tisch.

»Haben Sie rasch einen Parkplatz gefunden? Manchmal ist das hier in der Gegend etwas schwierig.«

Ian war also ein Smalltalker, dachte Isla. Das gefiel ihr. Ein bisschen Geplauder, um miteinander warm zu werden, konnte nicht schaden. Sie lächelte.

»Ich habe mir gar nicht erst die Mühe gemacht, auf der Straße zu suchen. Ich bin sofort in das Parkhaus vom Einkaufszentrum gefahren. Kein Problem.«

Ian nickte. »Gut. Dort findet man immer einen Platz. Also, Isla, erzählen Sie mir doch ein bisschen darüber, warum Sie heute hier sind.«

Isla verspürte den vertrauten Stich in ihrem Magen. Sie hatte auf etwas mehr Small Talk gehofft. Die eine oder andere Frage zu ihrer Arbeit. Sie zuckte mit den Schultern und sagte nichts. Brachte es einfach nicht fertig. Ian wartete geduldig. Er schlug auch seine Beine übereinander, hielt dabei weiterhin sein Notizbuch fest, notierte sich aber nichts darin. Er sah Isla an und die erwiderte zunächst seinen Blick, schaute dann aber weg, zu dem Bild hinüber. Er hatte dunkelblaue Augen und kleine Fältchen um die Augenwinkel, als lächele er viel. Wie auch jetzt. »Ist schon in Ordnung. Fangen wir doch mit etwas anderem an. Wieso haben Sie sich entschieden, den Therapeuten zu wechseln?« Er warf einen Blick in sein Notizbuch. »Sie waren fast ein Jahr bei Belinda, nicht wahr?«

Isla nickte wieder. »Belinda war sehr nett. Ich fand einfach, es sei vielleicht an der Zeit, es mit jemand anderem zu versuchen.«

»Und vor Belinda waren Sie bei vier anderen Therapeuten, bei jedem mindestens ein ganzes Jahr, richtig? Welche Erfahrungen haben Sie mit denen gemacht?«

»Gute«, erwiderte Isla. Die Art, wie er sie ansah – Isla fühlte sich verstanden. Was lächerlich war, denn sie hatte ja bisher kaum einen vollständigen Satz gesprochen.

»Dürfte ich Ihnen einige meiner Überlegungen nennen, weshalb Sie heute hier sind, Isla?«

Sie nickte. Das war neu.

»Ich glaube, Sie sind eine junge Frau, die unter einem qualvollen Schmerz leidet. Ich glaube, dass Sie diesen Schmerz sehr gut meistern. Aus dem, was ich gelesen habe, schließe ich, dass Sie beruflich sehr erfolgreich sind, also hat dieser Schmerz keine Auswirkungen auf Ihre Arbeit. Sie nehmen Antidepressiva, praktizieren Yoga und Meditation und sind in den letzten zwölf Jahren fast ständig in Therapie gewesen. Sie haben alles Mögliche versucht, sich zu heilen. Aber der Schmerz ist immer noch da. Er hat mit der Zeit nie nachgelassen, auch wenn Ihnen bestimmt jeder versichert hat, dass er es tun würde.« Ian stand auf, ging zu einem kleinen Schrank hinüber und nahm eine Schachtel mit Papiertüchern heraus. Erst als er ihr einige davon reichte, bemerkte sie, dass sie weinte.

»Ich bin zuversichtlich, dass ich Ihnen helfen kann, Isla. Und ich möchte damit beginnen, indem ich Ihnen die Wahrheit sage: Ihr Schmerz wird niemals verschwinden. Aber er wird nachlassen. Ich versichere Ihnen, dass er eines Tages nachlassen wird, und ich hoffe, dass ich Ihnen helfen kann, dahin zu kommen.«

Isla wischte sich die Tränen ab, konzentrierte sich darauf, langsam zu atmen und nickte schließlich. Er reichte ihr ein Notizbuch in einem leuchtenden Violett. Es war aus Leder, genau wie sein eigenes, aber kleiner. Isla öffnete es und las die handgeschriebene Überschrift auf der ersten Seite: *Briefe an mein jüngeres Ich.* Sie blätterte es durch, aber der Rest des Notizbuches war leer.

»Wir werden ganz am Anfang beginnen. Ich möchte Sie bitten, einen Brief an Ihr Ich in jungen Jahren zu schreiben. Wählen Sie eine Zeit aus, in der etwas Bedeutsames geschehen ist, aber eine Zeit vor diesem ganzen Schmerz. Schreiben Sie so wenig oder so viel Sie wollen, aber bitte schreiben Sie irgendetwas. Und ich überlasse es Ihnen, ob ich es lesen soll oder ob Sie es lieber für sich behalten möchten. Wie hört sich das für Sie an?«

»Gut«, erwiderte Isla wahrheitsgemäß. Um so etwas hatte sie bisher noch niemand gebeten. Sie war bereit, es zu versuchen.

Als Isla an diesem Abend zu Hause ankam, war es beinahe dunkel. Da sie für den Besuch beim Therapeuten eine lange Mittagspause genommen hatte, war sie länger im Büro geblieben, um die Zeit aufzuholen. Als sie die Haustür aufschloss, vernahm sie das schnelle Tapsen von Pfoten, die auf sie zugestürmt kamen. Ihre beiden

Hunde, Lilo und Jack, sprangen an ihr hoch. Dabei wedelten beide so heftig mit ihren Schwänzen, dass sie am ganzen Körper bebten. Isla warf ihre Handtasche zur Seite, schleuderte die Schuhe von den Füßen und legte sich dort in der Diele auf den Boden, um Lilo und Jack zu erlauben, auf sie zu springen, damit sie sie an sich drücken konnte. Sie ignorierte ihren knurrenden Magen und nahm die Hunde mit nach draußen in den großen Garten.

Die Sonne war fast untergegangen, aber da war immer noch genug Licht, um das frisch gemähte grüne Gras und die ordentlichen Gartenbeete zu sehen. Isla verbrachte jedes Wochenende im Garten und genoss es, die Früchte ihrer Arbeit zu bewundern. Die Hunde rannten davon, kehrten beide mit einem Ball zurück und ihr allabendliches Apportierspielchen begann. Isla warf die beiden Bälle zeitgleich in entgegengesetzte Richtungen und lachte, als die Hunde davonstürmten, um sie zu fangen, wobei sie sich jedes Mal beinahe gegenseitig über den Haufen rannten. Als die beiden schließlich keuchend zu Islas Füßen zu Boden sanken, vermochte sie den quälenden Hunger nicht mehr länger zu ignorieren. Sie trat durch die Verandatür in ihre große Küche, die makellos sauber war, da sie sie jedes Mal, wenn sie sie benutzt hatte, gründlich putzte. Doch am heutigen Abend kam sie ihr nackt und kalt vor. Sie dachte an Maries gemütliche Küche im Café und verspürte so etwas wie Heimweh. Doch wie alle anderen Emotionen ignorierte Isla auch diese und machte sich an die Arbeit, um Hähnchen für sich und die Hunde zu braten.

Sie war fast fertig damit, das Geschirr wieder einzuräumen, als ihr Smartphone läutete. Es war Simon, ihr Chef. Sie blickte auf die Uhr, bevor sie dranging. 21 Uhr 25.

»Tut mir leid, dass ich so spät anrufe, Isla. Ich hatte die Zeitverschiebung vergessen.« Simon gab Isla nicht einmal die Chance, ihn zu begrüßen, sondern legte gleich los. »Eine Sache nur. Wenn Sie sich wieder mit der Schulleiterin treffen, vergessen Sie nicht, dass alles zuerst mit dem Bildungsministerium geklärt sein muss. Streng genommen ist das unser Klient, nicht die Schulleiterin ... «

»Dee«, unterbrach ihn Isla. »Der Name der Schulleiterin ist Dee.«

»Wie auch immer. Also, Sie stehen an erster Stelle dem Ministerium Rede und Antwort und erst dann dieser Dee, verstanden?«

»Klar, Chef«, erwiderte Isla, ohne sich anmerken zu lassen, wie genervt sie war.

»Gut. Läuft sonst alles glatt? Was ist mit dieser neuen Lebensmittelfirma, dieser Biofirma? Alles im Griff?«

»Jawohl, Chef«, sagte Dee mit zusammengebissenen Zähnen.

»Gut. Nacht.« Und er legte auf.

Isla versuchte sich vorzustellen, sie würde eine solche Unterhaltung mit einem Mitglied ihres Teams führen, doch es wollte ihr nicht gelingen. Erstens würde sie keinen ihrer Leute so spät noch anrufen, und zweitens käme sie nie auf die Idee, überhaupt irgendjemanden mit einem derart blödsinnigen Anruf zu belästigen. Simon hatte es bereits vorher mehr als deutlich gemacht, dass das Bildungsministerium ihr eigentlicher Kunde war. Das hier war schlicht seine Art, ihr in Erinnerung zu rufen, dass er das Sagen hatte, vermutete sie, und stellte die Bratpfanne mit einer etwas zu heftigen Bewegung in die Schublade zurück. Er wollte sie wissen lassen, dass er auch dann das Sagen hatte, wenn er weg war. In solchen Momenten hätte sie ihm am liebsten an den Kopf geworfen, dass er zusehen könne, wie er allein zurechtkam und gekündigt. Doch das würde sie nie tun. Sie könnte zwar mit Leichtigkeit wieder einen neuen Job finden, aber das Ganze würde vermutlich eine

Weile dauern. Und die Vorstellung, auch nur eine einzige Woche Freizeit zu haben, war zu viel für Isla und ihre Gedanken. In dem Moment erinnerte sie sich an das Notizbuch in ihrer Handtasche. Sie wischte ein letztes Mal über die Arbeitsfläche, schaltete das Licht aus und prüfte, ob die Verandatür geschlossen war. Dann nahm sie das Notizbuch und einen Stift aus der Handtasche und pfiff nach ihren Hunden, damit sie ihr für die Nacht nach oben folgten. Nachdem sie sich ihren Pyjama übergezogen, das Gesicht gewaschen und die Zähne geputzt hatte, machte sie es sich mit zwei Kissen im Rücken im Bett gemütlich. Lilo lag zusammengerollt zu ihren Füßen und Jack an ihrer Seite, als sie ihren ersten Brief begann.

Kapitel 9

Isla

2000

Nein, nein, nein, das konnte unmöglich wahr sein! Ausgeschlossen! Isla war sich hundertprozentig sicher, dass das Ergebnis des Schwangerschaftstests, den sie zu Hause durchgeführt hatte, falsch war. Sie konnte unmöglich schwanger sein. Sie hatte erst zweimal in ihrem Leben Sex gehabt, und Joe hatte jedes Mal ein Kondom benutzt. Sie erinnerte sich genau daran, weil es so eklig ausgesehen und sie es sich beinahe anders überlegt hatte, als er es sich überstreifte. Das kann einfach nicht stimmen, sagte sie sich wieder. Vielleicht hatte sie eine Zyste am Eierstock – sie hatte irgendwann mal gehört, dass das die Hormone durcheinanderbrachte. Nein, sie würde einfach nicht mehr darüber nachdenken. Es stimmte nicht, Fall erledigt. Isla wickelte den Test und die Verpackung in Toilettenpapier und stopfte das Bündel in ihre Schultasche, um es auf dem Weg zur Bushaltestelle wegzuwerfen.

»Hey, alles klar bei dir?«, fragte Islas beste Freundin Nat erschrocken, als sie an der Haltestelle ankam. Offenbar sah Isla so schrecklich aus, wie sie sich fühlte. Sie ignorierte die Übelkeit, die sie immer wieder überkam, und zwang sich zu einem Lächeln.

»Logisch. Alles okay«, erwiderte sie und gab Nat einen Kuss auf die Wange. Der Bus näherte sich bereits, und sie stellten sich hinter einigen jüngeren Kids an, die ebenfalls dort warteten.

»Und? Hat er dich angerufen?«, flüsterte Nat, als der Bus an der Haltestelle hielt. Isla tat so, als hätte sie nichts gehört. Daraufhin schüttelte Nat sie an der Schulter, und Isla drehte den Kopf ein wenig.

»Hat er dich angerufen?«

»Nein ...«, erwiderte Isla, und Nats Gesicht nahm einen wütenden Ausdruck an.

»Was für ein Idiot! Also echt, für wen hält der Typ sich eigentlich? Mach dir bloß keinen Kopf wegen dem, Isla. Der ist ein Loser. Den brauchst du nicht.« Auch wenn es das Letzte war, worüber sich Isla gerade unterhalten wollte, war sie doch dankbar, dass Nat so zu ihr hielt. Sie zeigten ihre Fahrkarten und marschierten zu ihren Stammplätzen: dritte Reihe von hinten. Niemand sonst aus ihrer Stufe nahm diesen Bus. Isla und Nat wohnten beide in Castle Hill, weniger als eine halbe Stunde von ihrer reichen Privatschule in Chatswood entfernt, aber sie wurden trotzdem damit aufgezogen, »Westies« zu sein, weil sie aus den westlichen Bezirken Sydneys stammten, was so viel bedeutete wie unkultiviert zu sein. Sie hatten einen großen Freundeskreis, Mädchen und Jungs, aber Isla und Nat vertrauten nur einander hundertprozentig. Mit den anderen ging es nie ohne Klatsch und Tratsch und Drama ab. Islas und Nats Freundschaft war weniger kompliziert.

Der Bus begann seine Fahrt durch den stockenden Verkehr, und Isla war sich bewusst, dass Nat weiter über Joe reden wollte, aber sie konnte nicht aufhören, über das Testergebnis nachzudenken. Sie fragte sich für einen Moment, ob sie Nat davon erzählen solle, entschied sich dann aber dagegen, weil es keinen Sinn hatte, schließlich war es falsch.

»Ich hasse ihn so dafür. Warum ruft er dich denn bloß nicht an?« Nat hatte die dunklen Augen zusammengekniffen.

Isla zuckte mit den Schultern. Sie fühlte sich natürlich gedemütigt. Nachdem sie einige Monate mit ihm gegangen war, hatte sie endlich mit ihrem Freund geschlafen. Zweimal sogar: an einem Freitagabend in seinem Auto und am folgenden Samstag in ihrem Zimmer, als ihre Eltern ausgegangen waren. Das war inzwischen einige Wochen her, und seither hatte sie nichts mehr von ihm gehört. Isla spürte, wie ihr die Tränen in die Augen schossen.

»Mehr Klischee geht echt nicht. Ich könnte kotzen. Der wollte nur Sex. Als meine Mutter herausgefunden hat, dass er ein Jahr älter ist, hat sie mir sogar noch geraten, nicht mit ihm zu schlafen. Ihre genauen Worte waren: ›Alles, was achtzehnjährige Jungs wollen, ist Sex, Isla. Fall nicht darauf rein.‹ Ich glaube, ich bin hier der Idiot, Nat.« Isla teilte Nats Wut auf Joe, natürlich tat sie das. Aber sie war weitaus wütender auf sich selbst. Sie war nicht in ihn verliebt. Er sah zwar toll aus und war ganz nett, aber Isla stand nicht wirklich auf ihn. Eigentlich hatte sie nur aus Neugierde mit ihm geschlafen. Sie hatte so viel darüber gehört, das Küssen hatte sich gut angefühlt, und er hatte sie zigmal gefragt, ob sie es wolle, also hatten sie es schließlich einfach getan. Und es war okay gewesen, wenn auch nicht wirklich so besonders großartig. Sie wusste nicht einmal, warum sie wollte, dass er sie anrief.

»Oh nein, Isla. Komm bloß nicht auf die Idee, dir selbst die Schuld zu geben. Sonst wird das Ganze tatsächlich noch zu einem blöden Klischee! Es hat sich rausgestellt, dass dein Freund ein Arschloch ist. Sein Pech, Ende der Geschichte.«

Aber als Isla spürte, wie ihr die Galle hochkam und es ihr gerade noch gelang, den Würgereiz zu unterdrücken, wuchs ihre Angst, dass dies eben nicht das Ende der Geschichte sein könnte.

Isla war sich der Tatsache bewusst, dass die Ärztin ihr eine Frage stellte, aber sie verstand sie nicht. Sie konnte auch nicht richtig sehen. Alles war verschwommen und weiß. Als das Rauschen in ihren Ohren alles andere übertönte, war ihr einziger Gedanke, bevor sie ohnmächtig zusammensank: *Ich bin siebzehn und schwanger.*

Ein kräftiger minziger Geruch ließ Isla wieder zu sich kommen, und sie begriff rasch, dass sie sich immer noch in der Praxis der Ärztin befand, aber nun auf dem Untersuchungstisch lag. Die Ärztin, Dr. Schieffer laut ihrem Namensschild, beugte sich über sie und rief langsam und laut ihren Namen. Isla versuchte sich aufzusetzen, aber Dr. Schieffer drückte sie sanft wieder hinunter. »Nicht bewegen, Isla. Sie stehen noch unter Schock. Bleiben Sie noch ein paar Minuten liegen. Wir können uns auch so unterhalten, ja?«

Dr. Schieffer war so nett, so ruhig. Isla hatte das Gefühl, gleich in Tränen auszubrechen.

»Isla, Ihr Hormonspiegel deutet darauf hin, dass Ihre Schwangerschaft weit fortgeschritten ist. Erinnern Sie sich, wann Sie Ihre letzte Periode hatten?«

Isla wusste sehr wohl, dass ihre letzte Periode eine Woche bevor sie zum ersten Mal Sex gehabt hatte, beendet gewesen war. Vor über fünf Monaten also. Doch sie schüttelte den Kopf.

»Nein? Nun, es ist nicht völlig ungewöhnlich, die Periode während einer Schwangerschaft weiter zu bekommen, das könnte die Erklärung sein. Aber es ist wichtig, dass Sie begreifen, dass zu diesem Zeitpunkt eine andere Möglichkeit vermutlich nicht mehr in Betracht kommt. Ich werde einen Ultraschall anordnen und herausfinden, in welcher Woche Sie genau sind, aber ich schätze, Sie befinden sich fast im fünften Monat.«

Isla legte die Hand auf ihren geschwollenen Bauch. Er fühlte sich jetzt so groß an, so rund, war so auffällig. Wie hatte sie sich nur einreden können, dass sie nicht schwanger war? Aber sie hatte es getan. Bis vor wenigen Minuten noch hatte Isla alles im Griff gehabt. Für jeden Teil ihrer Leugnung eine Erklärung parat. Ihre Periode blieb aus, weil sie so einen Stress mit ihren Abiturprüfungen gehabt hatte. Sie nahm an Gewicht zu, weil sie aufgehört hatte, Basketball zu spielen, um Joe nicht bei den Spielen zu begegnen. Sie schwitzte häufiger, weil sie mehr Wasser als gewöhnlich trank. Aber die Tritte, diese winzigen, anfangs an ein Flattern erinnernden Tritte in ihrem Bauch, die von Tag zu Tag zunahmen – dafür hatte Isla keine Erklärung gehabt. Die Tritte waren der Grund, warum sie sich schließlich Nat anvertraut hatte, die darauf beharrte, dass Isla zum Arzt ging und sich untersuchen ließ.

»Verstehen Sie, was ich damit meine, dass zu diesem Zeitpunkt eine andere Möglichkeit nicht mehr in Betracht kommt? Vermutlich ist es zu spät für eine Abtreibung, Isla. Sie könnten allerdings eine Adoption in Betracht ziehen, und ich könnte Ihnen die entsprechenden Agenturen und Berater nennen. Aber es ist wichtig, dass Sie dabei Unterstützung haben. Haben Sie einen Freund?«

Isla schüttelte den Kopf. *Klischee*, schrie sie im Stillen.

Dr. Schieffer bewahrte Ruhe und blickte sie mit ihrem Pokerface an. »Was ist mit Familie? Freunden? Es ist wichtig, dass Sie jemanden haben, dem Sie sich anvertrauen können, der sich um Sie kümmert, mit dem Sie all dies besprechen können.«

Isla dachte darüber nach, es ihren Eltern zu sagen. Sie wären so enttäuscht von ihr. Sie hatte tolle Noten in der Schule und wollte sich nach dem Abitur für einen zweigleisigen Studiengang in Jura und Betriebswirtschaft bewerben. Ihre Eltern waren so stolz auf ihr einziges Kind. Sie würden ihr Verhalten vermutlich als idiotisch betrachten und sie jetzt, wo sie als Teenager schwanger geworden war, ohne die Schule beendet zu haben, mit anderen Augen sehen. Isla bemerkte, dass sie beide Hände über ihren Bauch gelegt hatte, als wollte sie ihn umarmen. Sie zog sie rasch weg und legte sie neben ihrem Körper auf der Liege ab.

»Geben Sie mir eine Minute, dann melde ich Sie für einen Ultraschall an. Wenn wir erst einmal diese Ergebnisse haben, können wir ein bisschen besser vorausplanen.« Dr. Schieffer tätschelte Islas Arm, lächelte und rollte ihren Stuhl zum Schreibtisch zurück. Isla schloss die Augen. Wie konnte sie nur zulassen, dass so etwas passierte? Sie hatte immer noch nicht mit Joe gesprochen, aber sie wusste, dass er mit einem anderen Mädchen zusammen war. Glücklicherweise ging die andere auf seine Schule, nicht auf ihre, aber es hatte dennoch wochenlang für jede Menge Gesprächsstoff gesorgt. Sie würde ihm beibringen müssen, dass er Vater wird. Bei dem Gedanken daran wäre sie am liebsten gestorben. Sie bekam ein Baby von einem Typen, der sie benutzt und fallen gelassen hatte. *Wie konnte sie das nur zulassen?* Die Frage ging ihr nicht mehr aus dem Kopf, bis Dr. Schieffer ihre Gedanken unterbrach.

»Morgen um acht Uhr. Ihre Blase sollte voll sein, also stehen Sie früh auf, gehen Sie auf die Toilette und trinken Sie sechs Gläser Wasser, bevor Sie hier eintreffen. Das Ultraschallzentrum ist im Erdgeschoss. Haben Sie es beim Hereinkommen gesehen?«

Isla war sich nicht sicher, nickte aber.

»Gut. Seien Sie um acht dort und kommen Sie dann am Nachmittag wieder zu mir in die Praxis. Meine Sprechstundenhilfe wird Ihnen gleich einen Termin geben. Bis dahin werde ich Ihre Ergebnisse haben, und dann sehen wir weiter. »Haben Sie das Gefühl, dass sich Ihr Kreislauf wieder erholt hat?« Dr. Schieffer hielt Islas Arm, als sie sich aufsetzte und von der Liege herunterglitt.

Isla fühlte sich zwar noch ein wenig wacklig, lächelte aber und bedankte sich bei der Ärztin, bevor sie sich mit zögerlichen Schritten auf den Nachhauseweg machte.

Liebe junge Rose,
ich bin mir nicht sicher, wie ich hierhergekommen bin. Ich weiß nicht mehr, wann genau aus meinem Leben morgen wurde und aus meiner Vergangenheit ein Gestern. Doch hier bin ich nun und blicke zurück. Das tut weh. Aber es ist auch wunderschön, weil mein Gestern in so vielerlei Hinsicht wunderschön gewesen ist. Obwohl es auch eine Menge Schmerz gegeben hat – aber darüber will ich nicht schreiben. Der glücklichste Moment in meinem Leben war der, als ich zum ersten Mal in seine Augen blickte. Augen so blau, dass sie beinahe schwarz aussahen. In jenem ersten Moment erkannte er mich, und ich erkannte ihn. Und seither liebe ich ihn. Für alle Zeit. Egal, wie sehr es auch schmerzt.

Rose

Kapitel 10

Marie

Gegenwart

Als Marie aus dem Bus stieg, kam ihr die Straße lauter vor als sonst. Sie war seit zehn Jahren Patientin von Dr. Lim im Hurstville Medical Centre. Er war ein netter, junger Mann, und Marie suchte ihn gern einmal im Jahr auf, um sich von ihm durchchecken zu lassen. Es kam ihr nie in den Sinn, ihn zwischendurch wegen einer Erkältung oder anderer kleinerer Beschwerden zu belästigen. Außerdem war sie selten krank. Aber durch ihre vielen Freunde, die sie inzwischen überlebt hatte, war sich Marie bewusst, dass selbst gesunde Menschen ihre Gesundheit nicht als selbstverständlich erachten sollten. Sie eilte durch die belebte Straße und fragte sich, wohin all diese Menschen nur an einem Freitagmorgen um zehn Uhr unterwegs waren. Es kam ihr so vor, als würden sie auf der Straße zum Einkaufzentrum hin und wieder zurück Power-Walking machen. Wieso waren all diese Leute nicht bei der Arbeit oder in der Schule? *Ich klinge schon wie eine mürrische alte Frau.* Marie war entsetzt über ihre eigene Intoleranz und achtete deshalb darauf, den restlichen Weg zum Medical Centre mit einem Lächeln auf dem Gesicht und einem gelassenen Schritt zurückzulegen.

»Hundertfünfunddreißig zu vierundneunzig«, sagte Dr. Lim und löste die Blutdruckmanschette von Maries Arm.

»Das kann nicht sein! Ich habe mein ganzes Leben niedrigen Blutdruck gehabt, das wissen Sie doch.« Marie war in der Schule dafür bekannt gewesen, aus eben diesem Grund öfter einmal in Ohnmacht zu fallen. Sie hatte noch nie hohe Werte gehabt.

»Ja, das weiß ich, aber heute ist es anders. Wie fühlen Sie sich denn in letzter Zeit?« Dr. Lim tastete die Lymphdrüsen an Maries Hals ab, während er sprach.

»Gut. Ich arbeite sechs Tage die Woche, Doktor. Ich habe eine Pferdenatur.«

Dr. Lim leuchtete ihr mit einer kleinen Lampe in die Augen, und Marie verspürte den Drang, sie ihm aus der Hand zu schlagen.

»Leiden Sie unter Kopfschmerzen oder Übelkeit?«

Marie schüttelte den Kopf.

»Irgendwelche Beschwerden, die Ihnen Sorgen bereiten?«

Marie wollte ihm eigentlich nichts davon erzählen, aber da war etwas an der Art und Weise, wie Dr. Lim ihr mit zur Seite geneigtem Kopf geradewegs in die Augen blickte, dass sie sich wie ein Schulmädchen vorkam, das bei einer Lüge ertappt wurde.

»Na ja, ich hatte vielleicht gelegentlich einmal einen kleinen Schwächeanfall.«

Dr. Lim ließ sich jeden Vorfall von Marie im Detail erzählen und machte sich dabei Notizen.

»Also … In Anbetracht der Tatsache, dass Ihr Blutdruck erhöht ist und Sie Schwindelanfälle gehabt haben, müssen wir einige weitere Tests durchführen. Wir starten mit einem großen Blutbild, dann sehen wir weiter. Aber fürs Erste müssen Sie kürzertreten. Es ist an der Zeit, sich zur Ruhe zu setzen, Marie.«

Marie hatte das Gefühl, als hätte man ihr einen Schlag ins

Gesicht versetzt. »Ich besitze ein Café, Herr Doktor. Ich kann nicht einfach alles stehen und liegen lassen.«

»Ich rate Ihnen dringend, genau das zu tun, Marie. Geben Sie das Café an Ihre Kinder weiter, verkaufen Sie es oder stellen Sie einen Manager ein. Sie müssen sich ausruhen. Kennen Sie die Risikofaktoren für einen Schlaganfall in Ihrem Alter?«

Marie fragte sich, warum sie Dr. Lim jemals gemocht hatte.

»Natürlich, Doktor. Wenn ich nach Hause komme, werde ich als Erstes ein großes ›Zu verkaufen‹-Schild ins Fenster stellen, und dann packe ich meine Sachen und mache mich auf den Weg ins Altersheim. Dürfte ich jetzt bitte den Papierkram haben?« Marie stand auf, riss Dr. Lim die Unterlagen für den Bluttest aus der Hand und verließ unbeeindruckt von seinem übervorsichtigen Getue die Praxis. Sie hatte das Bedürfnis, gegen irgendetwas zu treten. Und das möglichst kräftig. Sie marschierte geradewegs in die Damentoilette, steuerte auf die nächstgelegene Kabine zu, verschloss die Tür und versetzte ihr einen Tritt. Zu ihrer Überraschung wackelte sie kräftig und gab ein lautes Scheppern von sich.

»Alles in Ordnung da drinnen?«, rief eine Stimme.

»Abgesehen davon, dass ich alt bin und jeden Moment tot umfallen könnte, ist alles in Ordnung, danke der Nachfrage.«

Die besorgte Fremde blieb daraufhin stumm. Marie ließ sich auf den Toilettendeckel sinken und faltete die Hände im Schoß. Sie wollte nicht weinen. Sie war nun mal neunzig, Herrgott noch mal. Dr. Lim lag ja gar nicht so falsch, wenn er ihr riet, sich zur Ruhe zu setzen. Die meisten Menschen in ihrem Alter waren entweder im Heim oder tot. Aber sie war nicht wie alle anderen. Sie war *Marie*. Sie fühlte sich immer noch wie das kleine Mädchen, das einmal davon geträumt hatte, Pilotin zu werden. Wieso musste sie auch bloß so verdammt alt werden? Und weil sie sich derart entmutigt fühlte, erlaubte sie sich zum ersten Mal seit einem Vierteljahrhundert, ein paar Tränen zu vergießen.

»Marie? Sind Sie das? Hallo!« Isla schien so froh, sie zu sehen, dass Marie ihr Selbstmitleid sogleich vergaß.

»Isla, wie geht es Ihnen, Liebes? Was machen Sie denn hier?« Marie, deren Tränen längst getrocknet waren, saß an der Bushaltestelle und fertigte gerade eine Liste der notwendigen Bestellungen für das Café an.

»Ich treffe mich in einer Stunde mit meiner Klientin, Dee, und wollte vorher noch etwas einkaufen. Sie sehen aber hübsch aus. Das ist wirklich ein wunderschöner Mantel«, schwärmte Isla.

Marie rieb mit der Hand über den Kragen des burgunderroten Mantels, der vor Jahren ein Geschenk von Lily gewesen war. Sie hatte sich heute Morgen besondere Mühe mit Make-up und Frisur gegeben, so wie sie es immer tat, wenn sie außer Haus unterwegs war.

»Das ist wirklich lieb von Ihnen, danke schön. Ich habe nämlich gerade von meinem Arzt erfahren, dass ich uralt bin und aufs Altenteil gehöre, da tut es gut, so etwas zu hören.«

»Wie bitte? Wie kann ein Arzt seiner Patientin nur so etwas sagen?« Marie fand Gefallen an dem wütenden Ausdruck, der sich auf Islas Gesicht ausbreitete.

»Vielleicht habe ich ein wenig übertrieben. Ich schwelge gerade in Selbstmitleid. Aber damit ist jetzt Schluss. Weiter geht's! Kein Gejammer mehr.«

Islas Stirnrunzeln verwandelte sich langsam in ein Lächeln. Marie war klar, dass sie das arme Mädchen verwirrte.

»Tut mir leid, Liebes. Ich bin in einer komischen Stimmung und möchte einfach rasch wieder zurück ins Café.«

»Das kann ich gut verstehen.« Isla hielt ein Buch an ihre Brust gepresst.

»Was haben Sie da?«, erkundigte sich Marie. »Das ist ein wunderschönes Violett.« Isla blickte auf das Notizbuch herab, als hätte sie vollkommen vergessen, dass es da war.

»Oh, nichts Besonderes. Es ist eine Art Projekt, an dem ich arbeite. Es nennt sich ›Briefe an mein jüngeres Ich‹. Man geht dabei in der Zeit zurück und schreibt Briefe an sein Ich aus vergangenen Tagen …« Islas Stimme verlor sich. Marie stutzte. Das kam ihr bekannt vor. *Briefe an mein jüngeres Ich.* Aber wo war es ihr nur schon einmal untergekommen? In dem Moment hielt der Bus an der Haltestelle und unterbrach ihre Gedanken.

»Das klingt gut. Darüber würde ich gern mehr erfahren. Sie können jederzeit im Café vorbeikommen, Liebes.« Marie tätschelte Islas Arm, als sie an ihr vorbeiging und in den Bus stieg.

»Mach ich gern.« Isla winkte und schlenderte davon, als hätte sie nicht die geringste Ahnung, in welche Richtung sie gehen sollte. Marie, die sie durch das Busfenster beobachtete, entschied, nicht weiter in Selbstmitleid zu schwelgen und sich lieber darauf zu konzentrieren, Isla zu helfen. Warum sollte sie Briefe an ihr jüngeres Ich schreiben? Eine leise Erinnerung regte sich in ihr, doch sie vermochte sie nicht festzuhalten.

Kapitel 11

Marie

1939

»Marie«, rief eine ungeduldige Stimme. »Hörst du mir zu?«
Marie blickte in die ihr zugewandten Gesichter ihrer Mitschüler und dann nach vorn zu ihrer Englischlehrerin, die mit verschränkten Armen dastand und offenbar auf die Beantwortung einer Frage wartete. *Ich habe vor mich hingeträumt,* dachte Marie ein wenig benommen, ohne sich daran erinnern zu können, wovon sie geträumt hatte.

»Äh, tut mir leid, wie lautete die Frage?«

Miss Galic verdrehte die Augen. »Ein Brief an dein jüngeres Ich.«

Marie zuckte mit den Schultern in der Hoffnung auf weitere Informationen. Dieses Mal seufzte Miss Galic vernehmlich und zeigte auf die Tafel. »Stell dir vor, du bist siebzig Jahre alt und sollst einen Brief an dein jüngeres Ich schreiben. Was würdest du schreiben?«

»Ein Brief an mein jüngeres Ich«, murmelte Marie, die plötzlich ein Gefühl überkam, als erinnere sie sich an etwas aus einem Traum. Doch das Gefühl war ebenso schnell wieder verschwunden.

»Na ja, also wenn ich siebzig wäre, würde ich in dem Brief an mich schreiben, dass man besser im Unterricht aufpassen solle«, sagte sie schließlich, was ihr das Kichern der ganzen Klasse und ein weiteres Augenrollen von Miss Galic einbrachte.

»Ich hoffe, bei den Hausaufgaben wird dir noch etwas Besseres einfallen.« Die Klingel ertönte, und sie nickte mit dem Kopf zur Tür, erlaubte der Klasse den Raum zu verlassen.

Marie packte ihre Bücher zusammen und drückte sie an ihre Brust, als sie mit rhythmischen Schritten neben ihrer besten Freundin Therese herschritt.

»Du warst heute aber komisch im Unterricht«, sagte Therese. »Geht es dir gut?«

Marie nickte. »Ja. Ich habe bloß nicht gut geschlafen. Außerdem ist das eine doofe Hausaufgabe. Woher sollen wir denn wissen, was unser siebzigjähriges Ich schreiben würde? Sollte es nicht andersherum sein?«

»Ich weiß, Miss Galic ist so merkwürdig. Sie möchte wohl, dass wir alle durchfallen.« Thereses Wangen waren gerötet, und sie wischte sich den Schweiß von der Stirn. »Ich bin diese Hitze so leid. Hoffentlich kühlt es sich morgen endlich ab.«

Marie schüttelte den Kopf. »Ich habe gehört, dass es sogar noch heißer werden soll – über vierzig Grad.« Marie fand das eigentlich nicht schlimm. Morgen war Samstag, und sie hatte bereits die Erlaubnis, mit ihrem Bruder an den Strand zu fahren.

»Was? Also wirklich, ich glaube, das ist das Ende der Welt! Wann ist es jemals so heiß gewesen? Ich glaube, ich werde morgen sterben. Ganz bestimmt.«

Marie musste sich ein Lachen verkneifen. »Du wirst nicht sterben. Und es wird ganz bestimmt bald kühler werden. Das tut es doch immer. Komm schon, lass uns gehen. Ich muss auf dem Nachhauseweg noch das Fleisch fürs Abendessen abholen.«

Marie und Therese benötigten über eine Stunde bis nach Hause, obwohl es nur ein kurzer Weg zu laufen war, lediglich eine Straße entfernt. Aber Therese bestand alle paar Minuten darauf, sich auf einen Zaun zu setzen und sich Luft zuzufächeln. Als Marie endlich zu Hause angekommen war, gab ihr ihre Mutter einen flüchtigen Kuss auf die Wange, griff nach dem Fleisch und trug ihr auf, sich für das Abendessen frisch zu machen. Marie zog ihre Schuluniform aus und schlüpfte in ein leichtes Sommerkleid, dann ging sie ins Badezimmer, um sich Hände und Gesicht zu waschen. Als sie wieder herauskam, begegnete sie Lucas, der durch die Verbindungstür aus dem Laden kam.

»Hey, wo bist du denn gewesen?«, fragte er. Marie wusste, dass er böse auf sie sein würde. An Freitagen war es ihre gemeinsame Aufgabe, den Laden abzuschließen und gründlich zu putzen. »Ich musste auf dem Nachhauseweg noch das Fleisch holen, schon vergessen?« Bei dem Wort Fleisch begannen Lucas' Augen zu leuchten. Für gewöhnlich aßen sie freitagsabends Butterbrote, aber Rose hatte Marie am Morgen Geld gegeben und ihr aufgetragen, ein gutes Stück Steakfleisch zu kaufen. Wenn sie eine besonders erfolgreiche Woche im Laden gehabt hatten, feierte Rose dies gern mit einer besonderen Mahlzeit. Lucas legte seinen Arm um Maries Schultern, und so gingen sie Richtung Küche.

»Kein Wort mehr, dir sei vergeben! Was hast du geholt – Steak?«

»Ja.« Marie staunte immer wieder, wie leicht ihr Bruder zufriedenzustellen war.

Als sie die Küche betraten, war Rose gerade mit der Zubereitung des Steaks fertig geworden. Sie hatte es mit etwas Butter, Knoblauch und Salz leicht angebraten, und der Duft ließ Marie das Wasser im Munde zusammenlaufen.

»Das riecht wundervoll, Mum«, sagte Lucas und nahm Besteck und Gläser, um alles zu dem kleinen Küchentisch hinüberzutragen, an dem sie aßen.

»Das tut es in der Tat, und ich bin am Verhungern. Marie, bitte tu du schon einmal die Kartoffeln und die Bohnen auf die Teller«, wies Rose sie an. Marie machte sich an die Arbeit, während Lucas ihre Gläser mit Limonade füllte. Rose legte jedem ein Stück Steak von ordentlicher Größe auf den Teller, und sie nahmen alle am Tisch Platz. Rose sprach ein Gebet, während sie mit gesenkten Köpfen dasaßen.

»Gnädiger Herr, wir danken dir für dieses Essen, wir danken dir für diesen Tag, und wir danken dir für unser Heim. Amen.«

»Amen«, sagten Lucas und Marie im Chor. Sie aßen einige Minuten lang schweigend, genossen das köstliche Fleisch.

»Und wie war euer Tag?«, erkundigte sich Rose, so wie sie es jeden Abend tat. Sie fragte sie nie, wenn sie nach Hause kamen, sondern wartete immer, bis sie zusammen am Tisch saßen, mit Essen in den Bäuchen. Sie hatte Marie einmal gesagt, dass jeder Tag ein guter Tag war, wenn sie bei einer anständigen Mahlzeit darüber nachzudenken vermochte.

»Prima«, antwortete Lucas. »Obwohl es bei dieser Hitze im Zug nicht gerade angenehm ist. Ich freue mich auf morgen.«

»Ach ja, der Strand«, sagte Rose.

»Und ich darf immer noch mitgehen?«, fragte Marie zum x-ten Mal. Marie und Lucas halfen für gewöhnlich jeden zweiten Samstag im Laden aus, wechselten sich aber nun, da sie älter waren, damit ab. Doch Rose beabsichtigte, den Laden wegen der Hitze früh zu schließen und hatte ihnen beiden freigegeben.

»Ja. Aber wenn du mich das noch einmal fragst, dann könnte ich es mir womöglich anders überlegen.«

»Tut mir leid. Ich werde bestimmt nicht mehr fragen.« Marie wandte sich ihrem Bruder zu. »Wann willst du denn los?«, erkundigte sie sich.

»Früh. Direkt nach dem Frühstück«, erwiderte Lucas, der seinen letzten Kartoffelrest auf einen Löffel getürmt hatte, den er sich jetzt in den Mund schob. Marie wollte wissen, wer sonst noch kommt. Letztes Wochenende war Lucas mit zwei Freunden am Strand gewesen: Ben und Isaac. Ben war der hübscheste Junge, den sie jemals gesehen hatte, und er nahm sich immer die Zeit, um sie zu begrüßen, was man von Lucas' anderen Freunden nicht sagen konnte. Sie hatte Lucas schon einmal nach ihm gefragt. Nur eine harmlose Frage nach seinen Interessen. Lucas war ganz komisch geworden und hatte Marie geraten, sich um ihren eigenen Kram zu kümmern. Sie entschied, ihn jetzt besser nicht zu fragen. Sie wollte nicht, dass er es sich vielleicht noch anders überlegte und sie doch nicht mitnahm. Stattdessen drückte sie die Daumen, dass Ben auch dort sein würde.

»Danke, Mum, das war klasse«, sagte Lucas, gab Rose einen Kuss auf die Stirn und trug seinen Teller zur Spüle hinüber. Sie hatten eine Abmachung, dass jeder sein eigenes Geschirr spülte und sie sich dabei abwechselten, den Rest der Küche zu putzen. *Auf diese Weise ist es gerecht*, rief ihnen Rose des Öfteren in Erinnerung. Oh ja, in diesem Haus ging es so was von gerecht zu, dachte Marie seufzend. Gerecht und langweilig.

Am nächsten Morgen erwachte Marie bereits vor Sonnenaufgang. Sie hatte nicht gut geschlafen, sich die ganze Nacht im Bett herumgewälzt, was nicht nur an der Hitze lag, sondern auch an ihrer Aufregung. Sie hörte, wie ihre Mutter aufstand und durch den Laden ging. Sie war immer früh auf, um die Milch- und Brotlieferung hereinzuholen. Anschließend kehrte sie ins Haus zurück, um zu frühstücken und sich fertig zu machen. Sie arbeitet immer nur, dachte Marie. Sie konnte sich nicht daran erinnern, dass ihre Mutter jemals einfach nur einmal dagesessen hätte, es sei denn, um rasch etwas zu essen. Sie war immer beschäftigt, tat immer irgendetwas für irgendjemanden. Marie wollte nicht so werden. Sie wollte ihr Leben genießen. Wollte reisen, reiten, Schlittschuh laufen, tanzen, alles und jedes ausprobieren. Sie hatte das ihrer Mutter einmal gesagt und damit gerechnet, dass sie mit Spott reagieren würde. Stattdessen hatte sie Marie in die Augen geblickt und ihr erklärt, dass sie sich genau dies für sie wünschte. Das war Marie peinlich gewesen, da sie mit einer Auseinandersetzung gerechnet hatte, also hatte sie erwidert: »Gut, denn ich arbeite bestimmt nicht so viel wie du.« Ihre Mutter hatte gelacht, Marie für einen Moment die Hand auf die Wange gelegt und ihr erklärt, dass sie eines Tages verstehen werde, dass es ihr bei ihrer Arbeit immer einzig und allein genau darum gegangen sei. Marie zog es vor, dieser Aussage nicht auf den Grund zu gehen, denn sie wollte sich nicht schuldig fühlen.

Sie rollte sich aus dem Bett, als sie hörte, dass ihre Mutter in die Küche zurückkam. Rose schüttete Haferflocken in einen kleinen Topf. Als sie Marie erblickte, erschien ein breites Lächeln auf ihrem Gesicht. »Guten Morgen, wie hast du geschlafen?« Marie lief zu ihrer Mutter hinüber und gab ihr einen Kuss.

»Gut«, sagte sie und rieb sich die Augen. »Und du?« Marie ging zum Geschirrschrank und nahm drei Schüsseln heraus. Dann setzte sie sich an den kleinen Tisch und sah zu, wie ihre Mutter den Haferbrei zubereitete.

»Etwas unruhig. Es war so heiß«, erwiderte Rose. »Es soll aber heute im Laufe des Tages kühler werden.« Marie hoffte, dass dies nicht allzu bald geschah. Sie stürzte sich gern kopfüber ins Meer, wenn es draußen sengend heiß war. Sie fand es aufregend, den Schock des kalten Wassers auf ihrer Haut zu spüren.

»Morgen«, sagte Lucas, der schon fertig angezogen in die Küche kam und hellwach aussah. Er gab Rose ebenfalls einen Kuss und füllte sich ein Glas mit Wasser.

»Guten Morgen, mein Schatz«, erwiderte Rose. Sie unterhielten sich alle drei über den Tag im Laden, während der Haferbrei vor sich hin köchelte. Sie erwarteten heute keine Bestellungen, und Rose rechnete mit einem ruhigen Tag, an dem möglicherweise nur die Stammkundschaft vorbeikam, um ihre üblichen Einkäufe zu tätigen. »Wer klug ist, bleibt zu Hause und lässt die Vorhänge zugezogen, um die Hitze draußen zu halten«, erklärte Rose, als sie ihnen den Haferbrei hinstellte und ein wenig Honig hinzugab.

»Oder geht an den Strand«, zwitscherte Marie.

»Oder geht vielleicht an den Strand. Aber achtet darauf, dass ihr bis zum Mittag wieder zurück seid. Es wird um die Zeit viel zu heiß, um in der Sonne zu bleiben.« Marie war bitter enttäuscht. Sie hatte sich darauf gefreut, den ganzen Tag draußen zu verbringen. Sie bemerkte, dass Lucas' Gesicht für einen kurzen Moment einen angespannten Ausdruck annahm, aber er stimmte zu.

»Wir sollten langsam los«, sagte er. Marie beeilte sich aufzuessen und lief dann in ihr Zimmer, um sich ihren Badeanzug und ein Sommerkleid überzuziehen. Sie hatte bereits eine Stofftasche mit Handtuch und ein wenig Geld vorbereitet. In weniger als fünf Minuten war sie an der Hintertür und wartete auf Lucas. Rose ging mit ihnen um das Haus herum und winkte ihnen hinterher, als sie die Straße hinunter Richtung Bahnhof gingen. Es war nur ein Fußmarsch von fünf Minuten, aber selbst um sieben

Uhr in der Früh dauerte es nicht lange, bis man ins Schwitzen geriet.

Auf dem Bahnsteig herrschte Gedränge. Meist junge Leute, die für den Strand gekleidet waren. Marie ließ ihren Blick über die Menge schweifen, in der Hoffnung, einige von Lucas' Freunden zu entdecken, die auf sie warteten. Aber als der Zug einfuhr und hielt, führte Lucas Marie zu einem Doppelsitz. Sie nahm Platz, versuchte, nicht enttäuscht zu sein. Sie war immer noch auf dem Weg zum Strand, für einen halben Tag vom Laden und dem Haus befreit. Und vielleicht traf sich Ben ja dort mit ihnen. Sie saßen da und schwiegen angenehm entspannt. Lucas blickte aus dem Fenster und schaute zu, wie die Welt draußen vorüberzog, und Marie beobachtete die anderen Passagiere im Wagen. Meist waren sie in größeren Gruppen unterwegs, aber es waren auch einige junge Familien dabei. Sie konnte sich nicht daran erinnern, jemals mit ihrer Mutter und Lucas zum Strand gefahren zu sein, als sie noch klein waren. Sie konnte sich nicht daran erinnern, überhaupt jemals mit ihnen irgendwo gewesen zu sein – abgesehen von der Kirche. Sie waren immer zu Hause, und Mum führte den Laden. Sie wuchsen nicht in einer Großfamilie auf, und es gab nicht einmal Freunde, die sie hätten besuchen können, aber sie waren niemals einsam. Lucas und Marie hatten, bevor sie eingeschult worden waren und auch in den Ferien, immer schon den ganzen Tag mit irgendwelchen Leuten geplaudert. Meist handelte es sich dabei um Kunden, aber manchmal auch um Nachbarn. Marie lächelte, als sie sich daran erinnerte, wie sie einmal mit Lucas und einigen Kindern aus ihrer Straße Verstecken gespielt hatten, als sie noch sehr klein waren.

Der Zug fuhr mit kreischenden Bremsen langsam in den Bahnhof ein. »Wir sind da«, sagte Lucas und pufft Marie mit dem Ellbogen in die Seite, damit sie aufstand. Im Bahnhof von Cronulla, einem Vorort am Strand von Sydney, ging es geschäftig zu. Eine große Menschenmenge strebte Richtung Ausgang. Ein jeder auf dem Weg zum erlösenden Ozean. Lucas hielt Maries Ellbogen, bis sie es durch die Menge auf die Straße hinaus geschafft hatten, wo er sie losließ, damit sie nebeneinander Richtung Strand laufen konnten. Ein ungutes Gefühl überkam Marie, als ihr bewusst wurde, dass sich Lucas nicht ein einziges Mal umgesehen hatte. Ganz offensichtlich hatte er nicht vor, sich hier mit jemandem zu treffen. Vermutlich betrachtete er sich bei diesem Ausflug als Aufpasser, dachte Marie bitter enttäuscht und wünschte sich wieder einmal, dass sie schon älter wäre als dreizehn. Als sie an den sandigen Stufen ankamen, sprangen sie hinunter und rannten durch den warmen Sand.

»Meine Güte. Bloß gut, dass wir so früh gefahren sind«, sagte Lucas, der seinen Blick über den Strand mit all den Menschen hinwegwandern ließ, die auf Handtüchern lagen oder sich in einer noch größeren Zahl im Wasser befanden. Sie breiteten ihre eigenen Handtücher aus, und Lucas sagte ihr, sie solle kurz warten. Marie spürte Schmetterlinge in ihrem Bauch. *Also trifft er sich doch mit Freunden*, dachte sie, setzte sich auf ihr Handtuch und zog die Knie an die Brust. Doch es dauerte nur einen Moment, ehe ihre Enttäuschung zurückkehrte, denn sie entdeckte Lucas, der mit zwei Papierbechern in der Hand zurückkehrte. Er reichte ihr einen kalten Becher mit zerstoßenem süßem, pinkfarbenem Eis.

»Ich dachte, ich kaufe es uns besser jetzt schon, bevor sie keins mehr haben«, grinste er und schüttelte das Eis in seinen Mund.

»Danke«, sagte Marie und machte sich über ihren eigenen Becher her. »Kommen deine Freunde heute auch zum Strand?«, fragte sie und blickte dabei auf das Wasser hinaus, anstatt zu Lucas hinüber.

»Nein«, erwiderte der schroff.

Marie warf ihm einen Blick zu. Da war wieder dieser eigenartige Ausdruck auf seinem Gesicht. Marie vermutete, dass es sich um Wut handelte, eine Emotion, die Lucas eigentlich nie zu empfinden schien, daher kam ihr dieser Gesichtsausdruck so ungewöhnlich vor. »Hör zu, denk nicht ständig über Ben nach. Ich weiß, dass er dir hin und wieder etwas Aufmerksamkeit geschenkt hat, aber du bist noch ein Kind, Marie.«

Maries Wangen brannten. Sie aßen schweigend ihr Eis, und Lucas nahm die leeren Becher und bedeckte sie schweigend mit Sand.

»Tut mir leid, dass ich das gesagt habe«, sagte er schließlich.

»Ich bin kein Kind mehr«, erwiderte Marie, ohne ihn anzusehen.

»Ich weiß. Aber im Vergleich zu Ben bist du es. Er ist in vielerlei Dingen schon erfahrener als du. Es ist mir unangenehm, mit dir darüber zu reden, also vertraue mir einfach. Betrachte ihn als Erwachsenen.«

Marie starrte ihren Bruder an. Er spielte mit dem Sand und blickte sich auf dem Strand um, als ob er gerade lieber ganz woanders wäre. Und plötzlich wurde ihr klar, was er meinte. Ben hatte bereits Sex gehabt! *Oh Gott*, dachte Marie. Und es kam ihr so vor, als würden ihre Wangen tatsächlich brennen. Sie wünschte sich nichts sehnlicher, als dass dieser Moment vorbeiging, daher stand sie auf. »Ich werde nicht mehr nach ihm fragen. Lass uns schwimmen gehen«, sagte sie und rannte los Richtung Meer. Als sie am Wasser ankam, hatte Lucas sie bereits überholt, sprang durch die Wellen und tauchte unter. Marie folgte ihm, und das kalte Wasser wusch ihre Verlegenheit fort. Die Wellen waren ziemlich heftig, aber sie genoss es, unter ihnen hin und her zu purzeln, zum Luftholen hochzuspringen und sich dann erneut im Wasser zu verlieren. Sie konnte es nicht glauben, dass Ben schon Sex gehabt hatte. Er war erst fünfzehn. *Oh Gott, hat Lucas etwa auch schon Sex gehabt?*, fragte sie sich. Ben war sogleich für sie gestorben. Er war gut aussehend und nett, und sie hatte sich vorgestellt, wie es wäre, ihn zu küssen, aber sie wollte keinen Sex mit ihm haben. Mit einem Mal kamen Jungs Marie zu kompliziert vor. Sie konnte es kaum erwarten, Therese davon zu erzählen.

Als ihre Muskeln von all dem Gepurzel und Gestrampel zu schmerzen begannen, rief sie Lucas zu, dass sie rausgehe. Er war bis hinter die Wellen hinausgeschwommen und ließ sich auf dem Rücken treiben. Er hob eine Hand und winkte, also machte sich Marie langsam auf den Weg aus dem Wasser heraus, stolperte dabei über den unebenen Sand. Sie hatte das Gefühl, Tausende Male einen Hügel hinuntergerollt zu sein und ließ sich auf das Handtuch plumpsen, um sich von der glühenden Sonne den Rücken wärmen zu lassen. Nach wenigen Minuten fühlte sie sich warm und schläfrig und schloss die Augen, während die Geräusche um sie herum dahinschwanden.

»Wir müssen los«, sagte Lucas und schüttelte sie sanft an der Schulter.

Marie öffnete langsam die Augen und schützte ihr Gesicht mit dem Unterarm vor dem grellen Sonnenlicht. Sie musste eingeschlafen sein. Auch wenn sie gern noch einmal ins Wasser gesprungen wäre, fing sie keine Diskussion mit ihm an. Sie wollte nicht, dass er befürchtete, sie würde herumquengeln, wenn er sie noch einmal mitnähme. Also marschierten sie Seite an Seite durch den heißen Sand und die mächtigen Felsstufen hinauf, die zum Gehweg führten. Auf dem Weg zum Bahnhof rann ihr langsam der Schweiß an den Beinen hinunter. Lucas ging zügig, als versuche er, der Hitze davonzulaufen.

»Danke, dass ich heute mitkommen durfte. Hat Spaß gemacht«, sagte Marie.

»Du warst nicht so lästig, wie ich befürchtet hatte.« Lucas grinste.

Bevor sie es sich anders überlegen konnte, fügte sie hinzu: »Und danke, dass du mir das gesagt hast, wegen … du weißt schon. Bloß damit du's weißt: Der interessiert mich kein bisschen.«

Lucas schwieg für einen Moment, und Marie fragte sich, was er wohl dachte. Aber dann antwortete er doch noch. »Du bist zu gut für einen wie Ben. Warte einfach noch mit den Jungs, bis du älter bist, ja?« Er warf ihr einen kurzen Blick zu und starrte dann wieder geradeaus. Mit einem Mal kam ihr eine Erinnerung in den Sinn, als sie beide und andere Kinder sich einmal auf der Straße mit ein paar Steinen beworfen hatten. Einer der Steine hatte Marie damals an der Stirn getroffen. Lucas war darüber dermaßen aufgebracht gewesen, dass er so viele Steine gesammelt hatte, wie er tragen konnte, und mit ihnen zu den anderen Kindern hinübermarschiert war, um sie aus kurzer Entfernung damit zu bewerfen, ohne sich darum zu scheren, dass er selbst getroffen wurde. Dann war er zu Marie zurückgekehrt und hatte ihr gesagt, dass sie nicht weinen müsse, weil er immer auf sie aufpassen würde. Und sie hatte nie daran gezweifelt.

Gerade als sie fast am Bahnhof angekommen waren, ertönte ein lautes Kreischen unten von den Gleisen. Sie rannten mit den anderen Leuten, die wie sie auf dem Rückweg waren, zu der Überführung, um zu sehen, was vor sich ging. Ein Zug war ein ganzes Stück weit vor dem Bahnsteig zum Stehen gekommen.

Schwarzer Rauch quoll Sturmwolken gleich in die Luft, und der Schaffner schrie etwas aus dem Fenster.

»Sie haben sich verbogen«, sagte eine ältere Dame, die vor Lucas stand.

Marie versuchte sie nicht anzustarren. Sie schien Hunderte von Falten im Gesicht zu haben.

»Die Schienen?«, erwiderte Lucas fragend.

Die Frau nickte, als habe sie so etwas schon einmal erlebt. »Oh ja. Das liegt an der Hitze. Ist zu viel für den Stahl. Die Schienen verbiegen sich.«

Marie sah Lucas an. »Dann müssen wir wohl laufen.«

»Sieht ganz so aus.«

Der Fußmarsch nach Hause war unerträglich. Sie wohnten nicht allzu weit vom Strand entfernt, mit dem Zug lediglich zwanzig Minuten, aber zu Fuß dauerte es Stunden. Sie machten nicht ein einziges Mal Pause. Maries Beine fühlten sich an, als würden sie nachgeben wie diese verdammten Schienen, aber sie blieben dennoch nicht stehen. Lucas sagte, je schneller sie gingen, desto schneller würden sie zu Hause sein. Aber es kam ihr so vor, als würden sie die Strecke niemals schaffen. Marie konnte einfach nicht mehr. Als sie am Fuß eines steilen Abhangs angelangt waren, der sich auf der Hälfte des Weges befand, blieb Lucas endlich stehen. Er blickte zum Himmel hinauf und hob die Hand.

»Spürst du das?«, fragte er.

Marie hob ebenfalls ihre Hand, auch wenn sie keine Ahnung hatte, was sie spüren sollte.

»Die Abkühlung.« Lucas grinste, während ihm der Schweiß über das Gesicht lief. Eine kühle Brise durchdrang die sengende Hitze. Anfangs war es nur ein Sickern, wie winzige Sonnenstrahlen des Morgenlichts, die durch ein Fenster dringen. Doch dann mit einem Mal war es ein Schwall, und Marie legte den Kopf in den Nacken und ließ ihre feuchte Haut vom Wind abkühlen. Lucas lachte, hob sie in die Höhe und schwang sie herum, bis sie kreischte. Sie drehten sich im Kreise, tanzten zusammen, wie sie es als kleine Kinder im Garten getan hatten.

Kapitel 12

Isla

Gegenwart

»Guten Morgen«, sagte Isla fröhlich.

Die Drachenlady blickte auf. »Mrs. Dawood befindet sich in einem Meeting. Nehmen Sie bitte Platz.«

Isla lächelte und folgte der Aufforderung. Dieses Mal war sie nur mit einem kleinen Stirnrunzeln und immerhin einem »Bitte« bedacht worden, was bei der mürrischen Sekretärin durchaus einen Fortschritt bedeutete. Sie nahm ihr Notizbuch heraus und ging noch einmal ihre Fragen für Dee durch. Die Kampagne war beinahe in vollem Gange. Morgen ging es in ganz Hurstville und den umliegenden Vororten mit den Werbetafeln los. In den Wochenendausgaben der Zeitungen und in verschiedenen Magazinen waren Anzeigen geschaltet. Es würde Radiointerviews mit einem Offiziellen vom Bildungsministerium geben. In zwei Wochen war in der Schule ein Tag der offenen Tür mit einer Einführung geplant. Eine ganztägige Veranstaltung an einem Samstag, bei dem die Allgemeinheit eingeladen war. Isla war stolz auf ihr Team. Das hier entwickelte sich zu einer der besten Kampagnen, die sie jemals entwickelt hatten. Sie war so darin vertieft, dass sie Dee, die aus ihrem Büro herausgekommen war, um sie zu begrüßen, erst bemerkte, als diese direkt vor ihr stand.

»Guten Morgen, Isla, ich freue mich, Sie wiederzusehen«, sagte die Schulleiterin mit ihrem warmen Lächeln und streckte die Hand aus, um Islas zu schütteln, als die aufgestanden war.

»Ich freue mich auch, Sie wiederzusehen. Wir haben eine aufregende Woche vor uns«, erwiderte Isla.

»Ich weiß. Ich kann gar nicht glauben, dass wir schon so weit sind. Lassen Sie uns in mein Büro gehen.« Isla folgte ihr. Als sie einen Blick zurückwarf, funkelte die Drachenlady sie an, was Isla nicht sonderlich überraschte. Dee wartete ab, bis sie sich hingesetzt hatte, bevor sie selbst Platz nahm.

»Ich bin eigentlich bereits auf dem Laufenden, was die Kampagne angeht. Ihr Chef, Simon, hat mich heute Morgen angerufen und mir einen Überblick gegeben.«

»Hat er das?«, erwiderte Isla und hoffte, dass ihre Stimme nicht wirklich so giftig klang wie in ihren eigenen Ohren. Dee lehnte sich ein wenig nach vorn.

»Er hat deutlich gemacht, dass die Anerkennung dafür Ihnen allein gebührt. Dass Sie rund um die Uhr daran arbeiten. Er wollte mich dennoch persönlich auf den neuesten Stand bringen.« Isla meinte zu erkennen, dass Dee dabei ein wenig die Augen verdrehte.

»Nun, das war sehr nett von ihm«, brachte Isla hervor, kochend vor Wut.

Dee lehnte sich noch weiter nach vorn, als wollte sie Isla ein Geheimnis anvertrauen. »Ich empfand das, ehrlich gesagt, als überflüssig, da Sie ja heute ohnehin aus genau diesem Grund zu mir kommen wollten. Aber vermutlich gehört ihm die Agentur, nicht wahr?«

Isla nickte. »Ja, das stimmt.« Bei dem Gedanken daran beruhigte sie sich wieder. Natürlich hatte er das Recht, sich um Dinge zu kümmern und zu kontrollieren, ob alles gut lief. Schließlich war es sein Geld, und bei jedem Auftrag stand sein Ruf auf dem Spiel. Aber es war dennoch frustrierend, weil er ihr offenbar nicht zutraute, dass sie die ihr übertragene Aufgabe auch zu erfüllen vermochte. Isla räusperte sich.

»Wo ich nun einmal hier bin, haben Sie vielleicht irgendwelche Fragen an mich?«

»Ja, in der Tat. Ich hatte es schon einmal gegenüber dem Ministerium erwähnt, aber ich glaube, ich sollte es auch Ihnen gegenüber zur Sprache bringen. Wie reagieren wir auf Proteste in den sozialen Medien? Ich rechne damit, dass einige Leute nicht allzu glücklich mit der Vorstellung von Akzeptanz und Frieden sein werden. Das ist einfach zu langweilig.« Dees Lachen klang hohl.

»Ich habe eine Expertin für soziale Medien in meinem Team. Sie wird Ihre sämtlichen Nutzerkonten in den sozialen Netzwerken im Auge behalten und negative Kommentare oder Fragen mit Zitaten aus der offiziellen Erklärung zum Lehrplan, die wir vom Ministerium erhalten haben, beantworten. Haben Sie schon einen Blick hineinwerfen könnten?«

»Mehr als nur einen, denn ich habe sie verfasst.«

Isla war beeindruckt. Sie dachte an ihren Lieblingsteil der inspirierenden Erklärung: *Dieser ethische Lehrplan verlagert den Fokus im Wesentlichen weg von der Religion und hin zum Glauben – den Glauben aneinander, an Menschlichkeit, Hoffnung und Güte. Anstatt unsere junge Generation Toleranz und Akzeptanz zu lehren, lehren wir sie etwas darüber, was uns alle verbindet. Dass wir trotz aller Unterschiede doch alle gleich sind. Dass wir alle Menschen sind. Dass wir alle fähig sind zu lieben. Wenn wir daran glauben, wird Toleranz überflüssig.* Isla hatte sich den Text eingeprägt, und selbst jetzt bekam sie wieder Gänsehaut.

»Das ist eine eindrucksvolle Erklärung«, sagte sie. »Und wunderbar geschrieben.«

»Vielen Dank! Ich habe viel Zeit damit verbracht, sie zu verfassen und sie immer wieder umformuliert. Aber das Ministerium scheint zufrieden zu sein. Und ich bin es auch. Das hier ist eine aufregende Zeit.«

»Wissen Sie, ich bin mit solchen Vorstellungen aufgewachsen. Meine Eltern nannten sich ›Spiritualisten‹, was ziemlich hippiemäßig klingt, aber sie sind einfach sehr intelligente Menschen und würden sagen, dass sie die Welt als das erkennen, was sie ist: ein winziger Teil von etwas sehr viel Größerem.«

»Klingt in der Tat, als wären Ihre Eltern sehr kluge Leute. Und was ist mit Ihnen? Teilen Sie ihre Anschauungen?«

Isla kam es vor, als hätte sie plötzlich einen Kloß im Hals. Die Antwort lautete Ja und Nein. Ein Teil von ihr wollte an Sinn und Glauben und am Guten in der Welt festhalten. Aber da war dieser andere Teil von ihr, der das nicht zuließ. Nicht mehr.

Dee rutschte unbehaglich auf ihrem Stuhl herum. »Tut mir leid, das hätte ich nicht fragen sollen. Rede beim zweiten Treffen nie über Politik oder Religion, Dee«, ermahnte sie sich lachend, und Isla lächelte.

»Nein, schon gut. Ich glaube tatsächlich an dieses Konzept des interreligiösen Lernens. Ich halte es sogar für brillant und längst überfällig. Meine eigenen Überzeugungen sind aber ein wenig verworren, fürchte ich.«

Dee nickte verständnisvoll.

Isla zwang sich, ihre Stimme heiterer klingen zu lassen. »Doch das beeinträchtigt meine Arbeit an dieser Kampagne nicht im Geringsten. Ich glaube vielmehr, dass ich noch nie so begeistert gewesen bin von einer Kampagne.«

»Nun, Ihre Begeisterung ist ansteckend. Ich wollte Ihnen eigentlich meinen Stellvertreter, Sean, vorstellen, aber er befindet sich zurzeit im Unterricht. Er war mir eine großartige Hilfe bei der Vorbereitung und hat mit unserem Lehrerkollegium daran gearbeitet, diesen neuen Lehrplan zu verstehen. Unsere Lehrkräfte müssen sich bereits jetzt einarbeiten, damit sie in der Lage sind, den Stoff zu Beginn des nächsten Jahres in den Unterricht einzubauen.«

Über diesen Teil der Kampagne hatte Isla bislang noch gar nicht nachgedacht. Wer sollte diesen neuen Lehrplan vermitteln? Dee schien ihre Gedanken gelesen zu haben, denn sie fuhr fort.

»Ethiklehrer werden zu uns in die Schule kommen, um unseren Lehrkräften die Hälfte des Lehrstoffs beizubringen. Sechzig Minuten in der Woche wurden uns insgesamt bewilligt. Dreißig Minuten sind ein direkter Ersatz für den Bibelunterricht. Die restlichen dreißig Minuten in unseren Stundenplan einzupassen, ist wahrlich ein Wunder gewesen.«

Isla war mit einem Mal sehr froh, keine Lehrerin zu sein – das klang alles sehr verwirrend. »Nun, es sieht ganz so aus, als hätten Sie alles unter Kontrolle. Und ich würde Sean sehr gern kennenlernen. Ich glaube, er hat mir in der frühen Planungsphase die eine oder andere E-Mail geschickt. Sehr späte E-Mails, wenn ich mich recht erinnere. Eine davon um zwei Uhr in der Früh.«

»Ja, das klingt nach ihm. Seine Frau hat gerade ein Baby bekommen, deshalb ist er zu allen möglichen Zeiten wach. Ich bin so froh, dass diese Tage hinter mir liegen.«

Bitte frag mich nicht, flehte Isla im Stillen.

»O ja, er scheint wirklich sehr gewissenhaft zu sein.«

Dee nickte und warf einen Blick auf ihre Armbanduhr. »Das ist er in der Tat. Die einzigen anderen Dinge, die ich gern noch mit Ihnen besprechen würde, betreffen einige Details am Tag der offenen Tür. Ich hatte eine Stunde für unseren Termin heute geblockt, und das meiste davon ist noch übrig. Hätten Sie vielleicht Lust, unser Gespräch in diesem hübschen Café bei einer guten Tasse Kaffee fortzusetzen?«

»Sehr gern. Ich habe Marie übrigens vorhin noch gesehen, als ich kurz einkaufen war. Sie saß sehr elegant gekleidet an der Bushaltestelle.«

Dee griff nach ihrer Handtasche und führte Isla den schmalen Flur entlang zum Eingangsbereich. »Ich wusste, dass Sie sie mögen würden – jeder mag Marie.« Dee wandte sich der Drachenlady zu. »Beth, ich bin für eine Dreiviertelstunde weg, aber zur Essenszeit wieder da.«

»Jawohl, Mrs. Dawood«, erwiderte Beth höflich.

Als Isla diese freundliche Seite von ihr sah, kam sie nicht umhin, all die finsteren Blicke von ihr persönlich zu nehmen.

Isla und Dee liefen einmütig die wenigen Straßen bis zu Maries Café nebeneinanderher. Isla erzählte Dee, wie es war, in Hurstville aufzuwachsen und zeigte in Richtung ihrer alten Straße.

»Leben Ihre Eltern noch dort?«, erkundigte sich Dee.

»Nein, wir sind umgezogen, als ich zehn war. Wie lange arbeiten Sie eigentlich schon an dieser Schule?«

»Fünf Jahre als Leiterin und drei Jahre als stellvertretende Leiterin. Davor habe ich auf der anderen Seite von Sydney unterrichtet, in Dural.«

Isla blieb abrupt stehen. »So ein Zufall! Ich wohne in Dural«, sagte sie.

»Das gibt's doch nicht! Niemand hier weiß, wo zum Teufel das ist! Ich habe zehn Jahre an der Dural Public School unterrichtet. Die Welt ist wirklich klein.«

Sie gingen weiter.

»Und was hat Sie hierher verschlagen?«

»Ich wollte Ihnen gerade die gleiche Frage stellen. Ich habe meinen Mann geheiratet, und er besaß bereits ein Haus in Cronulla. Ich bin ein ganzes Jahr gependelt, aber das war schlicht Wahnsinn. Eine Strecke über anderthalb Stunden und das jeden Tag. Ich habe es einfach nicht mehr ausgehalten. Also habe ich um eine Versetzung gebeten. Ich schwöre Ihnen, mein Hintern ist nicht mehr derselbe nach all dieser Sitzerei im Auto.«

Isla lachte. Ihr ging es manchmal auch so, wenn sie stundenlang im Auto saß, um verschiedene Kunden in ganz Sydney aufzusuchen.

»Was ist mit Ihnen? Was hat Sie bewogen, ans andere Ende der Welt zu ziehen?«

Isla erwiderte ohne zu zögern: »Ich hatte bereits mit meinen Eltern in der Gegend gelebt. Wir sind von hier nach Castle Hill gezogen.« Isla deutete auf die umliegenden Straßen. »Ich habe immer davon geträumt, ein Haus mit einem großen Grundstück zu besitzen. Ein Versprechen an meinen ... Ach, ich fand einfach, dass es prima wäre, viel Platz zu haben. Ich besitze zwei Hunde.«

»Oh, wie schön, ich liebe Hunde. Mein Mann ist leider allergisch – zumindest behauptet er das.« Dee blieb stehen. »Da sind wir.«

Sie betraten das gemütliche Café und wurden direkt von Marie bemerkt. Sie befand sich in der Küche, rührte dort in einer Schüssel herum. Der elegante Mantel war verschwunden, und Isla stellte fest, dass das kurzärmelige Kleid in Blassgelb und Weiß, das sie trug, sehr hübsch an ihr aussah. Marie winkte und reichte die Schüssel dem schmächtigen Küchenchef, der neben ihr stand und ebenfalls grüßend die Hand hob. »Hallo, Marie, hallo, Dax«, rief Dee.

»Das ist aber eine nette Überraschung. Haben sie Sie von der Kette gelassen?«, fragte Marie zwinkernd. Sie umfasste mit sanftem Druck sowohl Dees als auch Islas Unterarm. »Und Isla, da begegnen wir uns heute gleich zweimal! Und wie Sie sehen, bin ich inzwischen sehr viel fröhlicher.«

»Das freut mich. Und im Übrigen, was wissen Ärzte denn schon?«

Marie nickte lächelnd und zwinkerte wieder. Isla verspürte eine große Zuneigung zu dieser sanften alten Dame und fragte sich, wie es kam, dass sie Stärke und Verletzlichkeit zugleich ausstrahlte.

»Was für Ärzte? Was habe ich verpasst?«, erkundigte sich Dee.

»Gar nichts. Kommen Sie mit, ich habe einen Tisch für Sie.« Marie führte sie an der Küche vorbei zu einem kleinen Tisch im hinteren Bereich des Cafés. Es war der einzig freie. Isla stellte fest, dass das Café noch voller war als bei ihrem letzten Besuch.

»Herrje Marie, ich hatte ganz vergessen, wie viel hier vormittags los ist«, sagte Dee und hängte ihre Tasche über die Lehne des Stuhls, bevor sie Platz nahm. Isla hatte ihre Tasche einfach auf den Boden legen wollen, folgte dann aber Dees Beispiel.

»Tja, in Sydney lieben sie nun mal ihren Brunch. Und wie ist Ihre Besprechung gelaufen?«, erkundigte sich Marie.

»Ziemlich ruhig. Islas Chef neigt offenbar zum Mikromanagement und ist ihr mit seinem Anruf bei mir zuvorgekommen, daher haben wir nun Zeit für einen Kaffee.«

»Mikromanagement. Der Begriff gefällt mir.« Marie lächelte.

»Vermutlich weil Sie selbst dazu neigen«, meinte Dee, und Marie gab ein Lachen von sich, das so jung und fröhlich klang, dass Isla es fast schon ein wenig verstörend fand.

»Ja, ich fürchte, das stimmt. Nicht wahr, Dax?«, rief Marie. Der kleine Koch reckte statt einer Antwort nur den Daumen in die Höhe, und Isla bemerkte, dass er Ohrhörer trug.

»Sehen Sie, Isla, so wird man mit Mikromanagern fertig, man ignoriert sie einfach«, erklärte Dee.

»Oh, das tue ich durchaus auch. Allerdings mit einem gelegentlichen Augenverdrehen«, erwiderte Isla.

»Essen die Damen heute auch etwas oder darf es nur Kaffee sein?«, erkundigte sich Marie.

Dee verzog das Gesicht zu einem teuflischen Grinsen. »Überraschen Sie uns doch mit etwas Süßem. Geht das in Ordnung, Isla? Oder sind Sie ein Gesundheitsfreak?«

»Absolut nicht. Ich liebe Kuchen.«

»Gut, dann werde ich die Bestellung aufgeben und komme anschließend auf einen kleinen Plausch zurück. Sie müssen mir unbedingt mehr über Ihren Chef erzählen, Isla. Der gefällt mir.« Marie schlenderte davon und ließ Dee und Isla kichernd zurück.

»Sie ist wirklich einmalig. Ganz im Ernst, kennen Sie jemanden, der in ihrem Alter noch den ganzen Tag arbeitet?«

»Was meinen Sie, wie alt sie ist?«, flüsterte Isla. Sie war sich nicht sicher. Ganz offensichtlich älter als siebzig. Aber sie besaß eine Aufgewecktheit und eine Energie, die sie viel jünger wirken ließ.

»Oh, sie dürfte an die neunzig sein«, erwiderte Dee.

»Nein, unmöglich!« In Islas Vorstellung saß eine neunzigjährige Frau im Schaukelstuhl und strickte. Sie führte nicht ihr eigenes Café und war den ganzen Tag auf den Beinen.

»Muss sie aber. Ich weiß, dass Marie noch ein Kleinkind gewesen ist, als ihre Mutter in den 1920ern dieses Grundstück gekauft und das Haus darauf gebaut hat, also muss sie es sein.«

Isla schüttelte bewundernd den Kopf. »Unglaublich.«

»Kann man wohl sagen. Was meinen Sie, gehen wir rasch das Unterhaltungsprogramm für den Tag der offenen Tür durch und entspannen uns dann bei Kaffee und Kuchen?«

Isla griff in ihre Handtasche nach dem Notizbuch. »Natürlich. Also, beginnen werden wir mit einem Stammesältesten der Bidjigal, der ›Welcome to Country‹ vortragen wird. Dann folgt ein traditioneller Tanz der Aborigines. Anschließend werden Vertreter verschiedener Religionen eine kurze Rede halten, in der sie im Grunde nur ihre Billigung des Ethik-Lehrplans zum Ausdruck bringen. Es handelt sich dabei um Vertreter des katholischen, christlichen, jüdischen, islamistischen Glaubens und des Hinduismus und Sikhismus. Wir haben sieben Tanzgruppen, die auftreten und vier Chöre. Alle aus der Gemeinde oder aus kirchlichen Gruppen. Und während all dies stattfindet, sind eine Reihe von Imbisswagen vor Ort, die verschiedene Gerichte und Snacks anbieten. Außerdem wird es eine Kinderecke mit einem Streichelzoo, Kinderschminken und einigen Spielen geben, bei denen man etwas gewinnen kann. Und abends um acht endet das Ganze mit einem Feuerwerk.« Isla blickte auf, und Dee lächelte.

»Perfekt. Und das haben alles Sie organisiert?«

»Ja, mit der Hilfe meines Teams. Ich habe drei Leute, die mit mir daran arbeiten, und sie waren wirklich toll.«

»Ich freue mich sehr, dass das Ministerium Ihre Agentur ausgewählt hat. Und ich bin sehr froh, dass ich Sie kennengelernt habe. Wollen wir uns nicht duzen?«

Isla nickte erfreut. Dee war der erste Mensch seit Langem, mit dem sie sich eine Freundschaft vorstellen konnte. Abgesehen von Nat hatte sie nicht mehr viele Freunde, und mit ihr hatte sie seit Jahren nicht mehr gesprochen, weil ihre Leben so verschieden waren.

»Sehr gern«, sagte Isla. »Ich freue mich auch, dass wir uns begegnet sind.«

Marie kam mit einem Tablett auf ihren Tisch zu. Sie stellte den Kaffee und zwei kleine Teller vor sie hin. Isla bewunderte die drei Dessertportionen auf jedem Teller. Es gab Obsttorte, Käsekuchen mit Himbeeren und Cannoli mit Vanillefüllung. Alles in kleinen, feinen Portionen. Und es duftete einfach köstlich.

»Ich nenne es *Maries Dreierlei.*«

Dee griff nach dem Cannolo und verschlang die Leckerei zur Hälfte mit nur einem Biss. »Wieso wurde mir Maries Dreierlei bisher noch nie angeboten?«, erkundigte sie sich und leckte ihre Finger dabei ab. »Das ist wirklich himmlisch«, fügte sie hinzu.

Isla entschied sich, mit dem Käsekuchen zu beginnen, der praktisch in ihrem Mund schmolz, ehe sie ihn schluckte. Er war so glatt und cremig, mit genau der richtigen Menge süß-herber Himbeere, um die Süße zu reduzieren. Eine gute Balance – so würde es wohl in einer Kochsendung heißen.

»Haben Sie es noch nie gekostet, Dee? Schande über mich. Allerdings ist es auch ein bisschen zu früh am Morgen dafür, wenn Sie gewöhnlich vorbeischauen.«

»Köstlich! Backen Sie das alles selbst?«, fragte Isla und trank von ihrem Kaffee, während sie darüber nachdachte, was sie als Nächstes essen würde.

Maries Augen leuchteten auf. Sie hatte wirklich wunderschöne Augen, fand Isla. Ein zartes Grüngrau. Vermutlich war sie als junge Frau eine Schönheit gewesen.

»Nur den Käsekuchen. Es ist das Rezept meiner Mutter. Früher habe ich sämtliche Desserts selbst gemacht, aber Dax muss ja auch etwas zu tun haben. Käsekuchen war allerdings das Lieblingsdessert meiner Mutter, und es ist auch meins, daher habe ich immer noch Spaß daran, ihn zu backen.«

»Ihre Mutter hat dieses Fleckchen während der Depression gekauft, nicht wahr, Marie? Das muss verdammt schwer für sie gewesen sein.«

»Meine Mutter war eine sehr starke Frau. Sie hat das alles hier aufgebaut, das Grundstück einige Jahre vor der Depression erworben und den Laden während der schweren Zeit am Laufen gehalten, sodass sie meinen Bruder und mich mit dem Geld, das sie auf diese Weise verdiente, auf gute Schulen schicken konnte. Wir hatten immer genug von allem, und das war bei vielen anderen Menschen während dieser Zeit ganz und gar nicht so.«

Dee hob ihre Kaffeetasse. »Auf die starken Frauen!«, sagte sie.

Marie lachte und hielt eine imaginäre Tasse in die Höhe, während Isla die ihre hob und einen weiteren Schluck nahm. Man hatte ihr schon viele Male in ihrem Leben versichert, dass sie stark sei. Aber für gewöhnlich empfand sie es nicht so. Doch nun, hier in der Gesellschaft von Dee und Marie, hatte sie das Gefühl, dass sie es vielleicht doch sein könnte. Oder vielleicht war es auch keine Stärke, sondern lag einfach daran, dass sie das Zusammensein mit ihnen genoss, und das war ihr schon lange mit niemandem mehr so ergangen. Es kam ihr vor, als könnte sie noch stundenlang hier sitzen und sich mit ihnen unterhalten, was eine geradezu befremdliche Vorstellung für Isla war. Es erinnerte sie an die schnellen Freundschaften, die sie mit diesen Müttern geschlossen hatte. Einen Moment lang fragte sie sich, wie es ihnen wohl gehen mochte, aber das führte dazu, dass sie sich auch fragte, wie es deren Kindern wohl gehen mochte, und der Gedanke daran, dass sie nun alle schon groß sein mussten, war zu schmerzhaft.

Isla wurde von einem Kreischen, das vorn aus dem Café kam, aus ihren Gedanken gerissen. Die Verzweiflung darin brachte ihr Herz ins Stolpern, und es kostete sie Überwindung hinzusehen, aus Furcht, was da Schlimmes geschehen sein könnte.

Kapitel 13

Isla

2001

Der Schweiß lief Isla über das Gesicht, und sie hatte das Gefühl, als würde ihr ganzer Körper explodieren. Wie konnten solche Schmerzen normal sein? Sie war sich sicher, dass sie gleich sterben würde.

»Einmal noch, Isla, einmal mit mittlerer Kraft pressen«, wies sie die Hebamme an, und Isla hätte ihr am liebsten einen Tritt gegen den Kopf versetzt. Was zum Teufel bedeutete *mit mittlerer Kraft*? Sie gab ein Stöhnen von sich und presste mit so viel mittlerer Kraft, wie es eben ging, wobei es ihr vorkam, als würde sie entzweigerissen.

»Das war zu fest, Isla – leichter pressen, Süße, sonst reißt du.«

Isla wandte sich ihrer Mutter zu, die schweigend an ihrer Seite saß, und umklammerte ihre Hand noch fester. Ihre Mutter wischte ihr die Stirn ab und drückte ihr dann einen Kuss darauf. »Es ist alles in Ordnung, Isla, alles in Ordnung, du hast es fast geschafft.« Isla presste die Lider zusammen, als die nächste Wehe ihren Körper erfasste.

»Das könnte die letzte sein, Isla. Du kriegst das hin. Komm schon, ein letztes Mal pressen mit mittlerer Kraft«, versuchte sie die Hebamme zu motivieren. Isla verspürte mit einem Mal einen

Adrenalinstoß und presste so fest sie nur konnte. Sie hörte, wie ihre Mutter einen seltsam wimmernden Laut von sich gab und die Hebamme jubelte. »Du hast es geschafft, er ist da! Du hast einen kleinen Jungen, Isla.«

Der Schmerz verflog, als Isla die Hände nach ihrem Baby ausstreckte. Die Hebamme legte ihr einen verschrumpelten, blutbefleckten, winzigen Körper auf die Brust. Mit der Nase an seinem Kopf atmete Isla tief ein. Da war etwas an diesem gänzlich neuen Geruch, das ihr zu Herzen ging. *Er gehört mir*, dachte sie. Sie verspürte ein eigenartiges Gefühl an ihrem Hals, und sie begriff, dass der kleine Kerl zu saugen versuchte. Islas Mutter stand über sie beide gebeugt da und küsste abwechselnd Islas Stirn und die Wange des Babys.

»Er ist perfekt, Isla, einfach perfekt«, flüsterte sie.

»Das ist er«, flüsterte Isla zurück und küsste ihren kleinen Jungen überall dort, wo sie ihn erreichen konnte, ohne sich zu bewegen. Viel zu bald schon sagte ihr die Hebamme, dass sie das Baby nun sauber machen würde. Als sie ihn ihr wegnahm, verspürte Isla den Drang, ihn festzuhalten.

»Schon gut, mein Schatz, sie bringen ihn ja gleich wieder«, sagte Islas Mutter und drückte fest ihre Hand. Isla schaffte es, sich auf die Ellbogen zu stützen und nahm plötzlich den pochenden Schmerz zwischen ihren Beinen wahr. Sie sah zu, wie die Hebamme mithilfe einer hinzugekommenen Krankenschwester ihren Sohn abwischte, ihn auf eine Waage legte und schließlich der Länge nach maß. Der Kleine wimmerte leise, weinte aber nicht. Erst als er in eine Decke gewickelt wieder auf Islas Brust gelegt wurde, sank sie auf die Liege herab.

»Jetzt bist du an der Reihe, Süße. Wollen wir doch mal sehen, wie viel Schaden du mit deinem kräftigen Pressen angerichtet hast.« Die Hebamme nahm am Fuß der Liege Platz, schob Islas Beine auseinander und schüttelte den Kopf. Isla war sich kaum bewusst, was die Hebamme tat. Sie spürte zwar den stechenden Schmerz der Nadel, aber das war ihr egal. Der Kopf ihres kleinen Jungen schmiegte sich an ihren Hals, und sie atmete seinen Geruch ein.

»Wie wirst du ihn nennen?«, fragte Islas Mum.

»Matthew«, erwiderte Isla. Das war der Name ihres Vaters. »Aber erst einmal Matty.«

Ihrer Mutter nickte lächelnd, und ihre Augen füllten sich mit Tränen. »Das gefällt mir. Ich liebe dich, Isla. Das Universum hat es so gewollt, wie es nun gekommen ist, und ich bin sehr stolz auf dich.« Isla war sich dessen bewusst. Auch wenn ihre Eltern anfangs, als sie von ihrer Schwangerschaft erfuhren, enttäuscht gewesen waren, hatten sie sie doch immer unterstützt. Sie waren bei jedem Arzttermin dabei gewesen, hatten aus dem Gästezimmer ein Kinderzimmer gemacht und ihr angeboten, tagsüber auf das Baby aufzupassen, sodass Isla im folgenden Jahr dennoch mit dem Studium würde beginnen können. Sie war sich bewusst, was für ein Glück sie hatte und pflichtete ihrer Mutter plötzlich bei, dass sie dazu bestimmt war, die Mutter dieses unglaublichen kleinen Jungen zu sein.

Drei Wochen nach Mattys Geburt wusste Isla, warum Schlafentzug eine Foltermethode war. Es kam ihr so vor, als würde er immer genau in dem Moment anfangen zu schreien, wenn sie gerade eingeschlafen war. Aber auch wirklich jedes einzelne Mal. An einem Mittwoch um vier in der Früh, nachdem sie ihn dreimal in der Nacht gestillt hatte, wurde Isla wieder durch das gewohnte Schreien aus dem Schlaf gerissen. Sie war erst um drei wieder zurück ins Bett gekrochen und hatte wie das Opfer eines üblen Streiches bis eine Minute, bevor Matty wieder aufwachte, wach gelegen und darauf gewartet, dass der Schlaf kam. Sie versuchte aufzustehen, doch sobald sie stand, sank sie zu einem heulenden, schluchzenden Häufchen Elend, das Matty noch übertönte, auf dem Boden in sich zusammen. Das Licht ging an, und Schritte eilten auf sie zu.

»Isla, was ist mit dir? Was ist denn los?« Es war ihr Vater. Isla brachte kein Wort heraus. Sie ließ es zu, dass er sie vom Boden aufhob und auf das Bett setzte. Dann nahm er sie in den Arm, drückte sie an sich und versuchte, sie zu beruhigen.

»Ist schon gut, es ist alles in Ordnung. Mum kümmert sich um Matty.«

»Aber ... ich muss ... ihn stillen«, brachte Isla zwischen den Schluchzern hervor.

»Wann hast du ihn denn zum letzten Mal gestillt?«

»Vor ... zwei Stunden«, schluchzte sie.

»Das reicht noch ein Weilchen. Mum kann mit ihm kuscheln. Warum legst du dich nicht hin und versuchst, noch ein bisschen zu schlafen?« Isla schüttelte den Kopf und weinte nur noch lauter. Sie konnte nicht wieder einschlafen, weil sie genau wusste, dass sie bald aufwachen musste, um ihn zu stillen. Er kam noch nicht länger als drei Stunden ohne Milch aus.

»Schhhh, schon gut, wir schaffen das. Leg dich wieder hin. Wir wecken dich, wenn es sein muss, versprochen.« Islas Vater zog ihr die Bettdecke bis zum Kinn hoch, schaltete das Licht aus und schloss die Tür. Sie war sich sicher, dass sie auf keinen Fall einschlafen, sondern immer nur weiter weinen würde. Doch da irrte sie sich.

Isla riss die Augen auf, bemerkte sogleich das helle Sonnenlicht, das jenseits des Vorhangs schien und das stille Haus. Sie war von selbst wach geworden, nicht durch Matty. Ihr Herz begann zu rasen. *Wie lange habe ich geschlafen?*, fragte sie sich panisch. Sie rannte aus dem Zimmer, rief nach ihren Eltern.

»Wir sind unten, in der Küche«, rief ihre Mutter fröhlich. Isla spürte, wie sich ihr Körper entspannte. Alles in Ordnung. Wenn es nicht so wäre, würde ihre Mutter nicht so klingen. Und so war es auch. Und doch wieder nicht. Isla spürte, wie sie eine sonderbare Wut überkam, als sie die Küche betrat. Ihr Vater stand an der Spüle, wusch Geschirr ab und pfiff vor sich hin. Ihre Mutter saß auf dem Sofa am Fenster, Matty im Arm, und hielt ihm eine Flasche an den Mund. *Eine Flasche!*

»Isla, du siehst ausgeruht aus. Wie geht es dir?«, fragte ihre Mutter.

Isla wusste nicht, was sie sagen sollte. Sie schaute zur Uhr, sah, dass es elf war. Ihre Brüste fühlten sich heiß und geschwollen an – sie hatte zwei Stillrunden verpasst. Sie hatte nie mit ihren Eltern über Milchnahrung und Flaschen gesprochen, hatte nicht wirklich eine Meinung dazu gehabt. Aber das Stillen fiel ihr und Matty leicht, und mehrere Krankenschwestern hatten sie darauf hingewiesen, wie wichtig es sei, es beizubehalten und nicht mit Flaschennahrung abzuwechseln, weil es ihn verwirren würde. Sie war sich nicht sicher, warum sie diese Wut verspürte, aber so war es.

»Ihr habt ihm die Flasche gegeben?«, war alles, was sie herausbrachte.

»Ja, und es hat gleich geklappt. Wie am Schnürchen. Du wirst jetzt ein bisschen mehr Schlaf bekommen, Schatz. Wir können einen Plan aufstellen und uns abwechseln, ja?« Ihr Vater war so vergnügt, als hätte er eine Lösung für den Hunger in der Welt gefunden. Ihre Mutter war ein wenig zurückhaltender.

»Du warst so erschöpft, wir hatten Angst, du könntest krank werden, wenn du weiterhin keinen Schlaf bekommst. Und irgendwann muss er ja ohnehin die Flasche bekommen, damit du aus dem Haus gehen kannst. Du willst doch auch zur Uni.«

Isla kam es so vor, als würde ein Topf voller Wasser in ihrem Bauch kochen. Sie hatte das Gefühl, kurz vor der Explosion zu stehen, wollte Matty – ihr Baby – packen und mit ihm irgendwohin davonlaufen, wo sie allein die Entscheidungen treffen konnte. Aber sie war vernünftig genug, ruhig zu bleiben, auch wenn es ihr schwerfiel. Ihre Eltern hatten sich so unglaublich großartig verhalten. Ohne sie hätte sie es nicht geschafft. Doch Matty war trotzdem erst drei Wochen alt, und sie würde erst in ein paar Monaten zur Uni gehen und so große Entscheidungen, wie einem Baby die Flasche zu geben, sollten von ihr getroffen werden, oder etwa nicht? Isla spürte, dass ihre Eltern sie beobachteten. Dad neugierig, Mum ein wenig besorgt.

»Danke. Aber ich wünschte, ihr hättet mich geweckt. Ich stille ihn eigentlich gern, und jetzt tut mir alles weh und …« Isla verstummte. Sie konnte von ihren Eltern ja schlecht verlangen, sich zurückzuhalten und sie dennoch weiterhin zu unterstützen. Ihre Mutter erhob sich langsam, nahm dem nun schlafenden Matty die Flasche aus dem Mund und reichte ihn Isla vorsichtig.

»Es tut mir leid, mein Schatz, ich habe gar nicht an deine armen Brüste gedacht. Ich werde dir die Pumpe holen, damit du abpumpen kannst. Dann können wir die Milch einfrieren, für den Fall, dass du sie benötigst. Was hältst du davon?«

Isla nickte nur. Vermochte nicht zu antworten. Wenn ihre Mutter wüsste, wie furchtbar sie gerade über sie gedacht hatte. Sie hatte so wundervolle Eltern gar nicht verdient. Isla legte den schlafenden Matty an ihre Schulter, dass sein Köpfchen nah an ihrem Hals war und schloss die Augen, atmete seinen Geruch ein, und langsam wurde wieder alles gut. Sie gab vor, nicht zu bemerken, wie die Lippen ihres Vaters stumm »Hormone?« in Richtung ihrer Mutter formten und er dabei die Augenbrauen in die Höhe zog.

Kapitel 14

Isla

Gegenwart

Isla war sich dessen bewusst, dass Dee ihr etwas zurief, dass sie etwas tun sollte, aber sie war wie erstarrt. Sie konnte einfach nicht aufhören, die schreiende Frau auf dem Boden des Cafés anzustarren, die ein kleines Mädchen in den Armen hielt. Das Mädchen schnappte nach Luft, sein Gesicht war rot und tränennass. Jemand rüttelte an Islas Arm. Sie drehte sich um und sah, dass es Dee war.

»Isla, wähl den Notruf«, sagte sie und hockte sich neben die Frau auf den Boden. Marie kniete bereits dort, drehte das Kind, sodass es bäuchlings über dem Schoß der Mutter lag, hob dann die Knie der Mutter an. Den Blick wie gebannt auf die Szene vor ihr gerichtet, griff Isla in ihre Tasche nach dem Smartphone und wählte den Notruf. Aber als Dee dem Mädchen plötzlich heftig auf den Rücken schlug, ließ Isla ihr Telefon fallen. Marie blickte zu ihr auf und rief ohne mit der Wimper zu zucken: »Jemand muss den Notruf wählen. Die Adresse lautet Maher Street 33. Ein Kleinkind droht zu ersticken.« Ein Mann, der neben Isla stand, zog sein Handy hervor und wählte rasch. Er gab mit eindringlicher Stimme die Einzelheiten durch. Marie hatte den Arm um die Mutter gelegt, und Dee schlug das Mädchen ein weiteres Mal zwischen die Schulterblätter auf den Rücken. Dabei verursachte sie ein so lautes Geräusch, dass sich Isla sicher war, sie habe dem Mädchen etwas gebrochen. Doch plötzlich spuckte die Kleine etwas Grünes aus und begann heftig zu weinen. Dee rieb ihr über den Rücken und half ihr, sich auf den Schoß der Mutter zu setzen. Die Frau schloss ihr Kind in die Arme. Ihr Gesicht war rot und fleckig, und sie fragte die Kleine immer wieder verzweifelt, ob es ihr gut ging. Das Mädchen klammerte sich an seine Mutter. Es schien so, als befänden sich die beiden in ihrer eigenen Welt, getrennt von dem Tumult um sie herum. Und dann spürte Isla, wie sie der Raum umschloss, alles seine Farbe und seinen Klang verlor, und sie allein im Dunkeln dastand. Obgleich sie wusste, dass es nicht so war. Sie schaffte es, durch die kleine Menschenmenge zur Eingangstür zu taumeln, ins Freie hinaus, und um das Haus herum, wo sie sich an der Seite ins Gras fallen ließ. Dort blieb sie mit dem Rücken an die Backsteinwand gelehnt sitzen, bis sie wieder richtig sehen konnte und ruhiger atmete. Sie sah zu, wie ein Krankenwagen herangebraust kam und in die Einfahrt bog. Zwei Sanitäter sprangen heraus und eilten Richtung Café. Dem kleinen Mädchen geht es gut, alles ist gut, sagte sie sich, ehe ihr einfiel, wie lächerlich ihr Verhalten wirken musste. Wie konnte sie sich nur vor den ganzen Leuten im Café so benehmen? Und vor allem vor Dee und Marie – Frauen, die ohne zu zögern gehandelt und das Leben des kleinen Mädchen gerettet hatten. Die nicht so idiotisch und panisch herumgetaumelt waren. Isla schlug ihren Hinterkopf leicht gegen die Hauswand. »Wann benimmst du dich endlich wie ein normaler Mensch, Isla?«, zischte sie.

»Herrje, bitte tun Sie sich das nicht an«, sagte eine sanfte Stimme.

Isla blickte auf und sah Marie neben sich stehen, die sich vorbeugte und sich die Knie rieb.

»Ich würde mich ja neben Sie setzen, aber meine Knie haben sich noch nicht wieder ganz erholt. Ich habe schon seit Jahren nicht mehr auf dem Boden gehockt!«

Isla brachte ein beschämtes Lächeln zustande und stand auf. »Wie geht es dem Mädchen?«, fragte sie.

»Gut, wirklich gut. Die Sanitäter haben die Kleine schon zum Lachen gebracht.« Marie schüttelte den Kopf. »Ich hatte Stephanie – die Mutter – davor gewarnt, der Kleinen Weintrauben zu geben. Sie ist ständig mit ihr hier und gibt Mia – das ist das kleine Mädchen – immer einen großen Behälter mit Trauben. Dabei kann die Kleine nicht still sitzen. Ich würde es Stephanie natürlich nicht ins Gesicht sagen, aber ich habe es kommen sehen. Wie auch immer, letztlich zählt nur, dass es der Kleinen wieder gut geht«, sagte Marie lächelnd.

»Ja, Gott sei Dank.« Isla hatte das Bedürfnis, ihr Verhalten zu erklären. Aber wie sollte sie das anstellen? *Tut mir leid, ich neige zu Panikattacken, wann immer mich etwas erschüttert. Ich schleppe allerdings ein Trauma mit mir herum, daher haltet mich bitte nicht für eine Idiotin.* Nein, entschied sie, dadurch würde sie erst recht wie eine wirken.

»Geht es Ihnen wieder besser, Liebes?«, erkundigte sich Marie.

Isla nickte. »Ja. Tut mir leid, dass ich mich so ungeschickt angestellt habe. Keine Ahnung, wie mir mein Smartphone runterfallen konnte, ich …«

»Ist schon gut. Aber sollten Sie jemals ein offenes Ohr brauchen – ich habe zwei davon. Sie wissen ja, wo Sie mich finden.« Marie lächelte und drückte sanft Islas Arm. Isla hätte sie am liebsten umarmt. Ihren Kopf auf die Schulter dieser wunderbaren Frau sinken lassen und ihr alles erzählt. Stattdessen erwiderte sie das Lächeln.

»Vielen Dank, Marie. Ich, nun, ich weiß das wirklich zu schätzen.« Dee kam mit Islas Tasche in der Hand und ihrer eigenen über der Schulter auf sie zu.

»Da steckt ihr. Du meine Güte, mit so einem aufregenden Morgen hatte ich gar nicht gerechnet. Die arme Kleine! Und ihre Mutter ist vor Erleichterung fast in Ohnmacht gefallen, glaube ich!«

»Du warst wirklich toll, Dee. Und Sie auch, Marie. Beide so ruhig«, sagte Isla und nahm ihre Handtasche entgegen.

»Ich habe dein Smartphone wieder in die Tasche getan, Isla«, sagte Dee. »Obligatorische Erste-Hilfe-Kurse sind manchmal doch ganz nützlich. Ich bin so froh, dass es ihr gut geht. Stellt euch vor, sie lacht schon wieder! Einer der Sanitäter hat einen Handschuh wie einen Ballon aufgeblasen, und sie findet das furchtbar komisch.«

Isla versuchte sich an einem Lächeln, doch ihre Lippen zitterten. Jetzt, wo die ganze Aufregung vorbei war, kam sie sich noch lächerlicher vor.

»Alles in Ordnung, Isla?«, fragte Dee, und in ihren Augen lag der gleiche besorgte Ausdruck wie bei ihrer ersten Begegnung in ihrem Büro.

»Ja, alles okay. Tut mir leid, mir war nur etwas schwummerig. Ich leide an Klaustrophobie und, na ja …«

»Wenn das so ist, dann ist das nur verständlich, denn es war ziemlich chaotisch da drin, mit all den Leuten. Mein Mann mochte auch keine Menschenmengen, da lief es ihm immer eiskalt den Rücken runter«, sagte Marie mit einem leisen Lachen. »Ich sollte wohl besser mal wieder reingehen und nachschauen, ob alles gut vorankommt. Aber es war schön, vor dieser ganzen Aufregung mit Ihnen beiden zu plaudern.«

»Geht mir genauso. Ich wollte gerade sagen, dass es mir so vorkommt, als hätten wir uns noch eine Menge zu erzählen. Könnten wir das nicht wiederholen?« Dee wandte sich Isla zu. »Es muss ja nicht geschäftlich sein, bloß eine kleine gemütliche Kaffeerunde zu dritt!«

»Da bin ich gern dabei«, erwiderte Isla, die sich diesen beiden Frauen, die sie kaum kannte, seltsam nahe fühlte.

Marie ergriff ihre Hände. »Kommen Sie doch nächste Woche, nachdem wir geschlossen haben, vorbei. Wie wär's mit Montag? Um halb fünf? Dann können wir uns in aller Ruhe unterhalten. Was halten Sie davon?«

»Perfekt«, sagte Dee im selben Moment wie Isla »Klasse« sagte.

»Wunderbar. Bis dann, meine Damen.« Marie humpelte ins Haus zurück. Das Knien auf dem Boden hatte ihren Beinen sichtlich zugesetzt. Aber sie hatte es dennoch getan, wofür Isla sie bewunderte. Sie ging langsam mit Dee zur Schule zurück. Unterwegs sprachen sie kein Wort mehr über das, was im Café geschehen war, sondern unterhielten sich angeregt über Filme und Essen. Als sie sich draußen vor der Schule verabschiedeten, fühlte sich Isla schon besser. Dee schien nach ihrem kleinen Zusammenbruch nicht schlechter von ihr zu denken. Vielleicht maß Isla der ganzen Sache ohnehin zu viel Bedeutung zu. Dee beugte sich vor und gab ihr zum Abschied einen Kuss auf die Wange.

»Wenn du vor dem großen Tag noch etwas benötigst, lass es mich wissen«, sagte Isla.

»Werde ich machen, danke. Und nicht vergessen, wir sehen uns nächsten Montag bei Marie.«

»Aber klar! Ich freue mich schon drauf.« Als sich Isla auf den Weg zu ihrem Wagen machte und einstieg, wurde ihr bewusst, dass das tatsächlich der Wahrheit entsprach. Sie freute sich wirklich einmal auf etwas.

Kapitel 15

Isla

2002

Der Wind zerrte an den bunten Luftballons. Die meisten Luftschlangen waren bereits fortgeweht, und das »Happy-Birthday«-Schild hing nur noch schief am Pavillon-Zelt. Aber Matty war glücklich, und das war das Einzige, was zählte, dachte Isla.

Es war der Vorschlag ihrer Eltern gewesen, Mattys ersten Geburtstag in seinem Lieblingspark zu feiern. Der befand sich im Vorort Mona Vale direkt gegenüber dem Strand und war vermutlich der windigste Park in ganz Sydney. Isla hatte sich bereits um sieben in der Früh eingefunden, um sich einen Platz in dem trotzdem so beliebten Park zu sichern und den von Nats Eltern geliehenen Pavillon aufzubauen und zu schmücken. Als ihre Eltern gegen neun mit Matty und dem Essen eintrafen, war der Wind noch stärker geworden, und Isla kam sich vor, als hätte man sie gerade aus dem Wäschetrockner gezogen. Ihre frisch geföhnten Haare hatten keine Ähnlichkeit mehr mit einer Frisur. Aber sie machte dennoch ein fröhliches Gesicht, denn dieser besondere Tag gehörte Matty, und die Freude in seinen Augen als er die – wenn auch vom Wind arg gebeutelte – Dekoration erblickte, war unbezahlbar.

Islas Eltern gaben keinen Kommentar zum Wind ab. Ihr Vater

bemerkte lediglich, dass es »etwas frischer« als gewöhnlich sei. Isla ignorierte das Frustgefühl, das sie überkam, und verkniff es sich, sie daran zu erinnern, dass die Geburtstagsfeier in einem Spielcenter für Kinder stattgefunden hätte, wenn es nach ihr gegangen wäre.

Sie arrangierten die Platten mit Feenbrot, Schoko-Knusperbergen, Früchtespießen und Chips. Matty wartete erst gar nicht ab, bis seine Gäste eingetroffen waren, sondern watschelte zum Picknicktisch hinüber, kletterte langsam auf einen Stuhl und bediente sich. Isla und ihre Eltern lachten über die Krümel in seinem Gesicht und an seinen Händen, als er sich das Essen in den Mund schob.

Um Punkt zehn trafen die ersten Gäste ein. Den Anfang machten die Freunde ihrer Eltern, die ein riesiges Paket mitbrachten, das in hellblaues Geschenkpapier eingepackt war. Die nächsten waren Nat und ihr Freund Tony, der zwar nett, aber ziemlich unbeholfen war im Umgang mit anderen Menschen, sich lediglich eine Art Nicken abrang und die Hände tief in die Taschen stopfte. Nat erlöste ihn und zog ihn mit sich zu den Getränken. Als Letzte trafen die beiden Mütter mit ihren Babys aus der Krabbelgruppe ein, an der teilzunehmen man Isla gedrängt hatte. Sie war nur dreimal dort gewesen, was sie sich schon als große Leistung anrechnete, denn sie war sich niemals in ihrem Leben derart fehl am Platz vorgekommen. Alle anderen Mütter waren in ihren Dreißigern, redeten pausenlos darüber, wie schwer es ihnen fiel, plötzlich zu Hause zu bleiben, statt arbeiten zu gehen, und waren besessen davon, wie viele Stunden ihre Babys schliefen. Auch wenn Isla die Sache mit dem Schlafen nachvollziehen konnte, kam sie sich dennoch wie ein Alien vor – als wenn sie aus Versehen das Lehrerzimmer betreten hätte. Aber sie war dort Nicole und Della begegnet, die zwar doppelt so alt waren wie sie, sich aber ihr und Matty gegenüber nett benommen und sich die Mühe gemacht hatten, in Kontakt zu bleiben, nachdem Isla nicht mehr hingegangen war. Sie trafen sich alle zwei Wochen auf einen Kaffee (beziehungsweise in Islas Fall auf einen Milchshake) und ließen die Kinder miteinander spielen.

»Du siehst umwerfend aus, Isla. Was für ein tolles Kleid«, sagte Della, gab ihr einen Kuss auf die Wange und reichte ihr eine kleine blaue Geschenktüte. Isla trug ein neues Maxikleid in Schwarz und Gold und war ein wenig nervös gewesen, ob sie es mit ihrer Aufmachung nicht übertrieben hatte.

»Du siehst immer hübsch aus«, bestätigte Nicole und umarmte Isla. »Das Geschenk ist von uns beiden – wir haben dir einen Geschenkgutschein besorgt, damit du dir selbst etwas aussuchen kannst. Als Olivia ein Jahr alt wurde, habe ich manche Sachen doppelt und dreifach bekommen.« Nicole setzte eine sich windende Olivia auf dem Boden ab und die rannte schnurstracks zu Matty hinüber, der immer noch mit Essen beschäftigt war. Della ließ Nicholas im Kinderwagen. Er konnte noch nicht laufen, und es machte sie wahnsinnig, wenn er im Gras herumkrabbelte.

»Ihr seid alle so nett zu mir. Danke, dass ihr gekommen seid. Ich würde euch gern Nat vorstellen.« Isla rief Nat herüber, die Tonys Hand drückte, bevor sie ihn auf seinem einsam dastehenden Klappstuhl mit einer Dose Limo in der Hand zurückließ, die er einer eingehenden Betrachtung unterzog. Isla legte stürmisch den Arm um Nats Schultern und zog sie an sich. »Das hier ist Nat. Nat, das sind Della und Nicole, meine Freundinnen aus der Krabbelgruppe.«

Isla sah Nat an, dass sie über das Alter der beiden überrascht war – ihre Augen weiteten sich ein wenig, aber sie lächelte und hob die Hand zum Gruß.

»Hallo, Leute, freut mich, euch kennenzulernen.«

»Wir freuen uns auch, Nat. Wir haben schon so viel über dich gehört«, erwiderte Della und beugte sich vor, um Nat einen Kuss auf die Wange zu geben.

»Ich wünschte, ich hätte in meiner Schulzeit eine beste Freundin wie dich gehabt. Isla hat uns die Geschichte mit Joe erzählt, was du mit ihm angestellt hast – ich musste so lachen, dass mir meine leichte Inkontinenz fast zum Verhängnis geworden wäre.« Nicole schnaubte vor Lachen. Nats Augen wurden noch größer, und sie blickte Isla an, hatte offenbar keine Ahnung, ob sie lachen oder etwas erwidern sollte. Isla begriff, wie sehr sie sich an diese »Müttergespräche« gewöhnt hatte. Sich mit ein paar Tropfen Urin im Slip wiederzufinden, wenn du zu heftig lachst oder hüpfst, war offenbar etwas völlig Normales für Frauen, die ein Kind geboren hatten. Isla war diese Erfahrung erspart geblieben, hatte aber mitbekommen, wenn Della und Nicole intensive Diskussionen über dieses Thema führten. Sie kicherte leise, und Nat folgte ihrem Beispiel. »Huch! Na ja, er hatte es verdient«, sagte Nat.

Als sich Della und Nicole nach Mattys Vater erkundigt hatten, war Isla ziemlich nervös geworden. Ob sie wohl verstehen würden, wie niederschmetternd es war, nur zweimal mit deinem ersten Freund zu schlafen, dabei Kondome zu benutzen und trotzdem irgendwie schwanger zu werden? Sie hatte befürchtet, dass sie ihr nicht glauben würden, wie die meisten ihrer Schulfreunde. Aber stattdessen waren sie mitfühlend und verständnisvoll gewesen, und dies war der Hauptgrund, warum Isla sie als Freundinnen betrachtete.

»Isla, ich finde es unglaublich, wie du mit allem fertig wirst. Ernsthaft! Du hast alles richtig gemacht und bist dennoch schwanger geworden. Und dabei bist du noch so jung! Du bist ein unglaubliches Mädchen und eine tolle Mutter«, hatte Della als Erstes gesagt.

Nicole hatte sehr emotional reagiert. Isla wusste, dass sie einige Jahre versucht hatte, schwanger zu werden und es ihr erst nach einem Jahr künstlicher Befruchtung gelungen war. Isla glaubte schon, sie gekränkt zu haben, aber dann hatte sie Isla in ihre Arme gezogen, sie eine Weile ganz fest gehalten und ihr erklärt, wie tapfer und wundervoll sie war. Isla war diese ganze Zuwendung und das Lob ein wenig unangenehm gewesen. Letztendlich war sie nur eine stinknormale Jugendliche, die schwanger geworden war, dachte sie. Als Nicole ihre Verlegenheit spürte, hatte sie die Kaffeetasse gehoben und einen Toast auf Matty ausgesprochen, »das Baby, dem es allen Widrigkeiten zum Trotz bestimmt gewesen ist, geboren zu werden.«

Isla erinnerte sich an dieses Gefühl von Stolz, das sie empfunden hatte, als sie mit ihren Tassen anstießen und sie auf Matty hinabgesehen hatte, der mit rosigen Wangen und Schmollmund fest in seinem Kinderwagen schlief. Dabei überkam sie wieder dieses Gefühl, wie sie es schon einmal direkt nach seiner Geburt empfunden hatte: dass sie sich auf dem richtigen Weg befand und alles genau so war, wie es sein sollte.

Nat riss Isla jetzt aus dieser Erinnerung heraus, indem sie sie an ihrem Arm zerrte. »Seht ihr, was sie tut? Kennt ihr das? Sie klinkt sich einfach aus.« Nicole und Della lachten und stimmten ihr zu, und Isla stimmte mit ein, versetzte Nat einen Schlag auf den Arm und befahl ihr, den Mund zu halten. Islas Blick wanderte rasch über ihre Gäste hinweg. Es schien alles gut zu laufen. Ihre Eltern und deren Freunde standen um Matty und Olivia herum und spielten Fangball mit ihnen, wobei sie jedes Mal lachten, wenn der Ball zu Boden fiel. Tony, der offenbar damit zufrieden war, allein dazusitzen, sah ihnen zu.

Isla blickte auf die Uhr. Es war erst halb elf. Sie nahm sich vor, alle in der nächsten halben Stunde ihren Aktivitäten zu überlassen, dann das Geburtstagslied anzustimmen, den Kuchen anzuschneiden und die ganze Sache bis Mattys Mittagsschlaf zu Ende zu bringen.

»Also Nat, wir müssen das jetzt unbedingt aus deinem Mund hören. Wie hast du es geschafft, das Chilipulver in Joes Hose zu kriegen?«

Isla verdrehte die Augen, als Nat begann, die Geschichte zu erzählen. Sie hatte sie schon oft genug gehört und entschied, nach Matty zu sehen. Er saß breitbeinig da und versuchte an einem Ball zu kauen, auf dem *Thomas, die kleine Lokomotive* prangte. Olivia war neben ihm und versuchte Gras, aus der Erde zu ziehen. Isla setzte sich neben sie und gab Matty einen Kuss auf den Kopf. Er hatte immer noch diese eine Stelle mit diesem leichten Geruch dort, den sie mit dem Tag verband, an dem er geboren war. Bloß dass der Isla nun mehr an Honig erinnerte und sie jede Gelegenheit wahrnahm, den Duft zu genießen.

»Was macht ihr zwei denn da?«, erkundigte sie sich, was ihr Glucksen und Händeklatschen von Olivia einbrachte und ein verzücktes »Ba! Ba!« von Matty.

»Sind sie nicht bezaubernd?«, fragte Islas Mutter. Die anderen Erwachsenen pflichteten ihr bei und wandten sich dann wieder ihrer Unterhaltung zu. Irgendetwas wegen des Babyturnens, zu dem Islas Eltern immer mit Matty gingen. Isla zog Matty auf ihren Schoß und ermutigte ihn, den Ball erst an seinen Beinen hinunterrollen zu lassen und dann an ihren. Er quietschte vor Vergnügen, als Isla den Ball in die Luft kickte. Olivia hüpfte begeistert brabbelnd auf und ab.

»Noch mal?«, fragte Isla.

Matty war bereits auf den Beinen und hastete unbeholfen los, um den Ball zu holen, damit Isla ihr Kunststück noch einmal vollführen konnte. Und so begann das Spiel: Isla kickte den Ball immer und immer wieder in die Luft, Matty und Olivia schrien jedes Mal und griffen danach, als wären sie völlig verblüfft, dass er tatsächlich erneut so hoch flog.

»Das war das letzte Mal«, sagte Isla schließlich. »Zeit für Kuchen.« Sie hob Matty hoch, und Nicole kam herüber, um Olivia auf den Arm zu nehmen.

»Zeit für den Kuchen«, rief Islas Mutter und machte viel Aufhebens darum, die Papierteller, das Messer und die Kerze zusammenzusuchen. Isla ließ sie gewähren. Ihre Mutter hatte ohnehin auch den Kuchen gebacken. Manchmal kam sie sich wie Mattys große Schwester vor und nicht wie seine Mutter. Der Kuchen stellte zu Ehren von Mattys Lieblingssendung *Thomas, die kleine Lokomotive* einen großen Zug dar. Zumindest glaubten sie, dass es seine Lieblingssendung war, denn jedes Mal, wenn sie im Fernsehen lief, klatschte Matty in die Hände und gab Geräusche von sich, die an einen dahintuckernden Zug erinnerten – daher nahmen sie an, dass er versuchte, eine der Figuren nachzuahmen.

Alle begannen, »Happy Birthday« zu singen, und Isla drückte Matty an sich. Der schmiegte sich ganz fest an sie und hielt den Kopf an ihrer Brust gesenkt, als sei er sich nicht sicher, was all dieser Lärm zu bedeuten habe. Nachdem der Gesang verstummt war, lehnte sich Isla mit Matty vor und blies die Kerze aus. Als daraufhin alle klatschten, gab Matty ein Quietschen von sich und klatschte mit, gefolgt von Olivia und Nicholas, der nun wach auf Dellas Arm saß.

Isla betrachtete die kleine Versammlung von Freunden und Familie, die mit strahlenden Gesichtern um sie und Matty herumstanden. Aber sie wusste, dass in diesem Moment, mit ihrem kleinen Jungen auf dem Arm, dessen Freude sie spürte, keiner so glücklich war wie sie selbst. Sie war dafür verantwortlich. Ihre Eltern waren ihr zwar eine große Hilfe, aber sie war Mattys Mutter, und sie machte ihre Sache gut.

Später am Abend, als Matty eingeschlafen war, ließ sich Isla auf dem Sofa im Wohnzimmer nieder, wo sich ihre Eltern irgendeine englische Krimiserie anschauten. Sie kuschelte sich in die Kissen und starrte auf den Bildschirm.

»Das war ein guter Tag. Matty hatte viel Spaß«, sagte ihr Vater, den Blick auf den Fernseher gerichtet.

»Ja, stimmt. Vielen Dank für alles, ihr zwei«, erwiderte Isla.

»Du musst uns nicht danken. Er ist schließlich unser Enkelsohn«, sagte ihre Mutter mit pikierter Stimme.

Isla spürte wieder dieses Brennen in ihrem Bauch.

»Ich weiß, aber nicht alle Großeltern tun so viel, deshalb darf ich ja wohl einmal danke sagen«, erwiderte Isla und stellte überrascht fest, wie eisig ihre Stimme klang.

»Was ist los?«, erkundigte sich ihre Mutter.

»Sie ist bloß müde, nicht wahr, Isla? Es war ein anstrengender Tag«, sagte ihr Vater.

Ein Teil von Isla hätte ihre Eltern am liebsten angeschrien, dass sie nicht müde war, sie im Gegenteil jede Menge Energie hatte und viel mehr tun könnte, wenn sie sie nur ließen. Doch dann kam sie sich wie ein schrecklicher Mensch vor und beließ es bei: »Ja, es war ein anstrengender Tag.«

Aus irgendeinem Grund gab sich ihre Mutter damit nicht zufrieden. »Bist du schlecht gelaunt, weil du heute Abend nichts vorhast? Du kannst jederzeit ausgehen, das weißt du doch, nicht wahr? Wir sind für Matty da und passen auf ihn auf.«

Isla verdrehte die Augen. »Matty hat heute Geburtstag, Mum – da werde ich ihn doch nicht allein lassen!«

»Schön und gut, aber er schläft, und es ist Samstagabend. Was hat Nat denn heute vor? Oder deine Freunde von der Uni, was unternehmen die?«

Die schlucken Ecstasy und tanzen die ganze Nacht, Mum, dachte Isla. Sie zuckte mit den Schultern. »Keine Ahnung, und es ist mir auch egal. Das ist eine ganze andere Welt, Mum.«

Ihre Mutter lehnte sich nach vorn und Isla bemerkte, wie unbehaglich ihr Vater dreinschaute und dabei eine Hand auf ihr Knie legte.

»Ja, aber das muss ja nicht so sein! Du bist achtzehn, Isla, du bist Studentin, du könntest ausgehen und Spaß haben, anstatt jeden Abend hier mit uns herumzusitzen.«

Isla setzte sich auf. »Ich bin Mutter. Ich habe ein Baby, Mum. Das werde ich nicht einfach so vergessen und das ganze Wochenende Party machen.« Isla kam sich angesichts der vertauschten Rollen in dieser Unterhaltung plötzlich lächerlich vor.

»Ich habe ja nicht gesagt, dass du ›das ganze Wochenende Party machen‹ sollst. Dreh mir nicht das Wort im Mund um. Ich rate dir nur, mal mit deinen Freunden zum Essen zu gehen, dich mal mit einem Jungen zu verabreden. Du bist so jung, Isla, und du verpasst alles.« Das Gesicht ihrer Mutter war gerötet, und sie schien den Tränen nahe zu sein.

Das Brennen stieg bis in Islas Kehle auf, und sie entschied, es dieses Mal nicht hinunterzuschlucken. Sie stand auf. »Tut mir leid, dass ich so vernünftig bin. Dass es mir wichtig ist, Matty eine gute Mutter zu sein. Es ist mir egal, dass ich achtzehn bin. Ich liebe meinen Sohn, und er ist alles, was ich will. Ich glaube, es ist an der Zeit, dass wir ausziehen.«

Islas Mutter stand ebenfalls auf. »Bist du verrückt geworden? Du schaffst das nicht allein, Isla. Und wo willst du wohnen?«

»Nina, beruhige dich«, sagte Islas Vater, erhob sich und legte eine Hand auf ihren Ellbogen. Sie schüttelte sie ab.

»Ich muss mich nicht beruhigen. Ich sage doch nur, versuche deine Jugend zu genießen. Ich möchte nicht, dass du eines Tages mit dreißig zurückblickst und dir klar wird, dass du die besten Jahre deines Lebens verpasst hast.«

»So siehst du das also. Aber du solltest nicht von dir auf andere schließen«, gab sie zurück, wohlwissend, dass sie sie damit treffen würde. Ihre Mutter hatte mit zwanzig geheiratet und schon ein Jahr später Isla bekommen.

»Manchmal sehe ich das so. Ja, das tue ich. Und ich wünsche mir mehr für dich. Wir sind hier, Isla. Wir können uns doch an den Wochenenden um Matty kümmern. Hab Spaß. Amüsiere dich. Das gehört auch zum Leben. Du möchtest es später nicht bereuen, glaub mir.«

Eine unangenehme Stille machte sich breit. Islas Vater hatte den Fernseher ausgeschaltet und blickte auf den Teppich hinunter, während sich seine Frau und seine Tochter anstarrten. Isla spürte, wie das Brennen nachließ. Endlich hatte sie eine Entscheidung in dieser Frage getroffen, mit der sie sich schon so lange herumschlug.

»Ich glaube, wir sollten uns morgen weiter unterhalten, wenn wir nicht mehr so aufgebracht sind. Aber ich werde mit Matty ausziehen, Mum. Ich liebe euch, und ich bin unglaublich dankbar für eure Hilfe. Ich hoffe, dass ihr euch immer noch um ihn kümmern werdet, wenn ich an der Uni bin, aber wir brauchen etwas Abstand. *Ich* bin seine Mutter, und du bist seine Großmutter, und ich möchte nicht mehr, dass das durcheinandergebracht wird. Gute Nacht.«

Isla marschierte aus dem Zimmer und wandte sich auch dann nicht mehr um, als sie ihre Mutter weinen hörte.

Liebe junge Rose,

bitte mach dir keine Sorgen darum, was andere Leute über dich denken. Mit elf habe ich einmal drei Stunden lang geweint, weil ein Mädchen aus der Nachbarschaft mich nicht mehr zum Spielen ins Haus lassen wollte. Sie hat behauptet, ich sei zu seltsam, um mit ihr zu spielen, und die anderen Kinder, die auf der Straße versammelt waren, haben gelacht, als sie das hörten. Ich bin nach Hause gelaufen, habe mich in einer Ecke meines Zimmers verkrochen und wegen dieser Tragödie geweint. Dabei war ich gar nicht seltsam, bloß viel lustiger als dieses Mädchen und habe sie damit in den Schatten gestellt. Natürlich ist mir das erst Jahre später klar geworden.

Ich wünschte so sehr, das sei alles gewesen, weshalb du Tränen vergießen musstest! Dabei ist es ganz und gar nicht meine Absicht, deine Sorgen kleinzureden. Für eine Elfjährige ist es furchtbar, als seltsam bezeichnet und ausgegrenzt zu werden. Aber das spielt jetzt keine Rolle mehr. Es ist egal, was die anderen über dich denken. Ich habe viele Jahre gebraucht, um das zu begreifen; zu erkennen, dass allein das zählt, was ich selbst von mir halte. Ignoriere die, die nicht an dich glauben, wende dich denen zu, die dich ermutigen. Und am wichtigsten: Liebe dich selbst.

Rose

Kapitel 16

Dee

Gegenwart

Dee sah zu, wie Adrian den letzten Rest seines Schoko-Milchshakes schlürfte.

»War der gut?«, fragte sie lächelnd.

»Ja, echt klasse.« Ihr Sohn wischte sich über den Mund. Ihr Mittagessen zu zweit war prima verlaufen. Auch wenn Adrian heute Morgen, als sie es vorgeschlagen hatte, nicht gerade begeistert davon gewesen war. Aber als ihm klar wurde, dass er dann John nicht beim Fußballspielen zuschauen musste, hatte er widerstrebend eingewilligt. Sie war mit ihm in den Burgerladen in der Stadt gegangen, den er so toll fand, und sie wollten nun auf dem Rückweg einen Spaziergang durch den Botanischen Garten machen, wo sie den Wagen abgestellt hatten. Dee wartete, bis sie in kameradschaftlichem Schweigen nebeneinander herliefen, ehe sie den Vorfall mit seiner Religionslehrerin zur Sprache brachte.

»Dad hat mir erzählt, dass dich Mrs. Itsines im Unterricht aufgerufen hat und du gar nicht begeistert davon warst«, bemerkte Dee so beiläufig wie nur eben möglich.

Adrian verdrehte die Augen und warf dann den Kopf zurück, als versuche er, sie noch weiter zu verdrehen.

»Ich wusste doch, dass du deshalb mit mir essen gehen wolltest«, stieß er genervt hervor.

»Nein, das stimmt nicht. Ich wollte gern mal wieder Zeit mit dir verbringen. Ich vermisse das. Aber ja, ich schätze, ich wollte auch mit dir reden. Wieso hast du nicht mit mir darüber gesprochen?« Dee ging schneller, um mit Adrian mitzuhalten, der jetzt schnell vor sich hin stapfte.

»Weil ich es Dad erzählt habe. Und weil ich wusste, was du sagen würdest.«

»Und was hätte ich deiner Meinung nach gesagt?«

Adrian verdrehte erneut die Augen und sprach, als handele es sich um eine Riesenanstrengung, seiner Mutter etwas so Simples zu erklären. »Dass ich stolz auf meine Herkunft sein soll. Dass der Islam eine friedliche Religion ist und ich jedes Recht habe, das zu sagen, bla, bla, bla.«

Dee nahm behutsam seinen Arm und führte ihn zu einer Bank, die am Rand des Weges stand. »Setz dich mal für einen Moment. Was meinst du mit ›bla, bla, bla‹? Glaubst du denn nicht an diese Dinge?«

Adrian zuckte mit den Schultern und schaute weg.

»Adrian, ich bin Muslimin. Zwar keine praktizierende, aber mein Glaube ist mir wichtig. Ich bin mit diesen Überzeugungen groß geworden und habe sie mit dir geteilt. Ich dachte immer, dass du verstehen würdest, worum es beim Islam geht. Du glaubst doch nicht etwa all den Mist, den wir in den Nachrichten sehen, oder?«

»Nein«, murmelte er und trat mit der Fußspitze in die Kiesel unter der Bank. Das erinnerte Dee an die Zeit, als er noch klein war und schon damals ständig seine Schuhe ruinierte, weil er die Spitze in den Boden stieß. Sie legte ihm reflexartig die Hand aufs Knie, und er hörte sofort damit auf.

»Adrian, du weißt, dass du nicht wirklich ein Muslim bist, nicht wahr? Ich schon, und ich bin stolz darauf. Ich habe dich all das gelehrt, was ich über diese Religion weiß, aber es ist deine Entscheidung, woran du glaubst. Vielleicht findest du eines Tages einen Zugang dazu. Vielleicht auch nicht. Das ist nicht wichtig für uns. Dein Vater und ich, wir glauben nur an Liebe und Respekt, das weißt du doch, oder?«

»Siehst du, genau das meine ich. Bei dir muss immer alles Tiefgang und Bedeutung haben, und es geht dir ständig um Respekt und Kultur und den ganzen Scheiß.« Adrians wütende Worte waren wie ein Schlag ins Gesicht. »Eigentlich willst du, dass ich wie du bin, und du nutzt jede Gelegenheit, mir das zu sagen.« Sein Gesicht war gerötet, und da waren Tränen in seinen Augen.

Dee war erschrocken über den Schmerz in seiner Stimme. Wie hatte sie nur übersehen können, was für ein großes Thema dies für ihn war? Sie dachte für einen Moment nach, bevor sie sprach.

»Ich habe verstanden, Adrian, das habe ich wirklich. Ich verspreche dir, dass ich nicht will, dass du wie ich bist – das Einzige, was ich will, ist, dass du du selbst bist. Aber ich möchte nicht, dass du dich für meine Kultur oder meine Religion schämst. Die Schlagzeilen sind ausgeschmückt, Adrian. Ja, einige schreckliche Menschen haben den Namen unserer Religion missbraucht, um ihre Gewalttaten damit zu rechtfertigen. Aber so ist es im Laufe der Geschichte den meisten Religionen ergangen. Diese Leute sind nicht das, worum es eigentlich geht, mein Schatz. Ich möchte nur, dass du das auch wirklich verstehst.«

»Träum weiter, Mum. Hast du eigentlich nur die geringste Ahnung, was für einen Müll ich mir wegen Mrs. Itsines anhören musste? Alle waren tagelang hinter mir her und wollten wissen, ob ich irgendwelche Terroristen kenne.«

Dee gab ein Keuchen von sich.

»Siehst du, du meinst immer, du weißt alles, aber das stimmt nicht. Also erzähl mir bloß nicht, worauf ich stolz sein soll, okay?« Adrian sprang auf und stürmte davon.

Dee sah zu, wie ihr Sohn aufgebracht davonlief. Und sie hatte keine Ahnung, was sie tun konnte, damit es ihm besser ging. Sie fühlte sich ganz elend. Wieso war die Welt bloß so? Wieso konnten die Menschen einander nicht respektieren? Als sie losjoggte, um Adrian einzuholen, dachte sie an den neuen interreligiösen Lehrplan – ob er wirklich ausreichen würde, um dieser Art von Hass und Angst entgegenzuwirken? Oder vielleicht übertrieb Adrian ja. Er war schon immer sensibel gewesen. Vielleicht hatte ihn nur ein einziges engstirniges Kind beleidigt, und er hatte dieses Stigma selbst erschaffen. Ja, das wird's sein, tröstete sie sich. Nicht irgendwelche Vorurteile waren hier das Problem, sondern ihr theatralisches Kind. So musste es sein.

Das Abendessen verlief ungewöhnlich ruhig, und es lag eine Spannung in der Luft. Dee hatte Hähnchen-Risotto gekocht, aber als sie rief, dass sie fertig sei, kamen Adrian und John nicht angerannt und rangelten um die Schüsseln, sondern betraten langsam die Küche, nahmen sich ihre Portionen und setzten sich still an den Tisch, um zu essen, ohne wie sonst auf Oliver und Dee zu warten. Oliver zog seine Augenbrauen in die Höhe, als er seinen Teller von Dee entgegennahm. Sie zuckte nur mit den Schultern. Als sie alle mit dem Essen fertig waren, erkundigte sich Oliver wie jeden Sonntagabend, was bei ihnen in der nächsten Woche so anstand.

»Schule«, erwiderte John. »Nichts Spektakuläres.«

»Und was ist mit dir, Adrian?«, fragte Oliver.

»Auch Schule. Also Folter.«

Oliver verdrehte die Augen. »Folter? Wenigstens wird dir dabei nicht langweilig. Meine Woche sieht eigentlich ganz gut aus. Scheint etwas ruhiger zu werden, nicht so viele Termine, deshalb kann ich mich endlich mal wieder um einige der protokollierten Computerprobleme kümmern. Dazu bin ich schon eine ganze Weile nicht mehr gekommen, und ich freue mich darauf. Was ist mit dir, Dee? Meinst du, du wirst noch ein paar Leben im Café retten?«

Dies war etwas, was Dee an Oliver sowohl liebte als auch hasste: diese Fähigkeit, so zu tun, als sei alles in Ordnung, auch wenn jeder ganz offensichtlich sauer oder wütend war. Sie gab ihr Bestes, um mitzuspielen. »Das will ich nicht hoffen! Ich habe eine hektische, aber aufregende Woche vor mir. Nächsten Samstag steht die große Vorstellung des neuen Lehrplans beim Tag der offenen Tür an, und es gibt noch zahlreiche letzte Details zu regeln und jede Menge Termine zu absolvieren.«

»Ausgezeichnet. Und vergesst nicht, dass wir dort alle zusammen hingehen, Jungs«, rief ihnen Oliver in Erinnerung, John nickte und lächelte. Adrian schüttelte den Kopf.

»Ich nicht.«

»Du auch«, entgegnete Oliver ohne zu zögern.

»Keinen Bock«, erwiderte Adrian, stand auf, brachte seine Schüssel zur Spüle und stürmte aus dem Raum.

»Was hat er für ein Problem?«, fragte John.

»Er ist halb Muslim«, entschlüpfte es Dee.

Oliver neigte den Kopf zur Seite und sah sie an, als könne er nicht glauben, was sie da gerade gesagt hatte.

»Ich dachte, wir wären nicht religiös«, sagte John und blickte verwirrt von Dee zu Oliver.

»Ich gehöre keiner Religion an, Kumpel. Deine Mutter ist

Muslimin. Und nein, man kann nicht nur halb religiös sein. Du bist Australier libanesischer Herkunft und kannst dir aussuchen, welcher Religion du angehören willst.«

John zuckte mit den Schultern. »Lag ich doch richtig.«

Dee kniff sich zwischen den Augenbrauen in die Stirn. Wieso hatte sie das bloß gesagt? Sie führte sich lächerlich auf. »Tut mir leid, es war dumm, so etwas zu sagen.« Sie ergriff Johns Hand. »Machen dir die Jungs in deiner Stufe wegen deiner Herkunft manchmal das Leben schwer, mein Schatz?«

»Was? Weil ich Libanese bin? Nee. Manche nennen mich vielleicht mal ›Lebbo‹, aber ich nenne die Aussies ja auch ›Skippys‹, das ist doch bloß Spaß.«

Dee nickte, widerstand dem Drang, ihren Sohn über kulturellen Respekt zu belehren. Teenager alberten herum. Das war nicht weiter schlimm. »Wissen deine Freunde, dass ich Muslimin bin?«, fragte sie.

»Keine Ahnung. Ich glaube nicht. Wieso?«

»Machen sich irgendwelche Jungs auch mal über Muslime lustig? Sprechen sie über das, was in der Welt passiert?«

»Meinst du die Sache mit dem Terrorismus? Das ist schon ziemlich krass, Mum. Weiß nicht. Einige lassen blöde Kommentare ab, aber nichts Schlimmes. Benimmt sich Adrian deshalb wie ein Baby? Was hat er denn für ein Problem? Er sieht doch eh aus wie ein Aussie.«

»Aber welchen Unterschied macht das denn? Glaubst du, dass du anders behandelt wirst, weil du nicht aussiehst wie ein typischer Australier?«

»Jetzt reicht's, Dee. Ich glaube, es ist ein bisschen spät für eine solche Diskussion. John, du hast heute Abend frei, ich kümmere mich um den Abwasch.«

»Okay. Nacht, Dad. Nacht, Mum.« John beugte sich herab, gab Dee einen Kuss auf die Wange und versetzte Olivers Schulter beim Verlassen des Raums einen Klapps. Oliver verschränkte seine Hände vor dem Körper.

»Was sollte das?«

»Tja, ich habe heute herausgefunden, dass sich mein Sohn für mich schämt, also wollte ich bloß einmal wissen, was mein anderer Sohn so empfindet.« Als sie die Worte laut aussprach, wurde Dee klar, wie kindisch sie klangen. Und sie war sich vage bewusst, woher ihre Überreaktion rührte, war aber heute Abend nicht in der Stimmung, sich damit zu befassen. Oliver schüttelte den Kopf.

»Ernsthaft, Dee, krieg dich wieder ein. Adrian ist vierzehn, er weiß im Moment überhaupt nicht, was er eigentlich denkt. Also schalte mal einen Gang runter.« Er stand auf, räumte den Tisch ab, und damit war die Diskussion beendet.

Kapitel 17

Dee

1980

»Also, wenn wir keinen gemeinsamen Unterricht haben, dann treffen wir uns irgendwo in der Pause, ja?«, schlug Myra vor, als sie durch das Tor ihrer Highschool gingen.

»Aber klar. Lass uns jetzt gleich schon einen Treffpunkt suchen.« Adeena lächelte über Myras gerunzelte Stirn. Die neue Schule machte sie nicht so nervös wie ihre Freundin. Adeena freute sich sogar auf ihre neuen Kurse und auf alles, was sie lernen würde. Man hatte ihr einen Platz an einer Eliteschule in der Stadt angeboten, aber sie hatte abgelehnt, sich stattdessen entschieden, die nächstgelegene staatliche Schule zu besuchen wie Myra und einige andere Freundinnen aus der Grundschule. Adeenas Vater war über ihre Entscheidung enttäuscht gewesen, aber als sie ihm erklärte, wie viel Zeit es kosten würde, jeden Tag zur Schule in die Stadt zu fahren und wie spät sie jeden Nachmittag erst wieder zu Hause wäre, hatte er ihr widerstrebend zugestimmt.

Adeena hatte ihm nicht erzählt, dass einer der Gründe für ihre Entscheidung auch ihre Angst gewesen war. In ihrer Grundschule war sie die beste Schülerin in ihrer Klasse gewesen. Aber an dem Tag der offenen Tür in der Eliteschule war ihr klar geworden, dass sie dort von Kindern umgeben sein würde, die ebenso klug waren wie sie oder sogar noch klüger. Und sie hatte sich besorgt gefragt, was ihr dann noch bliebe, wenn sie nicht mehr als die Klügste galt. Das hatte ihr eine so große Angst eingejagt, dass sie nicht mehr weiter darüber nachgedacht und den ihrer Ansicht nach leichteren Weg gewählt und abgelehnt hatte. Als sie nun die Wiley Park High School für Mädchen betrat und in die bekannten Gesichter einiger ehemaliger Klassenkameradinnen blickte, die zusammenstanden und Myra und ihr lächelnd zuwinkten, bedauerte sie ihre Entscheidung kein bisschen.

Ihr erster Tag verlief genau so, wie Adeena ihn sich vorgestellt hatte. Sie erhielt ihren Stundenplan und lauschte den fast immer gleichen Begrüßungsreden ihrer neuen Lehrer, deren Inhalte freundlich und bedrohlich zugleich klangen. Sie hatte gehört, dass die Lehrer in der Highschool in den ersten Wochen eine härtere Gangart einlegten und ihre machten da offenbar keine Ausnahme. Adeena und Myra hatten nur Mathematik zusammen, einander aber während der Pause in der Schulmensa schnell wiedergefunden. Als sie am Ende des Tages gemeinsam von der Schule zur Bahnstation gingen, war Myra wieder ganz die Alte und redselig wie immer.

»Hast du die Mädchen aus der Zwölften gesehen, die in der Toilette geraucht haben?«, flüsterte sie Adeena zu, obwohl niemand sonst auf dem Gehweg in ihrer Nähe war.

»Nein. Wann hast du sie denn gesehen?«

»Ich bin während Englisch auf der Toilette gewesen, und da standen sie alle um eine Kabine rum und rauchten. Ganz so, als wäre das gar nichts Besonderes.« Myra flüsterte immer noch.

»Haben sie was zu dir gesagt?« Adeena fand, dass die Mädchen aus der Zwölften viel zu alt aussahen, um überhaupt noch auf der

Highschool zu sein. Die meisten von ihnen trugen Make-up und stolzierten herum, als gehöre ihnen die Schule. Was vermutlich auch irgendwie stimmte.

»Eine von denen hat mir die Schachtel hingehalten«, sagte Myra.

Adeena blieb stehen und wandte sich ihr zu. »Was hast du gemacht?«

»Ich habe so getan, als hätte ich es gar nicht mitbekommen und bin einfach rausgegangen. Sie haben alle gelacht.« Myras Wangen waren gerötet.

Adeena legte einen Arm um ihre Schultern, und sie gingen weiter. »Wen interessieren die schon? Die haben das morgen sowieso wieder vergessen. Für die sehen wir doch alle gleich aus, wie kleine Kinder.«

Myra nickte. Als sie an der Bahnstation ankamen, vernahm Adeena plötzlich lautes Geschrei. Sie blickten sich um und stellten fest, dass es von der anderen Straßenseite kam. Dort stand eine Frau am Bordstein, die eine Art Arbeitsuniform trug und etwas zu ihnen herüberschrie. Adeena und Myra blieben stehen.

»Haut ab, ihr dreckigen Kanaken! Geht dahin zurück, wo ihr hergekommen seid, ihr Lesben!«, kreischte die Frau aufgebracht.

Es fühlte sich mit einem Mal so an, als wäre da ein Feuer in Adeenas Bauch. »Meint die etwa uns?«, zischte sie.

Myra nickte.

Die Frau war krebsrot vor Wut und schrie einfach immer weiter. In diesen Sekunden schossen Adeena viele Gedanken durch den Kopf. Einer davon war, zurückzuschreien und dieser Person klarzumachen, dass sie den Mund halten sollte, ein anderer, einfach ihren Weg fortzusetzen und so zu tun, als hätte sie nichts gehört. Und ein weiterer, in Tränen auszubrechen.

»Was guckst du so, du dreckiger dämlicher Kanake? Wo willst du denn mit deiner Freundin hin, häh?«

Myra zog Adeena am Arm, um sie zum Weitergehen zu bewegen, doch die rührte sich nicht. Mit einem Mal ertönte eine andere Stimme. »Geh weiter, du Rassistenschwein, sonst rufe ich die Polizei!« Sie gehörte einem dunkelhaarigen Mann in einem Anzug. Adeena bemerkte erst jetzt, dass sich zahlreiche Leute versammelt hatten und sich die lautstarken Beschimpfungen dieser gehässigen Frau anhörten. Einige Leute beschimpften nun sie und rieten ihr, den Mund zu halten. Die Frau bezeichnete sie alle als Verräter, stieg in den Wagen, neben dem sie gestanden hatte, fuhr los und zeigte ihnen im Vorbeifahren den Stinkefinger.

Adeena schämte sich plötzlich ganz furchtbar, so als wäre sie die Schuldige, die für dieses ganze Spektakel verantwortlich war. Eine ältere Frau kam auf Myra und sie zu und erkundigte sich, ob bei ihnen alles in Ordnung sei. Adeena nickte, ergriff Myras Hand, und sie eilten auf den Eingang der Bahnstation zu. Adeena wollte nur noch nach Hause, wo sie niemand sehen konnte. Die Bahn wartete bereits am Bahnsteig, und sie stiegen sofort ein und setzten sich. Erst da bemerkte Adeena, dass sie zitterte. Sie blickte zu Myra auf, doch ihr schien es gut zu gehen. Sie schaute aus dem Fenster, als ob es ein Tag wie jeder andere wäre.

»Wieso hat sie solche Dinge gesagt?«, fragte Adeena, als die Bahn mit einem Ruck anfuhr.

Myra zuckte mit den Schultern. »Wahrscheinlich war sie auf Drogen. Vergiss sie einfach. Sie war bloß irgend so ein Rassistenpsycho.«

Adeena starrte Myra an und fragte sich, wie sie bloß so ruhig bleiben konnte. »Ist dir so was schon mal passiert?«, fragte sie.

»Nicht mit so viel Schreierei, aber ja, ich bin schon viele Male als Kanake beschimpft worden. Meistens, wenn ich mit meinen Brüdern im Park bin oder so.«

Adeena kam es vor, als habe sich ihr eine ganz neue Welt eröffnet. Eine dunkle Welt. Sie blickte wie von außen auf ihr Leben. Sie wohnte in Lakemba, einem Vorort von Sydney, in dem viele Leute so aussahen wie sie, dunkles Haar und dunkle Haut hatten. Sie hatte nie das Gefühl gehabt, in irgendeiner Weise hervorzustechen. Sie ging zur Schule und kam später nach Hause, um das Abendessen zuzubereiten. Am Wochenende füllte sie ihre Freizeit mit ein paar Extraaufgaben und -unternehmungen, las oder spielte mit den anderen Kindern aus ihrem Wohnblock. Adeena hatte nie das Gefühl gehabt, anders zu sein. Sie wusste, dass sie in Australien lebte, aber das Australien, das sie kannte, war mit Menschen jeglicher Hautfarbe bevölkert. Sie lehnte sich auf ihrem Sitz zurück und blickte sich im Wagen um. Da war eine große Gruppe weißer Mädchen in hübschen Schuluniformen. Sie waren in eine Unterhaltung vertieft. *Reden sie vielleicht über mich?*, fragte sie sich. *Lachen sie über mich, weil ich ein Kanake bin? Ist es das, was die weißen Australier denken?*

»Wie oft schon?«, fragte Adeena.

»Was?«

»Wie oft hat man dich schon Kanake genannt?«

»Keine Ahnung. Ich zähle nicht mit«, erwiderte ihre Freundin lachend.

Adeena war es unbegreiflich, wie Myra das lustig finden konnte. Sie kam sich vor, als wären sie angegriffen worden. Ihr Puls raste immer noch, und ihre Hände wollten einfach nicht aufhören zu zittern. Und Myra lachte!

»Wie kann dir das so egal sein? Was diese Frau gesagt hat, war schrecklich.«

»Natürlich ist es mir nicht egal. Aber manche Leute sind eben so. Ich find's unglaublich, dass dich noch keiner Kanake genannt hat.«

»Und ich find's unglaublich, *dass* man dich so genannt hat. Einer von den Jungs in der Schule hat es vielleicht mal aus Spaß gesagt, aber ich habe es noch nie von jemandem mit einem solchen Hass in der Stimme gehört. Sie hat uns wirklich *gehasst*, ist dir das klar?«

»Ernsthaft, Adeena, sie sah aus, als wäre sie ein Junkie oder so. Hast du nicht gesehen, wie fleckig ihre Haut war?«

»Aber sie trug so was wie eine Uniform. Junkies arbeiten nicht.«

»Und ob sie das tun. Sie arbeiten einfach, während sie zugedröhnt sind. Glaub mir, die war ein totaler Loser. Hör auf, dich so darüber aufzuregen. Wir sind nun mal Kanaken. Wenn auch keine Lesben, aber was soll's.« Myra lachte wieder, und Adeena hatte das Gefühl, gleich in Tränen auszubrechen. Es konnte doch unmöglich sein, dass die Welt auf diese Weise funktionierte! Dass dich jemand auf der Straße anschreit und du es einfach hinnehmen musst!

Als Adeena zu Hause ankam, wartete ihre Nachbarin, Rania, draußen vor ihrer Wohnung. Adeena lächelte, als sie sie erblickte, denn sie gehörte für sie inzwischen zur Familie.

»Hallo, Rania«, sagte sie und küsste sie dreimal auf die Wangen.

»Hallo, Habibti, wie war es in der Schule? Ich habe den ganzen Tag an dich gedacht.« Rania sprach Arabisch mit Adeena. Sie verließ selten ihren Wohnblock und besaß nach wie vor nur Grundkenntnisse in der Sprache ihrer neuen Heimat.

»Gut«, erwiderte Adeena und versuchte sich an einem Lächeln.

Rania betrachtete sie aufmerksam. »Gefällt es dir nicht in der Highschool?«

»Doch, es gefällt mir. Es ist eine gute Schule«, versicherte ihr Adeena. Aber sie wusste, dass sie Rania nichts vormachen konnte. Sie wartete an den meisten Schultagen auf sie. Dann plauderten sie eine Weile. An manchen Tagen lud sie Adeena und ihren Vater zum Abendessen ein, an anderen verabschiedeten sie sich auf dem Hausflur.

»Geh und zieh dich um. Wenn du deine Hausaufgaben gemacht hast, komm zum Abendessen herüber und erzähle mir, was deine Augen so traurig macht«, sagte Rania und strich Adeena über die Wange, bevor sie in ihre eigene Wohnung zurückkehrte.

Als Adeena ihre Wohnungstür aufschloss, überkam sie eine große Dankbarkeit für ihre Nachbarn. Sie würde ihnen vermutlich nicht erzählen, was ihr zugestoßen war, denn sie wollte sie nicht beunruhigen, aber sie war gern bei ihnen. Sie leerte ihre Tasche, wusch ihre Brotdose und ihre Trinkflasche aus und setzte sich dann auf das Sofa. Sie hatte noch keine Hausaufgaben auf. Sie könnte etwas lesen, aber sie war sich nicht sicher, ob sie in der Lage wäre, sich zu konzentrieren. Adeena wusste nicht, was sie mehr verstörte: diese schreckliche Frau, die sie angeschrien hatte, oder Myra, die es einfach so hingenommen hatte. Vielleicht übertrieb ihre Freundin es ja mit all den Malen, bei denen ihr angeblich Rassismus begegnet war. Letztes Jahr hatte ihr ein Mädchen ohne Erlaubnis ein Smiley-Gesicht auf ihr Mäppchen gemalt, und Myra hatte das Mädchen gezwungen, ihr ein neues Mäppchen zu kaufen. Sie war kein Mensch, der sich damit abfand, beleidigt zu werden. Allerdings schien sie die Worte der Frau gar nicht für eine schlimme Beleidigung gehalten zu haben. Adeena lehnte den Kopf zurück. Vielleicht war das hier in Australien einfach so, dachte sie. Vielleicht war sie naiv, und es war ihr bisher einfach nicht bewusst gewesen, dass sie immer zu den Einwanderern gehören würde – zu den Kanaken eben. Myra schien das zumindest zu glauben. Adeena stand auf und entschied sich, gleich zu Rania und Ahmed hinüberzugehen. Sie hielt es nicht länger aus, über diese Dinge nachzudenken. Sie wollte, dass alles wieder normal war. An Ranias Wohnungstür klopfte sie gar nicht erst an, sondern trat wie immer gleich ein, wie man es ihr beigebracht hatte. Ranias Mann, Ahmed, saß in einem Sessel in der Wohnzimmerecke und döste. Er arbeitete nachts und schlief tagsüber. Rania war in der Küche, hackte Petersilie.

»Kubideh und Tabouleh«, sagte Rania und lächelte Adeena an. Das Fleischgericht und der Salat gehörten zu Adeenas Lieblingsgerichten, und obwohl sie eine ziemlich gute Köchin war, bereitete Rania das Gericht so viel besser zu als sie selbst.

»Mmh!« Adeena setzte sich auf einen Stuhl, um ihrer Nachbarin bei der Arbeit zuzusehen. Sie wusste aus Erfahrung, dass ihre Hilfe nicht willkommen war, denn Rania hatte sie in der Vergangenheit jedes Mal abgelehnt und sie aus der Küche gescheucht. Sie plauderte lieber mit Adeena. Ihre eigenen Kinder waren erwachsen, hatten selbst schon Familien. Rania erzählte ihr gern Geschichten aus ihrer Kindheit. Aber heute konzentrierte sie sich auf Adeena.

»Erzähl mir, was los ist«, sagte sie, als sie mit dem Messer über das Brettchen schabte, um die Petersilie in eine große Schüssel zu befördern und sich dann daranmachte Tomaten zu schneiden.

Obwohl sie es gar nicht beabsichtigt hatte, begann Adeena, ihr von der Frau zu erzählen, die sie angeschrien hatte. Rania hörte ihr aufmerksam zu, gab dabei hin und wieder ein schnalzendes Geräusch von sich. Als Adeena geendet hatte, wischte sich Rania die Hände an einem Geschirrtuch ab, kam zu ihr hinüber und umarmte sie. Adeena lehnte ihren Kopf an Ranias Schulter, froh über die Unterstützung. Ein paar Tränen kullerten ihr über die Wangen, aber sie wischte sie rasch fort. Sie wollte nicht, dass Rania sie für schwach hielt. Nach einer Weile ließ Rania sie los und machte sich wieder an die Zubereitung des Salats.

»Solche Menschen gibt es überall. Es war gut, dass du sie ignoriert hast. Sie war wahrscheinlich nicht ganz richtig im Kopf.«

»Du glaubst also nicht, dass alle Australier so denken?«

»Nein, bestimmt nicht. Einige Menschen sind einfach dumm. Aber dumme Menschen gibt es in jedem Land, nicht wahr? Habe ich dir schon einmal von unserem Freund aus Jordanien erzählt? Er ist Palästinenser, wurde aber nach Jordanien gebracht. Er hat niemals ein Zuhause gehabt, weil die Israelis glauben, es sei ihr Land. Die Palästinenser sind anderer Meinung. Du weißt von diesem Krieg, ja?«

Adeena wusste ein wenig davon, also nickte sie.

»Gut. Er hatte also sein ganzes Leben lang kein Zuhause. Fast jeden Tag hat ihn jemand beschimpft. Das war dort normal. Aber nicht hier. Er kam als Flüchtling nach Australien und besitzt zum ersten Mal eine Staatsbürgerschaft. Er gehört nun irgendwohin, verstehst du? Vielleicht gibt es einige Leute, die ihn hier nicht haben wollen, aber nicht viele. Hier wird er nicht jeden Tag gehasst. Australien ist ein guter Ort, Adeena.«

Adeena spürte, wie eine große Erleichterung sie überkam. Sie wusste natürlich, dass Rania recht hatte. Sie lebte seit beinahe fünf Jahren in diesem Land und hatte in dieser Zeit nie eine Erfahrung wie die heutige gemacht. Natürlich war dieses Land nicht nur mit Hass erfüllt. Adeena fühlte sich plötzlich so viel leichter.

»Weißt du was, Rania? Ich glaube, wenn ich groß bin, werde ich Politikerin, damit ich all den unwissenden Leuten klarmachen kann, dass sie sich irren. Dass wir zwar alle verschieden sind, aber auch alle gleich. Ich bin genauso ein Mensch wie diese dumme Frau, und sie ist genauso ein Mensch wie ich. Wir sind alle gleich, und ich werde ihnen dabei helfen, das zu erkennen.« Adeena verspürte ein eigenartig kitzelndes Gefühl, – wie Gänsehaut –, auf ihren Armen, und sie wusste, dass sie das eines Tages schaffen würde. Niemand würde einem Kind zuhören, aber sie würde sich an diesen Tag erinnern und wenn sie erwachsen war, würde sie die Meinung der Leute ändern. Rania lächelte sie an und streckte die Hand aus, um sie auf Adeenas Wange zu legen. Ihre Hand war kalt und feucht, aber Adeena erwiderte ihr Lächeln.

»Du bist ein gutes Mädchen, Adeena. Ich glaube, genau das wirst du tun«, sagte sie und wandte sich wieder den Tomaten zu.

Kapitel 18

Dee

Gegenwart

Am nächsten Morgen waren Oliver und John wieder so munter und gut gelaunt wie immer. Oliver pfiff vor sich hin, und John wippte mit dem Kopf zur Musik aus seinem Kopfhörer.

»Kaffee?«, fragte Oliver Dee, während er und John sich die Teller mit Toast und Obst füllten.

»Ich trinke einen in der Schule«, erwiderte sie. Dee wusste, dass ihre Stimme kühl klang, aber sie war nicht in der Stimmung, die Fröhliche zu spielen. Sie nahm sich auch einen Teller und ignorierte Olivers leichtes Kopfschütteln.

»Ich esse heute nichts«, verkündete Adrian, als er mit hochgezogenen Schultern und zerknitterter Stirn den Raum betrat.

Dee stieß einen lauten Seufzer aus, stand von ihrem Hocker an der Küchentheke auf. »Das überlasse ich dir«, sagte sie zu ihrem Mann und drückte allen einen Kuss auf die Wange. Adrian gab einen Laut von sich, der fast wie ein Knurren klang, als sie ihn küsste, und fast wäre ihr die Hand ausgerutscht.

Als sie in der Schule ankam, spürte sie die ersten Anzeichen einer Migräne. Sean wartete in ihrem Büro auf sie.

»Uuh, toller Abend?«, fragte er und nippte an seinem Kaffee, den er von unterwegs mitgebracht hatte. Ein weiterer Becher wartete auf Dee am Rand ihres Schreibtisches. Montagmorgens war der einzige Tag ihrer Arbeitswoche, an dem sie auf dem Weg zur Schule keinen Abstecher zu Maries Café machte. Sean brachte ihr immer einen Kaffee zu ihrer Besprechung um halb acht mit, in der sie durchgingen, was in der kommenden Woche anstand.

»Eher das Gegenteil«, erwiderte Dee, sank in ihren Sessel und nahm einen Schluck von dem bitteren heißen Kaffee.

»Willst du darüber reden?« Sean war das einzige Mitglied des Lehrkörpers, mit dem Dee über ihr für gewöhnlich glückliches Privatleben sprach. Sie hatte keine Lust, ihm zu erzählen, dass sie wütend auf sich war, weil sie sich kindischer benahm als ihr vierzehnjähriger Sohn.

»Nein, alles gut. Wie geht's dir? Wie war dein Wochenende?«

Als Sean ihr jeden einzelnen schlaflosen Moment in aller Ausführlichkeit zu schildern begann, blendete Dee seine Stimme nach den ersten Sätzen aus und fragte sich, ob Adrian wohl seinen Freunden von ihrem Streit erzählen würde. Redeten Jungs über so etwas? Sie erinnerte sich lebhaft daran, dass sich einige ihrer Freundinnen während der Highschoolzeit über ihre Eltern beschwert hatten. Oliver beschwerte sich eigentlich nie wirklich über irgendjemanden, aber er war auch ein außergewöhnlich unbekümmerter Mensch, also hatte das vielleicht gar nichts mit typisch männlichen oder weiblichen Eigenschaften zu tun.

»Dee? Haben deine Jungs das auch gemacht?«

»Hm? Tut mir leid, Sean, ich habe dir zugehört, war aber kurz gedanklich abgeschweift.« Dee dachte an Isla und wie sie bei ihrer ersten Begegnung plötzlich wie weggetreten gewesen war, den Eindruck gemacht hatte, als wäre sie in einer ganz anderen Welt. Dee setzte sich aufrechter hin und konzentrierte sich auf ihren Stellvertreter.

»Haben deine Jungs nach ihrem Fläschchen auch immer so viel geschrien? Ist das normal?«

»Kommt darauf an. Macht der Kleine denn sein Bäuerchen?« Dee erklärte Sean einige bewährte Techniken zu dem Thema, die sie selbst angewandt hatte, und erst als sie hörten, dass Beth eintraf, wurde ihnen bewusst, wie sehr sie die Zeit vergessen hatten. Ihre Sekretärin tauchte noch mit der Handtasche über der Schulter im Türrahmen auf.

»Guten Morgen«, sagte sie, ohne zu lächeln.

»Hallo, Beth«, sagte Sean.

»Guten Morgen, Beth. Wie geht es Ihnen heute?«, erwiderte Dee.

»Gut. Ich fange dann mal mit dem Newsletter an«, erklärte sie und wandte sich gleich wieder zum Gehen.

Beth war wirklich der unfreundlichste Mensch, dem Dee je begegnet war, aber sie musste sich eingestehen, dass sie nicht lange gebraucht hatte, sich für sie zu erwärmen. Sie hatte schon früh herausgefunden, dass das Leben für Beth nicht gerade ein Zuckerschlecken gewesen war. Keine eigenen Kinder, eine an Alzheimer erkrankte Mutter, die sie zehn Jahre lang alleine gepflegt hatte. Und zwei Jahre nach deren Tod dann die Leberkrebsdiagnose ihres Mannes, mit dem sie dreißig Jahre verheiratet gewesen war und den sie über ein Jahr lang bis zu seinem Tod ebenfalls gepflegt hatte. Arme Beth, dachte Dee oft und stellte sich vor, wie einsam und emotional erschöpft sie nach all dem sein musste, was ihr das Schicksal aufgebürdet hatte. Und da sie trotz ihrer schroffen, abweisenden Art eine tüchtige Sekretärin und Assistentin war, sah sie ihr einiges nach und wusste sie zu schätzen.

»Genug geplaudert, Sean«, sagte Dee, nachdem sie einen Blick auf ihre Armbanduhr geworfen hatte. »Wir haben zwanzig Minuten. Würdest du dir bitte die endgültige Fassung des Lehrplans ansehen? Wenn wir ihn in dieser Form befürworten, wird das Ministerium eine Kopie an sämtliche Schulen in Sydney und der Region versenden. Sie hoffen, bis Ende nächsten Jahres noch mehr Schulen mit ins Boot zu holen.«

Dee reichte Sean die Unterlagen, in denen die Lernziele und Voraussetzungen einschließlich der vorgeschlagenen Unterrichtspläne für den interreligiösen Lehrplan erläutert wurden. Dee hatte sie das ganze Wochenende durchgearbeitet und sich vergewissert, dass es keine Fehler gab. Sie war sogar ausgesprochen stolz und hoffnungsvoll gestimmt gewesen, als sie sie las. Man hatte viele ihrer Vorschläge berücksichtigt, und sie freute sich ganz besonders über den Unterrichtsplan für die »Unterstützung neuer Gemeindemitglieder«. Nachdem sie jahrelang wegen unrealistischer Lernziele in Papierkram erstickt waren, war dieser Lehrplan wie eine frische Brise.

»Das ist großartig«, meinte Sean, nachdem er die letzte Seite überflogen hatte. »Es passiert tatsächlich. Ich kann es kaum glauben, dass eine Idee, die du vor Jahren gehabt hast und die – nichts für ungut – ziemlich versponnen gewesen ist, tatsächlich in unserer Schule umgesetzt werden wird. Das ist eine Riesensache, Dee.«

Dessen war sie sich bewusst. Und das erfüllte sie mit Begeisterung, aber zugleich auch mit Furcht. Sie erinnerte sich noch genau an den Moment vor einigen Jahren, als ihr diese Idee auf dem Weg zu einer Bildungskonferenz im Zug gekommen war. Sie hatte hinter einer Gruppe von sechs oder sieben jungen Leuten – vermutlich Studenten – gesessen, die in zwei Reihen über ihre Rückenlehnen hinweg leidenschaftlich die amerikanische Invasion im Irak diskutierten. Sie klangen so empört, und anfangs genoss sie es, ihr Gespräch zu belauschen.

»Für wen halten die sich eigentlich?«, wollte eins der Mädchen wissen.

»Das steht ihnen nicht zu«, stimmte ihr ein Junge zu.

»Was sollen sie denn sonst tun? Jemand muss die Muslime doch aufhalten, sonst reißen sie noch die Weltherrschaft an sich«, sagte ein anderes Mädchen, und Dee wurde das Herz schwer. Diese Gruppe junger Leute, die mit ihrem multikulturellen Aussehen die Vereinten Nationen hätten repräsentieren können, betrachteten Muslime tatsächlich als eine Bedrohung für die ganze Welt? Das Mädchen wurde wenigstens von zwei ihrer Freunde zurechtgewiesen.

»Nicht alle Muslime sind böse. Es gibt auch einige gute«, wandte einer ein.

Dee wäre am liebsten augenblicklich in Tränen ausgebrochen. Stattdessen räusperte sie sich und sagte: »Ich bin Muslimin.«

Die Gruppe ignorierte sie. Sie tippte dem am nächsten sitzenden Jungen auf die Schulter. Der drehte sich zögernd um. Dee lächelte ihm in sein pickeliges Gesicht.

»Hallo. Ich habe das gerade notgedrungen mit angehört. Ich wollte euch als Muslimin nur wissen lassen, dass wir auch alle Menschen sind, genau wie ihr.«

Das Gesicht des Jungen lief rot an, was seine Pickel noch mehr hervorhob. Eins der Mädchen hielt sich die Hand vor den Mund. Die anderen schauten in der Gegend herum und wichen Dees Blick aus. Für einen Moment verspürte sie Schuldgefühle, weil sie sie in Verlegenheit gebracht hatte. Doch das gab sich rasch wieder. Wo war denn noch Hoffnung für die Menschheit, wenn Teenager sich auf diese Weise spalteten? Es war wichtig, sie zurechtzuweisen.

»Ich wollte euch nur wissen lassen, dass man Menschen nicht allein danach beurteilen sollte, welcher Religion sie angehören.

Ich bin Muslimin, aber auch Lehrerin und Ehefrau und Mutter. Und ich gehe wahnsinnig gern shoppen.« Dee lächelte, als sie bemerkte, dass ihr nun alle zuhörten und sie ansahen. »Ihr scheint mir intelligente junge Leute zu sein, also vielleicht tragt ihr diese Botschaft weiter: Man sollte Menschen nicht allein danach beurteilen, welcher Religion sie angehören.« Sie nickten alle, als wären sie ihre Schüler im Klassenzimmer. Der Zug hielt, Dee stand auf und schlang sich ihre Handtasche über die Schulter.

»Ich wünsche euch einen schönen Tag!«

»Ihnen auch«, erklang es beinahe wie im Chor.

Als Dee sich durch den Hauptbahnhof zur Konferenz aufmachte, setzte sich eine Idee in ihrem Kopf fest: Sie nahm sich vor, dafür zu sorgen, dass alle Schüler die Möglichkeit hätten, diese Botschaft zu hören, zu erfahren, dass wir alle an erster Stelle Menschen seien. Sie würde ihren eigenen Unterrichtsplan erstellen oder am besten gleich einen ganzen Lehrplan. Die Idee ließ Dee nicht mehr los, und sie verbrachte ein ganzes Jahrzehnt damit, ihn zu entwerfen und das Ministerium davon zu überzeugen, ihm zuzustimmen. Und nun passierte es tatsächlich, staunte sie. Sean riss sie aus ihren Gedanken.

»Ist dir klar, dass dieser Lehrplan eine ganze Generation verändern wird?« Er steigerte sich ein wenig hinein, wedelte mit den Blättern. Dee konnte nicht anders, als sich von seiner Begeisterung anstecken zu lassen und grinste ihn an. »Du solltest als Premierministerin kandidieren«, sagte er.

Welch ein absurder Gedanke, schoss es Dee durch den Kopf, riss sie aus ihrer Euphorie. Mit einem Mal fürchtete sie, dass das alles nur ein Hirngespinst war und ihr Grinsen erstarb.

»Premierministerin ist vielleicht etwas hochgegriffen, aber irgendwo muss man ja mal mit Veränderung anfangen.«

»Unbedingt«, stimmte ihr Sean zu. Er holte tief Luft, als versuche er, sich zu beruhigen und gab ihr die Unterlagen zurück. »Also schön, es ist vollbracht. Wir haben dem Lehrplan zugestimmt. Was passiert als Nächstes?«

»Der Tag der offenen Tür am Samstag, wo wir ihn vorstellen werden. Könntest du dir mal meine Rede durchlesen? Sie haben mir nur fünf Minuten gegeben, und ich will nicht durchhasten müssen.«

Sean begann die getippten Seiten zu lesen, die Dee ihm gereicht hatte.

»Nein, nicht jetzt. Lies sie später und melde dich wieder bei mir. Du kannst deine Anmerkungen auch ruhig hineinschreiben. Alles andere ist vorbereitet, glaube ich. Ja, ich denke, wir sind bereit.«

»Wieso machst du dir denn nur solche Sorgen?«, fragte er, neigte den Kopf zur Seite und musterte sie auf eine fast schon komische Art und Weise.

»Mache ich mir ja gar nicht. Ich bin nur etwas nervös, das ist alles. Das wird ein wichtiger Tag, und ich möchte, dass er gut läuft.«

Sean musterte Dee immer noch. »Bist du dir sicher, dass das alles ist?«

»Ja. Wieso?«

»Du kommst mir heute irgendwie anders vor, und ich glaube, das liegt nicht nur daran, dass du müde bist.« Wie immer ein echter Gentleman, dachte Dee ironisch. Sean stand auf, tätschelte ihre Schulter und ließ sie wissen, dass er für sie da wäre, wenn sie reden wollte. Nachdem er ihr Büro verlassen hatte, legte sie den Kopf auf ihren Schreibtisch und genoss die Kühle des glatten Holzimitats an ihrer Wange. Sie war sich bewusst, dass sie sich endlich zusammenreißen musste. Es gab noch so viel zu tun. Die jahrelange

Arbeit erreichte in dieser Woche ihren Höhepunkt, und es wäre unerträglich für sie, wenn das Ganze kein Erfolg würde. Sie richtete sich wieder auf, loggte sich in ihren Computer ein und begann, E-Mails zu beantworten, wobei sie gleichzeitig an das Ende ihres Arbeitstages dachte, an ihr Treffen mit Marie und Isla im Café. Sie war sich nicht sicher, ob sie sich jemals so sehr auf eine simple Verabredung zum Kaffee gefreut hatte.

Kapitel 19

Marie

1947

Marie wurde vom Knarren der Hintertür geweckt. Sie rieb sich die Augen, vermochte nur mit Mühe die Uhrzeit auf ihrem Wecker zu erkennen. Viertel vor zwei, mitten in der Nacht! Sie drehte sich auf die andere Seite und legte sich das Kissen über den Kopf. In den letzten Monaten kam Lucas samstags immer später und später nach Hause. Seitdem er mit Leanne, seiner aktuellen Freundin, ausging. Es schien ihm ernst zu sein mit ihr. Marie hörte ihn auf Zehenspitzen den Flur hinunter zu seinem Zimmer schleichen. Sie verstand nicht, warum er sich überhaupt diese Mühe machte. Ihre Mutter hörte ohnehin alles. Und das Ärgerliche daran war, dass es ihr egal zu sein schien, wann er nach Hause kam. Und jedes Mal, wenn Lucas Leannes Namen erwähnte, lächelte und nickte sie.

Marie fragte sich, wie Leanne damit durchkam, so lange wegzubleiben. Marie war beinahe zweiundzwanzig, wahrlich eine erwachsene Frau, dennoch wurde sie vor jedem ihrer Ausflüge von ihrer Mutter ausgefragt. Wer ist mit dabei? Wann bist du wieder zu Hause? Wohin genau gehst du? Diese Doppelmoral war ermüdend. Während sie langsam wieder einschlief, erstellte sie im Geiste eine Liste all der Dinge, die sie ihrem Bruder an den Kopf werfen würde, und dass er sie mitten in der Nacht weckte, stand an erster Stelle.

»Du bist ja gestern spät nach Hause gekommen«, bemerkte Marie mit lauter Stimme, als Lucas endlich in der Küche erschien, wo sie mit ihrer Mutter schon längst am Frühstückstisch saß. Es gab Rührei, wie jeden Sonntag. Rose hielt für Lucas einen Teller im Ofen warm und holte ihn nun heraus, als er sich hinsetzte.

»Danke, Mum, das riecht lecker.«

Rose tätschelte seinen Arm und las weiter die Zeitung.

»Dir auch einen guten Morgen«, sagte Lucas zu Marie.

»Also schön, guten Morgen. Nur damit du's weißt, du hast mich wach gemacht.«

»Tut mir leid«, nuschelte er mit vollem Mund.

Marie verdrehte die Augen, und Lucas äffte sie nach. Marie versetzte ihm einen Boxhieb gegen den Arm.

»Würdet ihr zwei wohl aufhören zu streiten?«, sagte Rose über ihre Zeitung hinweg. »Ihr streitet euch heute als Erwachsene mehr als in euren Kindertagen.«

»Das liegt daran, dass aus Marie eine so unausstehliche Frau geworden ist.«

»Klar, ich bin das Problem. Nicht etwa der Goldjunge.«

»Ach, hör auf damit, Marie. Lucas arbeitet die ganze Woche über hart, da hat er sich die Entspannung am Wochenende verdient.«

»Das tue ich auch!«

Rose seufzte und legte die Zeitung zur Seite. »Und was tust du gerade? Du sitzt um diese Zeit noch im Schlafanzug da und isst ein Frühstück, das ich dir zubereitet habe.«

Marie kniff die Augen zusammen. Es war gerade mal acht und nur weil ihre Mutter darauf bestand, sich immer schon in aller Herrgottsfrühe anzuziehen, bedeutete das ja nicht, dass sie es auch tun musste. Sie antwortete nicht, stand stattdessen auf, brachte ihren Teller zur Spüle und wusch ihn ab.

»Ich habe leider dieses Wochenende nicht viel Zeit, um mich zu entspannen, Mum. Ich muss für ein paar Stunden arbeiten«, sagte Lucas.

»Was, an einem Sonntag?« Rose klang entsetzt. Sie hatte in all den Jahren, in denen ihr der Laden gehörte, noch niemals an einem Sonntag gearbeitet. »Wenn Gott sich einen Tag freinehmen konnte, dann können wir das auch«, war eins ihrer Lieblingssprichwörter.

»Ja. Wir haben in der Fabrik Schwierigkeiten mit einer der Maschinen, deshalb wollte ich mal einen Blick darauf werfen, bevor es jemand anderes tut. Wenn ich sie reparieren kann, habe ich bestimmt bessere Chancen, Chefelektriker zu werden.«

»Oh, Lucas, wie willst du denn in die Stadt kommen? Fahren die Züge überhaupt am Sonntag?«

Marie trocknete sich die Hände an einem Geschirrtuch ab, stützte sich auf die Küchentheke und sah, wie sich die Wangen ihres Bruders röteten.

»Na ja, eigentlich wollte Leannes Vater vorbeikommen und mich abholen. Er und Leanne machen einige Besorgungen in der Stadt während ich arbeite, und dann hatten wir vor, ähm, mittags in der Stadt essen zu gehen.«

Rose wirkte überrascht. Sie rutschte auf ihrem Stuhl hin und her und blickte zu Marie auf, als wollte sie sich bei ihr Rat holen, wie sie darauf reagieren sollte. Marie wunderte sich, dass ihre Mutter so erstaunt war. Lucas war schon fünfundzwanzig und bereits seit Monaten fest mit Leanne liiert.

»Also … das klingt doch nett. Ein … netter Sonntagsausflug.« Marie sprang ihrer Mutter bei, stellte sich hinter sie und legte ihr beide Hände auf die Schultern.

»Und wann hältst du um ihre Hand an?«, fragte sie ihren Bruder. Lucas' Gesicht lief feuerrot an. Er nahm seinen leeren Teller und trug ihn zur Spüle hinüber.

»Ooh, ich glaube, das bedeutet schon bald! Hast du bereits einen Ring?« Marie spürte, wie sich Roses Schultern unter ihren Händen anspannten.

Lucas drehte sich mit gesenktem Kopf um. »Bald. Ich glaube, ich werde sie schon bald fragen.« Er klang wie der kleine Junge, mit dem sie einst gespielt hatte, so ernst und doch so unsicher.

Marie vergaß all die Neckereien. Sie ging zu ihm hinüber, umarmte ihn und drückte ihn ganz fest. »Ich freue mich sehr für dich. Wird toll sein, endlich eine Schwester zu haben.«

Lucas erwiderte ihre Umarmung, und Marie fragte sich, wie lange es schon her war, seit sie das getan hatten. Als er zurückwich, hatte sich sein Gesicht beruhigt und er lächelte Rose erwartungsvoll an. Sie stand auf, griff nach seiner Hand und zog ihn an sich, um ihn ebenfalls zu umarmen.

»Ich bin sehr stolz auf dich, Lucas. Wenn du dieses Mädchen liebst, dann werde ich sie ebenso lieben.«

»Das wäre aber merkwürdig, Mum«, sagte Marie und versetzte ihr einen kleinen Stupser.

»Ach, du weißt doch ganz genau, was ich meine, du albernes Ding«, erwiderte Rose lachend.

Als Lucas zum Abendessen noch nicht zu Hause war, machten sich Rose und Marie keine Sorgen. Wahrscheinlich war das Mittagessen länger ausgefallen, weil die drei die Zeit aus den Augen verloren hatten. Als es dunkel wurde, vermutete Rose, dass Lucas doch weitaus mehr Zeit für seine Arbeit benötigt hatte als gedacht und aus dem Mittagessen ein Abendessen geworden war. Als die Uhr beinahe zehn zeigte, versuchte Marie Rose davon zu überzeugen, dass es Lucas gut ging, dass es ihm ähnlich sah, solange wegzubleiben. Allerdings nicht an einem Sonntag. Andererseits war er mit seiner zukünftigen Verlobten zusammen. Es ging ihm gut. Als es um halb zwölf an der Haustür klopfte und Rose und Marie sich in ihren Nachthemden aneinandergedrängt einem Polizeibeamten gegenübersahen, vermochten sie sich nicht länger mehr etwas vorzumachen. Sie hielten sich umklammert, während sie über die Tragödie des Verkehrsunfalls informiert wurden, bei dem ihr Lucas ums Leben gekommen war. Und als Roses Knie nachgaben und Marie verhinderte, dass sie zu Boden fiel, wurde ihr schlagartig klar, dass das Leben, wie sie es kannten, vorbei war. Lucas war fort.

Liebe junge Rose,

genieße es, so jung zu sein und ohne Sorgen. Mir ist bewusst, wie klischeehaft das klingt, aber das macht es ja nicht unwahr. Ich glaube, das größte Geschenk der Welt ist es, Mutter zu werden, aber es ist zugleich auch die größte Last. Nicht wegen der Arbeit, die damit verbunden ist, sondern wegen der Sorgen. Sobald du Mutter bist, wird die Sorge in deinem Hinterkopf deine ständige Begleiterin sein, die manchmal brüllt und manchmal flüstert, aber immer, immer da ist. Doch sie wird dir niemals helfen. Die Sorge vermag nichts zu ändern. Also bitte ignoriere sie und genieße jeden Moment, den du mit deinem Kind hast. Es werden nicht alles kostbare Momente sein, aber Momente, die ihr miteinander teilen könnt: die guten, die schlechten und alle anderen dazwischen. Selbst wenn ihr nicht mehr zusammen sein könnt, bleiben diese Momente, die euch miteinander verbinden. Die Liebe zu deinem Kind wird euer beider Seelen für alle Zeit verbinden.

Rose

Kapitel 20

Gegenwart

Marie arbeitete härter als sonst – allein schon, um Dr. Lim zu ärgern. Sie hatte fast den ganzen Montagmorgen mit Dax in der Küche verbracht und Punkte für ihre Rühreier-und-Schinken-Gerichte gesammelt. Gegen zehn taten ihr dann allerdings die Füße derartig weh, dass sie das Gefühl hatte, sie hätten sich regelrecht gegen sie verschworen.

»Ich werde jetzt mal ein wenig mit den Gästen plaudern, Dax«, sagte sie und legte ihre gelbe Schürze ab.

Dax vollführte eine scheuchende Handbewegung. »Endlich. Ich brauche Freiraum.«

»Eines Tages werde ich dich feuern, das ist dir klar, oder?«

»Ja. Und jetzt raus.«

Marie tat so, als würde sie beleidigt abziehen. Sie ging gleich zur Theke, wo sie eine Gruppe von Müttern aus der Schule des Viertels erblickt hatte. Die Frauen lächelten und winkten, als Marie auf sie zukam.

»Guten Morgen, meine Damen, wie geht es Ihnen?«, fragte sie und holte sich einen Hocker her, sodass sie ihnen zugewandt saß. Die Erleichterung, die sie verspürte, als sie ihre Füße vom Boden hob, versetzte sie beinahe in einen Zustand der Euphorie.

»Gut.«

»Großartig.«

»Hervorragend.«

Marie amüsierte sich immer über diese Müttergruppe. Die Frauen antworteten stets auf die gleiche Weise, doch was sie von ihren Gesprächen mitbekam, vermittelte oft einen ganz anderen Eindruck. Marie gab vor, das Geld in der Kasse zu zählen und hörte dabei mit. Sie brauchte etwas, um sich von ihrem Fußweh abzulenken.

»Offenbar sind heute mindestens zwanzig von ihnen mit Schildern und sonst was da draußen unterwegs«, sagte eine sehr blonde Mutter.

»Und für den Rest der Woche ist noch mehr geplant. Stellt euch nur mal vor, wie peinlich das für ihre Kinder sein muss! Ich kann ihren Standpunkt ja durchaus nachvollziehen. Ich will dieses verdammte Programm, dieses religiöse Interdings, auch nicht, aber da hört's bei mir auf«, sagte die Brünette, als hätte sie einen schlechten Geschmack im Mund.

»Direkt vor der Schule deiner Kinder zu demonstrieren, geht einfach zu weit.«

Marie zog heftig die Luft ein. »Entschuldigen Sie. Soll das etwa heißen, dass für heute eine Demonstration an der Schule geplant ist? Wegen Dees Lehrplan?«

Die Blondine lehnte sich nickend zu Marie hinüber. »Ja, anscheinend heute Mittag. Sie haben extra eine Facebook-Seite eingerichtet. Ist diese Dee Mrs. Dawood? Kennen Sie sie?«

»Ja, das tue ich. Sie ist eine Freundin.«

»Tja, ich bin mir sicher, dass sie mit so etwas gerechnet hat. Es ist ja nicht gerade normal, was sie da tut, nicht wahr? Will sie uns etwa alle bekehren oder was soll das Ganze?«

Die Gruppe schüttelte einstimmig den Kopf. Marie fielen mindestens ein Dutzend Erwiderungen ein, doch sie lächelte nur und wünschte den Damen einen netten Brunch. Dann marschierte sie trotz brennender Fersen aus ihrem Café hinaus, um die Hausseite herum und zur Hintertür hinein. Sie beabsichtigte, Dee anzurufen und zu warnen. Sie zweifelte zwar nicht daran, dass diese Frau mit allem fertigwurde, aber Maries Ansicht nach war gute Vorbereitung der Schlüssel zum Erfolg.

»Das kann nicht dein Ernst sein, Dee!« Sean blickte sich um, als rechne er jede Sekunde damit, dass die Demonstranten in Dees Büro aus einer Ecke gesprungen kamen.

»Hör auf, mich das zu fragen. Doch, das ist mein Ernst. Marie hat gehört, wie sich eine Gruppe von Müttern darüber unterhalten hat und sieh nur.« Dee drückte Sean ihr Smartphone in die Hand. Sie mochte die widerlichen Kommentare, die sie auf der Facebook-Seite *Pfoten weg von unserem Glauben* entdeckt hatte, gar nicht lesen. Sean scrollte sie nun durch, schüttelte sich und gab Dee das Smartphone zurück.

»Weiß das Ministerium Bescheid?«

»Nein, und wir werden es auch nicht informieren. Noch nicht.«

»Also, was sollen wir tun? Wenn das Ganze mittags stattfindet, werden es die Kinder durch die Tore sehen.«

Dee war immer noch damit beschäftigt, einen Plan zu entwerfen, als sie ihm antwortete. »Wir werden zur Mittagszeit ein Schlechtwetterprogramm einschieben und die Kinder drinnen halten. Und ich werde mit den Demonstranten sprechen. Schließlich sind es Eltern. Ich spreche jeden Tag mit ihnen. Sie sind bloß unwissend, und das werde ich ändern.«

»Also, ich weiß nicht. Diese Kommentare klingen nicht nach den Eltern von unserer Schule. Was ist, wenn das andere Leute in die Finger bekommen haben? Diese berufsmäßigen Demonstranten, die an allem teilnehmen? Ich finde, du solltest das Ministerium informieren. Und die Polizei.«

Dee erhob sich. »Vertrau mir.«

Wenn Dee die Eltern gezählt hätte, die auf dem Schulparkplatz standen und selbst gebastelte Schilder in die Höhe hielten, wäre sie auf weniger als zwanzig gekommen. Aber ihnen gegenüberzutreten und ihre Parolen zu lesen *(Halte deinen Glauben da raus, Dawood. Australia first. Nein zum interreligiösen Lernen. Stoppt die Gehirnwäsche.)* verlieh ihr das Gefühl, als hätte sie es mit Hunderten zu tun. Sie erkannte fast jedes einzelne Gesicht. Mrs. Anderson war da, deren vier Kinder alle hier zur Schule gegangen waren. Mit der sie Rezepte ausgetauscht hatte.

»Ich wünsche Ihnen allen einen guten Tag. Allerdings kann ich nicht gerade behaupten, mich darüber zu freuen, Sie heute hier zu sehen«, sagte Dee und versuchte sich trotz ihrer zitternden Lippen an einem Lächeln.

»Wir wollen nicht, dass dieses Programm die Schule übernimmt, Mrs. Dawood«, schrie Mr. Harlow, obwohl er nur wenige Meter von ihr entfernt stand.

»Ich kann Ihnen versichern, dass unsere Schule nicht in Gefahr ist, *übernommen* zu werden. Ich möchte Sie alle bitten, sich erst dann ein Urteil zu bilden, wenn Ihnen der religionsübergreifende Lehrplan in allen Einzelheiten vorgestellt wurde. Das wird beim Tag der offenen Tür geschehen und in dem Informationsmaterial, das wir Ihnen sehr bald nach Hause schicken werden.«

»Wir wollen keine weiteren Informationen. Ich will nicht, dass meine Kinder etwas über andere Religionen lernen. Sie sind Christen. Sie sollen ihre Bibel kennen, und damit hat es sich.« Mrs. Andersons Wangen glühten.

Ich habe Kekse nach dem Geheimrezept ihrer Großmutter gebacken, dachte Dee. Sie spürte einen Kloß in ihrem Hals. Befürchtete, dass sie sich vor all den Leuten übergeben könnte. Schluckte heftig.

»Mrs. Anderson, darum geht es eigentlich gar nicht. Ich möchte Sie alle höflichst bitten abzuwarten, bis …«

»Nie und nimmer!«, rief jemand von hinten, und dann riefen sie es plötzlich alle, wenn auch nicht ganz im Chor.

»Nie und nimmer! Nie und nimmer! Nie und nimmer!«

Dee betrachtete sie und war hin- und hergerissen, ob sie über den lächerlichen Skandierungsversuch der Leute lachen oder über ihren Verrat und die Enttäuschung, die sie empfand, weinen sollte. Sie würde ihren eigenen Rat beherzigen und abwarten. Sobald der Lehrplan in vollem Umfang bekannt war, würden sie es verstehen. Zumindest hoffte sie das. Dee wandte sich von den Eltern mit ihren Sprechchören ab und marschierte geradewegs zum Vordereingang der Schule, vorbei an Beth, deren Bemerkungen zu dem Spektakel sie ignorierte, und in ihr Büro, wo sie sich an ihren Schreibtisch setzte, die Hände vors Gesicht schlug und ihren Tränen heftig schluchzend freien Lauf ließ.

»Isla?«

Also wirklich. Wer ruft jemanden an und fragt ihn dann, ob er es ist? *Sie haben mich doch angerufen!*, hätte Isla am liebsten geschrien. »Hallo, Simon.«

»Es gibt da ein paar Probleme mit der Schulkampagne.«

Isla setzte sich in ihrem Schreibtischsessel aufrechter hin. »Wie bitte? Habe ich irgendetwas übersehen?«

»Nein, es liegt nicht an uns. Es gibt Probleme am anderen Ende. Irgendwelche Proteste. Ehrlich gesagt, glaube ich nicht, dass die beim Bildungsministerium wirklich ihre Hausaufgaben gemacht haben. Im Augenblick unternehmen sie gar nichts, aber es könnte sein, dass sie schon bald einen Rückzieher machen werden, also bereiten Sie sich darauf vor, die ganze Kampagne abzuschwächen.«

»Abzuschwächen? Aber es geht am Samstag los! Wir haben bereits alles rausgeschickt, Interviews vereinbart.«

»Ich weiß«, erwiderte Simon in einem Tonfall, als wäre sie begriffsstutzig. »Lassen Sie alles so, *aber bereiten Sie sich darauf vor*, das Ganze, falls nötig, abzuschwächen. Und lassen Sie bitte Ihre Emotionen da raus!«

»Wie bitte?«

»Das hier ist die Kampagne des Klienten: Wir haben sie für ihn erstellt. Das ist Ihr Job. Also werden Sie nicht immer so verdammt emotional!«

Isla spürte, wie ihr Herz zu rasen begann. Mit einer Mischung aus Entsetzen und Hochgefühl platzte es endlich aus ihr heraus: »Wissen Sie was, Simon? Ich habe Ihre dämlichen Bemerkungen satt. Ich werde meine Emotionen aus gar nichts raushalten! Ihnen mag ja vielleicht die Firma gehören, meine Emotionen gehören Ihnen aber nicht. *Kapiert?*« Sie beendete das Gespräch mit bereits vor Scham brennenden Wangen. Nach all dem Frust, der sich nach fast zehn Jahren in ihr aufgestaut hatte, brachte sie nicht mehr zustande als: *Meine Emotionen gehören Ihnen aber nicht!* Sie fühlte sich erbärmlich. Aber wenigstens hatte sie es geschrien. Es kam ihr irgendwie unwirklich vor, Simon tatsächlich anzuschreien, nachdem sie es sich schon seit so langer Zeit vorgestellt hatte. Ihr Smartphone läutete, aber sie stellte es auf stumm. Wenn Simon sie feuern wollte, konnte er damit noch eine Weile warten. *Kapiert?* Isla grinste ihn in Gedanken spöttisch an.

Kapitel 21

Isla

2003

»Ich bin spätestens um sechs heute Abend wieder zurück, ist das okay?« Isla packte Mattys Wasserflasche aus und stellte seinen Rucksack auf den Tresen in der Küche ihrer Mutter. Nina wirbelte Matty herum, und der lachte sich dabei halb tot.

»Ist sechs Uhr okay, Mum?«, wiederholte Isla und musste unwillkürlich lachen, als sich Nina auf das Sofa plumpsen ließ und Matty auf sich zog.

»Wage es ja nicht, über deine betagte Mutter zu lachen«, sagte Nina. Sie war gerade mal vierzig, wies aber nur zu gern darauf hin, dass sie bereits Großmutter war. »Und ja, natürlich ist sechs Uhr okay. Matty kann mit uns essen, und ich kann ihn schon baden, wenn du willst. Hast du seinen Schlafanzug eingepackt?«

»Nein, ich bade ihn zu Hause. Aber Abendessen wäre toll. Vielen Dank, Mum.« Isla gab ihrer Mutter einen Kuss und drückte Matty dann einen auf jede Wange, gefolgt von seiner Stirn und seinem Kinn, ehe sie sich ihre Tasche griff und aus der Tür stürmte. Es war bereits acht und der Verkehr auf dem Weg zur Macquarie University vermutlich mal wieder die Hölle. Keine Chance, es bis zu ihrer Vorlesung um neun zu schaffen. Isla setzte sich in ihren kleinen Wagen, stellte das Radio an und versuchte, sich keine Gedanken über den Stoff zu machen, den sie verpassen würde.

Das BWL-Studium machte ihr riesigen Spaß. Sie hatte sich entschieden, Jura sausen zu lassen und sich stattdessen ganz auf einen Abschluss in Wirtschaft zu konzentrieren. Ein Semester hatte sie bereits übersprungen und hoffte, ein Jahr früher fertig zu werden, um einen Vollzeitjob zu finden. Die Wohnung, in der sie mit Matty lebte, war zwar nett und sauber, aber mit nur einem Schlafzimmer, dem kleinen Wohnbereich neben der Küche und dem winzigen Bad sehr beengt. Das Großartige daran war allerdings, dass sie nur zehn Minuten vom Haus ihrer Eltern in Castle Hill entfernt war und sich direkt gegenüber ein großer Spielplatz befand, den sie fast jeden Tag mit Matty besuchte. Die Studienhilfe für Alleinerziehende, die sie vom Staat erhielt, reichte aus, um die Miete zu zahlen, und mit dem Geld, das sie in den fünfzehn Stunden pro Woche als wissenschaftliche Hilfskraft verdiente, kaufte sie Lebensmittel und das meiste andere, das sie benötigten. Ihre Eltern schenkten ihr auch oft Dinge, wofür sie ihnen dankbar war, aber sie konnte es kaum erwarten, sich all dies schon bald selbst leisten zu können. Sie hatte bereits einen Plan, wie sie vorgehen würde, sobald sie eine Vollzeitstelle gefunden hatte: Als Erstes würde sie ein kleines Haus mit einem Garten, in dem Matty spielen konnte, mieten. Und dann würde sie für die Anzahlung eines eigenen Hauses sparen, in das sie mit Matty einziehen wollte, bevor er in den Kindergarten kam. Ein Haus in Dural sollte es sein, einem Vorort von Sydney. Sie fuhr oft mit Matty im Wagen dort in der Gegend herum und bewunderte all die schönen, großen Häuser mit ihren riesigen Vorgärten voller hoher, prächtiger Laubbäume. Gemeinsam mit ihrem Sohn überlegte sie dann, welche Tiere sie sich kaufen würden, wenn sie dort lebten. Sie wusste, dass sie es schaffen konnte, wenn sie nur hart genug arbeitete.

Als Isla an der Universität ankam, waren die drei Hauptparkplätze bereits belegt, also musste sie den ganzen Weg bis zum Ausweichparkplatz auf der Rückseite der Uni fahren, um dort auf dem Rasen zu parken. Sie fand noch eine winzige Lücke am Ende einer Reihe und schaffte es nach einigen Versuchen, den Wagen hineinzumanövrieren, ohne sich für den Moment Gedanken darüber zu machen, wie um alles in der Welt sie ihn dort je wieder herausbekommen sollte. Sie griff sich ihre Tasche, die mit Laptop und Notizbuch nicht gerade leicht war, und rannte den ganzen Weg bis zum Hörsaal. Nachdem sie so leise und unauffällig wie möglich hineingeschlüpft war, setzte sie sich auf einen freien Platz ganz außen in der ersten Reihe. Ihr Dozent, Professor Hammond, bemerkte sie natürlich dennoch. Die Anwesenheit bei Vorlesungen war zwar nicht zwingend vorgeschrieben, aber zu spät zu kommen war verpönt – insbesondere bei Dozenten wie ihm.

Isla fuhr ihren Laptop hoch und tauchte ein in die Welt des Finanzmanagements. Zu lernen, wie Unternehmen funktionierten, was sie erfolgreich machte, während andere versagten, war etwas, das einen Sinn für sie ergab, und in solchen Momenten fühlte sie sich am lebendigsten. Nach der Vorlesung blieb sie noch, winkte zwei Mädchen zu, die sie aus anderen Seminaren kannte, und ging dann zu Professor Hammond hinüber.

»Stau?«, erkundigte er sich, ohne von seinen Notizen aufzublicken.

»Und ein zahnender Sohn«, entgegnete Isla mit einem Lächeln, was der Professor erwiderte.

»Ich habe heute Nachmittag viel Arbeit für Sie. Kommen Sie

gegen eins in mein Büro. Ich werde zwar nicht da sein, Ihnen aber die relevanten Bücher auf den Schreibtisch legen. Theo wird Ihnen Gesellschaft leisten.« Isla stieß einen Seufzer aus. Theo war Professor Hammonds zweite Hilfskraft, und seine Arroganz wurde nur noch von seiner Eitelkeit übertroffen. Professor Hammond blickte auf. »Ist das ein Problem?«

Isla schüttelte den Kopf.

»Gut. Es ist viel zu tun. Ich benötige mindestens fünfzig Verweisstellen für diese Forschungsarbeit. Wenn Sie fertig sind, lassen Sie ruhig alles so liegen. Sie können gleich morgen früh weitermachen, ja?«

»Ja, perfekt. Danke, Professor.«

Professor Hammond nickte und lächelte erneut, bevor er sich wieder seinen Notizen widmete, die er sorgfältig in einer Mappe verstaute. Es war toll, für ihn zu arbeiten – insbesondere wenn man eine Perfektionistin war wie Isla. Sein Büro war immer ordentlich, die Bücher in alphabetischer Reihenfolge sortiert. Sämtliche Aufgaben, mit denen er sie betraute – für gewöhnlich das Abtippen seiner handgeschriebenen Notizen oder die Suche nach geeigneten Verweisstellen für seine wissenschaftlichen Veröffentlichungen –, waren gewissenhaft in sein »Logbuch« eingetragen. Er musste etwa Anfang vierzig sein, war immer gut gekleidet und trug einen Ehering. Das und die Tatsache, dass er als Erster ein erfolgreiches Unternehmen im Naturkostsektor gegründet hatte, war das Einzige, was Isla wirklich über ihren Professor wusste.

Als sie über den Campus ging, entschied sie sich, vor ihrem nächsten Seminar eine Kleinigkeit zu essen. Sie stellte sich in dem Café an, das dem Seminarraum am nächsten lag, und bestellte ein Croissant mit Schinken und Käse, das sie an einem freien Tisch recht schnell vertilgte, während sie den Blick über die anderen

Studenten im Café schweifen ließ. Die meisten saßen in Gruppen oder zu zweit zusammen. Sie schienen sich alle zu unterhalten und über irgendetwas zu lachen. Isla hatte sich hier an der Uni mit niemandem wirklich angefreundet. Sie kannte zwar ein paar ihrer Kommilitonen durch Gruppenarbeiten, grüßte sie und tauschte gelegentlich auch ein paar Worte mit ihnen. Aber sie war bislang noch mit niemandem hier im Café gewesen oder am Wochenende einmal ausgegangen. Ihre Mutter sorgte sich immer noch, dass sie etwas verpasste, weil sie nicht am gesellschaftlichen Leben teilnahm, aber das war Isla egal. Bevor sie Matty bekommen hatte, war sie auch in der Highschool nicht gerade gesellig gewesen, und vermutlich hätte sich daran schlicht nichts geändert, auch wenn sie nicht Mutter geworden wäre. Was ein seltsamer Gedanke war, denn Isla konnte sich ein Leben ohne Matty gar nicht mehr vorstellen – nicht einmal rein hypothetisch. Ohne ihn würde all das hier keinerlei Sinn ergeben: die harte Arbeit, um eine gute Stelle zu bekommen, für ein Haus zu sparen – was sollte das alles, wenn sie es nicht mit ihm teilen konnte? Mit einem Mal verspürte sie das überwältigende Bedürfnis, mit ihm zu reden, und zog ihr Smartphone hervor, um ihre Mutter anzurufen.

»Hallo, mein Schatz, alles in Ordnung bei dir?«, wurde sie von ihr begrüßt.

»Alles okay, Mum. Ich wollte nur mal hören, wie es dem kleinen Kerl so geht.«

»Er ist gerade auf der Schaukel. Kannst du ihn hören?« Ihre Mutter musste das Handy wohl zu Matty hinausgehalten haben, aber alles, was Isla vernahm, war der Wind und Gemurmel. Und dann war ihre Mutter auch schon wieder zurück.

»Er findet es ganz toll. Der Wind ist stärker geworden, und die

Haare fliegen ihm um den Kopf – ich glaube, er muss mal wieder zum Friseur, Isla.«

Bemerkungen wie diese machten ihr nichts mehr aus. Würde sie immer noch bei ihren Eltern wohnen, würde sie beim Heimkommen feststellen, dass sie mit Matty beim Friseur gewesen waren. So war es ihr tatsächlich einmal ergangen; denn ein paar Wochen vor seinem ersten Geburtstag hatten ihm ihre Eltern, während sie an der Uni war, das erste Mal die Haare schneiden lassen. Sie hatten Fotos davon gemacht und waren aus allen Wolken gefallen über Islas entrüstete Reaktion. Aber so etwas passierte nicht mehr. In den ersten Wochen nach ihrem Auszug hatte eine merkwürdige Stimmung geherrscht, aber ihre Mutter schien Islas Wunsch nach Unabhängigkeit zu akzeptieren. Ihr Vater hatte ihr sogar erklärt, dass sie sie für diesen Schritt bewundern würden und stolz auf sie seien. Und auch wenn ihre Mutter ihr immer noch ständig Rat oder Hilfe anbot, traf sie in Bezug auf Matty keine wichtigen Entscheidungen mehr, ohne sich vorher mit Isla abzusprechen. Es lief alles wirklich gut.

»Ja, das finde ich auch. Ich gehe vielleicht am Samstag mit ihm hin. Und jetzt muss ich los, Mum. Gib ihm einen Kuss von mir. Bis heute Abend.«

»Mach's gut, mein Schatz.«

Isla steckte ihr Smartphone wieder ein, und bei dem Gedanken an Mattys prächtige blonde Locken, die ihm beim Schaukeln ins Gesicht wehten, erfüllte sie ein so wunderbares Gefühl, dass ihr erst, als sie bereits im Seminarraum Platz nahm, überhaupt bewusst wurde, dass sie vom Café dort hingegangen war.

Nach zwanzig Minuten gemeinsamer Arbeit hatte es Theo bereits geschafft, Isla zu beleidigen, was selbst für ihn ein Rekord war.

»Soll das etwa heißen, dass es dich überrascht, wenn ich als ›Mädel‹« – sie zeichnete zwei Anführungszeichen in die Luft – »so was schaffe?«, wollte sie von ihm wissen.

»So habe ich es überhaupt nicht gemeint«, erwiderte Theo, der beiläufig durch das Fachbuch in seiner Hand blätterte und sich auf seinem Stuhl zurücklehnte.

»Ach nein? ›Du bist Seminarbeste, das ist toll für ein Mädel‹ – waren das nicht deine Worte?« Theos Gesicht verzog sich zu einem breiten Grinsen. Isla bemerkte zu spät, dass er das offensichtlich mit Absicht tat. Es machte ihm Spaß, sie zu ärgern.

»Ja, das waren meine Worte, aber du hast sie falsch interpretiert, weil du mich unterbrochen hast. Du bist Seminarbeste, das ist nun mal Fakt. Und ja, ich habe gesagt, dass das toll ist für ein Mädel, aber ich wollte hinzufügen: ›denn die letzten drei Jahre sind es in diesem Seminar immer nur Jungs gewesen‹.« Theo ließ das Buch auf den Tisch fallen und legte seine übereinandergefalteten Hände darauf. »Meine Mutter hat meine Schwestern und mich allein großgezogen. Man könnte sagen, dass ich so was wie ein Feminist bin.«

Isla war sich nicht sicher, was sie mehr nervte – Theos selbstgefälliges Lächeln oder die Tatsache, dass ihr plötzlich auffiel, dass seine Augen ein faszinierendes Haselnussbraun hatten.

»Oh. Na dann: danke.« Isla machte sich umgehend wieder an die Arbeit und tat so, als bemerke sie nicht, dass Theo sie immer noch beobachtete. Oder dass sie errötete.

Sie arbeiteten eine Stunde lang schweigend, bis er ein Stöhnen von sich gab und verkündete, dass er sich etwas zu trinken holen wolle, bevor er einschlafe. »Willst du auch was?«, erkundigte er sich, als er die Tür öffnete.

»Wir arbeiten doch bloß vier Stunden. Da steht uns keine Pause zu«, erwiderte Isla.

Theo zuckte bloß mit den Schultern und verschwand. Isla hatte, ehrlich gesagt, durchaus Durst. Dummerweise hatte sie ihre Wasserflasche heute Morgen im Wagen vergessen. Je mehr sie nun darüber nachdachte, desto trockener wurde ihr Mund. Aber sie machte weiter. Sie hatte bislang fünf relevante Stellen gefunden und sie deutlich markiert, die Seiten gekennzeichnet und notiert. Sie beabsichtigte, mindestens fünf weitere zu finden, bevor sie für heute Schluss machte. Als Theo zurückkehrte, blickte sie nicht einmal auf. Erst als er eine Flasche Wasser vor ihr abstellte. Die sie voller Dankbarkeit öffnete.

»Nur für den Notfall«, sagte er und zwinkerte ihr zu.

Ach, verdammt. Dankbarkeit schlug sogleich in Verärgerung um. Warum musste er es nur gleich wieder kaputt machen, wenn er mal was Nettes tat?

Sie murmelte ein Dankeschön und trank die halbe Flasche aus.

Theo nahm einen großen Schluck von seiner Cola und gab einen Rülpser von sich. Isla sah ihn mit zusammengekniffenen Augen an, und er hob die Hände über den Kopf, als hätte sie eine Pistole auf ihn gerichtet. »Tut mir leid, ist mir so rausgerutscht«, lachte er und gab einen weiteren Rülpser von sich.

»Deine Mutter und deine Schwestern sind bestimmt stolz auf dich.«

»Und wie. Allerdings rülpst meine kleine Schwester noch viel besser!«

Isla versuchte sich wieder zu konzentrieren, aber Theo wollte sich ganz offensichtlich unterhalten.

»Und was ist mit dir? Hast du auch Geschwister?«, erkundigte er sich.

Isla seufzte und senkte ihr Buch. »Nichts für ungut, aber ich habe kein Interesse daran, dass wir uns näher kennenlernen, okay?«

»Okay. Ist angekommen. Dann mal wieder an die Arbeit.« Theo salutierte und begann die Seiten zu durchsuchen. Nach ein paar Minuten fragte er: »Wie viele Stellen hast du gefunden? Ich habe bisher sechs.«

»Was? Wie hast du das denn angestellt? Du hast doch die ganze Zeit nur rumgealbert!«

Theo grinste. »Also weniger als sechs, hm? Nimm's nicht so tragisch. Ich bin ein superschneller Leser. Eins meiner zahlreichen Talente.« Theo streckte die Arme und brachte seine Knöchel zum Knacken.

Hör auf, ihn zu ermutigen, sagte sie sich und machte sich wieder an die Arbeit. Vermutlich hatte er sie ohnehin angelogen. Sie warf einen Blick auf ihre Uhr. Es war schon beinahe vier. Also blieb ihr nur noch eine Stunde. Sie musste sich wirklich konzentrieren. Zu Theos Verteidigung musste gesagt werden, dass er es endlich begriff und seine Versuche unterließ, ein Gespräch in Gang zu bringen. Sie arbeiteten schweigend Seite an Seite bis fünf, als Islas Uhr piepte. Sie beendete ihre Notizen zur letzten Stelle, die sie gefunden hatte. Es waren zwar insgesamt nur neun geworden, was aber dennoch eine ziemlich gute Leistung war. Isla legte die Bücher ein wenig ordentlicher zusammen, ließ sie aber für den nächsten Tag auf dem Tisch liegen. Theo folgte ihrem Beispiel.

»Was hast du denn heute Abend vor?«, erkundigte er sich, als sie das Büro verließen und das Schloss im Griff einrasten und die Tür zufallen ließen.

»Ich bleibe zu Hause«, erwiderte Isla. Sie beschleunigte ihr Tempo ein wenig, und Theo hielt mit ihr Schritt.

»Ich auch. Werde mir vermutlich einen Film ansehen.«

»Cool.«

»Schaust du dir auch gern Filme an?«, fragte Theo.

Isla ahnte, worauf das hier hinauslief. »Nicht so mein Ding.«

Theo blieb stehen und fasste sie mit sanftem Griff am Ellbogen. »Du machst es mir wirklich nicht leicht«, sagte er, und Isla stellte überrascht fest, dass da keine Spur mehr von seiner Überheblichkeit zu sehen war. Er wirkte eher unsicher.

Isla entschied sich, das Spiel zu beenden und möglichst ehrlich zu ihm zu sein. »Ich vermute, dass du mich fragen willst, ob ich mit dir ausgehe, und das ist wirklich nett von dir, aber meine Antwort wäre Nein. Ich habe kein Interesse an Dates.«

Theos Gesicht nahm einen seltsamen Ausdruck an. Ganz so, als wäre ihm gerade eine Erkenntnis gekommen.

»Oh, wow, tut mir leid. Ich hatte ja keine Ahnung.«

»Keine Ahnung wovon?«

»Dass du lesbisch bist.«

»Ernsthaft? Du glaubst also wirklich, dass ich lesbisch bin, bloß weil ich nicht mit dir ausgehen will? Noch selbstgefälliger geht's wohl nicht! Zu deiner Info: Ich bin *nicht* lesbisch!«

Theo machte einen verwirrten Eindruck. »Sorry, ich dachte bloß ... Weil du gesagt hast, dass du kein Interesse an Dates hast, da dachte ich, du meintest Dates mit Jungs generell. Es liegt also nur daran, dass du *mich* nicht magst.«

»Es ist nicht so, dass ich dich nicht mag, aber ...«

Theo griff nach ihrer Hand. »Dann geh mit mir aus«, sagte er und beugte sich dabei ein wenig zu ihr hinüber.

Isla stellte fest, dass sein Rasierwasser toll roch. Er beugte sich noch weiter zu ihr hinüber, bis ihre Lippen nur noch einen Zentimeter voneinander entfernt waren. Isla konnte ihre Wärme beinahe spüren. Theo legte seine Hand ganz sanft auf ihren Rücken und zog sie an sich, sodass sich ihre Körper berührten und ebenso ihre Lippen. Isla vermochte ihre Gedanken nicht abzustellen, während sie sich dem Kuss hingab. Es kam ihr vor, als würde es in ihrem Körper brodeln. Der Kuss wurde intensiver. Isla hob die Arme über Theos Nacken und fuhr ihm mit einer Hand durchs Haar, das seltsam rau und weich zugleich war. Seine Hand wanderte von Islas Kreuz zu ihrem Bauch und dort langsam hinauf. Isla wich zurück. Sie konnte das hier nicht. Sie konnte nicht mit Theo schlafen, konnte sich nicht auf ihn einlassen, sich vielleicht sogar in ihn verlieben. Solche Gefühle durfte sie für niemanden empfinden, das wäre Matty gegenüber nicht fair. Es würde sie von ihm ablenken, und sie war ohnehin schon so beschäftigt. Sie standen sich gegenüber. Beide keuchten leise.

»Was ist denn los?«, fragte er und griff wieder nach ihrer Hand, doch Isla zog sie weg.

»Nein, ich werde nicht mit dir ausgehen, Theo. Tut mir leid.«

Er machte ein langes Gesicht. Isla konnte einfach nicht glauben, dass jemand, der so eingebildet war wie er, derart enttäuscht sein konnte über eine Zurückweisung.

»Es liegt nicht etwa daran, dass ich dich nicht mag. Ich glaube, das tue ich schon irgendwie. Und dich zu küssen war … wirklich schön. Aber ich bin Mutter. Ich habe einen zweijährigen Sohn, daher ist mein Leben bereits ziemlich ausgefüllt.«

Theos Augen weiteten sich. Isla hatte sich eigentlich geschworen, Matty nie als Ausrede zu benutzen, aber sie war sich bewusst, dass sie mehr zugelassen hätte als diesen Kuss, wenn sie eine normale Neunzehnjährige gewesen wäre.

»Du hast einen Sohn?«, wiederholte Theo.

»Ja. Matty. Er ist zwei, und ich bin einfach nicht an Verabredungen interessiert, während er noch so klein ist – das Ganze ist eh schon ziemlich stressig. Aber danke, dass du gefragt hast – was du ja eigentlich nicht getan hast … Aber du weißt schon, was ich meine«, sagte Isla lächelnd. Ihre Lippen fühlten sich immer noch an, als stünden sie in Flammen.

Theo erwiderte ihr Lächeln, doch es war nicht sein übliches selbstbewusstes Grinsen. Offenbar hatte sie ihn aus dem Konzept gebracht. *Was soll's, so ist es nun mal,* dachte sie, hob zum Abschied die Hand und machte sich auf den Weg zum Parkplatz. Und unterwegs verdrängte die Vorfreude auf das Wiedersehen mit ihrem kleinen Matty den Kuss aus ihren Gedanken.

»Eins, zwei, drei«, sang Isla, als sie einen Becher Wasser über Mattys eingeseiften Haaren ausgoss. Seine Augenlider flatterten, als ihm das Wasser über das Gesicht lief.

»Noch einmal?«, fragte sie, und Matty klatschte in die Hände. »Eins, zwei, drei«, sangen sie gemeinsam. »Okay, Bärchen, Zeit, dass du aus der Wanne kommst. Lass uns alles wegpacken.«

Matty half Isla dabei, all sein kleines Badespielzeug in die Netztasche zu tun, die an einem Aufhänger an der Fliesenwand hing. Dann reckte er seine nassen, pummeligen Ärmchen in die Höhe, und Isla hob ihn hoch, schlang ein Handtuch um ihn und trug ihn an sich gedrückt ins Schlafzimmer. Dort legte sie ihn aufs Bett, rieb seinen kleinen Körper vorsichtig trocken und sang ihm dabei sein Lieblingslied »Fünf kleine Enten« vor. Matty formte seine Hand zu einem Entenschnabel und gab an den richtigen Stellen die Quaklaute von sich. Sobald sie ihm seinen Schlafanzug angezogen hatte, legte sich Isla neben ihn, sodass ihre Köpfe auf einer Höhe waren und sich ihre Nasen berührten.

»Wie sehr liebe ich dich?«, fragte sie ihn.

»Bissum Mond!«, rief Matty.

»Das stimmt, mein Schatz. Und wie sehr liebst du Mummy?«

»Bissum Mond!« Er quietschte, als Isla sein Gesicht mit Küssen bedeckte und ihn an sich drückte. Zum ersten Mal, seit sie nach Hause gekommen war, dachte sie an Theo. Der Kuss war wirklich sehr schön gewesen. Vielleicht würde sie eines Tages, wenn Matty in der Schule war, wieder bereit sein, sich auf jemanden einzulassen. Und vielleicht würde es jemand wie Theo sein. Aber jetzt noch nicht, dachte sie, als sie Matty auf ihre Füße setzte und Flugzeug mit ihm spielte. Jetzt definitiv noch nicht.

Kapitel 22

Marie

Gegenwart

Der Hochbetrieb zur Mittagszeit ebbte endlich ab. Marie half Katie dabei, die letzten Tische abzuräumen und ging dann zu Dax in die Küche, lehnte sich gegen einen Tresen und sah zu, wie er seine Arbeitsfläche abräumte. Nach zwei Uhr servierten sie kein Mittagessen mehr und bis sie dann um vier Uhr schlossen, nur noch Kaffee und Kuchen. Dax verschwand gern schon ein wenig früher, damit er zu Hause sein konnte, wenn seine Kinder von der Schule kamen. Marie bewunderte, wie sorgfältig er sämtliche Zutaten in Behältern verstaute und sie ordentlich stapelte, um sie im Kühlschrank unterzubringen.

»Ich möchte, dass du dieses Café eines Tages einmal weiterführst, Dax. Wenn ich, nun ja, wenn ich das Gefühl habe, dass es mir … zu viel wird.«

Dax warf ihr einen Blick zu, ohne dabei seine Arbeit zu unterbrechen. »Bist du krank? Hast du Fieber? Fantasierst du?«

»Ach, lass das! Ich meine es ernst! Du sollst wissen, dass es dir gehören wird. Meine Kinder haben kein Interesse daran. Das Haus wird natürlich ihnen gehören, aber du kannst das Café behalten, so lange du willst.«

Dax drehte sich um und blickte sie forschend an.

»Was ist los?«

»Nichts. Das ist dein Preis für all die Punkte, die du über die Jahre hinweg gesammelt hast!« Marie versuchte zu lachen, aber sie spürte, wie ihre Augen ein wenig feucht wurden.

»Wieso redest du jetzt darüber? Was hat der Arzt gesagt?«

Marie verdrehte die Augen. »Tut mir leid, dass ich es erwähnt habe. Steht eh alles in meinem Testament«, sagte sie und ging auf dem Weg zur Küche hinaus an ihm vorbei.

Dax griff nach ihrem Ellbogen und hielt sie sanft fest. »Du bist eine gute Chefin. Die beste. Unser Leben in Australien ist gut, großartig, dank dir.«

Marie tätschelte seinen Arm. »Nun, mein Café ist gut, großartig, dank dir. Das ist alles, was ich damit sagen wollte.«

Dax nickte und machte sich wieder an die Arbeit. Marie blickte sich im leeren Café um. Katie wischte die Tische ab und füllte die Salz- und Pfefferstreuer auf. Ihre Mitarbeiter hatten alles unter Kontrolle, und zum ersten Mal überkam Marie ein seltsames Gefühl von Endgültigkeit, so als wäre sie einen Marathon gelaufen und es würde nun Zeit, das Zielband zu durchtrennen. Sie verdrängte die Vorstellung gleich wieder. Sie war wütend auf Dr. Lim, weil er ihr all diese Gedanken über Alter und Gebrechen in den Kopf gesetzt hatte. Genug davon. Marie schnappte sich einen Lappen und wischte den nächstbesten Tisch ab. Als sie sich nach vorn beugte, um die Ecke zu erreichen, begann sich der Raum zu drehen. Sie musste sich mit aller Kraft an der Tischkante festhalten, um nicht umzufallen. Ein eigenartiger »Uummpf«-Laut drang aus ihrem Brustkorb, und sie ließ sich einer Ohnmacht nahe auf einen Stuhl fallen.

»Marie!«, kreischte Katie und war in Windeseile bei ihr und legte eine kalte Hand auf ihre feuchte Stirn. Dax kam mit einem

Glas Wasser angerannt. Das Glas zitterte in Maries Hand, doch es gelang ihr, das meiste davon zu trinken. Katie drängte Dax, einen Krankenwagen zu rufen.

»Nein. Es geht schon. Ich bin bloß müde und muss mich ausruhen.«

»Ich glaube, du brauchst einen Arzt«, schimpfte Dax und fühlte nun auch noch einmal Maries Stirn.

Marie schlug seine Hand weg. »Unsinn. Ich werde für heute Feierabend machen und nach Hause gehen. Das Abschließen überlasse ich euch.« Sie stand auf und stellte zu ihrer Erleichterung fest, dass der Raum aufgehört hatte, sich zu drehen. Katie ließ ihren Ellbogen nicht los, und Marie stimmte widerwillig zu, sich von ihr ins Haus hinüberbegleiten zu lassen. Als sie mit Katie hinaustrat, fiel Marie die Kaffeeverabredung am heutigen Nachmittag ein. Sie konnte Isla und Dee doch nicht enttäuschen! »Dax«, rief sie Richtung Küche zurück. »Lass die Kaffeemaschine an, ja? Ich treffe mich nachher noch mit Freundinnen.« Marie tat so, als hätte sie nicht gehört, dass Dax sie als verrückt bezeichnete.

»Es gibt nichts Schlimmeres, als wenn Freunde in letzter Sekunde absagen, nicht wahr, Katie?«

»Ja, absolut! Ich habe da diese Freundin, die das ständig macht und ich …«

Marie blendete Katies Stimme aus und dachte über das bevorstehende Treffen nach. Es gab keine bessere Ablenkung, als sich mit den Problemen anderer zu befassen. Dee und Isla brauchten sie, dessen war sie sich sicher. Und sie wollte unbedingt für sie da sein. Zum Teufel mit diesen Schwächeanfällen!

Kapitel 23

Isla

2004

»Isla Dukovic. Master in Betriebswirtschaft. Mit Auszeichnung abgeschlossen.« Isla wartete, bis die Sprecherin geendet hatte, bevor sie aufstand und Richtung Bühne ging. Das Herz hämmerte ihr in der Brust, als sie ihr Zeugnis aus den Händen der Dekanin entgegennahm und sie ihr die Hand schüttelte. »Herzlichen Glückwunsch, Isla, Sie können sehr stolz auf sich sein.«

»Das bin ich, vielen Dank.« Isla schritt zu den anderen Absolventen hinüber, die sich auf der Bühne aufreihten. Durch die Scheinwerfer hindurch, die die Bühne erhellten, blickte sie in den Zuschauerraum und glaubte, ihre Eltern zu erblicken. Ja, das waren sie definitiv. Matty hüpfte auf dem Knie ihres Vaters auf und ab und winkte. Isla winkte zurück und warf ihm eine Kusshand zu, bevor sie ihre Aufmerksamkeit dem nächsten Studenten zuwandte, der die Bühne betrat.

Drei Jahre Studium endlich abgeschlossen, dachte sie und erlaubte sich zum ersten Mal Erleichterung zu empfinden. Sie war den quälenden Gedanken nicht losgeworden, dass sie sich möglicherweise bei ihren Studieneinheiten verkalkuliert hatte und man sie gar nicht zulassen würde, um ihr Studium ein Jahr früher abzuschließen. Doch hier war sie nun, hatte ihren Abschluss in der

Tasche und würde kommende Woche in ihren ersten »richtigen« Job starten.

Aufgrund einer Empfehlung von Professor Hammond hatte sie sich um eine Stelle im Vertrieb eines großen Pharmaunternehmens beworben und sie bekommen. Ihr Anfangsgehalt betrug sechzigtausend Dollar, und sie hatte die Möglichkeit, diese Summe durch Bonuszahlungen noch zu verdoppeln. Als Professor Hammond ihr den Job vorschlug, hatte sie sich nicht unbedingt als Vertriebsmitarbeiterin gesehen. Aber er war der Überzeugung gewesen, dass es sich um eine großartige Ausgangsbasis handelte, sie auf diese Weise eine Menge über das Geschäft lernen würde und gleichzeitig ein sehr ordentliches Einkommen hätte. »Nehmen Sie sich ein paar Jahre, um die Feinheiten zu lernen. Glauben Sie mir, Sie werden auffallen und sich hocharbeiten. Und eines Tages werden Sie ein Unternehmen Ihrer Wahl leiten.« Das war das erste Lob gewesen, das sie von ihrem Dozenten und Chef je gehört hatte – abgesehen von dem gelegentlichen »Gute Arbeit« nach dem Fund einer besonders interessanten Verweisstelle oder einer Abweichung in einer Zielgruppe. Und je länger sie darüber nachdachte, desto mehr leuchtete es ihr ein. Jeder wusste, dass sich in Pharmafirmen viel Geld machen ließ. Während ihres Studiums hatte sie sich mehr und mehr für die Vermarktungsseite des Geschäfts interessiert, aber um dort hineinzukommen, hätte sie als Marketingassistentin beginnen müssen, und der Job war miserabel bezahlt. Nein, ich bin auf dem richtigen Weg, dachte Isla, während sie unauffällig zu Matty hinübersah.

»Glückwunsch!« Isla stieß mit ihren Eltern, Nat, Tony und Mattys Plastikwasserflasche an. Sie waren zum Abendessen bei Islas Lieblingsgriechen.

»Und wie fühlt es sich an, wenn man offiziell erwachsen ist?«, fragte Nat, und Isla lachte. Sie war seit Mattys Geburt erwachsen.

»Großartig. Wirklich toll. Ich kann es gar nicht glauben, dass ich tatsächlich fertig bin.« Isla nahm einen weiteren Schluck von ihrem Sekt. Da sie mit dem Wagen da war, musste es bei einem Glas bleiben.

»Ich wünschte, ich wäre auch fertig, du nicht auch, Tony? Wir hätten streberhafter sein und mehr lernen sollen, so wie Isla«, stellte Nat fest. Sie und Tony hatten beide noch ein Jahr ihres Lehramtsstudiums vor sich.

Egal wie sehr sie sich auch bemühte, Isla konnte sich Tony einfach nicht als Lehrer vorstellen. Sie kannte ihn nun drei Jahre, und sie hatten gerade einmal ein paar Höflichkeiten ausgetauscht. Aber er war irgendwie freundlich, lächelte viel und schien zufrieden damit, sich die Unterhaltungen anderer anzuhören. Vielleicht wäre das sogar von Vorteil für einen Lehrer, denn es würde die Kinder zwingen, das Lernen in die eigenen Hände zu nehmen.

»Nein, Nat, ihr macht das schon richtig. Genießt es, jung zu sein. Isla ist in dieser Hinsicht einzigartig. Das Erwachsensein hat schon immer ihrem Wesen entsprochen«, erklärte Nina und lächelte ihre Tochter an. Isla wusste, was ihre Mutter damit meinte. Sie hatte endlich akzeptiert, dass es Isla glücklich machte, an einem Samstag mit Matty zu Hause zu bleiben und in ihrer Freizeit zu lernen, statt auszugehen. Ihr Vater hob erneut sein Glas. »Auf Isla, die Einzigartige.«

Isla verdrehte die Augen und lachte, als sie alle ein weiteres Mal miteinander anstießen.

»Wie sind deine Pommes, Matty?«, erkundigte sie sich und wischte ihrem Sohn Tomatenketchup aus dem Gesicht.

»Mmmm mjam«, machte er mit vollem Mund.

»Darf ich auch eins haben?«, neckte sie ihn und lachte, als Matty die Schüssel mit beiden Armen bedeckte.

»Nein!«, sagte er.

Isla zog einen Schmollmund.

»Ach, bitte«, sagte sie mit trauriger Stimme. Er griff ohne den Blick von ihr abzuwenden in seine Schüssel, nahm eine Pommes heraus und reichte sie ihr. Isla küsste seine klebrige Wange. »Danke, mein Schatz.«

»Also wirklich, ihr zwei wickelt einander um den kleinen Finger«, sagte Nina kopfschüttelnd.

»Ja, schon gut, Grandma. Dabei bist du doch am leichtesten rumzukriegen. Matty hat mir erzählt, dass du ihm gestern vor dem Abendessen Eis gegeben hast.«

Nina verdrehte die Augen. »Na, was kann ich dafür, dass du so ein süßes Baby gemacht hast?«

»Wie macht man ein Baby?«, erkundigte sich Matty, und der ganze Tisch brach in schallendes Lachen aus. Matty, der spürte, dass er etwas Lustiges gesagt hatte, wiederholte die Frage mit lauterer Stimme.

»Schhhh«, zischte Islas Vater. »Das erklären wir dir ein anderes Mal.«

»Nein, jetzt. Wie macht man ein Baby? Ich will eins machen.«

Nat krümmte sich so vor Lachen, dass sie beinahe von ihrem Stuhl gefallen wäre. Isla stieß sie mit dem Ellbogen in die Seite und legte ihre Hände um Mattys Gesicht. »Wenn eine Mummy sich ganz doll ein Baby wünscht, dann tut sie ein ganz besonderes Samenkorn in ihren Bauch und trinkt etwas ganz Besonderes, um es zum Wachsen zu bringen. Dann wächst daraus ein Baby heran. Und wenn es groß genug ist, hilft ein Doktor dabei, es herauszuholen.«

Matty schien mit der Antwort zufrieden zu sein. Vielleicht langweilte ihn die Unterhaltung auch. Jedenfalls sagte er »Oh« und schob sich eine weitere Pommes in den Mund. Nat brauchte am längsten, bis sie sich wieder gefangen hatte, wischte sich die Tränen aus den Augen und fing noch für eine gefühlte Ewigkeit zwischendurch immer wieder an zu kichern.

Als sie mit dem Essen fertig waren, fielen Matty, der auf Islas Schoß saß, die Augen zu.

»Ich glaube, wir machen uns jetzt besser mal auf den Weg. Ich danke euch allen. Es bedeutet mir wirklich sehr viel, dass ihr euch mit mir freut.«

»Natürlich tun wir das«, sagte Nat und umarmte sie.

Tony tätschelte ihre Schulter und murmelte etwas Unverständliches.

»Wir freuen uns nicht nur für dich. Wir sind stolz auf dich«, erklärte Nina.

Ihr Vater fügte hinzu: »Und wir bewundern dich, weil du schon so viel erreicht hast. Und das ist erst der Anfang.« Seine Augen glänzten verdächtig.

Isla drückte Matty an sich und stand auf. Es wurde wirklich Zeit, dass sie gingen, sonst würde sie auch noch anfangen zu weinen. Sie verließen alle gemeinsam das Lokal. Vor der Tür küsste sie Nat und Tony zum Abschied. Die beiden waren mit der Bahn gekommen und mussten in die andere Richtung. Ihre Eltern begleiteten Isla noch zu ihrem Auto und hielten ihre Tasche fest, während sie den schlafenden Matty in seinen Kindersitz schnallte. Sie drückten ihm beide einen Kuss auf die Stirn, bevor Isla die Tür schloss.

»Er ist so ein Engel«, sagte ihre Mutter.

»Ich weiß. Vielen Dank noch mal, Mum, Dad.« Sie küsste beide.

»Gern geschehen, Schatz«, erwiderte ihr Vater, legte seinen Arm um die Taille ihrer Mutter und führte sie zu ihrem eigenen Auto.

»Bis bald«, rief ihre Mutter noch, als Isla auf dem Fahrersitz Platz nahm.

Bevor sie losfuhr, schaute sie noch einmal nach hinten, um nach Matty zu sehen. Sein Kopf hing zur Seite, seine kleinen Hände lagen übereinandergefaltet auf seinem Schoß, und er schlief friedlich. Isla liebte ihren Sohn so sehr, dass es wehtat. Wie schafften es Leute nur, die mehr als ein Kind hatten? Wie passte all diese Liebe in ein einziges Herz? Ihres fühlte sich ständig an, als stünde es kurz vor der Explosion.

Als sie die Hauptstraße hinunterfuhr, erblickte sie Nat und Tony, die Hand in Hand den Gehweg hinuntergingen. Isla hupte und winkte. Nat schrie etwas, das wie »Alles ist möglich, Süße!« klang. Das war das Letzte, was Isla vor dem Quietschen der Reifen und dem ohrenbetäubenden Aufprall hörte.

Die blinkenden Lichter weckten Isla. Bloß dass sie gar nicht wirklich wach war. Sie befand sich in einem Albtraum. Da waren Schreie, jemand hielt sie, sagte ihr, sie solle nicht hinschauen. *Wohin denn?*, fragte sie sich. Wer hielt sie da fest? Wo war sie? *Matty.* Sie waren im Wagen unterwegs gewesen, nicht wahr? Wo war Matty? Isla versuchte sich zu bewegen. Sie befahl ihrem Körper, sich zu rühren, doch nichts geschah. Und dann hörte sie ihren Jungen weinen. War er es wirklich? Ja, er rief nach ihr. Aber wo war er? Jemand beugte sich über sie, drückte ihr etwas auf das Gesicht. Da war ein komischer Geruch, und sie spürte einen Piks an ihrem Arm. Dann wurde alles schwarz.

»Isla, können Sie mich hören? Isla?« Diese Stimme, diese näselnde Stimme, die sie aus dem Nichts hervorzerrte. Da war sie wieder. *Nein,* dachte Isla. *Ich will nicht aufwachen.* Jemand drückte sanft ihren Arm. Isla versuchte, sich dagegen zu wehren. Sie wollte nicht wach sein. Aber nein, natürlich musste sie aufwachen, wo war Matty? Isla hatte das Gefühl, dass irgendetwas nicht stimmte, dass er sie brauchte und sie nicht bei ihm war. Öffne die Augen, Isla. Sie öffnete langsam die Lider, blinzelte, erschrocken darüber, wie hell das Licht war. Sie brauchte einen Moment, um ihren Blick auf die Frau zu richten, die sich über sie beugte. Sie trug blaue OP-Kleidung, wie eine Ärztin. Krankenhaus. Isla versuchte sich aufzusetzen, aber ihr Körper wollte ihr nicht gehorchen. Die Ärztin legte eine Hand auf ihre Schulter und sagte ihr, sie solle versuchen, ruhig zu bleiben. Sie sagte noch andere Dinge – dass Isla in einen Autounfall verwickelt gewesen sei, sie eine Schwellung an der Wirbelsäule gehabt hätte und sie sie hätten operieren müssen. Isla wurde schlagartig klar, dass sie das schon einmal gehört hatte. Wie lange war sie schon hier?

»Wo ist Matty?«, fragte sie, und ihre Stimme klang heiser und fremd in ihren Ohren.

Das Gesicht der Ärztin nahm einen eigenartig verkniffenen Ausdruck an, als versuche sie, die Antwort auf eine unmögliche Frage zu finden.

»Wo ist er?«, wiederholte Isla, doch bevor die Frage ganz heraus war, wurde sie von Erinnerungen überwältigt.

Tot. Matty war tot. Die Erinnerungen kamen mit all ihrer zerstörerischen Macht: Das Entsetzen, ihren Sohn in einem Krankenhausbett zu sehen. Seine von Drähten bedeckte Brust, Schläuche, die aus Nase, Mund und Armen ragten, sein ganzer Körper von medizinischen Geräten umgeben. Zwei Schwestern hatten sie zu ihm hineingerollt, damit sie ihn noch einmal sehen konnte. Abschied nehmen konnte. Sie erinnerte sich daran, wie sie bei ihm gelegen hatte, nachdem die Schwestern die Schläuche entfernt hatten. Die Schwestern hatten ihr geholfen, sich neben ihn zu legen, seinen kleinen Körper in ihren Armen zu halten, so als würden sie, wie so oft, gemeinsam einschlafen. Mit dem großen Unterschied, dass sich ihr kleiner Junge so kalt anfühlte. Sie zog die Decke um ihn in die Höhe und hielt ihn fest. Legte ihr Gesicht auf das seine, sodass sich ihre Nasen berührten, und sie flehte ihn an, zu ihr zurückzukehren. Doch er hatte sich nicht gerührt. Isla hatte ihn aufgehoben, an ihre Brust gedrückt und ihn angeschrien, zu ihr zurückzukommen. Ihre Tränen hatten seine blonden Locken durchtränkt, und sie hatte ihn immer und immer wieder geküsst. »Bitte Matty, bitte komm zurück zu Mummy. Bitte, mein Schatz.«

Aber er war nicht zurückgekommen.

»Wie lange ist es her?«, gelang es ihr nun zu fragen.

»Drei Wochen. Seitdem haben Sie immer wieder das Bewusstsein verloren.« Isla vermochte nicht zu atmen. Matty war fort. Seit drei Wochen schon. Und sie hatte es einfach vergessen. Sie gab ein Keuchen von sich, rang nach Luft, doch die schien ihre Lungen nicht zu erreichen. Dieser Schmerz würde sie gewiss töten. *Bitte lasst mich sterben*, flehte sie. Die Ärztin griff über sie hinweg und machte sich an einer Maschine neben dem Bett zu schaffen. Und dann kehrte das Nichts zurück, und Isla verschwand darin.

Sechs Wochen nach dem Unfall wurde sie nach Hause entlassen. Wie sich herausstellte, handelte es sich dabei um das Haus ihrer Eltern. Sie hatten ihre Wohnung gekündigt und ausgeräumt. Die Schwellung an Islas Wirbelsäule war erheblich zurückgegangen, und sie konnte mit der Hilfe von Krücken laufen. Die legte ihr Vater in den Kofferraum des Wagens und half ihr, auf dem Beifahrersitz Platz zu nehmen. Ihre Mutter setzte sich auf die Rückbank. Mattys Kindersitz war verschwunden. Auf der Fahrt nach Hause war es still im Auto. Alles war jetzt still. Seit Isla vor zwei Wochen aufgewacht war und sich zum ersten Mal an den Tod ihres Sohnes erinnert hatte, war kein Wort mehr über ihre Lippen gekommen. Sie hatte aufgehört, zu schreien und nach Luft zu schnappen. Das brachte ihn nicht zurück. Also existierte sie. Sie nahm die Medizin, die man ihr verordnet hatte. Sie aß drei Mahlzeiten am Tag. Sie bedachte Besucher beim Eintreffen mit einem Kopfnicken, wandte sich aber ab und schloss die Augen, wenn sie weinten oder versuchten, ihr ihr Beileid auszudrücken. Isla existierte. Schweigend.

Als sie zu Hause eintrafen, humpelte sie ins Arbeitszimmer, das ihre Eltern für sie in ein provisorisches Schlafzimmer verwandelt hatten, weil sie keine Treppen steigen konnte. Auf dem Weg dahin schaute sie weder nach links noch nach rechts, hielt den Blick nur auf den Boden gerichtet. Doch dann, kurz bevor sie das Zimmer erreicht hatte, entdeckte sie den winzigen blauen Strich eines Folienstifts auf einer Bodenfliese. Matty hatte dort einmal einen großen blauen Kreis gemalt. Isla war es zwar gelungen, das meiste davon abzuschrubben, aber diese winzige widerspenstige Stelle war geblieben. Sie würde nie wieder eine andere Zeichnung von Matty sehen. Er würde nie wieder etwas zeichnen. Die Verzweiflung überkam Isla mit einer solchen Macht, dass sie zu Boden sackte. Ihre Eltern waren sogleich an ihrer Seite, doch sie vermochten ihr nicht zu helfen, denn sie versanken selbst in ihrer Trauer. Und so saßen sie alle dort zusammen, drei verlorene Seelen, die verzweifelt auf dem Küchenfußboden schluchzten. Und keiner von ihnen vermochte zu glauben, dass das Leben wirklich derart grausam sein konnte.

Nat kam jeden Abend nach der Arbeit vorbei. Sie gab Isla einen Kuss und setzte sich dann neben sie auf das Bett. Isla vermochte ihre Anwesenheit zu ertragen, weil Nat nicht fragte, wie es ihr ging, oder versuchte, ihr irgendeinen abgedroschenen Rat zu geben. Sie saß einfach da, sang manchmal leise einen ihrer Lieblingssongs von den Black Eyed Peas oder schwieg. Sie blieb nie lange, kam aber immer vorbei. Vier Monate nach dem Unfall, während einer ihrer Besuche, begann Isla schließlich mit ihr zu reden. Vielleicht auch nur, um festzustellen, ob sie überhaupt noch eine Stimme hatte – da war sich Isla nicht sicher –, aber irgendetwas brachte sie dazu, mit ihr zu sprechen.

»Ich vermisse ihn«, sagte sie.

Nat schien kurz davor, in Ohnmacht zu fallen. Sie schlang die Arme um ihre Freundin und drückte sie an sich.

»Natürlich tust du das.«

»Ich wünschte, ich wäre auch gestorben, Nat. Ich bin stinksauer, dass ich überlebt habe.« Dieser Gedanke ließ sie einfach nicht los und fraß sie auf. Sie würde niemals begreifen, warum sie überlebt hatte. Warum hatte es nicht sie treffen können? Warum ihre kleine Kichererbse, ihren unschuldigen, wundervollen Matty? Nat hielt sie einfach nur fest und ließ sie weinen. Isla weinte so heftig, dass jeder Muskel schmerzte. Ihre Freundin ließ sie nicht los, strich ihr nur hin und wieder übers Haar, ohne ein Wort zu sagen.

Als ihr Schluchzen endlich nachließ, sagte Nat: »Darf ich dir etwas erzählen? Ich habe keine Ahnung, was du davon halten wirst, aber ich muss es dir einfach erzählen.«

Isla setzte sich auf, doch ihr wurde so schwindelig, dass sie sich rasch wieder ins Kissen zurücksinken ließ. »Okay«, sagte sie.

Nat holte tief Luft. »Also, eine Woche nachdem du nach Hause gekommen bist, hatte ich einen Traum. Er war ganz merkwürdig, denn ich kam mir dabei vor, als wäre ich wach. Na, egal, auf jeden Fall warst du in dem Traum in deinem alten Schlafzimmer und hast Tabletten aus einem Plastikfläschchen genommen. Ich habe dir das Fläschchen aus der Hand geschlagen, aber es war leer, und du hast mich bloß angelächelt und gesagt, dass es das sei, was du wolltest, dass du sterben wolltest.« Nat begann zu weinen. Die Tränen liefen ihr lautlos über die Wangen.

Isla hielt den Atem an. Sie hatte unzählige Male darüber nachgedacht. Und dieses Fläschchen war tatsächlich in ihrem Besitz. Sie hatte es aus dem Badezimmer ihrer Eltern genommen, sobald sie in der Lage gewesen war, die Treppe hinaufzusteigen. Aber irgendetwas hatte sie immer davon abgehalten, die Tabletten darin zu schlucken.

»Du hast dich auf den Rücken gelegt, und ich konnte die Tabletten noch in deinem geöffneten Mund sehen. Und dann kam Mat.« Nat versagte die Stimme, als sie seinen Namen aussprach. »Matty kam zur Tür herein. Er ist direkt zu dir hinübergegangen und hat dir die Tabletten aus dem Mund genommen. Dann hat er dich zugedeckt, dir einen Kuss gegeben und hat das Zimmer wieder verlassen.«

Isla schluchzte wieder. Sie hätte sich nichts mehr gewünscht, als wenn Matty jetzt hier wäre, um ihr einen Kuss zu geben. Seine süßen rosafarbenen Lippen auf ihrer Wange zu spüren.

Nat packte sie an den Schultern und zwang sie, sie anzusehen. »Bitte tu dir nichts an, Isla. Bitte tu das nicht.«

Isla sackte in Nats Arme. »Was für einen Sinn macht es denn noch zu leben?«, brachte sie hervor.

»Das weiß ich nicht. Aber ich weiß, dass ich dich liebe. Und dass deine Eltern dich lieben. Und ich weiß, dass sich mein Traum real angefühlt hat. Matty würde nicht wollen, dass du das tust.«

»Ich möchte ihn einfach nur zurückhaben.«

Isla ließ zu, dass Nat sie so lange umschlungen hielt, bis sie keine Tränen mehr hatte, die sie vergießen konnte.

Kapitel 24

Marie

Gegenwart

Marie richtete sich ein wenig auf, damit sie den Wecker auf ihrem Nachttisch sehen konnte. Es war fast vier. Wenn sie ganz ehrlich war, fühlte sie sich immer noch nicht sehr viel besser, aber sie würde diese Verabredung zum Kaffee nicht platzen lassen, koste es, was es wolle. Während sie ein Nickerchen hielt, hatte Marie einen seltsamen Traum gehabt: Sie war mit ihrem Bruder Lucas im Garten. Doch sie war kein Kind mehr, wie er, sondern eine junge Frau mit ihrem eigenen Sohn, Ryan, in den Armen. Lucas bat sie immer wieder, mit ihm zu spielen, aber sie lachte nur und sagte ihm, dass sie dazu zu alt sei. Nun, da Marie wirklich wach war und nicht wieder einzunicken drohte, wie es ihr heute Nachmittag ein paarmal passiert war, betrachtete sie ihre Hände und musterte ihre hauchdünne Haut und ihre Falten. In den Momenten kurz nach dem Aufwachen hielt sie sich immer noch für eine junge Frau, genau wie in diesem Traum, und war dann erschrocken über den Anblick ihrer Hände und die Mühe, die es sie kostete, sich zu bewegen.

Sie schlug langsam die Decke zur Seite und schob ein Bein nach dem anderen über die Bettkante. Dann benutzte sie ihre Ellbogen, um sich in eine sitzende Position hochzudrücken. In ihrem Kopf war immer noch alles etwas verschwommen, aber das rührte vermutlich davon, dass sie mitten am Tag geschlafen hatte. Sie beugte die Knie und stand auf, wobei sie sich an ihrem Nachttisch festhalten musste, bis sie das Gleichgewicht erlangt hatte. Als sie sicher war, dass sie nicht wieder umfallen würde, ging sie ins Badezimmer hinüber. Ryan hatte ihr vor gut einem Jahr ein Geländer neben der Toilette angebracht, und auch wenn Marie damals protestiert hatte, so hielt sie sich doch jedes Mal daran fest, wenn sie sie benutzte. Als sie sich die Hände wusch, stellte sie überrascht fest, wie blass ihr Spiegelbild war. Sie spritzte sich Wasser ins Gesicht und trug dann etwas Rouge und einen Hauch zartrosafarbenen Lippenstift auf. *Besser*, befand sie, sprühte sich noch ein wenig Parfüm in die Halsbeuge und machte sich auf den Weg ins Café, um sich mit Isla und Dee zu treffen.

Dax hatte alles sauber und ordentlich zurückgelassen und sogar drei Stücke Kuchen unter einer Frischhaltefolie für sie bereitgestellt. Als sie sich daran machte, den Kaffee zuzubereiten, erinnerte sich Marie an ihre erste Begegnung mit ihm. Ein Jahr nach der Eröffnung ihres Cafés hatte sie eine Anzeige aufgegeben, um einen Küchenchef zu finden. Dax konnte zwar nicht die nötige Ausbildung vorweisen, hatte aber in seiner Heimat, auf den Philippinen, nicht nur für seine Familie gekocht, sondern ein Leben lang auch für viele andere Menschen in seinem Dorf. Bei seinem Bewerbungsgespräch hatte Marie ihm zuallererst eine Anleitung gegeben, wie sie ein getoastetes Käsesandwich zubereitete – etwas, das Dax noch nie zuvor gegessen hatte. Er hatte alles haargenau befolgt und Marie das beste Sandwich seit Kindertagen serviert, woraufhin sie ihn sogleich eingestellt hatte. Jeder, dem sie das erzählte, lachte sie aus und fragte sich, wie man einen Küchenchef wegen eines getoasteten Sandwiches einstellen konnte, aber Maries Bauchgefühl war goldrichtig gewesen.

Sie streute gerade Kakao auf die Cappuccinos, als es an der Tür klopfte. Dee und Isla standen lächelnd davor und winkten ihr zu. Marie verspürte bei ihrem Anblick sogleich ein beglückendes Gefühl und öffnete ihnen.

»Hallo, ihr beiden. Nur hereinspaziert.«

»Oh, toll, wir haben das ganze Café für uns«, sagte Isla, die als Erste eintrat. Sie folgten Marie zu dem Tisch in der Mitte des Raumes, wo bereits der Kuchen auf sie wartete.

»Sie verwöhnen uns, Marie. Der sieht aber wirklich fantastisch aus«, sagte Dee, als sie Platz nahm.

»Für den Kuchen kann ich heute leider keine Lorbeeren einheimsen. Den hat Dax für uns dagelassen«, erklärte Marie. »Aber dafür habe ich den Kaffee zubereitet«, sagte sie augenzwinkernd, als sie die Tassen auf den Tisch stellte und sich zu ihnen setzte. Isla nahm sogleich einen Schluck von ihrem Cappuccino.

»Perfekt. Vielen Dank, Marie, das ist wirklich ganz reizend von Ihnen«, sagte sie, während sie sich im Café umschaute und Marie wusste, dass sie ihr für mehr dankte als nur den Kaffee.

»Es ist mir ein Vergnügen. Und da ich von uns dreien vermutlich die Älteste bin«, setzte sie augenzwinkernd hinzu, »möchte ich euch das Du anbieten.«

Isla und Dee lächelten beide. »Es ist mir eine Freude, Marie«, entgegnete Dee. Und Isla fügte hinzu: »Und eine Ehre dazu, Marie, das ist es wirklich.«

»Ach, papperlapapp. Erzählt mir lieber, wie euer Tag gewesen ist«, erwiderte Marie, die sich danach sehnte, zu vergessen, wie schlecht sie sich fühlte. Dee nahm einen Bissen von ihrem Kuchen und zeigte auf Isla.

»Hmm. Also ich hatte einen Streit mit meinem Chef«, sagte Isla lachend und nahm eine große Gabel von ihrem Kuchen.

»Wie bitte? Mit dem Mikromanager?«, fragte Dee.

Isla nickte mit vollem Mund. Als sie geschluckt hatte, setzte sie hinzu: »Er geht mir schon seit Jahren auf die Nerven, also habe ich ihn endlich mal angebrüllt. Es hat sich toll angefühlt.«

»Und wie ist dein Chef damit klargekommen, angebrüllt zu werden?«, erkundigte sich Marie.

Isla zuckte mit den Schultern. »Das weiß ich noch nicht. Ich ignoriere seine Anrufe. Aber er kann mich nicht feuern. Dafür haben wir zu viel zu tun.«

»Dann ist es wohl ein interessanter Tag für uns alle gewesen. Bei mir ist heute eine Gruppe von Demonstranten vor dem Schultor aufgetaucht.« Dee schüttelte den Kopf und nahm einen Schluck von ihrem Kaffee. »Vielen Dank noch mal für die Warnung, Marie. Ich wäre vor Schreck umgefallen, wenn ich es nicht gewusst hätte.«

»Gern geschehen. Das Ganze ist einfach lächerlich.«

Dee rieb sich den Nacken. »Und wenn es das nicht ist? Wenn die Mehrheit der Eltern so reagieren wird? Als wäre ich eine verrückte Sektenführerin oder so was in der Art!«

»Das werden sie auf keinen Fall«, erwiderte Isla entschieden.

Marie lehnte sich auf ihrem Stuhl nach vorn. »Du musst bedenken, dass die meisten Menschen Veränderungen fürchten. Sie möchten es bequem haben und sicher. Für manche kann das Fremde beängstigend sein.« Marie legte ihre Hand auf Dees. »Du hat eine wichtige Veränderung geschaffen, eine notwendige Veränderung, meiner Ansicht nach, aber du musst geduldig sein. Erkläre bei jeder Gelegenheit, welche Überlegungen und Vorstellungen dahinterstecken. Der Schlüssel, um Ängste aus der Welt zu schaffen, ist Verstehen. Sobald man etwas verstanden hat, vermag man es willkommen zu heißen.« Marie lehnte sich auf ihrem Stuhl zurück und bemerkte, dass Dee und Isla beide feuchte Augen hatten. Sie nahm einen Bissen von ihrem Kuchen, um sich abzulenken. Sie wollte nicht auch noch anfangen zu heulen.

»Du bist wirklich unglaublich weise, Marie. Darf ich mir deine Worte ausleihen? Ich glaube, sie wären die perfekte Ergänzung für meine Rede.«

»Aber gewiss. Und ich will doch hoffen, dass ich ein bisschen weise bin. Wenn man über neunzig ist und es einem an Weisheit fehlt, hat man nicht viel aus seinem Leben gemacht, nicht wahr?« Marie bemerkte, wie Isla und Dee einander einen kurzen Blick zuwarfen. Vielleicht waren sie von ihrem Alter überrascht.

»Hast du in deinem Leben viele Veränderungen durchgemacht, Marie?«, erkundigte sich Isla, und Marie lachte.

»Das habe ich in der Tat, Liebes. Allerdings nicht mehr während der letzten fünfundzwanzig Jahre. Die Eröffnung des Cafés war meine Art, endgültig sesshaft zu werden. Aber für die Zeit davor lautet die Antwort ›Ja‹, insbesondere als ich noch jung war.«

»Was glaubst du, war die größte Veränderung in deinem Leben?«, erkundigte sich Dee.

Marie dachte einen Moment nach. Es war gar nicht so leicht, nur eine einzige auszuwählen, da in ihrem Leben so viel passiert war. Aber das Erste, das ihr in den Sinn kam, war Lucas' Gesicht.

»Ich würde sagen, der Tod meines Bruders. Er starb mit fünfundzwanzig Jahren. Bei einem Verkehrsunfall. Es war ein fürchterlicher Schock, und das Leben war danach nicht mehr dasselbe. Ich glaube, damals ist ein Licht in mir für immer erloschen.«

Dee nickte mit Nachdruck, aber Isla hatte den Kopf gesenkt, und Marie sah, dass ihr Tränen über das Gesicht liefen. *Das ist es also*, dachte sie. *Sie hat jemanden verloren.* Marie griff nach Islas Hand. »Hätte ich geahnt, dass es dir so nahe geht, hätte ich nichts gesagt. Aber auch wenn sich das Leben nach Lucas' Tod verändert hat, so war es dennoch nicht ohne Glück und Freude. Ich habe in meinem Leben sogar jede Menge davon erfahren, aber etwas wird mir einfach für immer fehlen.«

Isla nickte und wischte sich übers Gesicht. Dee legte ihren Arm um ihre Schultern und reichte ihr eine Serviette. Als sich Isla wieder gefangen hatte, blickte sie auf und versuchte, über ihre Tränen hinwegzulächeln, und das brach Marie das Herz. *Es war ein Kind*, dachte sie. Die blanke, pure Verzweiflung, die sie in diesem Moment in Islas Augen sah, schien ihr unendlich zu sein. Dee strich ihr sanft über den Rücken.

»Möchtest du darüber reden?«, fragte sie Isla. Deren Gesicht verzog sich, aber da war etwas an der Art und Weise, wie sie sich nach Dees Frage ein bisschen aufrichtete, das Marie glauben ließ, dass sie ihre Geschichte mit ihnen teilen wollte. »Hast du jemanden verloren, den du liebst?«, fragte Marie behutsam.

Isla gab einen Schluchzer von sich und nickte. Marie bat Dee, Isla ein Glas Wasser zu holen. Sie fühlte sich zu benommen, um selbst aufzustehen. Dee reagierte sofort, und Isla trank gleich das ganze Glas aus. Sie hielt es mit ihren Händen umfangen und starrte es an, während sie sprach.

»Mein Sohn, Mat …« Isla versagte die Stimme, doch sie fuhr gleich fort. »Matty. Er war beinahe vier, und wir fuhren mit meinem Wagen nach Hause und er …«, Isla stellte das Glas ab, wischte sich wieder über das Gesicht und nahm einen tiefen, zittrigen Atemzug. »Wir hatten einen Unfall und er … er ist gestorben.«

Dee zog hörbar die Luft ein, schlang beide Arme um Isla, und sie verharrten in dieser Umarmung, während Isla leise an Dees Schulter weinte. Marie ließ die beiden gewähren und griff erst nach Islas Hand, als diese sich schließlich zurücklehnte.

»Es tut mir so leid, dass du das durchmachen musstest, Isla. Das muss der schlimmste aller Schmerzen sein, die eine Frau ertragen kann«, sagte Marie und bemerkte, dass Islas Tränen versiegt waren.

»Ich kann es mir nicht einmal ansatzweise vorstellen, Isla. Das hätte ich nie gedacht. Du bist so stark, so …« Dee verstummte.

»Das bin ich eigentlich gar nicht. Ich habe nur keine andere Wahl. Aber es ist besser, wenn ich mich mit Arbeit beschäftigen kann. Dann kann ich versuchen, es für eine Weile zu vergessen …«

»Wie lange ist es her?«, fragte Marie.

»Letzten Monat waren es dreizehn Jahre. Ich habe ihn mit siebzehn bekommen«, fügte Isla hinzu.

»Ach, Isla. Es gibt schlicht keine Worte dafür. Es tut mir so leid für dich, und ich finde, du bist unglaublich«, sagte Dee und umarmte sie erneut.

»Das bist du, Isla, du bist eine unglaubliche Frau«, fügte Marie hinzu.

Für einen Moment herrschte Schweigen, aber Marie empfand es nicht als unbehaglich. Isla war die Erste, die sprach.

»Ich habe gerade einen neuen Therapeuten gefunden, und zum ersten Mal ist es nun irgendwie anders.«

»Wie meinst du das?«, fragte Dee.

»Na ja, er hat mich zuallererst einmal gebeten, einen Brief an mein jüngeres Ich zu schreiben.« Isla sah Marie an. »Das war das Projekt, von dem ich dir erzählt habe. Er wollte, dass ich alles aufschreibe, was ich meinem Ich aus vergangenen Tagen zu sagen hatte. Ich war mir zunächst nicht sicher, wie viel ich überhaupt zu schreiben hätte, aber ich habe beinahe das ganze Notizbuch gefüllt.«

»Briefe an mein jüngeres Ich«, wiederholte Dee, »Das gefällt mir. Ich hätte so viel zu sagen«, erklärte sie und lächelte.

Isla erwiderte ihr Lächeln. »Du solltest es versuchen. Kauf dir ein leeres Notizbuch und fang an zu schreiben. Du auch, Marie«, sagte Isla.

»Oh, ich glaube, ich würde einen ganzen Karton voller Notizbücher benötigen: Aber ob du's glaubst oder nicht, ich habe in der Schule einmal eine ähnliche Hausaufgabe gehabt.«

Die Stimmung hellte sich auf, als sie über Maries Kindheit sprachen, und noch ein bisschen mehr, als es um ihr Berufsleben und die Familie ging. Marie war gerade damit fertig geworden, ihnen davon zu erzählen, dass sie als junges Mädchen Pilotin werden wollte und welchen Spaß es ihr gemacht hatte, mit Charles Kingsford Smith zu fliegen, als Dee bemerkte, dass es schon sechs Uhr war.

»Tut mir leid, aber ich bin bereits zu spät dran – ich muss meinen Sohn John vom Fußballtraining abholen. Nächstes Mal möchte ich mehr Details über diesen Flug hören, Marie. Das macht dich geradezu zu einer Berühmtheit!«

»Der Name deines Sohnes gefällt mir. Mein Vater hieß John. Er starb, als ich noch ein Baby war, aber ich habe diesen Namen immer geliebt.«

»Danke. Geht mir genauso.« Dee drückte Maries Hand für einen Augenblick, bevor sie aufstand. Die Art und Weise, wie Dee sie ansah, ließ Marie vermuten, dass sie eigentlich gern noch mehr gesagt hätte. Vielleicht hatte sie auch ein Elternteil verloren, als sie noch klein war. Aber es blieb ihnen ja noch genügend Zeit, sich wieder auf einen Plausch zu treffen und mehr über einander zu erfahren. Marie stand langsam auf, und Isla folgte ihrem Beispiel.

»Ich habe es wirklich sehr genossen, Marie. Meinst du, wir könnten das Ganze vielleicht noch einmal wiederholen und uns hier treffen, wenn das Café geschlossen hat?«, erkundigte sie sich.

»Liebend gern«, erwiderte Marie. »Warum halten wir nicht den Montag um halb fünf als regelmäßigen Termin fest?«

»Oh ja!«, stimmte Isla freudig zu.

»Wunderbar. Und vielen Dank euch beiden, dass ihr etwas aus eurem Leben mit mir geteilt habt. Und dass ihr euch mein Gemeckere über die Arbeit angehört habt, das mir nun so unbegründet erscheint«, sagte Dee.

»Das war ganz und gar nicht unbegründet«, beruhigte sie Marie.

»Oh, eine Bitte hätte ich noch«, sagte Isla rasch. »Versucht nicht, mich jetzt anders zu behandeln. Das ist mit ein Grund, warum ich eigentlich niemandem davon erzähle. Ich lebe nun schon dreizehn Jahre damit, und ich ... ich weiß auch nicht ...« Sie verstummte.

»Das ist deine neue Normalität?«, schlug Marie vor.

»Ja, genau«, stimmte ihr Isla zu, und Marie nickte. »Und danke, dass ihr mir zugehört habt.« Sie küssten einander zum Abschied auf die Wangen und tauschten ihre Handynummern aus für den Fall, dass jemandem etwas dazwischenkam. Marie begleitete sie mit langsamen Schritten zur Tür, schloss hinter ihnen ab und winkte noch einmal durch die Scheibe. Dann ging sie zur Verbindungstür, die zu ihrem Heim führte, schloss auch die hinter sich ab und begab sich ohne ihr allabendliches Glas Baileys direkt ins Schlafzimmer. Sie merkte erst jetzt, wie furchtbar sie sich fühlte. Sie schaffte es zwar noch, ins Badezimmer zu gehen, scheiterte aber bei dem Versuch, sich die Zähne zu putzen, da sie wieder der inzwischen so vertraute Schwindel überkam, und sie sich am Waschbecken festhalten musste.

Sie warf einen Blick in den Spiegel und erblickte hinter ihrer gealterten und verbrauchten Haut das junge Mädchen, das einmal genau hier, in diesem Badezimmer, in den Spiegel geschaut hatte.

Das Licht schien zu schwinden, und es fiel Marie schwer festzustellen, ob sie überhaupt noch da war. Kurz bevor ihr schwarz vor Augen wurde, vernahm sie die Stimme ihrer Mutter.

»Mum? Wo bist du?«, antwortete sie ihr.

Kapitel 25

Marie

1953

Marie schob den Schlüssel ins Schloss und drehte den Knauf so leise wie nur eben möglich. Es war beinahe zehn Uhr, und sie wusste, dass ihre Mutter mit Fragen über ihren Abend auf sie warten würde. Sie hoffte, sich unbemerkt hineinschleichen zu können. Die Tür gab ein kaum hörbares Quietschen von sich, und Marie verlangsamte ihre Bewegungen noch mehr, öffnete sie wie in Zeitlupe. Sie schlich auf Zehenspitzen hinein und schloss die Tür leise hinter sich. Dann zog sie ihre Reitstiefel aus und rutschte in Strümpfen, als würde sie Schlittschuh laufen, über den Teppich, in der Hoffnung, ein Knarren zu verhindern. Sie hatte ihr Zimmer beinahe erreicht, als das Dielenlicht anging. Marie erstarrte, drehte sich um und lächelte ihre Mutter an, die zwar im Nachthemd, aber hellwach, im Türrahmen ihres Zimmers stand.

»Hallo, Mum«, sagte Marie.

»Wieso kommst du so spät? Ich dachte, du warst reiten?«, erkundigte sich Rose, und Marie verspürte angesichts des sorgenvollen Gesichtsausdrucks ihrer Mutter eine Mischung aus schlechtem Gewissen und Frustration.

»Das war ich auch. Und dann sind wir noch essen gegangen, und eine Kapelle hat gespielt, und wir haben noch etwas getanzt.«

»Du hast in deiner Reitkleidung getanzt?«, fragte Rose.

»Ja, und es war übrigens viel bequemer als in einem Kleid. Das solltest du auch einmal probieren!«

Rose zog die Augenbrauen in die Höhe und schüttelte den Kopf. Sie wirkte immer ein wenig ratlos, wenn Marie ihr von ihren Unternehmungen erzählte. »Komm, lass uns noch einen Schlummertrunk nehmen«, sagte sie schließlich.

Marie stellte ihre Stiefel ab und folgte ihrer Mutter in die Küche, wo sie sich an den kleinen Tisch setzte, während Rose Milch mit einem Schuss Rum in zwei Gläser goss. Sie saßen zusammen und tranken, und Marie wappnete sich für die Predigt, die kommen würde. Es gab immer eine Predigt. Rose stieß einen Seufzer aus. »Marie, findest du nicht, dass es langsam an der Zeit ist, dass du sesshaft wirst?«, fragte sie.

»Aber das bin ich doch. Ich lebe in einem schönen Haus, ich helfe dir im Laden, und ich habe eine Arbeitsstelle. Eine gute, wenn ich das hinzufügen darf.« Marie hatte den Begriff »sesshaft werden« absichtlich missverstanden.

»Ja, das ist alles gut und schön. Und ich bin stolz auf das, was du beruflich bereits erreicht hast«, sagte Rose. Marie wusste, dass das ehrlich gemeint war. Rose hatte mit Begeisterung reagiert, als Marie vor einem Jahr bei der Kogarah Telephone Exchange schon nach nur wenigen Monaten zur leitenden Telefonistin befördert worden war. Die Arbeit war gut bezahlt, und Marie hatte im Großen und Ganzen Spaß daran.

»Warum sollte ich also deiner Ansicht nach sesshaft werden? Bin ich nicht immer hier, um dir zu helfen? Ich packe jeden Abend und jeden Samstag im Laden mit an. Ich helfe dir bei der Hausarbeit. Wie sesshaft soll ich denn noch werden?«, erkundigte sich Marie ein wenig ungehalten.

»Du bist mir eine große Hilfe und ehrlich gesagt weiß ich nicht, ob ich die letzten Jahre ohne dich überstanden hätte.« Rose hielt für einen Moment inne. Sie weinte nicht gern vor Marie, deshalb sprach sie so selten über Lucas. »Aber du bist siebenundzwanzig Jahre alt, Marie. Du kommst so viel unter Leute, gehst so oft aus. Gibt es denn keinen Mann, den du heiraten möchtest?«

Mit einem Mal verspürte Marie Wut – dachte ihre Mutter etwa, dass sie sich die ganze Zeit mit Männern traf? Sollte sie sie nicht besser kennen?

»Ich gehe nicht dauernd mit Männern aus, wenn du das meinst. Ich treffe mich mit Freundinnen. Mit Therese und einigen anderen Frauen von der Arbeit. Und manchmal gehe ich auch allein aus. Ich amüsiere mich gern. Ich dachte, das wäre genau das, was du dir immer für mich gewünscht hast.«

Rose zuckte zusammen, als hätte Marie ihr eine Ohrfeige verpasst.

»Ja, das stimmt, ich möchte, dass du Freude am Leben hast. Aber ich möchte auch, dass du eine Familie gründest. Es ist nicht normal für eine junge Frau, so … so beschäftigt zu sein.«

Marie stand auf. Sie hatte genug. »Du bist immer nur beschäftigt gewesen, also wie kannst du so etwas sagen? Und wer behauptet, dass das nicht normal ist? Klatschweiber wie Mrs. Leon und Mrs. Knightly? Es interessiert mich nicht im Geringsten, was die denken.«

»Setz dich wieder hin, Marie.« Als Marie stehen blieb, fügte Rose hinzu: »Es tut mir leid.« Marie nahm widerstrebend Platz, und Rose griff nach ihrer Hand.

»Das ist alles irgendwie falsch herausgekommen, bitte verzeih. Ich mache mir nur Sorgen, dass du die Gelegenheit verpasst. Ich möchte, dass du eine Familie hast. Ohne Lucas gibt es nur uns zwei.« Roses Augen füllten sich mit Tränen. »Und das darf nicht sein. Du wirst Kinder und einen Ehemann haben wollen. Ich werde nicht immer hier sein, und ich möchte, dass sich jemand um dich kümmert, dass du … versorgt bist.«

Marie stieß einen Seufzer aus. Ihre Mutter war derart selbstlos, dass Marie sie manchmal am liebsten geschüttelt hätte. Sie drückte ihre Hände. »Ich habe ein gutes Leben, Mum. Und das habe ich dir zu verdanken. Und für Lucas hast du das Gleiche getan. Ich werde schon eines Tages heiraten. Aber erst, wenn ich den Richtigen gefunden habe. Und bis ich ihm begegne, werde ich weiter ausgehen, denn ich kann nicht die ganze Zeit zu Hause sitzen und Lucas vermissen.«

Roses Brust hob und senkte sich, als sie Maries Worte vernahm, und sie brach zusammen, weinte zum ersten Mal seit Jahren vor ihrer Tochter. Marie legte die Arme um sie und hielt sie lange Zeit so fest. Als sie sie schließlich aus ihrer Umarmung entließ, hatte sich Rose wieder vollkommen unter Kontrolle, und der einzige Beweis für ihre Tränen war die leichte Röte ihrer Augen.

»Ich bin stolz auf dich, Marie. Und ich möchte wirklich, dass du glücklich bist. Aber bitte versprich mir, dass du wenigstens nach dem Richtigen Ausschau hältst, ja?«

Marie zuckte mit den Schultern. »Vielleicht werde ich hier und da mal einen Blick riskieren«, stimmte sie zu.

Rose lachte und schickte sie ins Bett. Marie gab ihrer Mutter einen Gutenachtkuss und ließ sie in der spärlich beleuchteten Küche allein, wo sie – wie Marie wusste – noch eine Weile bleiben, an ihrem Schlummertrunk nippen und an Lucas denken würde.

Als sich Marie endlich erschöpft in ihr Bett kuschelte, schlief sie rasch ein, aber ihr Schlaf war unruhig, von Träumen erfüllt. Sie spielte mit Lucas und ihrem gemeinsamen Kinderfreund Konol, der alle zwei Wochen mit seiner Mutter zu Besuch gewesen war, die ihnen Eukalyptuszweige verkauft hatte. Konol und Marie hielten sich an den Händen und rannten von Lucas verfolgt herum. Aber ihr Bruder war zu schnell und schoss an ihnen vorbei, geradewegs durch das Eingangstor und auf die Straße hinaus. Marie rief ihn, um ihn aufzuhalten, aber er winkte ihr bloß zu und blieb lächelnd mitten auf der Straße stehen – selbst dann noch, als ihn der Wagen überfuhr. Marie schreckte schweißbedeckt aus dem Schlaf auf, und Tränen liefen ihr über das Gesicht. Sie liebte eigentlich die Träume, in denen Lucas vorkam, aber das hier war schlimm. Sie wünschte sich nichts mehr, als ihn darin zu beschützen, so wie er es immer mit ihr getan hatte, aber sie bekam niemals die Chance dazu.

Liebe junge Rose,

das Leben ist schon merkwürdig. An manchen Tagen kommt es mir so vor, als hätte ich alles im Griff und es verliefe nach Plan. Ich bin hier, um eine gute Mutter zu sein, um etwas Wichtiges zu erschaffen, das ich meiner Familie hinterlassen kann, und ich bin damit zufrieden. Und dann erwische ich mich plötzlich dabei, wie ich im Bett liege und mich nach mehr sehne. Aber wonach? Ich weiß es nicht. Ich habe ein schlechtes Gewissen, weil ich mehr will und bin gleichzeitig begeistert von der Vorstellung, es zu erreichen. Aber ich werde älter und komme langsam zur Ruhe, also werde ich vielleicht niemals herausfinden, was dieses »mehr« ist. Andererseits ist »mehr« vielleicht ja genau das: zur Ruhe kommen und das zu genießen, was mich umgibt. Entschuldige, ich schwafele vor mich hin. Aber mit zunehmendem Alter entdecke ich alle möglichen neuen Gefühle. Es ist so, als würde ich das, was vergangen ist, einer genauen Prüfung unterziehen und mich fragen, was noch kommen wird. Aber eins ist gewiss: Ich habe mich gut geschlagen. Und ich vermag in der Rückschau zu sagen, dass ich trotz allem mein Bestes gegeben habe.

Rose

Kapitel 26

Isla

Gegenwart

Isla zappte ein weiteres Mal durch die Kanäle. Sie hatte es sich auf dem Sofa bequem gemacht, Lilo und Jack zusammengerollt neben ihr, doch sie vermochte sich nicht auf irgendeine Fernsehsendung zu konzentrieren. Ihre Gedanken wanderten immer wieder zu dem Treffen mit Dee und Marie zurück. Sie war immer noch schockiert, dass sie sich ihnen anvertraut hatte. Doch die allergrößte Überraschung war, dass sie es nicht bereute. Sie hatte merkwürdigerweise immer geglaubt, dass sie irgendwie Mattys Andenken beflecken würde, wenn sie Menschen von ihm erzählte, die neu in ihr Leben getreten waren. Aber so hatte sie es heute gar nicht empfunden. Da war vielmehr ein Gefühl der Erleichterung gewesen, nachdem sie es getan hatte. Es kam ihr so vor, als würden sie nun die echte Isla verstehen und nicht nur die Isla, die zurechtkam. Sie dachte an Maries Worte, als die von diesem Licht gesprochen hatte, das für immer in ihr erloschen war. Genauso empfand Isla es auch. Selbst wenn etwas passierte, das sie eigentlich glücklich machen sollte, vermochte sie es nicht wirklich zu genießen. Sie war sich sicher, dass sie auch bei einem Lottogewinn ebenso gleichgültig sein würde. Sie legte die Fernbedienung zur Seite, gab den Versuch auf, irgendetwas Interessantes zu finden, und ließ einfach eine Kochsendung laufen. Sie legte den Kopf zurück und dachte über ihren neuen Therapeuten nach. Sie mochte ihn. Er hörte zu, tat dies aber nicht auf diese übertriebene »Ich verstehe alles, was Sie sagen«-Art und Weise. Das Beste war, wenn er ihr auf den Kopf zusagte, wie die Dinge standen. Wie bei ihrem letzten Gespräch.

»Möchten Sie glücklich sein?«, hatte Ian sie gefragt.

Und Isla hatte ohne zu zögern »Nein« geantwortet. Doch dann hatte sie ihre Antwort natürlich in Ja geändert, denn welchen Sinn würden all diese Therapien sonst haben?, hatte ihre Begründung gelautet.

»Aber Sie glauben nicht, dass Sie es verdient haben, glücklich zu sein, nicht wahr? Geben Sie sich die Schuld an Mattys Tod?« Ians unverblümte Frage hatte Isla förmlich umgehauen. Sie wusste im ersten Moment nicht, was sie darauf antworten sollte, war zu perplex, um einen klaren Gedanken zu fassen. Doch dann gab sie ihm gegenüber zu, was sie bislang noch keinem Menschen eingestanden hatte.

»Ja, ich gebe mir die Schuld. Ich hatte ein Glas Sekt getrunken.«

»Das hatten Sie tatsächlich. Man hat einen Blutalkoholtest bei Ihnen gemacht, aber der Wert war vernachlässigbar gering. Der Sekt hat Ihre Fahrtüchtigkeit nicht beeinträchtigt.«

Das hatte man Isla bereits mitgeteilt. Aber sie wusste, dass sie dennoch die Schuld trug. »Ich habe Nat und ihrem Freund zugewinkt. Kurz vor dem Unfall.«

Ian nickte. »Das haben Sie. Ich habe die Aussage gelesen, die Ihre Freundin Nat bei der Polizei gemacht hat. Demnach haben Sie einmal gehupt, gewinkt und sind dann weitergefahren über die grüne Ampel. Sie haben nichts Gefährliches getan.« Mit einem Mal wirbelten wieder die allzu vertrauten *Was-wäre-wenn*-Fragen wie ein teuflischer Tornado durch ihren Kopf. Sie versuchte trotzdem weiterzureden. Es kam ihr vor, als würde sie durch einen Sturm hindurchschreien.

»Aber wenn ich besser aufgepasst hätte, hätte ich vielleicht den Wagen gesehen, der bei Rot durchgefahren ist. Ich hätte bremsen können.« Isla weinte wieder, und sie fragte sich mit einem Mal, ob jemals der Tag kommen würde, an dem ihre Tränenkanäle nach all den Jahren des Weinens implodieren würden.

»Sie sind sechzig Stundenkilometer gefahren, was der erlaubten Höchstgeschwindigkeit entsprach. Sie hätten keine Zeit mehr gehabt, um zu bremsen. Ihr Winken war nicht schuld an dem Unfall. Die Schuld lag bei der anderen Fahrerin.«

»Sie ist auch tot. Man hat mir gesagt, sie sei bei dem Aufprall gestorben.«

»Finden Sie, dass sie es verdient hatte?«, erkundigte sich Ian. »Man hat eine Mischung aus Medikamenten und Drogen in ihrem Blut gefunden. Das rücksichtslose Verhalten dieser Frau hat den Unfall verursacht.«

»Ich weiß.«

»Was empfinden Sie angesichts ihres Todes?«

»Gar nichts«, erwiderte Isla. »Es ist alles wie taub.« Sie hatte tausendmal über diese Frau nachgedacht. Eine vierzigjährige drogenabhängige Mutter von fünf kleinen Kindern, die sie unbeaufsichtigt zu Hause gelassen hatte, während sie auf der Suche nach einem Schuss war. Aber Isla hasste sie nicht. Sie empfand es nicht als gerecht, dass diese Frau ebenfalls gestorben war. Und ihre Eltern genauso wenig, das wusste sie. Diese Frau war bloß eine weitere der zahllosen *Was-wäre-wenn*-Fragen für sie.

»Isla, ich würde niemals behaupten zu wissen, was Sie empfinden, aber dürfte ich einige der Fragen in Worte fassen, von denen ich glaube, dass Sie sich diese stellen?« Isla nickte, und Ian fuhr fort. »Was wäre gewesen, wenn ich an dem Abend nicht meinen Uniabschluss gefeiert hätte? Was wäre gewesen, wenn ich in einem Fach durchgefallen wäre und mein Studium ein Jahr später abgeschlossen hätte? Was wäre gewesen, wenn ich das Lokal ein paar Minuten später verlassen hätte? Was wäre gewesen, wenn ich mit meinen Eltern gefahren wäre oder die Bahn mit meinen Freunden genommen hätte? Was wäre gewesen, wenn ich bei Bewusstsein gewesen wäre und mit Matty gesprochen hätte? Was wäre gewesen, wenn diese Frau nur einen Augenblick später aus dem Haus gegangen wäre?«

Isla vermochte nicht zu atmen, und ihr Keuchen veranlasste Ian zu verstummen. Er streckte die Hand nach dem Tisch aus, goss Isla Wasser in ein Glas, stand kurz auf, um es ihr zu reichen, und nahm dann wieder Platz und wartete ab. Isla trank das ganze Glas aus. Die kühle Flüssigkeit wirkte wie ein kleiner Schock, und sie bekam wieder Luft. All diese Fragen zu vernehmen, Fragen, die sie sich in den letzten dreizehn Jahren Nacht für Nacht gestellt hatte, war kaum zu ertragen.

»Isla, auf all diese Fragen gibt es keine Antworten. Jeder Moment beinhaltet so viele Variablen, Dinge, die unser Leben verändern können, aber nicht viele davon sind so bedeutend wie die Variablen, die Tragödien verursachen. Sie werden in Ihrem ganzen Leben niemals Antworten auf diese Fragen bekommen. Und ich werde Ihnen dabei helfen, sie loszulassen. Ich werde Ihnen helfen, Mattys Tod zu akzeptieren. Das bedeutet nicht, dass Sie darüber hinwegkommen oder Ihren Sohn vergessen werden, aber ich werde Ihnen dabei helfen, zu einer gewissen Akzeptanz zu gelangen und sich von diesen Fragen zu befreien, die Ihnen schaden. Glauben Sie mir das?«

Ja, das tat Isla. Sie öffnete nun wieder die Augen und bemerkte, wie dunkel es geworden war, während sie auf dem Sofa gegessen hatte. Sie glaubte Ian. Er hatte ihr ein Mantra genannt, das sie jedes Mal wiederholen sollte, wenn ihr eine *Was-wäre-wenn*-Frage in den Sinn kam: *Matty ist fort, und diese Frage wird ihn mir nicht zurückbringen.* Es war ein erster Schritt, hatte er ihr erklärt, und sie würden in ein paar Wochen zum nächsten übergehen. Wenn Isla darüber nachdachte, wie der nächste Schritt wohl aussehen mochte, verspürte sie einen Funken von etwas, das sie kaum mehr wiedererkannte: Hoffnung. Sie zog Lilo und Jack ein bisschen näher an sich heran, um mit ihnen zu kuscheln und lachte, als Lilo leise knurrte. Sie war eine so streitlustige Hundedame. Islas Smartphone läutete, und der Schreck über den Ton, der die Stille durchbrach, ließ sie zusammenzucken und veranlasste Lilo und Jack, auf den Boden zu springen.

»Tut mir leid«, sagte sie, griff nach dem Telefon und verfluchte ihren Chef, Simon, der mit Sicherheit der Anrufer war. Aber es handelte sich um eine ihr unbekannte Nummer. »Hallo?«, sagte sie und wurde von einer Männerstimme mit einem leichten Akzent begrüßt.

»Hallo, spreche ich mit Isla?«

»Ja, wer ist denn da?«, erkundigte sie sich und spürte Ärger in sich aufsteigen. *Ein Telefonverkäufer*, dachte sie.

»Dax Ramirez. Ich arbeite für Marie.« Isla stand beunruhigt auf.

»Hallo, Dax, ja, wir sind uns schon begegnet. Ist alles in Ordnung?«

Er zögerte kurz, räusperte sich dann. »Nein, Isla, Marie geht es nicht gut. Sie ist heute Abend gestürzt und im Krankenhaus. Ihr Sohn hat einige Telefonnummern am Bett gefunden und mich gebeten anzurufen. Sie haben sich heute Nachmittag mit ihr getroffen? Wie ging es ihr? Die Ärzte glauben, sie hatte einen Schlaganfall.«

Isla wurde speiübel. Sie schaute auf die Uhr: zehn. Damit waren erst vier Stunden vergangen, seit sie das Café verlassen hatte. Sie erinnerte sich noch daran, wie sie gedacht hatte, dass Marie ein wenig blass wirkte. Doch sie hatte nichts gesagt. Hatte sich von ihr trösten lassen, ohne sich auch nur einmal zu erkundigen, wie es ihr ging.

»Isla? Sind Sie da?«

»Tut mir leid, Dax, ja. Ich habe nur nachgedacht. Sie war ein wenig blass und ist vielleicht auch etwas langsamer gegangen, aber sie erwähnte nicht, dass sie sich schlecht fühlte. Wir haben uns eine gute Stunde lang unterhalten, und sie schien ganz sie selbst zu sein.«

»In Ordnung, danke. Gebe ich an den Sohn weiter. Ich bin wütend auf mich, denn ihr war heute schwindelig, und ich hätte dortbleiben sollen.«

»Ihr war schwindelig?«

»Ja, sie ist fast umgefallen, deshalb hat Katie sie rübergebracht. Als ich zu Hause war, habe ich meiner Frau davon erzählt und die wollte, dass ich Maries Sohn anrufe und ihm sage, dass es ihr nicht gut geht. Glücklicherweise ist meine Frau klüger als ich. Ich hätte dortbleiben sollen.«

»Nein, Dax. Soviel ich weiß, ist Marie ein ziemlicher Dickschädel – ich bin mir sicher, sie hätte nicht zugelassen, dass Sie auf sie aufpassen. Und ehrlich gesagt, schien es ihr recht gut zu gehen, als wir uns mit ihr getroffen haben.« Keine *Was-wäre-wenn*-Fragen, mahnte sich Isla. »In welchem Krankenhaus liegt sie, Dax? Können wir sie besuchen?«

»Sie ist im St. George Private Hospital. Gute Ärzte dort. Ich schließe das Café morgen und besuche sie. Glaube aber nicht, dass sie wach ist.« Dax versagte die Stimme für einen kurzen Moment.

»Danke, Isla, ich rufe jetzt die andere Freundin, Dee, an, um ihr davon zu erzählen.«

»Schon gut, Dax, das werde ich für Sie übernehmen. Sollte Dee mehr als mir aufgefallen sein, rufe ich Sie umgehend zurück. Ansonsten sehen wir uns vielleicht morgen im Krankenhaus, ja?«

Nachdem Isla das Gespräch beendet hatte und sich nicht mehr länger zusammenreißen musste, ließ sie sich sogleich auf das Sofa sinken. Die arme Marie.

Kapitel 27

Isla

2005

Isla hielt ihren Pass und ihr Ticket umklammert und ging auf den Abfertigungsschalter des Flughafens zu. Ihre Eltern und Nat hatten zusammengelegt und ihr zum Geburtstag eine einwöchige Abenteuerreise nach Neuseeland geschenkt. Während sie nun eincheckte, war sie sich nicht sicher, wie sie überhaupt hierhergekommen war. Als sie das Geschenk vor einem Monat bekam, hatte sie sich zunächst geweigert, es anzunehmen. Aber irgendwie war sie nun doch mit gepackten Taschen und dem Flugticket in der Hand hier gelandet.

»Du musst mal was anderes sehen, mein Schatz«, hatte ihr Vater zu ihr gesagt.

»Neuseeland ist reich an Naturwundern und spirituellen Stätten. Du wirst dich dort wohlfühlen und Ruhe finden«, hatte ihre Mutter erklärt.

»Es gibt dort nette Jungs«, hatte Nat behauptet.

Isla hatte keinem ihrer Argumente zugestimmt. Dennoch besaß die Vorstellung von einem anderen Ort, an dem sie niemand kannte, unbestreitbar eine gewisse Anziehungskraft. Sie schlurfte in der Schlange weiter, gab ihr Gepäck auf, begab sich zum Flugsteig und wartete darauf, an Bord gehen zu dürfen. Sie saß mit übereinandergeschlagenen Beinen da, wie eine ganz gewöhnliche junge Frau, die allein in den Urlaub flog.

Schnee hatte eine völlig andere Beschaffenheit, als Isla es sich vorgestellt hatte. Sie war der Ansicht gewesen, er würde sich anfühlen wie eine Mischung aus Zuckerwatte und Marshmallows, dabei fühlte er sich eher an wie zerstoßenes Eis. Zu dieser schmerzlichen Erkenntnis gelangte sie an ihrem ersten Tag auf Skiern, als sie mindestens zwanzigmal hinfiel.

»Komm schon, noch einen letzten Versuch für heute, Isla«, rief ihr Oscar, der Skilehrer, vom Fuß des Berghangs zu. »Du kriegst das hin!«

Isla nahm die Haltung ein, die er ihr gezeigt hatte: Knie gebeugt, Schultern nach vorn. Sie ging in die Hocke, spannte ihre Bauchmuskeln an und fuhr los. Als sie hinunterglitt, fühlte sie sich im Gleichgewicht und schien seltsamerweise die Kontrolle über ihren auf den Skiern leicht aus der Balance geratenen Körper zu haben. Der Wind war eisig und peitschte ihr ins Gesicht. Für diesen einen Moment war Isla frei von jedem anderen Gefühl, spürte hier, mitten in den schneebedeckten Bergen, angefeuert von einem gut aussehenden Skilehrer, nur die eisige Kälte und ihren schmerzenden Körper. Sie zwang ihre Beine zum Schneepflug, um die Skier zu verlangsamen, kam mit Mühe und Not zum Stehen und verharrte vornübergebeugt. Sie hatte es geschafft! Dabei hatte sie schon nicht mehr daran geglaubt.

»Klasse!« Oscar gab ihr einen Klaps auf den Rücken, griff nach ihrer Hand und half ihr, sich aufzurichten. »Ich finde, darauf müssen wir einen trinken!«

Er grinste und strahlte über das ganze Gesicht. Sie erwiderte sein Lächeln und stimmte ihm zu. Als er ihr mit den Skiern half und sie zur Rückgabe begleitete, stellte Isla überrascht fest, wie leer ihr Kopf war. Zum ersten Mal seit langer Zeit dachte sie über nichts nach. Vielleicht hatte ihre Mutter ja recht gehabt und die Landschaft hier hatte eine positive Wirkung auf sie.

»Du warst toll heute. Du bist ein Naturtalent.«

»Du musst dich gar nicht mehr so ins Zeug legen. Ich geh ja schon etwas mit dir trinken«, zog ihn Isla auf.

Oscar grinste wieder, aber dieses Mal war da noch etwas anderes in seinen Augen. Sie befanden sich immer noch an der Haupthütte, die aufrecht im Schnee stehenden Ski in den Händen, die Körper einander zugeneigt. Oscars Körper strahlte eine Wärme aus, von der sie wünschte, sie würde sie umfangen.

»Dann treffen wir uns in einer Stunde hier wieder, in Ordnung?«, sagte er.

Isla nickte. »Bis gleich«, sagte sie lächelnd und schaute ihm hinterher, als er davonging. Er blickte sich immer wieder zu ihr um, und Isla wusste, dass sie mehr tun würden, als nur etwas miteinander zu trinken.

Hinterher kehrte die Trauer schlagartig mit einer nie gekannten Macht zurück, ganz so, als würde Isla für ihre kurze Befreiung von ihr bestraft. Der Sex war gut gewesen, auch wenn sie nicht viele Vergleichsmöglichkeiten hatte – heftig, drängend und fast schon getrieben von so etwas wie Verzweiflung, und Isla hatte jede Sekunde davon genossen. Doch später, als sie zusammen dalagen, ihr Kopf auf Oscars nackter Brust, da hatte er sie nach ihrer Familie zu Hause in Australien gefragt. Und mit einem Mal hatte sie nur noch Mattys Gesicht vor sich gesehen, sein Kichern gehört. Sie fühlte sich dem Zusammenbruch nah, schnappte sich ihre Sachen und rannte zurück in ihr Zimmer. Dort rollte sie sich voller Selbsthass auf dem Badezimmerboden zusammen. Wie hatte sie nur versuchen können, glücklich zu sein? Matty war fort. Er würde niemals wieder Glück empfinden, also warum sollte sie es also für sich in Anspruch nehmen dürfen? Düstere Gedanken füllten ihren Kopf. Sie hätte sterben sollen, das hier war schlimmer als die Hölle, sie konnte nicht ohne ihn leben. Die ganze Nacht hindurch ertrank sie in dieser Dunkelheit, schlief erst ein, als die Sonne aufging. Sie erwachte ein paar Stunden später mit steifen, schmerzenden Gliedmaßen durch den Benachrichtigungston ihres Smartphones. Es war eine Nachricht von Nat: *Ich hoffe, du hast Spaß, Süße. Ich bin sicher, dass das ein Neuanfang für dich wird.* Isla stieß einen Schrei aus und warf ihr Handy auf den Boden. Nat hatte ja nicht die geringste Ahnung. Die Geburt von Matty war ein Neuanfang für sie gewesen. Das hier war bloß ein weiteres Kapitel ihres Endes.

Der Moment, als Isla klar wurde, dass sie eventuell auf eine Weise weiterleben könnte, die einem normalen Leben ähnelte, war zugleich der Moment, in dem sie zum ersten Mal abgeworben wurde. Seit ihrer Rückkehr aus Neuseeland war beinahe ein Monat vergangen. Ihren Eltern und Nat hatte sie vorgespielt, dass es eine amüsante Zeit gewesen sei, denn sie hatte sich damit abgefunden, anderen Menschen etwas vorzutäuschen, damit man sie in Ruhe ließ. Zu diesem Schwindel gehörte auch ein wöchentliches Treffen auf einen Kaffee mit ihrer Mutter. Und es war während eines dieser Treffen in einem Café, als ihr Smartphone läutete.

»Hallo, Isla, hier ist Professor Hammond. Wie geht es Ihnen?«

»Danke, gut, Professor«, erwiderte Isla automatisch. »Und Ihnen?«

»Das war eine unsinnige Frage, tut mir leid. Natürlich vermag ich mir nicht ansatzweise vorzustellen, wie es Ihnen geht.«

Für einen kurzen Moment herrschte ein peinliches Schweigen.

»Danke«, murmelte Isla schließlich.

Professor Hammond räusperte sich.

»Ich habe von einem Stellenangebot gehört, das perfekt für Sie ist. Marketingleiterin für ein Start-up-Unternehmen. Der Gründer ist ein alter Kollege von mir, und er sucht nach einem brillanten Kopf. Da habe ich an Sie gedacht. Sind Sie interessiert?«

Islas Gesicht verzog sich zu einem Lächeln, und es fühlte sich eigenartig und wundervoll zugleich an. Ihre Mutter, die sie genau beobachtete, erwiderte ihr Lächeln – ein echtes Lächeln, das ihre Augen erreichte.

»Ja. Ich bin interessiert. Unbedingt«, erwiderte Isla. Und für den Bruchteil einer Sekunde verspürte sie ein Gefühl der Befriedigung. Es war zwar ebenso schnell verschwunden, wie es gekommen war, aber Isla konnte nicht verleugnen, dass sie es empfunden hatte. In diesem Augenblick entschied sie, was von nun an ihr Leben ausmachen würde: sich in die Arbeit werfen und so erfolgreich sein wie nur eben möglich. Sie würde ihr Geld dazu verwenden, das Haus zu kaufen, das sie Matty versprochen hatte. Und die Tiere, die er sich gewünscht hatte. Und sie würde genug verdienen, um auch ihren Eltern ein neues Haus zu kaufen. Ein brandneues, modernes. Sie lächelte wieder, dachte an das Leben, das sie sich aufbauen würde. Ein Leben, in dem sie so beschäftigt sein würde, dass sie vergaß, was Glück bedeutete.

Kapitel 28

Dee

Gegenwart

Dee war sich bewusst, dass Oliver ihr die kalte Schulter zeigte. Aber er tat es auf diese übertrieben höfliche »Ich bin ein viel zu guter Kerl, um mich mit dir zu streiten« – Art, die sie wütend machte. Sie lag mit angezogenen Beinen auf dem Sofa im Wohnzimmer und schaute sich *Sex and the City* im Fernsehen an, als er den Kopf zur Tür hereinsteckte und ihr zuflüsterte, dass er ins Bett gehe.

»Gute Nacht«, erwiderte Dee.

»Nacht«, sagte er und verschwand ins Schlafzimmer.

Dee schaltete den Fernseher aus und seufzte. Sie verstand, warum er sauer auf sie war. Sie hatte sich gestern bei der Sache mit Adrian wie eine Idiotin benommen. Und anstatt sich bei allen zu entschuldigen, war sie ausgesprochen mürrisch gewesen und hatte den ganzen Abend über kaum ein Wort gesprochen. Sie war ein paar Minuten zu spät dran gewesen, um John vom Fußballtraining abzuholen, aber der hatte sich nicht beschwert. Als sie zu Hause ankamen, hatte Dee nur einen Blick in die Küche geworfen und gesehen, dass Oliver und Adrian gemeinsam kochten. Statt hineinzugehen und sie zu begrüßen, hatte sie ihnen nur ein kurzes »Hallo« zugerufen und erklärt, dass sie direkt duschen werde. Als sie dann mit gewaschenem und geföhntem Haar aus dem Bad kam, waren die Jungs schon mit dem Essen fertig und hatten die Küche aufgeräumt. Sie hatte geschmollt, weil sie alleine essen musste. Aber was hatte sie erwartet? Sie war doch diejenige gewesen, die nach Hause gekommen war und alle zurückgewiesen hatte. Sie wollte, dass sie ihre Gedanken lasen, dass sie wussten, wie sehr sie sich mit dem Tag der offenen Tür und dem neuen Lehrplan überfordert fühlte. Er bedeutete ihr so viel, und sie hatte Angst, an der Kritik zu zerbrechen. Sie war sich nicht sicher, ob sie stark genug war – merkten sie das denn nicht?

Dees Smartphone unterbrach ihre Gedanken. Überrascht stellte sie fest, dass Isla anrief, und ihr erster Gedanke galt der Sorge, es könne um die Kampagne gehen.

»Hallo, Isla«, sagte sie dennoch mit ruhiger Stimme.

»Tut mir leid, dass ich so spät noch anrufe, Dee.« Isla klang atemlos.

»Kein Problem. Ist alles in Ordnung?«

»Leider nein. Ich hatte gerade einen Anruf von Dax, Maries Küchenchef. Offenbar ist Marie heute Abend gestürzt. Es muss kurz nachdem wir gegangen waren, passiert sein. Sie wollen wissen, wie Marie am Nachmittag gewirkt hat. Sie vermuten, es war ein Schlaganfall.«

»Oh Gott, das ist ja schrecklich! Ein Schlaganfall? Wie schlimm ist es?«

»Keine Ahnung, aber Dax glaubt nicht, dass sie bei Bewusstsein ist. Sie liegt im St. George Private. Hattest du den Eindruck, dass sie heute nicht sie selbst war? Du kennst sie wesentlich besser als ich. Mir ist nur aufgefallen, dass sie blass gewesen ist, oder nicht? Und hast du bemerkt, wie sie uns zur Tür begleitet hat? Je mehr ich darüber nachdenke, desto mehr glaube ich, dass sie sich unterwegs an den Tischen abgestützt hat.«

»Stimmt, sie war blass. Ich weiß noch, dass mir das bei unserem Eintreffen aufgefallen ist. Aber ich dachte, sie hätte sich bloß nicht geschminkt. Ach, die arme Marie, welch eine schreckliche Vorstellung, sie in einem Krankenhausbett zu wissen.«

»Ich hoffe, dass sich die Ärzte irren und es kein Schlaganfall war.«

»Das hoffe ich auch«, sagte Dee, auch wenn sich dabei der Gedanke in den Vordergrund drängte, dass es eher ungewöhnlich war, mit zweiundneunzig Jahren ein Café zu leiten, als einen Schlaganfall zu erleiden.

»Ich würde sie gern morgen besuchen. Ich glaube, ich werde meine Morgenbesprechung schwänzen und gleich zu ihr fahren. Ich kenne sie zwar noch nicht lange, aber ich habe einfach das Bedürfnis ...« Isla verstummte, aber Dee wusste, was sie meinte. Nach dem, was sie drei an diesem Nachmittag miteinander geteilt hatten, verband sie etwas.

»Weißt du was – ich komme mit. Die Schule wird schon eine Stunde oder zwei ohne mich auskommen«, verkündete Dee, auch wenn sie sich nicht ganz sicher war, ob das in dieser Woche zutraf.

»Dann treffen wir uns vor dem Haupteingang, ja? Passt dir halb neun? Laut der Website des Krankenhauses beginnt dann die Besuchszeit.«

»Gut, wir sehen uns morgen früh. Danke, dass du mir Bescheid gesagt hast.«

»Gern geschehen. Gute Nacht.«

Dee starrte einen Moment lang auf ihr Smartphone und stellte zu ihrer Überraschung fest, dass sie weinte. Der Gedanke daran, dass Marie, diese gutherzige, unglaublich starke Frau, in einem

Krankenhausbett lag, wo sie doch nur wenige Stunden zuvor noch so angeregt miteinander geplaudert hatten, war einfach schrecklich. Nachdem sie einmal angefangen hatte zu weinen, konnte sie nicht mehr aufhören, und ehe sie sich versah, saß Oliver neben ihr, und John und Adrian steckten zaghaft die Köpfe zur Tür herein.

»Was ist denn los, Schatz?«, fragte ihr Mann und zog Dee an sich.

Sie schlang ihre Arme um ihn, erleichtert, dass er da war, mit ihr sprach. »Tut mir leid, ich…« Dee wischte sich über die Augen, holte tief Luft und schluckte ihre Tränen hinunter. »Ich habe gerade einen Anruf von meiner Freundin, Isla, bekommen. Diese wundervolle alte Dame aus dem Café, Marie… sie liegt im Krankenhaus, und die Ärzte vermuten, sie hatte einen Schlaganfall.«

Oliver machte einen verwirrten Eindruck. »Meinst du Isla von der Marketingfirma? Woher kennt sie denn Marie?«

»Wir drei haben heute zusammen Kaffee getrunken. Wir haben uns in der letzten Zeit besser kennengelernt und verstehen uns gut. Marie ist ein so wundervoller Mensch – ich mag gar nicht daran denken, dass ihr so etwas Schlimmes widerfahren ist, und das gleich, nachdem wir mit ihr zusammengesessen haben.« Dees Augen füllten sich wieder mit Tränen. »Entschuldige, ich weiß auch nicht, warum mich das so mitnimmt, es… es tut mir einfach so leid für sie.«

Oliver hielt Dee ganz fest. »Du musst dich nicht dafür entschuldigen, dass du dich um jemanden sorgst. Genau das liebe ich so an dir, dein großes, weiches Herz.« Oliver küsste sie zärtlich.

Ihre Jungs stöhnten vernehmlich.

»Das ist eklig«, sagte Adrian.

John hielt sich die Augen zu. »Könntet ihr uns bitte vorwarnen, wenn ihr so was macht?«, erklärte er.

»Ach, haltet die Klappe und kommt her«, sagte Oliver.

Adrian stöhnte erneut, kam aber anmarschiert und setzte sich neben Oliver. John quetschte sich neben Dee. Sie lehnten sich alle zurück und legten einander die Arme um die Schultern.

»Erinnert ihr euch noch an unser Gruppenkuscheln?«, erkundigte sich Dee lachend.

Oliver lachte ebenfalls. »Wenn ich mich recht erinnere, hat Adrian immer damit angefangen.«

Adrian lächelte. »Stimmt. Ich weiß noch, wie ich rumgelaufen bin, nach euch gesucht habe und ›*Kuschelzeit*‹ gerufen habe.«

»Ja, das hat genervt«, kommentierte John, und Dee versetzte ihm einen sanften Schlag auf den Arm.

»Du fandest es toll«, stellte sie klar. »Ich glaube, wir könnten das jetzt gut gebrauchen, Habibis.«

»Kuschelzeit!«, rief Adrian, und sie beugten sich alle nach vorn, um sicherzustellen, dass sie mit mindestens einem Körperteil alle Familienmitglieder berührten. Dee genoss es, ihrer Familie so nah zu sein. Sie hatte diese Momente immer über alles geliebt. Viel zu bald schon löste sich John aus der Gruppe, gefolgt von Adrian. Oliver hielt Dee weiter im Arm.

»Besser, Mum?«, fragte John, und sie nickte. »Okay, dann Gute Nacht«, sagte er und verschwand wieder in sein Zimmer.

Adrian machte Anstalten, ihm zu folgen, aber Dee bat ihn, noch kurz zu bleiben. Er setzte sich zögernd wieder hin. »Was denn?«, fragte er pampig.

»Adrian«, sagte Oliver warnend.

»Schon gut. Ich kann verstehen, dass du sauer auf mich bist, Adrian. Ich wollte mich nur bei dir entschuldigen, dass ich mich in den letzten Tagen so komisch verhalten habe. Ich hoffe, du weißt, dass ich deine Gefühle respektiere und dass ich verstehe, warum dir das mit deiner Lehrerin peinlich gewesen ist. Ich bin nun einmal stolz auf meinen Glauben und meine Kultur und war wohl ein wenig verletzt, dass du kein Interesse daran hast. Aber es war nicht fair von mir zu behaupten, dass du dich dafür schämst. Kannst du mir verzeihen?« Dee hielt Adrians Hand und der drückte sie einmal kurz.

»Ja klar.«

»Möchtest du mich noch etwas fragen? Machst du dir wegen etwas anderem Sorgen oder …«

»Nein, das war kein großes Ding. Du hast es bloß zu einem gemacht«, unterbrach er sie.

Dee wusste, dass mehr hinter der Geschichte steckte, sonst wäre er nicht so rot geworden, aber sie entschied, es für den Moment auf sich beruhen zu lassen. »Es tut mir wirklich leid.«

»Darf ich jetzt in mein Zimmer?«, fragte er. Dee gab ihm einen Kuss auf die Wange.

»Ja, gute Nacht. Hab dich lieb.«

»Ich dich auch«, schloss sich Oliver an.

»Ich habe euch auch lieb, Leute«, murmelte Adrian und verließ schnurstracks den Raum. Dee kuschelte sich an Olivers Brust. »Dir schulde ich auch eine Entschuldigung. Ich habe mich wie eine dumme Kuh benommen.«

»Nein, hast du nicht. Ich verstehe das, Dee, das tue ich wirklich. Ich weiß, was du durchgemacht hast. Ich möchte nur nicht, dass du mich wie deinen Feind behandelst. Würdest du also bitte anerkennen, dass ich es verstehe?«

Dee entschied sich, Oliver nicht zu sagen, dass er genau das eben nicht tat. Er konnte es nicht verstehen, denn er war keine Muslimin und war nicht ohne ein einziges Wort Englisch zu sprechen in dieses Land gekommen. Aber es hatte auch keinen Sinn, dies auszusprechen, denn ihr war bewusst, dass er etwas anderes gemeint hatte: Er wollte ihr klarmachen, dass er ihre Reaktion verstand, und dafür war sie ihm dankbar. Oliver würde sie nie verurteilen, und das war der erholsamste Teil ihres Lebens.

»Einverstanden, du bist nicht mein Feind«, sagte Dee und küsste ihn.

Kapitel 29

Dee

1984

Adeena saß im Mathematikunterricht, den sie von allen Fächern am wenigsten mochte, und lauschte von ihrem Platz in der ersten Reihe dem Gespräch, das in ihrem Rücken stattfand.

»Wir fahren also gegen acht los, richtig?«, flüsterte Laura.

»Ja, die Party fängt um sieben an, dann sollten wir also gegen halb neun da sein«, flüsterte Sarah zurück.

Laura und Sarah waren nette Mädchen, Adeena mochte sie, aber die beiden waren dafür bekannt, dass sie jedes Wochenende Alkohol tranken. Eigentlich war ihr das egal, sie fand sie trotzdem nett, aber sie vermied es dennoch, mit ihnen rumzuhängen. Myra und sie waren einmal mit ihnen ins Kino gegangen, und sie hatten Bier reingeschmuggelt. Adeena und Myra war das unangenehm gewesen, auch wenn es ihren beiden Mitschülerinnen nichts ausgemacht hatte, als sie sich weigerten, davon zu trinken. Ihre Freundschaft beschränkte sich allerdings seither auf ein bisschen Small Talk zwischen den Unterrichtsstunden.

»Hast du die Lösung?«, flüsterte Myra Adeena vom Nebenplatz zu. Adeena hob den Arm, damit Myra einen freien Blick auf ihr Heft hatte. Sie war sich bewusst, dass sie ihr keinen Gefallen tat, wenn sie sie abschreiben ließ, aber Adeena konnte ihrer besten Freundin die Bitte nicht abschlagen.

»Danke«, zischte Myra.

Schließlich läutete es, und bevor der Lehrer etwas sagen konnte, hatte die Hälfte der Klasse bereits den Raum verlassen. Mr. Eagleton tat Adeena leid, und sie bedankte sich bei ihm, bevor sie ging. Auch wenn sie Mathe nicht mochte und auch nicht seine Art, Aufgaben an die Tafel zu schreiben und dann schweigend dazusitzen, während die Klasse die Lösungen herauszufinden versuchte. Sie fand, er war faul. Mathe fiel ihr leicht, und sie hatte trotz des Lehrers gute Noten. Aber sie wusste, dass viele andere Schüler durchzufallen drohten.

Wie Myra. Sie liefen gemeinsam den Flur hinunter, um die Taschen aus ihren Schließfächern zu holen. Adeena war froh, dass der Schultag zu Ende war. Und damit auch die ganze Woche. Das zwölfte Schuljahr war hart, und der Druck, in allen Fächern die Beste zu sein, belastete sie sehr. Sie verließ gemeinsam mit Myra die Schule, und sie gingen untergehakt zur Bahnstation. Von der Schule in Wiley Park war es nur eine kurze Fahrt bis zu ihrem Wohnort in Lakemba. Sie fuhren meist gleich nach Hause. Myra hatte drei jüngere Brüder, auf die sie nachmittags mit aufpasste. Und Adeena nutzte die Zeit, bevor ihr Vater nach Hause kam, um zu lernen und ein einfaches Abendessen zuzubereiten.

Nur freitags besuchten sie nach der Schule immer noch ein kleines Café, das ganz in der Nähe ihrer Bahnstation eröffnet hatte und Speisen und Getränke aus dem Nahen Osten anbot. Dort saßen sie eine Stunde oder länger und unterhielten sich bei Baklava und starkem arabischem Kaffee über ihre Woche. Heute hatte Adeena schon ihr erstes Thema im Kopf. Es ging um etwas, worüber sie bereits die ganze Woche nachgedacht hatte. Sie wartete, bis ihre Süßigkeiten und der Kaffee auf dem Tisch standen, bevor sie es ansprach.

»Sag mal, hast du eigentlich jemals vor, den Hidschab zu tragen?«

Myra hatte gerade erst einen großen Bissen von ihrer Baklava genommen und versuchte, mit vollem Mund zu antworten, während ihr Teigkrümel von den Lippen fielen.

»Pass auf!«, sagte Adeena und reichte ihr eine Serviette.

»Wie kommst du denn plötzlich darauf?«, fragte Myra.

»Keine Ahnung. Ich glaube, ich denke schon eine Weile darüber nach. Die meisten muslimischen Mädchen, die ich kenne, tragen inzwischen wenigstens ein Kopftuch. Da frage ich mich irgendwie, ob ich auch damit anfangen soll.«

»Aber dein Vater geht nicht einmal in die Moschee, oder? Ihr übt eure Religion gar nicht aus.«

»Ja, ich weiß. Manchmal kommt es mir so vor, als hätte er seinen Glauben ganz verloren«, gestand Adeena ihrer Freundin. Sie erzählte ihr aber nicht, dass sie wusste, dass es tatsächlich so war, weil sie vor Wochen eine geöffnete Flasche mit Alkohol unter seinem Bett gefunden hatte. Das hatte sie zum Nachdenken über das Tragen eines Kopftuchs angeregt. Sie betrachtete sich als Muslimin. Sie verbrachte Zeit damit, den Koran zu lesen. Und das nicht etwa, weil sie jemand dazu aufgefordert hatte, sondern weil sie sich dafür interessierte. Sie sprach jeden Tag, ohne Ausnahme, ihr Morgengebet. Ihrer Ansicht nach war sie trotz ihrer nicht religiösen Erziehung gläubig. Aber sie wusste, dass es ihr Vater nicht war. Er hatte nie mit ihr über Religion gesprochen. Alles, was sie gelernt hatte, stammte entweder direkt aus dem Koran oder von ihren Nachbarn, Ahmed und Rania, die praktizierende Muslime waren.

»Na ja, das muss er auch nicht unbedingt, wenn er nicht möchte. Es zwingt ihn hier wahrlich niemand dazu«, sagte Myra und trank einen Schluck von ihrem Kaffee. »Und nein, ich werde kein Kopftuch tragen. Meine Mutter tut es auch nicht, und wir sind trotzdem gute Menschen, oder etwa nicht?«

Adeena nickte und aß weiter. Sie hätte nichts zu Myra sagen sollen. Sie wusste schließlich, dass sie nicht religiös war. Oder vielleicht war ja genau das der Grund, warum sie sie gefragt hatte. Vielleicht hatte sie gewollt, dass ihr jemand riet, kein Kopftuch zu tragen. Dies war einer der seltenen Momente in Adeenas Leben, in denen sie wünschte, sie hätte eine Mutter, mit der sie reden konnte. Sie wäre gewiss in der Lage gewesen, sie bei einem Thema wie diesem hier zu beraten.

»Hallo, Dad«, rief Adeena vom Sofa aus, wo sie in einem neuen Buch gelesen hatte.

Ihr Vater wirkte erschöpft, als er die Wohnungstür hinter sich schloss.

»Hallo, Habibti. Wie war dein Tag?«, fragte er, setzte sich zu ihr auf das Sofa und schleuderte seine Schuhe von den Füßen. Er roch nach einer Mischung aus Holz und Schweiß.

»Er war gut. Ich habe schon alle meine Hausaufgaben gemacht und das Wochenende ausnahmsweise einmal frei«, sagte Adeena.

Ihr Vater lehnte den Kopf an die Rückenlehne des Sofas, und sogleich fielen ihm die Augen zu.

»Gut, gut«, murmelte er.

»Dad, willst du nicht erst duschen und essen, bevor du einschläfst?«, fragte sie und schüttelte ihn leicht.

Er setzte sich gerader hin. »Ja, ja. Ich bin wach, ich werde jetzt duschen.«

Als er das Zimmer verließ, fragte ihn Adeena, wie sein Tag gewesen war.

»Er war in Ordnung«, erwiderte er wie jeden Tag und ging ins Badezimmer. Sie wusste, dass sein derzeitiger Job der schlimmste bisher war. Er arbeitete für einen Bauunternehmer, aber da er nur Hilfsarbeiter ohne Ausbildung war, erledigte er all die schweren Arbeiten, die kein anderer machen wollte. Mit erst einundvierzig Jahren sah ihr Vater bereits wie ein alter Mann aus. Ein alter, erschöpfter Mann. Deshalb war Adeena entschlossener denn je, ihr Abitur mit Bestnoten zu bestehen. Sie hatte vor, zu studieren und Ingenieurin zu werden. Das würde nur vier Jahre dauern. Sie könnte sich einen Teilzeitjob suchen und hätte immer noch genug Zeit für ihr Studium. Dann würde sie ihren Vater davon überzeugen, sich auch einen Teilzeitjob zu suchen und mehr auszuruhen. Wenn Adeena erst ihren Abschluss in der Tasche und eine Anstellung gefunden hatte, könnte er ganz aufhören zu arbeiten und das Leben genießen.

Als ihr Vater aus dem Badezimmer kam, war sein graues Haar nass, sodass es dunkler wirkte und ihn frischer aussehen ließ. Sie hatte aufgewärmte Nudeln und ein Glas Saft für ihn vorbereitet. Obwohl sie bereits gegessen hatte, setzte sie sich neben ihn. Er küsste ihre Hand, bevor er zu essen begann. »Vielen Dank, meine kleine Adeena«, sagte er.

Sie sah ihm eine Weile beim Essen zu, fragte sich, ob sie ihn einfach wegen des Kopftuchs ansprechen sollte. Sie glaubte seine Antwort zwar zu kennen, aber sie konnte sich auch irren. Adeena holte tief Luft und beschloss, es zu versuchen.

»Sag mal, Dad, was würdest du davon halten, wenn ich ein Kopftuch trage?«, fragte sie, ohne ihn dabei anzusehen.

Ihr Vater sagte erst einmal kein Wort. Adeena blickte zu ihm auf und sah, dass er immer noch kaute, daher wartete sie ab. Er trank einen Schluck Saft und stellte das Glas vorsichtig wieder ab.

»Ist das denn dein Wunsch?«

»Ich denke darüber nach.«

»Dann würde ich sagen Nein, ich finde nicht, dass du es tragen solltest. Es besteht keine Notwendigkeit, Adeena. Du bist nicht verheiratet, ich bin nicht gläubig. Sei einfach so wie alle anderen in diesem Land, sei frei.«

Adeena spürte zu ihrer Überraschung ein Brennen in ihrem Magen. »Ich wäre immer noch frei, wenn ich ein Kopftuch tragen würde«, entgegnete sie. »Es ist ja kein Kontrollinstrument. Eigentlich ermöglicht es sogar mehr Freiheit, denn dadurch können Frauen Allah näher sein.«

»Glaubst du wirklich, dass du in diesem Land freier sein würdest, wenn du ein Kopftuch trägst? Warum willst du dir das antun, Adeena? Du wirst hier nicht besser hinpassen, wenn du eins trägst«, sagte er, und obwohl Adeena so viele Argumente dafür hatte, welch ein Reiz der Vorstellung innewohnte, dass Frauen bescheiden blieben und wie wichtig es war, ein Vorbild für jüngere Muslime zu sein, blieb sie stumm. Ihr Vater hatte wirklich seinen Glauben verloren. Oder vielleicht hatte er ihn auch überhaupt nie besessen. Er hatte ihr zwar als sie fünf war eine Ausgabe des Korans geschenkt, aber die hatte ihrer Mutter gehört.

»Hat meine Mutter ein Kopftuch getragen?«

Ihr Vater erstarrte auf seinem Stuhl. Adeena vermochte beinahe die Anspannung zu spüren, die von ihm ausging. »Du weißt doch, dass sie das nicht getan hat«, erwiderte er.

»Nein, das weiß ich nicht. Du hast mir nie etwas über sie erzählt.« Adeena hatte keine Ahnung, was über sie gekommen war, aber mit einem Mal war sie zornig. »Du hast mir bloß gesagt, dass sie krank war und gestorben ist. Aber wo war ihre Familie? Wo sind die Fotos?«

Adeena musste sich offen eingestehen, dass sie eigentlich selten über ihre Mutter nachdachte. Sie war sich nicht sicher, warum, aber ihr Vater hatte ihr immer genügt. Als Myra sie einmal danach gefragt hatte, waren sie beide zu dem Schluss gelangt, dass Adeenas Gefühlsarmut wohl dadurch bedingt war, dass sie nie ein Foto ihrer Mutter gesehen hatte und man niemanden vermissen kann, von dem man nicht einmal weiß, wie er aussah.

»Wieso fragst du jetzt danach? Siebzehn Jahre lang nichts – warum jetzt?« Ihr Vater schob seinen noch halb vollen Teller mit den Nudeln weg und stürmte ins Wohnzimmer, wo er sich auf das abgenutzte Sofa fallen ließ.

Adeena folgte ihm, blieb aber stehen. »Genau! Siebzehn Jahre lang nichts. Du hast mir nie etwas über sie erzählt, Dad. Wie alt war meine Mutter, als sie starb? Wo ist sie gestorben? Wo wurde sie begraben?« Ihre eigene Stimme klang in Adeenas Ohren fremd, hoch und hysterisch.

»Hör auf, Adeena. Du willst die Antworten darauf nicht wissen. Hör einfach auf.«

Und da war sie. In diesem Moment hatte die Angst, die Adeena schon immer als Hintergedanken mit sich herumgeschleppt hatte – ohne sich zu offenbaren und dennoch immer da –, ihren großen Auftritt. Ihre Mutter war gar nicht tot. Es war eine Lüge gewesen.

»Wie ist meine Mutter gestorben?«, wiederholte sie und starrte ihren Vater wütend an.

Er schüttelte traurig den Kopf. »Ich weiß nicht, warum du das jetzt fragst. Aber ich werde es dir sagen. Doch setze dich bitte erst einmal hin, Adeena.« Er tätschelte den Platz neben sich auf dem Sofa.

»Nein«, erwiderte sie.

Ihr Vater stieß einen lauten Seufzer aus und schloss die Augen. Sie blieben geschlossen, während er sprach. »Deine Mutter ist nicht gestorben. Nach deiner Geburt hat sie sich verändert. Sie hat die ganze Zeit geweint und mir immer wieder gesagt, dass sie mich nicht liebt. Ich dachte, es sei nur ihre Art, auf die neue Situation zu reagieren. Aber als du eine Woche alt warst, wurde ich morgens von deinem Weinen geweckt, und sie war fort. Und sie hatte all ihre Kleidung mitgenommen. Ich habe wochenlang herumgefragt und nach ihr gesucht, aber es gab keine Spur von ihr, und da habe ich aufgegeben. Ich habe unsere Sachen gepackt, und wir sind von der Stadt in unser Dorf gezogen, wo uns niemand kannte und wir neu anfangen konnten.« Seine Stimme zitterte.

Adeena starrte ihn an, war sich sicher, dass er jeden Moment anfangen würde zu lachen und alles nur ein Scherz war. Doch sie wusste, dass es sich nicht so verhielt. Tief in ihrem Inneren hatte sie die Wahrheit schon immer gewusst. In ihren Ohren dröhnte es, und es kam ihr so vor, als ob das Zimmer schrumpfen würde. Sie registrierte, dass ihr Vater mit ihr redete, doch sie vermochte ihn nicht zu hören. Sie spürte, wie er sie packte und zum Sofa führte. Sie legte sich hin, zog die Knie an die Brust, und er setzte sich neben sie auf den Boden, sodass sich ihre Gesichter ganz nahe waren.

»Es tut mir leid, dass ich dich angelogen habe«, sagte er. Aber Adeena war ihm nicht böse. Es war gütig von ihm gewesen, sie anzulügen. Was für ein Ungeheuer sagt einem kleinen Mädchen schon, dass seine Mutter es nie geliebt habe und verschwunden sei? Sie schaute ihn an, sah den Kummer und die Sorge in seinen Augen. Sie streckte die Arme aus, umarmte ihn, und sein ganzer Körper schien vor Erleichterung zu zerfließen. »Mir tut es auch leid«, sagte sie. »Du warst immer genug für mich, Dad, immer«, flüsterte sie. Nach einer Weile wich sie zurück und setzte sich auf.

Sie blieben für einige Augenblicke schweigend sitzen, ihr Vater immer noch auf dem Teppich.

»Du weißt, dass du meine Erlaubnis nicht benötigst, um ein Kopftuch zu tragen. Das ist eine Angelegenheit zwischen dir und Allah. Ich bin der Ansicht, dass das Leben hier leichter für dich sein wird, aber ich würde dich niemals davon abhalten. Ich bin stolz auf dich, Adeena. Das werde ich immer sein«, sagte er und gab ihr einen Kuss auf die Stirn.

»Danke, Dad.« Adeena war sich nicht sicher, was sie tun würde. Doch für den Moment begnügte sie sich damit, es nicht zu wissen, denn auf diese Weise hatte sie bisher recht gut leben können.

Kapitel 30

Isla

Gegenwart

Sobald Isla den Wagen geparkt hatte, erblickte sie Dee auch schon und bewunderte wieder einmal deren Haar, das selbst wenn sie stillstand nichts von seinem Schwung zu verlieren schien. Dee trug ein bezauberndes blaues Kleid mit halbem Arm und dazu schwarze Pumps. Ein Kleidungsstil, der in Islas Augen elegant, modisch und zurückhaltend zugleich war. Eine perfekte Mischung. Dee umarmte sie, als sie bei ihr angelangt war, und das freute Isla, die sich nicht getraut hatte, es von sich aus zu tun, weil sie nicht wusste, ob es angebracht war.

»Guten Morgen«, sagte sie.

»Morgen. Sollen wir gleich reingehen?«, fragte Dee, und Isla nickte. Dee hakte sich bei ihr unter und führte sie hinein, als spüre sie Islas Beklommenheit angesichts des Krankenhauses. Isla hatte am Morgen ihre Mutter angerufen und ihr von Maries Sturz erzählt und dass sie sie besuchen würde.

»Etwa im Krankenhaus?«, hatte ihre Mutter gefragt.

»Ja. Ich schaffe das, Mum. Ich möchte sie sehen. Dee und ich waren die Letzten, die mit ihr gesprochen haben, und sie hat so wundervolle Dinge zu mir gesagt. Ich möchte sie unbedingt wissen lassen, dass ich mich um sie sorge.«

Islas Mutter hatte sie ermutigt, ihr versichert, dass alles gut gehen würde und nun, da sie Dees Arm an ihrem eigenen spürte, war sich Isla dessen sicher. Sie machten sich auf den Weg in die vierte Etage und hielten Ausschau nach dem Zimmer 404. Dax hatte Isla am Morgen eine Textnachricht geschickt und ihr mitgeteilt, dass Marie in ein Privatzimmer der Neurologie verlegt worden war. Als sie es fanden, drückte Dee Islas Hand, und sie traten ein.

An Maries Bett saßen ein Mann und eine Frau. Sie hockten vornübergebeugt auf ihren Stühlen und flüsterten Marie etwas zu. Isla fürchtete, dass sie ungelegen kämen, aber nun war es zu spät. Die beiden standen auf und stellten sich als Ryan und Lily vor, Maries Sohn und Schwiegertochter. Isla und Dee schüttelten ihnen die Hände und erklärten, dass sie mit Marie befreundet seien. Erst dann sah sich Isla Marie genauer an und erschrak bei deren Anblick.

Sie wirkte so winzig und zerbrechlich in dem Bett. Ein Infusionsschlauch steckte in ihrem Arm, und sie war so weiß wie die Decke, unter der sie lag. Ihr Gesicht sah irgendwie anders aus – eine Seite hing herunter, als würde sie wegschmelzen.

»Sehr freundlich von Ihnen, dass Sie gekommen sind«, sagte Ryan. Isla war sich sicher, dass er derjenige war, der Marie gefunden hatte.

»Wir mögen Ihre Mutter sehr«, sagte Dee. »Sie ist eine außergewöhnliche Frau.«

Ryan lächelte. »Genau das haben die Leute meiner Mum ihr ganzes Leben lang über ihre eigene Mutter, Rose, gesagt. Ich schätze, der Apfel fällt nicht weit vom Stamm, nicht wahr?« Er hatte tiefe, dunkle Schatten unter den Augen. Isla fiel ein, dass sie ihnen besser etwas zu essen mitgebracht hätten. Vermutlich waren sie schon die ganze Nacht hier. Sie hegte erneut die Befürchtung, dass sie ungelegen kamen. Aber Dee setzte sich auf einen der Stühle, also war sie offensichtlich der Ansicht, dass es in Ordnung war, wenn sie blieben.

»Wie geht es ihr?«, erkundigte sich Dee.

Ryan zog den anderen leeren Stuhl heran und bedeutete Isla, Platz zu nehmen. Sie nickte ihm dankbar zu. Ryan lehnte sich an die Wand und verschränkte die Arme vor dem Bauch. Lily stand neben ihm, legte ihm die Hand auf die Schulter und neigte sich ihm zu.

»Sie ist noch nicht aufgewacht, daher wissen wir es nicht«, antwortete Ryan mit matter Stimme.

»Die arme Marie«, sagte Dee. »Wir hatten gestern einen so schönen Nachmittag mit ihr. Und dann passiert so etwas ...«

»Ich weiß, ich habe Ihre Telefonnummern auf ihrem Nachttisch gefunden. Um wie viel Uhr sind Sie denn gegangen?«

»Um kurz nach sechs«, sagte Isla. Sie war sich so sicher, weil sie noch das Ende der Nachrichten mitbekommen hatte, als sie ihren Wagen startete.

»Dann muss es kurz danach geschehen sein. Sie ist wohl vom Café herübergekommen, hat die Nummern hingelegt und ist dann direkt ins Badezimmer gegangen, wo ich sie später gefunden habe«, sagte Ryan.

Seine Frau legte ihren Arm um ihn und drückte ihren Mann an sich. Es muss tröstlich sein, einen Partner an seiner Seite zu haben, wenn man Angst hat, dachte Isla.

»Um wie viel Uhr haben Sie sie gefunden?«, fragte Dee und schüttelte ihren Kopf, als könne sie den zeitlichen Ablauf immer noch nicht begreifen.

»Kurz nach halb sieben. Dax hat mich gegen halb sechs angerufen, und da war ich schon auf dem Nachhauseweg von der Arbeit und bin direkt bei Mum vorbeigefahren. Gott sei Dank bin ich nicht erst nach Hause gefahren.«

Es war ein tröstlicher Gedanke, dass Marie nicht lange auf dem Badezimmerboden gelegen haben konnte, dachte Isla. Sie hatte so schreckliche Geschichten über alleinstehende alte Leute gehört, die man erst Tage später gefunden hatte, nachdem sie zu Hause gestürzt waren.

»Und wie lange kennen Sie Marie schon? Sie hat uns erst am Wochenende von Ihrem bevorstehenden Treffen erzählt. Sie hat sich sehr darauf gefreut.« Lily sah auch erschöpft aus, lächelte aber freundlich.

»Ich hole mir schon seit Jahren meinen Kaffee bei ihr«, antwortete Dee. »Sie hat meinen Becher immer schon bereitstehen, und es gibt ein paar freundliche Worte obendrein, um mich für meinen Arbeitstag zu motivieren. Sie ist wirklich eine liebe Freundin. Letzte Woche hat sie sogar eine Frau hinausgeworfen, weil sie sich mir gegenüber unhöflich verhalten hat!«

Sie kicherten alle. »Das klingt ganz nach Mum.« Ryan grinste. »Was ist mit Ihnen, Isla? Sind Sie schon lange mit ihr befreundet?«

»Ich habe Marie erst vor ein paar Wochen kennengelernt. Das heißt, eigentlich stimmt das gar nicht. Ich habe früher als Kind Lutscher in ihrem Laden gekauft. Ich habe nur ein paar Straßen entfernt gewohnt«, erklärte Isla.

»Wirklich?«, fragte Ryan. »Wie lange ist das her?«

»Oh, ich schätze ungefähr zwanzig Jahre oder – nein, herrje, eher dreißig Jahre. Als wir hier weggezogen sind, war ich zehn, also muss es ja davor gewesen sein.«

»Das geht ja noch. Sie sind nicht so alt wie wir«, sagte Ryan, und Lily versetzte ihm einen spielerischen Stoß mit dem Ellbogen. »Oder so alt wie ich, sollte ich wohl besser sagen. Vor rund dreißig

Jahren dürfte ich gerade von zu Hause ausgezogen sein, weil ich mein Studium begonnen habe. Aber die Welt ist schon klein. Hat Mum sich an Sie erinnert?«

Isla schüttelte den Kopf. »Aber sie ist so nett zu mir gewesen. Bei ihr habe ich das beste getoastete Sandwich meines Lebens bekommen.« Ryan und Lily lachten. »Und schon bei meinem zweiten Besuch im Café hatte sie sich meine Kaffeebestellung gemerkt. Ich war jahrelang Kundin im selben Coffeeshop und die haben das kein einziges Mal geschafft.«

»Ja, Marie hat so eine ganz besondere Art, mit Menschen umzugehen. Deshalb lieben sie all ihre Gäste und Kunden so sehr«, meinte Lily. Isla verspürte das Bedürfnis, ihnen zu erklären, dass sie mehr als ein Gast oder Kunde war, denn Marie war der erste Mensch, dem sie sich geöffnet hatte. Sie war ihre Freundin.

»Wir haben schnell Freundschaft geschlossen«, sagte Isla und kam sich dabei ein wenig pathetisch vor.

»Nun, es war wirklich sehr nett von Ihnen beiden, dass Sie hergekommen sind, um sie zu besuchen. Die Ärzte können uns nicht sagen, ob sie weiß, dass wir hier sind, aber ich bin mir sicher, dass sie es spürt«, sagte Ryan, mit zunehmend zittriger Stimme.

Dee stand auf, beugte sich über das Bett und nahm Maries Hand. »Ruh dich nur gut aus, Marie. Du hast es dir verdient«, sagte sie und gab Marie einen Kuss auf die Wange. »Wir kommen dich bald wieder besuchen, und wenn du wach bist, bringen wir Kuchen mit.« Dee trat zur Seite und machte Platz für Isla.

Isla war ein bisschen verlegen, aber auch sie nahm Maries Hand, die sich warm und einladend anfühlte, ganz so, als hielte auch sie die ihre. »Werde wieder gesund, Marie. Es hat gutgetan, gestern mit dir zu reden.« Sie beugte sich zu Maries Ohr hinab und flüsterte: »Danke, dass du mich verstanden hast.«

Marie rührte sich nicht. Isla und Dee bedankten sich bei Ryan und Lily, dass sie Marie besuchen durften.

»Nein, wir haben zu danken, dass Sie gekommen sind. Das wird Mum viel bedeuten. Ich werde Dax auf dem Laufenden halten, und er wird es sicher an Sie weitergeben«, sagte Ryan.

»Und kommen Sie gern jederzeit wieder vorbei. Marie hat gern Menschen um sich – je mehr ihrer Lieben da sind, desto besser, vermute ich«, fügte Lily hinzu und lächelte Isla dabei an.

Die erwiderte ihr Lächeln, hob zum Abschied die Hand und folgte Dee aus dem Zimmer. Auf dem Weg zum Aufzug schritten sie nebeneinander über den Flur.

»Die arme Marie«, sagte Dee wieder.

»Ja, es ist schrecklich. Auch wenn ich weiß, dass sie ein langes Leben gehabt hat, aber trotzdem fühlt es sich ganz falsch an, sie so zu sehen.«

»Es ist auch falsch. Es wäre besser für sie gewesen, wenn es schnell gegangen wäre, finde ich. Das wäre natürlich auch furchtbar gewesen, aber ich wette, das wäre ihr Wunsch gewesen. Sie ist immer mit irgendetwas beschäftigt, andauernd in Bewegung. Wenn sie nach diesem Schlaganfall erwachen sollte und sich nicht mehr bewegen kann, dann wäre das schlimmer als der Tod.«

Isla betrachtete Dee aufmerksam. Da war so viel Emotion in ihrer Stimme, Isla glaubte nicht, dass es dabei nur um Marie ging.

»Kennst du jemanden, der einen Schlaganfall hatte?«

Dee nickte. »Meine Schwiegermutter. Es war ein sehr schwerer. Vor zwei Jahren. Sie hat danach ein ganzes Jahr im Bett verbracht, konnte sich nicht bewegen und wurde durch eine Nasensonde ernährt. Es war … sehr traurig. Ich hoffe sehr, dass Marie etwas Vergleichbares erspart bleiben wird.«

Isla war sich nicht sicher, worauf sie selbst hoffte. Vielleicht wäre es wirklich besser, wenn Marie bald friedlich einschliefe, ohne noch einmal das Bewusstsein zu erlangen.

Als sie am Ausgang ankamen, drehte sich Dee zu ihr um. »Du hast dich da drin gut geschlagen, Isla. Es kann nicht leicht für dich gewesen sein, in ein ... Nun, was ich sagen will ist, ich finde deine Stärke inspirierend.«

Das machte Isla schon ein bisschen stolz. Ein solches Kompliment von einer so beeindruckenden Frau wie Dee fühlte sich gut an. Und ehrlich gesagt, war Isla selbst auch stolz auf sich. Lediglich Erinnerungsschnipsel waren in ihr hochgekommen, und sie hatte diese sogleich abgeblockt, ohne den geringsten Zweifel zu empfinden, dass sie die Fassung bewahren würde.

»Danke, Dee, das bedeutet mir sehr viel. Ich bin froh, dass wir Marie besucht haben. Wenn ich irgendetwas höre, melde ich mich bei dir. Sonst sehen wir uns am Samstag beim Tag der offenen Tür, schätze ich?«

Isla hätte sich wirklich gern vorher noch einmal mit Dee getroffen, kam sich aber albern vor, etwas in der Richtung vorzuschlagen, da sie erst gestern zusammen Kaffee getrunken hatten.

»Ja, bitte sag mir Bescheid, wenn du etwas hörst. Aber hey, hättest du nicht vielleicht Lust, diese Woche zu uns zum Essen zu kommen? Mein Mann, Oliver, würde dich gern kennenlernen, und er ist ein toller Koch. Also, wir würden uns wirklich freuen, wenn du Zeit hättest.«

Isla hätte beinahe laut gelacht. Abgesehen von den Essen mit ihren Eltern und einem gelegentlichen netten Abend mit Arbeitskollegen hatte sie fast dreizehn Jahre lang jeden Abend allein zu Hause gegessen.

»Sehr gern. Wie wäre es mit Donnerstag, wenn das bei euch passt?«

»Perfekt! Ich werde dir unsere Adresse simsen. Ist sieben Uhr okay?«

»Klingt gut. Bis dann.« Isla gab Dee einen Kuss auf die Wange und ging zu ihrem Wagen zurück. Sie summte vor sich hin, als sie den Schlüssel umdrehte, und dachte darüber nach, wie gut es sich anfühlte, irgendwo eingeladen zu werden. Sie wusste, dass ihre Einsamkeit selbst gewählt war. Sie hatte nie sehr viele Freunde gehabt, aber ein paar durchaus. Und es hatte Nat gegeben, die so viele Jahre lang hartnäckig versucht hatte, den Kontakt zu ihr zu halten, sogar jetzt noch immer zu jedem von Mattys Geburtstagen und zu anderen Anlässen Karten schickte. Nat war eine bessere Freundin, als sie es verdient hatte. Aber obwohl Isla sie immer noch liebte und oft an sie dachte, war es dennoch zu schmerzhaft für sie gewesen, sich weiter mit ihr zu treffen. Denn sie sah dann immer das alberne Lächeln auf Nats Gesicht in jener Nacht vor sich, als sie ihr zugewinkt hatte.

Inzwischen waren zehn Jahre vergangen, seit sie sie das letzte Mal gesehen hatte. Vielleicht hatte der Schmerz inzwischen nachgelassen. Isla schwor sich im Stillen, sie irgendwann anzurufen und ihr wenigstens dafür zu danken, dass sie sie nie abgeschrieben hatte. Sie trat auf die Bremse, als der Verkehr auf der Autobahn zum Stehen kam, wählte eine Playlist aus und entschied sich für einen Song, den sie sich schon sehr lange nicht mehr angehört hatte: *Where is the Love?* von den Black Eyed Peas, ein Song, den Nat und sie sich oft gemeinsam angehört hatten. Sie bekam dabei Gänsehaut, und mit einem Mal verspürte sie Dankbarkeit – für die alte Freundschaft, die ihr das Leben gerettet hatte, und für die neue Freundschaft mit Dee, die ihr zeigte, wie sie wieder leben wollte.

Kapitel 31

Marie

Gegenwart

Marie vernahm ein leises, beständiges, summendes Geräusch, das sie verrückt machte. *Was ist das bloß?*, fragte sie sich, doch sie war zu müde, um die Augen zu öffnen. Vermutlich der Kühlschrank. Doch jetzt vernahm sie auch noch ein Piepen – und Schritte. Da wurde ihr klar, dass sie nicht zu Hause war. Sie wollte unbedingt die Augen öffnen, war jedoch so erschöpft, dass es ihr nicht gelang. *Aber wo bin ich nur?*, fragte sie sich. *Habe ich mich vielleicht verlaufen?* Sie hatte sich noch nie verlaufen. Ob sie den Weg nach Hause finden würde? Natürlich würde sie das! Wenn sie bloß ihre Augen öffnen könnte, um zu sehen, wo sie war, und jemanden nach dem Weg zu fragen. Aber nein, ihre Lider waren einfach zu schwer. Vielleicht sollte sie noch ein wenig weiterschlafen, um später, wenn sie richtig wach war und die Augen öffnete, nach dem Weg zu fragen.

1956

Sollte ich stolpern, sagte sich Marie, *dann schließe ich einfach die Augen und tue so, als wäre ich ohnmächtig geworden. Viele Bräute werden ohnmächtig.* Während sie am Eingang der Kirche stand, staunte sie darüber, wie lang der Mittelgang plötzlich wirkte. Dabei war sie ihn tausendmal hinuntergegangen. War ihn früher mit Lucas hinuntergerannt, wann immer sie der Obhut ihrer Mutter hatten entkommen können. Aber nun, als sie hier stand und Samuel am anderen Ende auf sie wartete, kam er ihr schier endlos vor. Die Orgel begann, den Hochzeitsmarsch zu spielen, und Marie setzte sich wie auf Kommando in Bewegung, hoffte, dass ihr Hochzeitskleid ihre zitternden Beine zur Genüge verbarg. Sie warf verstohlene Blicke auf die Leute in den ersten Reihen. Samuel hatte eine große Familie, daher waren mehr Menschen zu ihrer Hochzeit gekommen, als Marie sich jemals vorgestellt hatte. Ihre Mutter saß in der ersten Reihe und strahlte sie an, als sie näher kam. Marie fand, dass Rose bezaubernd aussah. Sie trug ein zartrosafarbenes Kleid, das sie sich genäht hatte, als Marie und Samuel ihre Verlobung bekannt gegeben hatten. Therese saß neben ihr mit einer Handvoll weiterer Freunde. Marie lächelte ihnen mit zittrigen Lippen zu. Rose streckte die Hand aus und drückte Marie sanft den Arm, als sie an ihr vorbeiging. Samuel stand aufrecht da und grinste, als Marie endlich neben ihn trat. Nun, da sie ihm so nahe war, legte sich ihre Aufregung. Das Lächeln seiner blauen Augen übertraf sein breites Grinsen noch, und Marie erwiderte es unter ihrem Schleier.

Auf die Bitte des Priesters hin fassten sie sich an den Händen, und alle anderen nahmen Platz. Der Gottesdienst entpuppte sich nach ihrem großen Auftritt als Enttäuschung, wie Marie fand. Er war im Grunde wie jede andere Messe, bloß dass hin und wieder Samuels Name und ihr eigener fielen. Selbst das Ehegelübde kam ihr ziemlich gewöhnlich vor. Doch als der Priester verkündete, dass Samuel sie nun küssen dürfe, stellte Marie fest, dass ihre Lippen wieder zitterten, als er ihren Schleier hob, einen Arm um ihre

Taille legte, sie an sich zog und ihr einen sanften Kuss gab. Der Priester räusperte sich, und Marie und Samuel drehten sich zur klatschenden Gemeinde um. Dann schritten sie Arm in Arm den Gang hinunter, der dieses Mal so viel kürzer zu sein schien. Als sie draußen angekommen waren, zog Samuel Marie eng an sich und flüsterte: »Du siehst wunderschön aus.« Dieses Mal küsste er sie weniger sanft, und Marie wünschte, dass sie den Hochzeitsempfang überspringen könnten.

»Das reicht, ihr beiden«, erklang Thereses Stimme, und Marie und Samuel wichen kleinlaut zurück, als sie bemerkten, dass die meisten ihrer Freunde und Familienmitglieder bereits draußen standen und sie beobachteten. Sie ließen ihre Hände los und küssten und umarmten alle. Ihre Mutter umarmte Marie besonders lange.

»Du bist so wunderschön, Marie. Und Samuel ist der Richtige. Ich bin froh, dass du gewartet hast«, sagte Rose, die ihren Arm um Maries Taille gelegt hatte, während sie zusahen, wie Samuel die Hand eines Onkels schüttelte.

»Danke, Mum, das ist er in der Tat. Ich wünschte nur, ich wäre ihm früher begegnet.«

Sie war neunundzwanzig gewesen, als ihr Samuel bei ihrer Arbeit in der Vermittlungsstelle über den Weg lief. Er hatte den Auftrag gehabt, einige Geräte zu reparieren, und sie gleich gefragt, ob sie Lust hätte, noch am selben Abend mit ihm ins Kino zu gehen. Es hatte nicht lange gedauert, bis ihr klar wurde, wie sehr sie ihn mochte. Ganz besonders, nachdem sie herausfand, dass er ein begeisterter Reiter war und schon immer einmal auf Skiern hatte stehen wollen. Als sie ihm erzählte, dass sie im Winter einen Skiurlaub plane, hatte er ihr forsch vorgeschlagen, sie zu begleiten. Und er hatte es tatsächlich getan: Drei Monate später waren sie nach Thredbo gereist, um ihre Verlobung zu feiern. Sie hatten Skifahren gelernt und waren über Tage hinweg ständig in den Schnee gestürzt. In dieser Zeit hatte Marie entdeckt, dass Samuel zuerst mit den Augen lächelte. Und sie wusste ohne jeden Zweifel, dass sie mit diesem Mann für den Rest ihres Lebens glücklich sein würde.

»Du bist ihm genau in dem Moment begegnet, in dem du ihm begegnen solltest«, erklärte Rose.

Marie war sich sicher, dass sie unmöglich noch dicker werden konnte. Sie ließ sich in dem Lehnsessel nieder, den Samuel ihr gekauft hatte, als sie erfahren hatte, dass sie schwanger war. Mit Roses Erlaubnis hatten sie ihn in die Ecke des kleinen Wohnzimmers neben der Küche gestellt. Dort hatte immer schon ein kleines Sofa gestanden, doch selbst als Kinder hatten sie dieses Zimmer nie genutzt, sondern es vorgezogen, sich entweder in der Küche oder in dem Wohnzimmer an der Vorderseite des Hauses aufzuhalten, wo der Radioapparat stand. Aber als Marie an dem Verstellgriff zog, die Lehne nach hinten klappte und sich ihre Füße hoben, da bewunderte sie mit einem Mal, wie das Zimmer von Licht durchflutet wurde. Vielleicht würde sie es umgestalten und als richtiges Wohnzimmer nutzen, um dort Gäste zu empfangen. Sie legte den Kopf zurück und schloss die Augen.

»Das sieht aber bequem aus.«

Marie öffnete die Augen und lächelte ihre Mutter an, die ins Zimmer gekommen war und sich auf dem kleinen Sofa niedergelassen hatte. Marie fiel auf, dass sich ihre Mutter viel öfter hinsetzte als früher. Sie hatte jemanden eingestellt, der sich um den Laden kümmerte, eine schrullige alte Jungfer namens Betty, die sie alle liebten. Rose arbeitete zwar immer noch im Laden, aber hauptsächlich, um einzelne Kundinnen zu bedienen und mit ihrer Stammkundschaft zu plaudern. Sie stand nicht mehr früh auf, um die Bestellungen entgegenzunehmen und erledigte auch nicht mehr das Auffüllen der Regale oder das Putzen. Marie war erleichtert, dass ihre Mutter es im Alter endlich ruhiger angehen ließ. Sie hatte allerdings die Befürchtung, dass es zu ruhig werden könnte. Rose hatte immer betont, wie wichtig es sei, im Alter nicht die Hände in den Schoß zu legen.

»Der Sessel ist ausgesprochen bequem. Möchtest du es einmal versuchen?«, erkundigte sich Marie, wobei sie insgeheim hoffte, dass ihre Mutter ablehnen würde. Sie wollte sich ungern wieder aus dem Sessel hinausmanövrieren.

»Großer Gott, Marie, deine Füße sind auf die Größe von Wassermelonen angeschwollen. Leg sie weiter hoch.«

Marie lachte. »Ehrlich gesagt, komme ich mir vor, als hätte ich inzwischen die Größe eines Wals angenommen.«

Rose stimmte in ihr Lachen ein. »Das sind nur Wasseransammlungen. Spätestens zwei Wochen nach der Geburt sind sie wieder verschwunden. Allerdings werden deine Knöchel erst noch schlimmer werden. Nachdem ich Lucas bekommen habe, sind sie drei Tage lang dreimal so groß geworden.« Rose lächelte bei der Erinnerung daran. Auch das war Marie aufgefallen: Ihre Mutter hatte nun immer öfter ein Lächeln im Gesicht, wenn sie über Lucas sprach. Samuel hatte das Gefühl, Lucas durch die Erzählungen von Marie und Rose kennengelernt zu haben, und er hatte eine hohe Meinung von ihm.

»Nun, hoffentlich muss ich nicht mehr so lange warten, bis ich mich von diesem Elefanten zurückverwandelt habe«, erwiderte Marie und nahm eine etwas andere Sitzposition ein. »Wenn es nach mir ginge, könnte das Kind heute kommen.«

Marie fühlte sich so unwohl wie noch nie zuvor in ihrem Leben. Sie hatte seit Wochen nicht mehr länger als ein paar Stunden am Stück geschlafen und sogar Schwierigkeiten, auf der Toilette zu sitzen. Sie hoffte inständig, dass dieses Kind sehr bald zur Welt käme. Sie hatte sogar vorhin in ihren Bauch gepikst und ihm genau das gesagt.

»Ich glaube, es wird noch ein paar Tage dauern, mein Schatz. Dein Bauch hat sich noch nicht genug gesenkt«, erwiderte Rose und lächelte dabei verständnisvoll. Wie viel weiter konnte sich ihr Bauch denn noch senken?, fragte sich Marie. Es kam ihr jetzt schon so vor, als würde sie einen Eimer Blei zwischen ihren Beinen tragen. Da war gewiss kein Platz mehr, um sich weiter zu senken. Sie veränderte ihre Sitzposition im Sessel erneut.

»Möchtest du eine Wärmflasche haben?«, fragte Rose. »Wenn du sie dir in den Rücken legst, hilft sie dir vielleicht dabei, ein bisschen zu schlafen.« Rose war bereits auf den Beinen, um sie zu holen.

»Danke, Mum«, rief ihr Marie hinterher. Sie bewegte ihre Hüften ein bisschen, versuchte erneut, eine bequeme Position zu finden. Sie dachte darüber nach, welch ein Glück sie und Samuel mit dieser Wohnsituation hatten. Nach ihrer Hochzeit hatten sie ursprünglich eine Wohnung in der Nähe der Stadtmitte mieten wollen. Samuel arbeitete als Techniker in ganz Sydney, doch das Gros seiner Arbeit erfolgte im Zentrum. Doch Rose hatte darauf bestanden, dass sie bei ihr wohnten. »Was glaubst du, weshalb ich mein Leben lang so hart gearbeitet habe? Um mitanzusehen, wie du in einer winzigen Wohnung lebst? Wohnt hier. Ihr könnt mein Schlafzimmer haben, und ich ziehe in Lucas' altes Zimmer. Dann bin ich auf der Rückseite des Hauses und komme euch nicht in die Quere. Aus deinem alten Zimmer könnt ihr – irgendwann einmal – ein Kinderzimmer machen«, hatte sie mit einem Funkeln in den Augen hinzugefügt.

Samuel hatte Gefallen an der Idee gefunden und sich bei Rose für diesen Anfang bedankt. Doch Marie hatte gezögert. Wollte sie wirklich, dass ihr Ehebett im alten Schlafzimmer ihrer Mutter stand? Sie hatte sich nicht wohl bei der Vorstellung gefühlt, sogar noch, nachdem Samuel sie überredet hatte, es immerhin zu versuchen. Daher war es eine große Erleichterung, dass diese Wohnsituation so wunderbar funktionierte. Ihre Mutter und sie wechselten sich mit dem Kochen und dem Wäschewaschen ab. Samuel kümmerte sich um den Garten, spülte sogar jeden Abend die Stufen zum Laden mit Wasser ab und putzte zudem jedes Wochenende die Fenster dort. Rose hatte Wort gehalten und zog sich jeden Abend nach dem gemeinsamen Essen in ihr Zimmer zurück. Sie kamen alle gut miteinander aus, und nun, da Marie kurz vor der Niederkunft stand, war sie dankbar, die Hilfe ihrer Mutter zu haben.

Rose kam mit der heißen Wärmflasche in den Händen zurück. Es war dieselbe, die Rose im Winter immer ans Ende des Bettes gelegt hatte, damit die Füße warm blieben. Marie erinnerte sich gern an diese Nächte, in denen Lucas und sie sich rechts und links an ihre Mutter gekuschelt hatten und jede Nacht bei ihr schliefen, bis sie dafür zu groß wurden und es zu eng war.

»Hier, bitte, beug dich nach vorn«, sagte Rose und legte ihr die Wärmflasche in den Rücken. Es war in der Tat sehr wohltuend, dachte Marie, als sie sich drauflegte. Sie seufzte vor Erleichterung über dieses plötzliche behagliche Gefühl.

»Danke, Mum. Ich habe so ein Glück, dass du dich um mich kümmerst.«

Rose winkte ab. »Hör auf damit! Als Mutter tut man so etwas«, erwiderte sie und nahm wieder Platz.

»Nein, ich muss dir danken. Ich bin dreißig Jahre alt. Das hier gehört wirklich nicht mehr zu deiner Aufgabenbeschreibung.« Marie lachte, fuhr dann aber fort. »Ich weiß, dass ich nicht immer den Eindruck erweckt habe, als ob ich dir dankbar bin für all das, was du für mich tust, aber ich hoffe, du weißt, dass ich es bin. Das gilt auch für Samuel.«

Rose nickte. »Nun, es ist mir eine Freude. Es gibt nichts Wichtigeres als Familie.«

»Ich weiß«, erwiderte Marie. Das hatte ihr ihre Mutter über die Jahre immer wieder gesagt. »Wenn du älter bist, revanchiere ich mich, das weißt du hoffentlich, nicht wahr?«, sagte Marie. »Ich werde mich um dich kümmern, wenn du mich brauchst.«

»Herrje, meinst du, ich gehöre schon bald zum alten Eisen?«, erwiderte Rose lachend.

»Du weißt, was ich meine«, stellte Marie klar.

»Das weiß ich in der Tat, und ich danke dir. Das hier wird immer mein Zuhause sein. Und danach wird es dir gehören. Vergiss nie: Hier ist alles möglich.«

»In der Maher Street 33«, stimmte Marie mit ein und lachte bei der Erinnerung. »Das hast du schon lange nicht mehr gesagt.« Als Lucas und sie noch klein waren, hatte es ihnen ihre Mutter jeden Abend zur Schlafenszeit zugeflüstert.

»Ich weiß«, erwiderte Rose, mied Maries Blick und schaute aus dem Fenster. »Ich fürchte, ich hatte aufgehört, daran zu glauben.«

»Wie meinst du das?«

Rose lehnte sich ein wenig auf dem Sofa zurück und stieß einen Seufzer aus. »Dieser Ort hier war viele Jahre lang so erstaunlich für mich. Wusstest du, dass ich mich manchmal tatsächlich gekniffen habe, um sicherzustellen, dass ich nicht träumte? Dass ich tatsächlich überlebt und dieses Haus und den Laden gekauft habe? Als ich heranwuchs, hatten wir nichts, Marie, nicht einmal genug zu essen. Und dann ist dein Vater gestorben, und ich stand wieder mit nichts da. Hatte keine Ahnung, wie ich dich und Lucas durchfüttern sollte. Aber ich habe es geschafft, und es kommt mir immer noch wie ein Wunder vor.«

Marie kannte die Geschichte der schwierigen, armen Kindheit ihrer Mutter. Und Kundinnen und Nachbarn hatten ihr oft genug versichert, wie erstaunlich ihre Mutter war. Doch sie hatte es noch nie aus deren eigenem Mund vernommen, wie sie es erlebt hatte.

»Und es war auch ein Wunder, Mum. Ein Wunder, das du vollbracht hast«, sagte Marie und deutete mit den Händen um sich, schloss das ganze Haus mit ein. »Du hast all das hier allein geschaffen, und das mit zwei Kindern! Wie kann das kein Wunder sein? Ich komme kaum allein auf die Toilette!«

Rose legte den Kopf in den Nacken und lachte.

»Wieso hast du aufgehört, es zu sagen, Mum?«, fragte Marie.

Rose schüttelte den Kopf. »Es hat einfach über die Jahre hinweg seinen Zauber verloren. Aus dem Laden wurde die Arbeit. Du und Lucas, ihr seid älter geworden, hattet beide euer eigenes Leben, und das hier war irgendwann … nur ein Haus. Und dann war Lucas fort … Vermutlich habe ich aufgehört, daran zu glauben.«

»Das wusste ich nicht, Mum. Das tut mir leid«, sagte Marie und kam sich wie die selbstsüchtigste Tochter der Welt vor.

»Ach, es muss dir nicht leidtun, mein Schatz. Ich könnte nicht stolzer auf dich sein. Und auf Lucas. Er war ein feiner junger Mann, und er wäre auch im Alter dieser feine Mensch geblieben. Ich hoffe, dass das zum Teil mir und diesem Zuhause geschuldet ist.«

»Gewiss ist es das. Du hast uns alles gegeben. Im Vergleich zu unseren Freunden hatten wir immer so viel. Und damit meine ich nicht nur Geld. Du warst immer da.«

Rose nickte. Ihre Augen glänzten. »Ich freue mich, dass du das so siehst.«

»Und meiner Meinung nach ist in der Maher Street 33 immer noch alles möglich, und das wird auch so bleiben«, fuhr Marie fort. »Denk doch nur an die Leute, die jeden Tag im Laden ein- und ausgehen. Sieh dir doch uns drei an, wie glücklich wir hier gelebt haben.« Marie rieb ihren Bauch. »Und schau nur, was noch kommt«, fügte sie hinzu. »Also bitte, Mum, höre nicht auf, an Wunder zu glauben, ja?«

Rose lächelte. »Na schön.« Sie stand auf und drückte Marie einen Kuss auf die Stirn. »Versuche jetzt, ein kleines Nickerchen zu machen. Ich werde kurz nach Betty sehen – sie verplappert sich gern einmal und vergisst darüber, die Regale aufzufüllen«, lachte Rose. Als sie das Zimmer verließ, blieb sie im Türrahmen stehen, drehte sich um und sah Marie an. »Weißt du, das Beste, was ich im Leben getan habe, war, eine Familie zu gründen«, sagte sie.

Marie nickte und rieb sich den Bauch.

Kapitel 32

Marie

Gegenwart

»Was hätten Sie denn gern, meine Liebe? Apfelsaft oder Orangensaft?«, fragte die Krankenschwester, die auf Maries Sessel zugeeilt kam.

Marie mochte die junge Frau. Die anderen Schwestern gingen ihr auf die Nerven, aber diese hier, die laut ihrem Namensschild *Renee hieß,* fand sie nett.

»Apf«, brachte Marie hervor.

Renee stellte unverzüglich einen Plastikbecher mit Apfelsaft, in dem ein kleiner Strohhalm steckte, vor Marie auf den Tisch.

»Bitte sehr, ein Apfelsaft. Und wie geht es Ihnen heute?«

Marie nickte und versuchte zu lächeln. Der Blick in den Spiegel heute Morgen hatte ihr gezeigt, dass ihr Lächeln wie eine Grimasse aussah, aber Renee grinste zurück.

»Das ist prima. Sie werden im Handumdrehen hier wieder raus sein«, erklärte Renee und setzte ihren Weg fort.

Was das anging, stimmte ihr Marie zu, denn ihr Körper würde wohl kaum noch mehr verkraften. Sie beugte sich weit genug vor, um die Spitze des Strohhalms zu erreichen und saugte. Der größte Teil des Safts rann an ihrem Kinn hinunter, aber ein bisschen davon befeuchtete ihren Mund und schmeckte süß. Sie ließ den

Kopf keuchend wieder gegen den Sessel zurücksinken. Sie würde für einen kleinen Moment die Augen schließen.

»Mum?« Eine vertraute Stimme weckte sie. Marie mochte die Stimme – sie gehörte ihrem Sohn Ryan –, aber sie hatte keine Lust, die Augen zu öffnen. Sie wollte schlafen, einfach nur entschwinden.

»Mum? Ich bin's, Ryan.« Da war Furcht in seiner Stimme, und daher öffnete Marie langsam die Augen. Das Neonlicht kam ihr schrecklich hell vor, und es kostete sie Mühe, ihre Augen nicht gleich wieder zu schließen. Ryan beugte sich über sie und gab ihr einen Kuss auf die Stirn, dann zog er sich einen Stuhl heran, setzte sich ganz nah an ihr Bett und nahm ihre Hand in seine Hände. Sie genoss es, die Wärme zu spüren, die von ihnen ausging. Er war schon immer so ein fürsorglicher Junge gewesen. Darin ähnelte er ihrem Bruder Lucas. Sie wandte ihm das Gesicht zu. Aus den Tränen in seinen Augen schloss sie, dass sie so schlecht aussah, wie sie sich fühlte.

»Schön, dass du aus dem Bett heraus bist. Haben dir die Schwestern heute Morgen dabei geholfen?«

Marie nickte. Sie wusste, dass seit ihrem Schlaganfall zwei Tage vergangen waren, und der Arzt hatte ihr erklärt, wie wichtig es für sie war, zumindest für eine kleine Weile zu sitzen, da sonst die Gefahr bestand, dass sie im Liegen eine Lungenentzündung bekam. Die ganze Prozedur heute Morgen, bei der man sie erst aus dem Bett gehoben hatte, und sie dann von einer Krankenschwester mit einem feuchten Waschlappen gewaschen worden war, hatte sie mehr angestrengt, als Marie es je für möglich gehalten hätte. Und demütigend war es außerdem noch gewesen. Sie hatte immer panische Angst davor gehabt, den Verstand zu verlieren, wie ihre Mutter, aber das hier empfand sie als noch viel schlimmer. Ihr Gehirn funktionierte wie geschmiert, und dennoch befand sie sich in einem kaputten Körper. Es war nicht ihre Art, in Selbstmitleid zu zerfließen, sie hatte ein sehr gutes Leben gehabt und war reich beschenkt worden. Doch nun wünschte sie sich, dass der Schlaganfall sie getötet hätte. Sie wäre frei, würde bei Samuel und Lucas und Mum sein. Stattdessen musste sie hier mitansehen, wie sich ihre Kinder grämten.

»Mum, der Arzt hat veranlasst, dass heute eine Physiotherapeutin zu dir kommt. Sie wird dir dabei helfen, dass du deine Arme und Beine wieder etwas bewegen kannst und der Kreislauf in Schwung kommt.« Marie fühlte sich bei der bloßen Vorstellung erschöpft, nickte aber.

»Tut dir etwas weh?«

»Nee«, brachte sie heraus, wobei ihre brüchige Stimme, die sie so fremd klingen ließ, immer noch ein Schock für sie war. Der Schlaganfall hatte ihre ganze linke Seite getroffen, die sie weder bewegen noch fühlen konnte. Wenn sie sprach, hatte sie ein ganz eigenartiges Gefühl um den Mund herum, als wäre sie beim Zahnarzt gewesen und die Betäubung hatte noch nicht nachgelassen. Sie sollte dankbar sein, dass sie immer noch ein bisschen sprechen konnte, schimpfte sie mit sich.

»Hast du es bequem in dem Sessel?«

»Mmm.« Marie nickte. Er erinnerte sie ein wenig an den großen Lehnsessel in ihrem Wohnzimmer. In dem sie vermutlich nie wieder sitzen würde. Genauso wenig wie sie ihr Heim oder ihr Café jemals wiedersehen würde. Sie war gar nicht so traurig darüber, wie sie es erwartet hatte. Sie hatte sich schon vor Jahren in ihrem Testament um alle wichtigen Entscheidungen gekümmert. Dax würde das Café erhalten, und das Haus ging zu gleichen Teilen an die Kinder. Sie hatte im Testament vorgeschlagen, zunächst das Haus als Investition zu behalten und es zu einem guten Preis an Dax zu vermieteten. Er würde mit seiner Frau dort sehr glücklich sein, glaubte sie. Und dann hoffte sie, dass ihre Kinder das Haus verkaufen würden, wenn der richtige Moment gekommen war. Die Maher Street 33 hatte ihren Zweck erfüllt. Und auch wenn sie ihr Zuhause von Herzen liebte, so war es dennoch zu einem Symbol für harte Arbeit geworden. Ihre Kinder lebten anders. Sie unternahmen viel, waren in ihrer Freizeit oft unterwegs und reisten gern. Alles Dinge, die Marie selbst in jungen Jahren auch so gern getan hatte. Vielleicht hatten sie dieses Interesse ja von ihr geerbt, und sie hoffte, dass sie für immer daran festhalten würden.

»Kat? La-hey?« Marie stellte fest, dass sie den Namen ihrer jüngsten Tochter nicht aussprechen konnte. Sie hatte das Gefühl, die beiden gesehen oder ihre Stimmen gehört zu haben, als sie bewusstlos war, aber nun war sie sich da nicht mehr so sicher.

»Kat war gestern Abend hier, genau wie Lily. Lacey hat angerufen, und wir haben dir den Hörer ans Ohr gehalten, weißt du noch?« Marie nickte. »Sie hat einen Flug für den heutigen Abend gebucht und wird morgen früh ankommen«, fügte Ryan hinzu.

Gut, dachte Marie. Sie hatte Lacey schon beinahe ein Jahr nicht mehr gesehen und wollte sich auch von ihrer Jüngsten verabschieden.

»Engekin?«, fragte Marie, und Ryan blickte für einen Moment verdutzt drein, ehe er begriff, was sie meinte.

»Die Enkelkinder, ja, die waren alle hier, Mum, und sie werden auch heute Abend wiederkommen.« Marie nickte. Ryan drückte ihre Hand ein wenig fester.

»Es wird dir bald wieder besser gehen, Mum, das weiß ich«, sagte Ryan.

Und da sie es nicht ertrug, ihrem Sohn das Herz zu brechen, nickte Marie und versuchte zu lächeln.

Kapitel 33

Rose

1968

Rose ließ sich in den Lehnsessel in der Ecke des Esszimmers sinken. Es war Abend, acht Uhr, und sie hatte für heute Feierabend. Es war zwar nicht so, dass sie in letzter Zeit besonders viel tat, aber sie hatte dennoch das Bedürfnis, sich zu entspannen. Sie hatte Marie ein wenig im Laden geholfen, frisch gewaschene Wäsche wegsortiert, Karten mit den kleinen Mädchen gespielt, bevor die zwei zu Bett gingen, und bei den Vorbereitungen zum Abendessen geholfen. Nun konnte sie dasitzen und zuschauen, was seltsamerweise in letzter Zeit zu ihrer Lieblingsbeschäftigung geworden war.

»Samuel!«, rief Marie aus der Küche.

»Er ist im Wohnzimmer und sieht sich eine Nachrichtensendung an, Schatz«, rief Rose. Sie hörte Marie seufzen. Rose wusste, dass ihre Tochter müde war. Es war ein merkwürdiges Leben, das sie sich da geschaffen hatte; ein Leben, in dem sie ständig beschäftigt war – etwas, von dem sie sich geschworen hatte, dass es ihr nie so ergehen würde. Doch es schien ihr im Großen und Ganzen gut dabei zu gehen. Mit einem Lächeln auf dem Gesicht lief sie ständig geschäftig hin und her. Rose hatte nur ein einziges Mal eine Bemerkung dazu gemacht und Marie hätte ihr beinahe den Kopf abgerissen. »Na, du hast es mir doch vorgelebt. Was hast du denn erwartet?« Sie hatte sich gleich bei ihr entschuldigt, sobald die Worte aus ihrem Munde heraus waren, aber Rose war gar nicht verärgert. Das Leben, das sie ihren Kindern gegeben hatte, war so viel besser als das vieler anderer ihrer Zeit. Marie würde begreifen, dass es etwas Gutes hatte, beschäftigt zu sein. Damit ernährte man die Familie. Auch wenn sich Rose eingestehen musste, dass sie in dieser späten Phase ihres Lebens ein langsameres Tempo durchaus zu schätzen wusste. Sie kam sich vor wie eine Farmerin, die hart gearbeitet hatte, um ihre Felder zu bestellen, und nun mit der Ernte den Lohn dieser Arbeit genoss. Rose nahm eine andere Sitzposition ein und lächelte – sie kam sich ziemlich weise vor. Vielleicht sollte sie das mal aufschreiben! In diesem Moment kam Ryan in einem kuscheligen Flanellpyjama und mit einem Buch in der Hand ins Zimmer.

»Vorlesen, Grandma!« Er hielt ihr das alte Märchenbuch hin, und Rose wusste ganz genau, welche Geschichte er sich aussuchen würde: *Hänsel und Gretel.* Sie musste die Stelle, an der die Hexe die Kinder in den Ofen steckt, schön langsam vorlesen, damit er das Grauen in vollen Zügen genießen konnte. Kleine Jungs hatten Spaß daran, wenn man ihnen Angst einjagte. Lucas war auch so gewesen. Er hatte sich immer vorgestellt, dass in den Wänden Geister wohnten, die ihm etwas zuflüsterten. Rose klopfte auf ihren Schoß.

»Dann komm mal hier rauf, junger Mann.« Ryan kletterte auf Roses Schoß, und sie zuckte zusammen, als er dabei gegen ihre arthritischen Hüften stieß. Er kuschelte sich an ihre Brust, und sie atmete den Duft seines frisch gewaschenen Haares ein, als sie das Buch öffnete und sich räusperte, um für die Stimmenimitationen bereit zu sein.

»Es war einmal …«

Am Ende der Geschichte schlief Ryan, und Rose genoss es, mit ihm zu schmusen, während er ruhig und gleichmäßig atmete. Viel zu bald schon schlich sich Marie herein und trug ihn ins Bett, und Roses Schoß fühlte sich mit einem Mal kalt an. Einen Moment später war Marie wieder zurück und hielt zwei Glas Wein in den Händen.

»Ein Schlummertrunk gefällig?« Sie grinste, als wäre sie wieder ein kesser Teenager.

»Warum nicht?«, Rose nahm ein Glas entgegen. Marie zog sich einen der Esstischstühle heran, sodass sie direkt neben Rose saß.

»Gott sei Dank beginnt morgen das Wochenende«, sagte sie, nahm einen Schluck von ihrem Wein und lehnte sich auf dem Stuhl zurück.

»Was habt ihr denn vor, Schatz?« Marie und Samuel waren an den Wochenenden meist mit den Kindern unterwegs, sodass Rose zur Abwechslung einmal die Stille im Haus genießen konnte.

»Nicht viel. Morgen sind wir zum Grillen bei Samuels Bruder eingeladen – du übrigens auch, wenn du Lust hast –, und am Sonntag unternehmen wir vielleicht eine Buschwanderung.«

Marie war zu Roses großer Freude immer noch abenteuerlustig.

»Nun, das klingt doch wunderbar. Und vielen Dank, aber ich werde lieber hierbleiben und die Zeitung lesen.«

Sie tranken für eine Weile schweigend ihren Wein.

»Mum? Hast du dich jemals irgendwie … wie soll ich es sagen … verloren gefühlt?«, erkundigte sich Marie, ohne den Blick von ihrem Glas zu nehmen.

»In welcher Hinsicht verloren?«, hakte Rose nach.

»Einfach, na ja … wer du wirklich bist. Mal abgesehen davon, dass du Mutter bist oder Ehefrau oder … Weißt du, was ich meine?«

»Ich glaube schon. Nun, ich war nicht lange genug Ehefrau, um mich darin zu verlieren. Und nein, ehrlich gesagt, glaube ich nicht, dass ich mich jemals verloren gefühlt habe. Abgesehen einmal von diesen wenigen Monaten, bevor dieses Haus gebaut wurde, und ich mir einfach nicht sicher war, ob ich es schaffen würde, uns dadurch ein Leben auf der Straße zu ersparen.«

Marie seufzte und trank ihr Glas aus.

»Was denn?«

»Ach, du bist einfach so perfekt. Ich wüsste nicht, wann du dich jemals beschwert hättest, Mum. Ich kann mich an kein einziges Mal in meinem ganzen Leben erinnern. Hast du eine Ahnung, wie einen das zur Raserei bringen kann?«

Rose lachte. Eins musste man ihrer Tochter lassen: Sie liebte Dramatik.

»Das ist nicht witzig. Ich beschwere mich über alles. Ich bin immer so müde, Samuel hilft nicht genug, die Kinder brauchen mich ständig, im Laden ist immer so viel zu tun. Ehrlich, Mum, manchmal möchte ich einfach davonlaufen und einen ganzen Tag allein am Strand verbringen. Und du bist hingegangen und hast allein ein Haus gebaut und deine Kinder während der Weltwirtschaftskrise großgezogen.«

Rose griff nach Maries Hand und drückte sie. »Also schön, dann werde ich dir einmal etwas erzählen, aber du musst mir versprechen, dass du es keiner Seele weitersagen wirst.«

»Ehrenwort!«, versprach ihr Marie.

Rose nahm einen weiteren Schluck von ihrem Wein. »Als Lucas und du älter wart, noch keine Teenager, aber schon Sachen allein unternommen habt, da bin ich einmal morgens mit furchtbaren Kopfschmerzen aufgewacht. An jenem Tag hatte ich schrecklich viel zu tun, und ihr beide hattet irgendeine Veranstaltung in der Schule – die ihr übrigens andauernd hattet –, außerdem erwarteten wir noch eine große Bestellung für den Laden, und das alles war mir einfach zu viel. Ich lag im Bett und stellte mir vor, wie ich einen Tag lang so tat, als würde ich im Koma liegen. Als würde ich nicht aufwachen und den Tag einfach verschlafen. Aber natürlich habe ich mir Gedanken darüber gemacht, dass Lucas oder du den Doktor holen könntet und ich auffliegen würde. Aber ich hätte es beinahe getan. Also, wie du siehst, bin ich nicht perfekt.«

Marie bekam einen Kicheranfall. »Mum, das ist ein wirklich erbärmliches Beispiel. Du bist perfekt. Basta.«

Samuel kam zur Tür herein. »Was ist denn so lustig? Trinkt ihr etwa zu viel Wein, Rose?« Samuel machte immer gern Späßchen mit Rose, und auch wenn er nicht besonders witzig war, fühlte sie sich dennoch durch seine Versuche geschmeichelt.

»Ach, du kennst uns doch, Samuel. Man kann uns einfach nicht trauen.«

Samuel legte seine Hände auf Maries Schultern, massierte sie.

»Soll ich euch nachfüllen?«, erkundigte er sich, und Marie nickte, reichte ihm ihr Glas. Er nahm auch das Glas von Rose entgegen und machte sich auf den Weg in die Küche. Rose verspürte einen kleinen Stich in ihrem Bauch. Sie hätte gern einen Ehemann gehabt, mit dem sie alt werden könnte.

»Weißt du was, Marie? Ich bin nicht perfekt. Das Leben war verdammt hart. Und manchmal ist es das immer noch. Aber am Ende des Tages habe ich euch. Und ihr habt mich. Das ist das Einzige, was zählt und weshalb ich immer sage: ›Das Beste, was ich in meinem Leben getan habe …‹«

Sie ließ Marie den Satz für sie beenden. »›… war eine Familie zu gründen.‹ Ich weiß, Mum, mir geht es auch so. Besonders nach einem Glas Wein!«

Sie lachte schon wieder los, und dieses Mal stimmte Rose mit ein.

Kapitel 34

Marie

Gegenwart

Marie war es so heiß. Sie hatte das Gefühl, innerlich zu verbrennen. Sie glaubte sich zu erinnern, dass ihr schon einmal so heiß gewesen war, aber sie wusste nicht mehr wann. Man hatte sie aus dem Sessel gehoben und wieder ins Bett gelegt, und es hatte ein kleines Problem gegeben, die Infusion wieder an die Kanüle in ihrer Hand anzuschließen. Man hatte sie auf die Seite gelegt und wenn es auch nicht wirklich unbequem war, gefiel es ihr dennoch nicht, so zu liegen. Sie fühlte sich seltsam dabei. Es kam ihr vor, als befände sie sich zwischen zwei Orten, ohne wirklich in der Lage zu sein, einen davon zu erreichen. Da war ein feuchtes Tuch auf ihrer Stirn, und obwohl sie wusste, dass sich im Zimmer Familienmitglieder befanden, hielt sie dennoch die Augen geschlossen. Ihre Anwesenheit war ihr ein Trost, doch sie besaß nicht die Energie, Anteil daran zu nehmen. Für das Fieber war eine Infektion verantwortlich – das hatte sie den Arzt heute Nachmittag zu Ryan sagen hören. Oder vielleicht war es auch gestern Nachmittag gewesen. Marie war sich mit der Zeit nicht mehr ganz sicher. Doch sie wusste, dass sie die Infektion nicht bekämpfen würde. Sie wollte es nicht. Ihr Körper war am Ende, und sie war bereit zu gehen.

»Entschuldigung, kommen wir ungelegen?«, unterbrach eine vertraute Stimme das Flüstern ihrer Familie. *Dee?,* fragte sich Marie. Würde sie sie besuchen kommen? Eine gedämpfte Stimme antwortete. Es war Ryan. »Es tut mir leid, ich hätte Ihnen noch einmal Bescheid sagen sollen. Heute Morgen sah es so gut aus, sie hat sogar aufrecht gesessen. Aber heute Nachmittag hat sie Fieber bekommen, und ich glaube, es wäre das Beste, wenn die Familie im Moment unter sich bliebe«, flüsterte er.

Marie nahm alle Kraft zusammen und gab einen Laut von sich, der irgendwo zwischen einem Stöhnen und einem Hallo lag.

»Mum?« Ryan war sofort an ihrer Seite. Marie streckte die Hand aus und klopfte gegen seinen Arm. »Ich glaube, sie will damit sagen, dass sie Sie sehen möchte«, sagte er. Und als sich Marie so weit es ihr möglich war, gedreht hatte, halfen er und Lily ihr dabei, sich auf den Rücken zu legen und schoben ihr ein zweites Kissen unter den Kopf. Das Zimmer kam Marie dunstig vor. Das Neonlicht war ausgeschaltet, und da war nur ein trübes Licht von einer Lampe, die ihre Familie mitgebracht haben musste.

Dee und Isla kamen langsam auf Marie zu, bis sie aneinandergedrängt an ihrer Bettseite standen. Beide versuchten zu lächeln, vermochten aber ihre Erschütterung nicht zu verbergen.

»Hallo, Marie«, sagte Dee und umfasste Maries Hand. Isla tätschelte Maries Schulter. »Hallo«, sagte sie leise.

Marie konnte nicht sprechen. Sie gab ihrem Mund zwar den Befehl, sich zu bewegen, doch er wollte einfach nicht gehorchen. Aber sie musste den beiden etwas mitteilen. Vielleicht könnte sie es aufschreiben, dachte sie. Ryan hatte ihr heute Morgen eine kleine weiße Tafel mitgebracht, damit sie sich mitteilen konnte, doch bisher hatte sie sie noch nicht benutzt. Sie drehte den Kopf zu ihrem Sohn, der auf der anderen Seite des Bettes saß und ihnen aufmerksam zusah. Marie nahm Blickkontakt zu ihm auf und versuchte, mit dem Kopf Richtung Nachttisch zu nicken, wo er die Tafel abgelegt hatte.

»Mum?«, sagte er fragend.

Marie spürte eine überwältigende Müdigkeit, doch sie gab nicht auf.

»Die Tafel!«, rief Lily wie die Teilnehmerin einer Quizsendung, die einen Begriff zu erraten glaubte. Sie griff danach und legte sie auf Maries Bauch. Dann zog sie die Kappe von dem abwischbaren Stift ab und legte ihn in Maries rechte Hand. Marie verschob ihre Hand ein wenig und stellte fest, dass ihr der Arm zwar wehtat, sie ihn aber noch bewegen konnte. Es dauerte eine ganze Weile, bis sie die wenigen Worte niedergeschrieben hatte, die für Dee und Isla bestimmt waren, und obwohl ihre Schrift furchtbar war, ließ sie den Stift fallen und blickte den beiden nacheinander in die Augen, in der Hoffnung, dass ihre Nachricht bei ihnen ankommen würde. Dee hielt die Tafel behutsam fest, las gemeinsam mit Isla, was dort geschrieben stand, und beide lächelten und nickten.

»Starke Frauen, alles möglich«, las Dee laut vor. Sie drückten beide Maries Hand, sodass sie drei für einen Moment miteinander verbunden waren.

»Vielen Dank«, flüsterte Isla. »Du bist so stark, Marie. Ich hoffe, dass ich eines Tages einmal ebenso stark sein werde.«

Du bist bereits stärker, hätte Marie ihr gern gesagt.

»Du bist eine unglaubliche Frau«, sagte Dee mit Tränen in den Augen. »Ich bin so froh, dass ich dir begegnet bin. Das hier wird immer mein Mantra sein.« Sie grinste, während sie auf die Tafel tippte.

»Wir gehen jetzt wieder, damit du dich im Kreise deiner Familie ausruhen kannst.« Isla gab ihr einen sanften Kuss auf die Wange.

»Mach's gut, Marie«, sagte Dee und küsste ihre Hand. Marie sah zu, wie sie sich von ihrer Familie verabschiedeten und die Tür hinter ihnen zufiel. Zu sehen, wie diese beiden besonderen Frauen Arm in Arm, als Freundinnen, das Zimmer verließen, gab ihr ein Gefühl von Erfüllung, weil sie ihr Ziel erreicht hatte. Sie war sich sicher, dass sich diese beiden umeinander kümmern würden. Sie hatte schon immer daran geglaubt, dass eine der größten Stärken von Frauen darin bestand, füreinander da zu sein. Bevor sie die Augen schloss, ließ sie ihren Blick über ihre Familie schweifen, die sich ihr nach der Verabschiedung wieder zugewandt hatte. Auch sie würden sich umeinander kümmern.

Bitte lass es bald vorbei sein, dachte sie, bevor sie wieder einschlief.

Kapitel 35

Marie

1970

»Crackers von Jatz, Chips von Smith's, Soft Drinks von Kirks in sämtlichen Geschmacksrichtungen, Brot, Milch, Schokoladentafeln von Cadbury und die üblichen Wochenzeitschriften. Hast du alles? Ach, und noch Toilettenpapier, die Viererpackungen. Das ist alles.« Betty nickte Maries ältestem Sohn, Ryan, zu. »Alles notiert oder war ich zu schnell?«

Ryan kritzelte das letzte Wort noch fieberhaft in das Auftragsbuch des Ladens. »Alles notiert«, sagte er und wiederholte die Bestellung. Marie lächelte und klopfte ihm auf die Schulter. Betty streckte beide Daumen nach oben. »Klasse, dann zieh Leine und geh raus zum Spielen.« Betty warf Ryan seine Kappe zu. Der vollführte einen Sprung, um sie zu fangen, rannte zur Ladentür hinaus und hob sein Skateboard auf, das er in der Einfahrt stehen gelassen hatte.

Wenn es ruhig war im Laden, durfte er draußen auf der großen asphaltierten Fläche üben, solange keine Kunden in Sicht waren. Es war fast Zeit zu schließen, daher glaubte Marie nicht, dass heute überhaupt noch jemand kommen würde. Betty stellte das Radio ein bisschen lauter. Es lief gerade die neue Single von den Rolling Stones. Marie war nicht besonders angetan davon, aber sie hatte trotzdem nichts dagegen. Sie machte sich gemeinsam mit Betty daran, den Boden zu saugen, die Theke abzuwischen und die neue Geschirrspülmaschine zu füllen, die sie gerade erst hatten einbauen lassen. Nun, da sie auf Bestellung Mittagessen für die Schule um die Ecke zubereiteten, stapelten sich die Teller. Zweimal am Tag ließen sie die Geschirrspülmaschine laufen, und sie waren sich beide einig, dass es die beste Investition war, die sie jemals in dem Laden getätigt hatten.

Sie waren inzwischen Geschäftspartnerinnen und führten den Laden gemeinsam. Nachdem ihre jüngste Tochter, Lacey, mit der Schule begonnen hatte, hatte sich Marie des Öfteren lustlos gefühlt und war dann im Laden gelandet, wo sie Betty zunächst aushalf. Zu ihrer Überraschung machte ihr die Arbeit Spaß. Die Unterhaltungen mit den Kundinnen waren so ganz anders als früher, als sie noch jünger gewesen war. Nun sprach sie mit den anderen Frauen über Kinder und Schule oder neu erschienene Bücher. Betty hatte damals den Vorschlag gemacht, sich zusammenzutun und den Laden gemeinsam zu führen. Seit zwei Jahren verfuhren sie nun schon auf diese Weise, und es lief wunderbar. Betty hatte sich als wundervolle Geschäftspartnerin erwiesen. Und als Bonus kam hinzu, dass sie Maries Kinder mit Aufmerksamkeit überschüttete – die diese natürlich genossen –, da sie selbst keine Familie hatte.

»Und was hast du am Wochenende vor, Betty?«, erkundigte sich Marie, als sie die Putzsachen wegstellten und das Ladenschild auf die »Geschlossen«-Seite drehten.

»Oh, ich gönne mir mal etwas und gehe aus – gemeinsam mit Margo, die ein paar Häuser weiter wohnt.«

Marie erstarrte. *Margo, die Prostituierte?*

Betty schien ihre Gedanken zu lesen, stemmte eine Hand in die

Hüfte, neigte den Kopf zur Seite und starrte sie grimmig an. »Und warum klappt dir gerade der Unterkiefer bis auf den Boden? Was stört dich an Margo?«

Eigentlich störte sie gar nichts an Margo, aber an ihr schieden sich die Geister. Margo war im gleichen Alter wie Marie und vor ein paar Jahren in die Straße gezogen, um bei ihrem betagten Vater zu wohnen. Einige Monate nach dessen Tod begannen eine Reihe von Herren an ihrem Haus aufzutauchen, von denen viele vor oder nach ihrem Besuch bei ihr im Laden vorbeischauten, um dieses und jenes zu kaufen. Und es waren diejenigen, die anschließend rot im Gesicht und verschwitzt im Laden auftauchten, die alles verrieten. Rose war empört, und zum ersten Mal seit Marie sich erinnern konnte, stand ihre Mutter jemandem ablehnend gegenüber. Sie hatte mehr als einmal betont, dass es genügend andere Möglichkeiten gab, um Essen auf den Tisch zu bringen. Aber Marie hatte sich immer nett mit Margo unterhalten, und wenn sie ehrlich war, war sie von ihr angetan.

»Was stört dich an Margo?« Betty ließ nicht locker.

Marie verdrehte die Augen. Betty war die Schutzpatronin sämtlicher missbilligter Mitglieder der Gesellschaft, verteidigte alle und jeden. Manchmal bloß um des Widerspruchs willen, wie Marie insgeheim dachte.

»Es stört mich gar nichts an Margo. Sie ist eine ganz reizende Frau. Wohin geht ihr?«

Betty zuckte mit den Schultern. »Wissen wir noch nicht. Wir nehmen am Samstag die Sechs-Uhr-Bahn in die Stadt und schauen mal, wie sich der Abend entwickelt. Natürlich werden wir auch irgendwo tanzen gehen.« Betty schwang die Hüften und klatschte in die Hände wie eine Flamenco-Tänzerin, was Marie zum Lachen brachte. Sie erinnerte sich noch daran, wie ihre Mutter sie ausgeschimpft hatte, weil sie mit siebenundzwanzig noch keine Lust hatte, sesshaft zu werden und hier war Betty, sechsundvierzig Jahre alt, die nie geheiratet hatte, alles andere als sesshaft war und kein geregeltes Leben führte. Aber sie war glücklich, und das war das Einzige, was zählte, wie Marie fand. Wir sind nicht alle aus demselben Holz geschnitzt, erklärte sie ihren Kindern gern.

»Hast du Lust mitzukommen?«, fragte Betty.

Marie lehnte ohne nachzudenken höflich ab. Sie war im gleichen Alter wie Betty, hatte drei Kinder, einen Ehemann und eine betagte Mutter – das Letzte, wofür sie Zeit hatte, war tanzen zu gehen.

»Schade. Ich habe gehört, dass du sehr gern getanzt hast, als du jünger warst«, sagte Betty, holte ihre Handtasche unter der Theke hervor und ging Richtung Ladentür.

»Woher weißt du das denn?«, fragte Marie, die Betty nach draußen begleitete.

»Von Rose. Sie hat mir alles über ihre wilde Tochter erzählt. Sie sagte, du hättest jedes Wochenende in der Stadt für ziemliche Aufregung gesorgt, bis dich Samuel gezähmt habe.« Betty lachte, aber Marie fand das gar nicht lustig.

»Samuel hat mich nicht gezähmt. Ich bin erwachsen geworden.« *Womit du auch gut beraten wärst,* fügte sie im Stillen hinzu, um es dann beschämt wieder zurückzunehmen.

Betty berührte sie am Arm. »Das weiß ich doch. Ich ziehe dich bloß auf.«

Marie rang sich ein Lächeln ab. »Ich dich doch auch.«

Betty warf ihr einen komischen Blick zu, und Marie kam sich so vor, als würde sie überlegen, ob das tatsächlich zutraf oder nicht. »Na gut, dann ein schönes Wochenende, Marie! Bis Montag.« Betty winkte fröhlich und hüpfte beinahe die Einfahrt hinunter, wo sie in Ryans hochgehaltene Hand einschlug, als sie an ihm vorbeikam.

Marie fragte sich einen Moment lang, ob sie wohl immer noch wie Betty herumhüpfen würde, auf dem Weg zum Tanzen, wenn sie Samuel nicht getroffen hätte. Nein, entschied sie. Samuel und sie hatten viel gemeinsam unternommen, bevor die Kinder kamen. Er war es nicht, der Marie verändert hatte. Mit den Geburten der Kinder war ihre Welt auf den Kopf gestellt worden, doch das war etwas, das sie nicht für sämtliche Tanzveranstaltungen dieser Welt eintauschen würde, dachte sie, als sie zusah, wie Ryan nun die Einfahrt hinunterskatete. Marie lächelte, als sie die Tür von außen abschloss und zu ihm hinüberging. Es war heiß draußen – ganz besonders für einen Märzabend. Ryans Gesicht war gerötet, er schwitzte, und Marie versuchte, nicht die Nase zu rümpfen. Sie fand es erstaunlich, wie sehr Jungs im Teenageralter zu schwitzen vermochten.

»Du wirst immer besser, mein Schatz«, sagte sie. »Aber jetzt wird es Zeit hineinzugehen. Gleich gibt es Abendessen.« Ryan hob ohne jeden Widerspruch sein Skatboard auf. Er war so ein bedachter Junge, dachte Marie. Ganz anders als ihre beiden Mädchen. Er hatte immer schon dieses besonnene Wesen gehabt. Nicht einmal als Kleinkind hatte er jemals Trotzanfälle bekommen wie ihre beiden Jüngeren. Sie liefen gemeinsam an der Seite des Hauses entlang nach hinten. Unterwegs blieb Marie stehen, um einen Ast aufzuheben, der von einem Baum herabgefallen war. Sie zerbrach ihn in kleine Stücke und warf sie in die Rosenbüsche. Sie spürte Ryans Blick auf sich ruhen. »Für den Fall, dass jemand hier entlangläuft …«

»… und darüberstolpert«, beendete er den Satz.

Marie legte den Arm um seine verschwitzte Taille. »Habe ich das etwa schon mal gesagt?«, fragte sie lachend.

»Ja, ein oder zweimal«, sagte Ryan, machte sich von Marie los und rannte zur Hintertür. Im Haus saßen Katarina und Lacey am Esstisch und malten. Von Ryan war keine Spur, und Marie hoffte, dass er im Bad verschwunden war, um vor dem Essen noch zu duschen.

»Hallo, meine Süßen«, sagte sie und gab beiden Mädchen einen Kuss auf die Stirn. Sie hatte zwar ihre Arbeit im Laden unterbrochen und die beiden einige Stunden zuvor von der Schule abgeholt, aber es war ihr immer ein Bedürfnis, sie zu herzen. »Hallo«, riefen sie im Chor und malten fleißig weiter. Es war schön zu sehen, dass sie sich zur Abwechslung einmal nicht stritten, dachte Marie und ging in die Küche.

Rose saß an dem kleinen Tisch und schnitt Kartoffeln, die sie in einen Topf legte. Jeden Abend um halb sechs bereitete sie das Gemüse für das Abendessen vor. Sie saß immer an dem Tisch, der das einzige Überbleibsel der alten Küche war und ihr Lieblingsplatz.

»Hallo, Mum«, sagte Marie und ging gleich zum Ofen hinüber, um nach dem Hähnchen zu sehen, das sie zuvor schon hineingestellt hatte.

»Hallo, mein Schatz, wie war dein Tag?«, erkundigte sich Rose.

»Anstrengend. Wir haben freitags inzwischen doppelt so viele Essensbestellungen.« Marie schloss die Backofentür. Das Hähnchen benötigte mindestens noch zwanzig Minuten, daher setzte sie sich zu Rose, um mit den Kartoffeln zu helfen.

»Das ergibt einen Sinn. Die Leute sind freitags von der Woche erschöpft«, sagte Rose.

»Tja, es ist auf jeden Fall gut für das Geschäft.« Marie bemerkte, dass Roses Hände beim Schneiden der Kartoffeln zitterten. Und sie sah blasser aus als gewöhnlich.

»Ist alles in Ordnung, Mum?«, fragte Marie und erhob sich, um ihrer Mutter die Stirn zu fühlen. Sie war kalt und feucht.

»Setz dich wieder hin, Marie, mir geht es gut«, sagte Rose. Marie gehorchte, doch sie behielt ihre Mutter im Auge, während sie ihr half. Sie hatte eindeutig eine komische Farbe. Sie war nicht einmal blass, dachte sie, es war eher ein kränkliches Grau. Doch sie würde sie nicht bedrängen. Rose hasste Getue. Als die Kartoffeln geschnitten waren und auf dem Herd kochten, kam Samuel nach Hause. Marie hörte, wie er die Mädchen begrüßte und sie bat, ihre Malsachen wegzuräumen, da es beinahe Essenszeit war. Dann betrat er die Küche. »Guten Abend, die Damen«, sagte er, küsste Rose auf die Wange und Marie auf den Mund.

»Wie war die Arbeit?«, erkundigte sich Marie.

»Langweilig. Ich habe den halben Tag in einer Fabrik verbracht und auf das Eintreffen eines Geräts gewartet, das ich reparieren sollte. Verschwendete Zeit, aber am Ende hat es dann doch noch geklappt. Und wie war es bei dir?«

»Anstrengend, aber gut«, sagte Marie.

»Und was ist mit dir, Rose? Welchen Unfug hast du heute angestellt?«, fragte Samuel, und Rose lachte.

»Keinen, von dem ich dir erzählen würde«, erwiderte Rose. »Und nun sei ein Schatz und hilf mir zum Sessel hinüber.« Samuel half Rose zunächst von ihrem Stuhl aufzustehen und stützte sie am Ellbogen, als sie langsam zu dem alten verstellbaren Lehnsessel hinübergingen, der in der Ecke des Esszimmers stand. Marie kam es so vor, als wären die Beine ihrer Mutter zittriger als sonst. Samuel stellte sich vor sie und hielt sie an beiden Händen fest, damit sie ihr Gleichgewicht fand, als sie sich langsam in den Sessel sinken ließ. Dann klappte er ihr die Lehne nach hinten. Rose lächelte und gab einen Seufzer von sich. »Wunderbar«, sagte sie.

Ihre abendliche Routine setzte sich fort. Die Kinder wechselten sich nacheinander ab und nahmen für eine Weile auf der Armlehne des Sessels Platz, um Rose von ihrem Schultag zu erzählen, während Samuel und Marie das Abendessen auf den Tisch brachten. Sie hatten einen kleinen Schiebetisch, wie er auch in Krankenhäusern benutzt wurde, den sie zu dem Lehnsessel hinüberschoben, damit es Rose beim Essen bequem hatte. Marie stellte den gefüllten Teller vor ihr ab.

»Danke, mein Schatz«, sagte Rose, rührte sich aber nicht.

»Möchtest du, dass ich dir dabei helfe?«, erkundigte sich Marie.

»Nein, das möchte ich nicht, danke«, erwiderte Rose schroff.

Marie war nicht überrascht. Eine Frau, die jahrzehntelang wunderbar alleine zurechtgekommen war, würde kaum bereitwillig Hilfe annehmen. Marie setzte sich zu ihrer Familie an den Tisch, doch sie vermochte sich nicht auf die Unterhaltung zu konzentrieren. Sie schaute immer wieder zu Rose hinüber, die eingeschlafen zu sein schien. Als sie alle mit dem Essen fertig waren und aufgeräumt hatten, schnarchte Rose leise vor sich hin. Marie schickte die Kinder weg, damit sie sich ihre Pyjamas anzogen und blieb im Durchgang zur Küche stehen, um ihre Mutter zu betrachten. Sie wusste, dass es ihr nicht gut ging. Sie wurde schon seit einiger Zeit immer schwächer, aber der heutige Abend war anders. Ein Infekt schien im Anmarsch zu sein. Samuel gesellte sich zu ihr.

»Sie ist heute Abend nicht in Bestform«, flüsterte er.

Marie spürte einen Kloß im Hals und nickte nur.

Samuel umarmte sie. »Das wird schon wieder. Vermutlich bekommt sie bloß eine Erkältung. Rose ist zäh wie Leder. Mach dir keine Sorgen.«

Marie nickte an seiner Brust, brachte es aber nicht fertig, ihre Sorge abzuschütteln. Rose war über achtzig, und Marie konnte sich nicht daran erinnern, dass sie jemals krank gewesen war. Nicht ein einziges Mal. Marie hatte so viele ihrer Freunde begleitet, als diese ihre Eltern verloren, aber es war ihr nie in den Sinn gekommen, dass sie selbst eines Tages einmal diese Unterstützung benötigen würde. Sie wollte ihre Mutter nicht verlieren. Sie konnte sich ein Leben ohne sie in diesem Haus nicht vorstellen. In dem Moment rührte sich Rose. Sie gab einen Laut von sich, der wie ein Stöhnen klang, und Marie ging hinüber, um nach ihr zu sehen. Rose öffnete die Augen, blickte zu Marie auf, schloss sie dann aber wieder und stöhnte laut. Marie fühlte ihre Stirn. Dieses Mal brannte sie förmlich unter ihrer Hand.

»Sie ist ganz heiß«, sagte sie und sah Samuel voller Panik an.

»Ich rufe den Kinderarzt an. Er wird vorbeikommen und nach ihr sehen«, sagte Samuel. Das hatte der Arzt schon einige Male für ihre Kinder getan und der Gedanke daran, dass sich Dr. Roathy um ihre Mutter kümmern würde, beruhigte Marie ein wenig. Sie rief nach den Kindern, und ihre Stimme klang dabei hysterisch in ihren Ohren. Die drei kamen angerannt. Ryan zog noch an seinem Pyjamaoberteil. »Was ist los?«, fragte er im selben Moment, als Lacey kreischte und Katarina wissen wollte, ob Grandma tot sei.

»Nein, sie ist nicht tot, Dummerchen, sie hat nur Fieber«, erklärte Marie. »Ryan, hol mir einen Waschlappen aus dem Wäscheschrank, mach ihn mit kaltem Wasser nass und bring ihn her, ja?« Er rannte sofort los, ohne etwas zu sagen.

»Was sollen wir tun?«, fragte Lacey mit zittriger Stimme.

»Ich möchte, dass ihr zwei eurer Grandma eine Gute-Besserung-Karte malt. So bunt wie nur eben möglich, damit sie sie sich anschauen kann, wenn sie sich besser fühlt.« Marie versuchte, ihren Worten einen fröhlichen Klang zu verleihen, hatte aber die

Befürchtung, wie eine Verrückte zu wirken. Lacey nickte, und Katarina legte einen Arm um sie.

»Liest Grandma uns heute Abend trotzdem eine Geschichte vor?«, erkundigte sich Katarina. Die Mädchen legten sich jeden Abend in Roses Bett, und sie las ihnen ein Märchen vor.

»Nein, heute nicht, meine Süßen. Heute Abend muss sich Grandma ausruhen. Aber morgen früh wird sie sich bestimmt schon wieder besser fühlen, ganz besonders, wenn sie eine schöne Karte von euch bekommt. Und jetzt ab mit euch.« Die Mädchen verließen zaghaft das Zimmer, als Ryan mit dem feuchten Waschlappen angerannt kam. Marie legte ihn auf Roses Stirn und die stöhnte erneut.

»Sie hat gar nichts gegessen«, sagte Ryan und trug Roses unberührten Teller in die Küche hinüber. Als er zurückkam, starrte er Rose an. »Sie sieht wirklich krank aus, Mum. Wie konnte das so schnell passieren? Es ging ihr doch eben noch gut.«

Marie vermochte ihm nicht zu antworten, denn sie fragte sich das auch. In dem Moment kam Samuel zurück und teilte ihr mit, dass Dr. Roathy in einer knappen halben Stunde hier sein werde.

»In einer halben Stunde?«, sagte Marie. »Aber er wohnt doch quasi um die Ecke.«

»Ich glaube, er war gerade beim Abendessen.«

Als Marie fluchte, schickte Samuel Ryan ins Bett. Ryan starrte Marie mit großen Augen an und rannte davon, woraufhin sie den Kopf in ihre Hände stützte. »Tut mir leid. Ich weiß auch nicht, warum mich das alles gerade so überfordert, immerhin ist Mum alt, aber sie ist so, so …«

»Stark«, beendete Samuel den Satz für sie.

»Ja.«

»Das bist du auch. Bleib ruhig. Es wird schon gut gehen.«

Samuel zog einen Stuhl vom Esstisch herüber, damit sich Marie neben Rose setzen konnte und dann einen weiteren für sich selbst. So blieben sie sitzen und sahen zu, wie Rose sich immer wieder unruhig bewegte, bis der Arzt eintraf.

Eine Stunde später und nach einer hohen Dosis Paracetamol und Penizillin, war Rose kühler und schlief in ihrem Bett. Dr. Roathy vermutete eine Harnwegsinfektion. Er hatte ihnen erklärt, dass dies bei älteren Leuten sehr häufig vorkam und des Öfteren mit aller Macht und ohne jede Vorwarnung auftrat. Bevor er wieder ging, hatte er Marie erklärt, dass sich Rose in den nächsten Tagen vermutlich gut erholen werde, ihr Alter aber einen Risikofaktor darstellte. Offenbar wirkte sich hohes Fieber in Kombination mit starken Antibiotika bei manchen Patienten auf den Verstand aus.

»Sprechen wir hier von Demenz?«, hatte Samuel gefragt.

Bevor der Arzt antworten konnte, hatte Marie ein lautes Lachen ausgestoßen. »Nein. Der Verstand meiner Mutter funktioniert einwandfrei. Sie hat noch nie auch nur vergessen, welchen Tag wir haben. Das wird ihr gewiss nicht passieren.«

Sie tat so, als bemerke sie die Blicke nicht, die Samuel und Dr. Roathy mit hochgezogenen Augenbrauen tauschten. Marie teilte Samuel mit, dass sie bei ihrer Mutter im Bett schlafen würde. Sie wollte sie im Auge behalten und sichergehen, dass das Fieber nicht wieder anstieg.

Er gab ihr einen Kuss. »Sie wird schon wieder«, beruhigte er sie.

»Ich weiß«, erwiderte Marie und schlug die Decke auf, um sich neben ihre Mutter zu legen. In dem schwachen Licht der Laterne, das durch den Vorhang drang, konnte sie erkennen, wie sich die Brust ihrer Mutter rhythmisch hob und senkte. »Bitte werde wieder gesund, Mum«, flüsterte sie.

»Was?«, krächzte Rose, und Marie setzte sich auf.

»Mum, du bist wach! Wie geht es dir?«, fragte Marie.

»Nicht … gut«, sagte Rose erschöpft. Marie streckte sich wieder neben ihr aus und hielt ihre Hand. Sie beschloss, ihr eine ihrer eigenen Geschichten zu erzählen.

»Wenn diese Wände sprechen könnten«, hob Marie an. »Dann würden sie davon erzählen, dass einst der berühmteste Pilot Australiens hier in diesem Laden Tee getrunken hatte. Erinnerst du dich noch daran, Mum?«, fragte Marie, doch Rose antwortete nicht, sie war bereits wieder eingeschlafen. Marie fuhr trotzdem fort. »Die Wände würden auch davon erzählen, von welch einer unglaublichen Frau sie einst erbaut wurden. Einer Frau, die davon träumte, ein wundervolles Leben für ihre Kinder zu schaffen und der das auch gelungen ist.« Marie legte prüfend die Hand auf Roses Stirn und stellte zufrieden fest, dass sie immer noch kühl war. »Und die Wände würden höchstwahrscheinlich auch erzählen«, flüsterte Marie ihrer Mutter ins Ohr, »dass diese Frau, die beruflich so erfolgreich gewesen sei, dennoch davon überzeugt sei, dass die Gründung ihrer Familie das Beste gewesen sei, was sie je in ihrem Leben getan habe.«

Liebe junge Rose,

dies wird vermutlich mein letzter Brief sein, und ich will erst gar nicht so tun, als würde mich das traurig stimmen. Ich habe genug. Ich bin am Ende meiner Kräfte, mir tut alles weh, und ich will einfach nur noch woanders sein. Darf ich dir einen letzten Rat geben? Egal, wie hart du arbeitest, auch wenn du härter arbeitest als alle anderen um dich herum, letztlich spielt das keine Rolle. Und es spielt ebenso wenig eine Rolle, ob du im Regen tanzt und Spaß hast und lachst. Am Ende gibt es nur eins, das zählt: die Liebe. Wen du geliebt hast und wer dich geliebt hat. Mehr nicht. Und das ist das Einzige, woran ich nun denke, während ich hier liege, in einem Körper gefangen, der mich im Stich gelassen hat und mit einem Verstand, der nicht einmal mehr meine eigene Tochter erkennt. Ich bin hier und doch wieder nicht. Ich befinde mich dazwischen, und nun ist es an der Zeit zu gehen. Ich hoffe, meine arme Marie wird nicht zu sehr um mich weinen. »Ich bin hier!«, möchte ich rufen. Aber meine Stimme gehorcht mir nicht mehr, und es würde ohnehin nicht ganz stimmen. Ein Teil von mir ist bereits gegangen – mit der einen Hand halte ich Lucas und mit der anderen meinen John. Ich werde immer bei dir sein, Marie, aber es ist Zeit zu gehen.

Rose

Kapitel 36

Dee

Gegenwart

»Vierundneunzig Mal gab es eine Beschwerde, sechsunddreißig Mal wurden Bedenken geäußert, und zwölf Mal haben wir ein Lob erhalten«, sagte Sean seufzend.

Dee vergrub das Gesicht in den Händen, hätte seine Worte zu gern ungehört gemacht. Aber so war nun einmal die Faktenlage. Beth hatte nach der zehnten Beschwerde am Morgen aufgehört, Anrufe durchzustellen, und stattdessen Nachrichten entgegengenommen. Selbst Beth, die nach beinahe vierzig Jahren als Schulsekretärin nur schwer zu erschüttern war, hatte überrascht auf die »vulgäre Ausdrucksweise« reagiert, die manche Leute in ihren Nachrichten verwendeten. Dee konnte schon gar nichts mehr schockieren, sie fühlte sich nur noch benommen.

»Das Ministerium wird den Stecker ziehen. Nach dem Ganzen hier und den Protesten werden sie die Sache abblasen«, sagte sie, und Sean legte die Liste mit den Nachrichten nickend zur Seite.

»Ich weiß. Tut mir leid, Dee«, sagte er.

»Nein, mir tut es leid. Irgendwo unterwegs habe ich versagt. Wir haben etwas geschaffen, vor dem sich die Leute fürchten.« Da war ein Pochen hinter ihren Augen, und sie wusste, dass ihr trotz des Medikaments, das sie vor einer Stunde genommen hatte, ein weiterer heftiger Migräneanfall bevorstand.

»Aber warum haben sie Angst? Ich begreife das einfach nicht. Letztes Jahr haben wir den neuen Mathematiklehrplan vorgestellt. Wie viele Beschwerden hatten wir deswegen?«, fragte Sean.

»Neunzehn«, sagte Beth, die hinter ihm im Türrahmen aufgetaucht war. Dee blickte zu ihr auf, befürchtete weitere Nachrichten. Eigentlich hatte sie gehofft, dass die Anrufe für heute aufgehört hätten, denn es war bereits halb fünf.

»Siehst du?«, sagte Sean. »Neunzehn Beschwerden, weil ein ganzer Lehrplan umgestellt wurde, und dabei ging es um fünf Stunden in der Woche. Hier reden wir über sechzig Minuten pro Woche!«

»Sind Sie wirklich so naiv, Sean, oder ist das alles nur Schauspielerei?«, schnaubte Beth. Sean, der mit dem Rücken zu ihr stand und Dee anblickte, zog eine Grimasse. Dee lächelte.

»Er ist ein Optimist, Beth«, erklärte Dee.

»Grundgütiger, damit kommt man im Bildungsbereich aber nicht weit.«

Dee rief sich rasch in Erinnerung, mit welch akribischer Genauigkeit Beth arbeitete und was für ein schweres Leben sie gehabt hatte, denn sonst hätte sie ihr womöglich gesagt, dass sie sich ihre Bemerkung sonst wohin stecken könnte.

»Sind Sie für heute fertig, Beth?«, erkundigte sie sich in der Hoffnung, dass man ihr nicht anmerkte, wie sie die Zähne zusammenbiss.

»Ja, das bin ich. Die E-Mails sind in denselben drei Ordnern abgelegt. Ich habe sie alle gelesen und die schlimmsten gelöscht. Bis morgen«, sagte Beth und verschwand.

Dee kam sich vor, als wäre sie auf ihrem Sessel erstarrt. Wie hatte sie nur die Mails vergessen können? Wahrscheinlich gab es Hunderte davon. Und sie hatte noch nicht einmal einen Blick auf die Facebook-Seite der Schule geworfen.

Sean schien wie immer ihre Gedanken zu erraten. »Keine Sorge, ich habe mir die Mails, die an die offizielle E-Mail-Adresse der Schule gegangen sind, schon vor einer Stunde angesehen, und Beth hat alles zusammengefasst, sodass diese Liste hier sowohl die Anrufe als auch die Mails enthält.«

Dee hatte den Atem angehalten, stieß ihn nun aus und fragte: »Was ist mit Facebook?«

»Auf unserer offiziellen Schulseite? Nicht viel. Lediglich ein Dutzend Kommentare zu unserem Post zum Tag der offenen Tür mit der Aufforderung, ihn zu boykottieren.« Dee nickte. Das schien ja nicht allzu schlimm zu sein.

»Aber«, fuhr Sean fort. »Na ja, du weißt ja bereits von der einen oder anderen Internetseite. Da sieht es nicht unbedingt so harmlos aus.«

Dee war sich darüber im Klaren, dass sie reagieren musste, aber sie hatte keine Ahnung, was sie sagen sollte. Jeden Augenblick würde sie einen Anruf aus dem Ministerium erhalten, das die ganze Sache absagen wollte. Die jahrelange Planung, all ihre Träume – vergeudet. Dee war hin- und hergerissen zwischen dem Verlangen zu schreien und zu lachen. Wie hatte sie nur jemals glauben können, dass es ihr gelingen würde, Veränderungen in einer solchen Größenordnung zu bewirken? Ihr Smartphone riss sie aus ihren Gedanken. Dee warf einen Blick auf das Display. »Das Ministerium«, sagte sie zu Sean. Der zeigte mit fragendem Blick auf die Tür. »Nein, nein, bleib nur hier. Ich werde jemanden brauchen, der mich danach vom Boden aufliest.« Sie versuchte sich an einem Lächeln, holte tief Luft und nahm den Anruf entgegen.

»Adeena? Hallo, hier ist Bruce McEvoy.« Dee runzelte die Stirn. Bruce war der leitende Lehrplanberater des Ministeriums.

»Hallo, Bruce«, erwiderte sie, bemüht, ihrer Stimme einen festen Klang zu verleihen.

»Ich wollte Sie nur wissen lassen, dass Sie unsere volle Unterstützung haben. Das Ministerium stand von Anfang an hinter diesem Lehrplanprojekt, und es ist nicht unsere Absicht, dies zu ändern«, sagte er.

Dee wartete auf das »Aber«, das darin mitschwang. »Und dafür bin ich Ihnen sehr dankbar. Es ist eine Menge Arbeit gewesen und ehrlich gesagt, steckt da meine Seele drin.«

»Das verstehe ich. Gleichwohl halten wir es für angebracht, angesichts der zahlreichen Bedenken, die gegenüber dem Ministerium geäußert wurden, einige Änderungen vorzunehmen.«

Da war's also, dachte Dee. Offenbar beschwerten sich die Leute schon direkt beim Ministerium und übergingen die Schule. Dies erfüllte sie – mehr noch als alles andere – mit einer großen Enttäuschung. Einer bitteren Enttäuschung darüber, dass etwas so Simples wie Unterrichtsstunden, die entwickelt worden waren, um Ethik zu lehren, einen solchen Aufruhr auslösten. Was stimmte bloß nicht mit dieser Welt?

»Was genau meinen Sie mit ›Änderungen‹?«, erkundigte sich Dee und sah, wie Sean bei ihren Worten heftig den Kopf schüttelte.

»Wir sind der Ansicht, dass es im Interesse der Gemeinschaft ist, wenn wir den Religionsunterricht in der bisherigen Form belassen«, sagte Bruce.

»Nun, dagegen habe ich prinzipiell nichts einzuwenden, aber das macht es schwierig, einen neuen Lehrplan einzuführen. Woher sollen wir die benötigten sechzig Minuten in der Woche nehmen?«

Bruce räusperte sich. »Nun, wir glauben, dass es das Beste wäre, den neuen Lehrplan auf wöchentlich zehn Minuten zu verkürzen. Dadurch kann er von den Lehrkräften besser im Unterricht umgesetzt werden.«

Dee schwieg. Sie rechnete damit, dass noch mehr kam.

»Und wir halten es für das Beste, wenn wir uns am Tag der offenen Tür lediglich auf unsere beiden Reden beschränken, den Schwerpunkt mehr auf die Würdigung der Schule setzen und anschließend gleich zum Unterhaltungsteil übergehen.«

Sie hatten ganz offensichtlich vor, die Sache zu verwässern. Damit wäre alles nur noch ein Witz, dachte Dee. Sie fragte sich, wie Richard Lawson darauf reagieren würde. Sie schaute zu Sean hinüber, der vorn auf seiner Stuhlkante saß und sie beobachtete.

»Da bin ich anderer Ansicht, Bruce. Mir ist klar, dass es Beschwerden gegeben hat, aber ich glaube nicht, dass die Lösung darin besteht, etwas zu streichen, an dem wir so hart gearbeitet haben. Etwas, das zugunsten der Bildung und Entwicklung unserer Schüler genehmigt worden ist. Ich glaube, wir sollten daran festhalten und versuchen, den Lehrplan bereits vor dem Tag der offenen Tür ausführlich zu erläutern.«

Sean reckte beide Daumen in die Höhe.

»Nun, wir beabsichtigen in keiner Weise irgendetwas zu streichen, Adeena. Wir schwächen es lediglich ein wenig ab, um der Sache so zu mehr Akzeptanz in der Öffentlichkeit zu verhelfen. Auf diese Weise passt es besser zusammen.« Sein Ton war sachlich. Er würde seine Meinung nicht ändern.

»Ich finde es bedauerlich, dass Sie so empfinden«, sagte Dee und kam sich dabei vor, als würde sie sich von einer Klippe stürzen. Sie würde gern härter kämpfen, aber die jahrelange Erfahrung hatte sie gelehrt, dass es zwecklos war.

»Ich hoffe, dass Sie sich mit dem neuen Plan anfreunden werden und seien Sie versichert, dass wir Ihnen auch künftig zur Seite stehen werden. Dieser Lehrplan ist eine große Bereicherung für den Schulunterricht, und wir freuen uns darauf, wenn Ihre Schule ihn im nächsten Jahr in den Stundenplan aufnehmen wird.«

Er weiß mit Sicherheit nicht einmal, was drin steht, dachte Dee. Sie stieß einen Seufzer aus. »Danke, Bruce. Ich freue mich auch darauf. Leben Sie wohl.« Sie beendete das Gespräch, ehe er sich von ihr verabschieden konnte. Ein blödsinniger Versuch, wenigstens einen winzigen Sieg zu verzeichnen.

»Sie streichen es?«, sagte Sean mit einem entrüsteten Gesichtsausdruck.

»Im Grunde schon. Sie reden sich damit heraus, dass sie doch nur für den Papierkram zuständig sind und dafür, die Allgemeinheit zufriedenzustellen. Der Tag der offenen Tür findet statt, aber vermutlich auch nur, weil es zu spät ist, ihn abzusagen. Sämtliche religiösen Führer werden als Redner ausgeladen. Ach, und die gute Neuigkeit ist, dass wir den Lehrplan immer noch unterrichten dürfen, juchuh! Wir müssen nur einen Weg finden, ihn einmal pro Woche in eine zehnminütige Unterrichtseinheit zu quetschen.« Dee warf den Kopf in den Nacken.

»Dee, ich wusste gar nicht, dass du sarkastisch sein kannst«, sagte Sean.

Sie versuchte sich an einem Lächeln.

»Ich bin eine Idiotin, Sean. Ich dachte wirklich, ich könnte etwas bewirken. Könnte Denkweisen ändern. Aber da hatte ich wohl falsch gedacht.«

»Halt! Hör auf damit, Dee. Bloß kein Selbstmitleid. Du hast etwas bewirkt. Du hast es geschafft, den gesamten Lehrkörper bei diesem Lehrplan mit ins Boot zu holen. Hat es je eine einzige

Beschwerde von uns gegeben?« Sean zog die Augenbrauen in die Höhe. Dee schüttelte den Kopf.

»Und es ist dir gelungen, dass das Bildungsministerium einem völlig neuen Lehrplan zugestimmt hat.«

»Na ja, viel Zustimmung ist ja nicht mehr übrig«, verbesserte ihn Dee.

»Aber sie haben erst einmal zugestimmt. Du hast die religiösen Führer der Gemeinde zusammengebracht, um an einer Idee zu arbeiten, die von dir stammt. Und du hast jede Religion mit Respekt behandelt. Du hast etwas ganz Besonderes geschaffen. Möglicherweise entwickelt es sich nicht so wie erhofft, aber es ist ein erster Schritt, nicht wahr?«

Dee versuchte es ebenso positiv zu sehen wie Sean, doch für sie blieb es eine Niederlage. Dennoch zwang sie sich zu einem Lächeln. »Danke, Sean, du bist eben klüger als ich. Aber jetzt reicht es mit den Aufmunterungsversuchen. Sieh zu, dass du nach Hause kommst.«

»Wir werden uns morgen einen neuen Plan einfallen lassen, ja?«

Dee ersparte sich zu sagen, dass das keinen Sinn hatte. »Aber klar. Einen schönen Abend noch.«

»Danke. Unsere Kleine schreit seit Neuestem von Punkt fünf bis neun Uhr morgens in einem durch. Ich dachte schon, sie wäre besessen oder eine kleine Hexe, aber laut meiner Frau tun das die Hälfte der Babys in ihrer Müttergruppe auch.«

Dee lachte. »Tut mir leid, das ist nicht lustig«, sagte sie sogleich, als Sean vorgab, sie mit einem finsteren Blick anzusehen. »Ja, die berüchtigten Schreistunden. Adrian hat das Gleiche gemacht. Aber wenn ich mich recht erinnere, hat diese Phase nur ein paar Wochen angehalten.«

»Hoffentlich«, erwiderte Sean und griff nach seiner Laptoptasche und seinen Notizen. »Ansonsten werden wir die Kleine weggeben. Hast du nicht Interesse an einem süßen, kleinen Mädchen?«

»Genieße lieber diese grauenhafte Schreierei. Ehe du dich versiehst, sind sie nämlich erwachsen.«

»Na schön.« Sean winkte. »Dann mach's gut.«

Als er weg war, griff Dee nach ihrem Smartphone, um Isla alles zu erzählen. Komischerweise hatte sie eine Nachricht von ihr. *Liege ganz gut in der Zeit, werde es bis sieben zu euch schaffen. :-)* Dee stieß einen Fluch aus und rief Oliver an. Hoffentlich war er zu Hause und kochte irgendetwas. Sie hatte völlig vergessen, dass sie Isla für heute zum Abendessen eingeladen hatte. Aber andererseits war es perfekt. Sie war gespannt auf Islas objektive und intelligente Meinung zu den heutigen Geschehnissen. Mit einem Mal verspürte sie ein Fünkchen Hoffnung.

Kapitel 37

Isla

Gegenwart

Isla parkte den Wagen mit fünfminütiger Verspätung auf der Straße vor Dees Haus. Der Verkehr von ihrem Büro bis hierher war mörderisch gewesen. Fast schien es so, als hätte ganz Sydney dasselbe Ziel gehabt wie sie.

Sie blickte durch das Autofenster zu Dees Haus hinüber. Es schien ein älteres Haus zu sein, das renoviert worden war. Von außen wirkte es mit seiner großen Holzveranda und dem gepflegten Blumengarten wie ein bezauberndes und dennoch modernes Landhaus. In Islas Fantasie war es innen elegant eingerichtet mit einem warmen, gemütlichen Touch wie in Maries Café.

Erstaunlicherweise war sie überhaupt nicht nervös. Normalerweise bekam sie vor Aufregung Bauchkribbeln, wenn sie Menschen zum ersten Mal begegnete. Sie hatte keine Ahnung, warum sie dann immer so angespannt war. Man sah ihr ja nicht an, dass sie ihren Sohn verloren hatte. Und dennoch kam es häufiger zur Sprache, als Isla lieb war. Sie fand es erstaunlich, wie viele Menschen, denen sie begegnete, fragten, ob sie Kinder habe. Aber das hier fühlte sich anders an. Dee kannte ihre Geschichte, aber sie schien sich nicht unwohl dabei zu fühlen. Irgendwie schaffte sie es, Mitgefühl zu vermitteln und sich dennoch ganz normal zu verhalten.

Sie hatte ihrem Mann sicherlich davon erzählt und jeder, der mit ihr verheiratet war, war sicherlich ebenso klug wie sie und würde es nicht erwähnen. Isla stieg mit einer Flasche Weißwein in einer Hand die Vordertreppe hinauf und klopfte mit der anderen an die Haustür. Es dauerte nur einen Moment, und die Tür schwang auf. Dee machte in Jeans und T-Shirt und mit zusammengebundenem Haar einen frischen und lässigen Eindruck. Isla kam sich in ihrem Büro-Outfit aus Rock und Bluse ein wenig fehl am Platz vor, und die lange Zeit im Auto hatte vermutlich auch noch ihre Spuren hinterlassen.

»Hallo!«, begrüßte sie Dee und wich einen Schritt zurück, damit Isla eintreten konnte. Sie gab ihr einen Kuss auf die Wange. Isla fand, dass sie etwas angespannt wirkte. Hoffentlich hatte sie sie nicht bloß eingeladen, weil sie Mitleid mit ihr hatte. *Hör auf damit,* schimpfte sie mit sich. *Sie ist deine Freundin, und sie hatte vermutlich einfach einen langen Tag.*

»Hallo«, erwiderte sie lächelnd. »Hmmm, das riecht aber gut.« Isla überreichte Dee die Flasche Wein. Ein köstlicher Duft aus Tomaten, Knoblauch und Zwiebeln erfüllte die Luft.

»Danke«, sagte Dee mit Blick auf den Wein. »Den werden wir zum Abendessen trinken. Dass es gut riecht, geht übrigens allein auf Olivers Konto. Er zaubert gerade ein tolles Nudelgericht. Komm doch mit.« Sie führte Isla den Flur entlang. Isla blickte sich im Gehen um. Sie hatte mit ihrer Vorstellung von der Einrichtung genau richtig gelegen. Die Wände waren in schlichtem Creme gestrichen und mit einer perfekten Mischung aus gut platzierten Kunstwerken und Fotos dekoriert. Als sie die Küche im hinteren Teil des Hauses betrat, war Isla noch beeindruckter. Sie sah eine Einbauküche aus Massivholz mit weißen Geräten, an die sich ein sehr großer Essbereich mit Holzmöbeln anschloss, der in einem satten Grau gehalten war. Eine Wand bestand komplett aus Glas, und man hatte einen Blick auf einen Garten, der dem Vorgarten ähnelte: gepflegt, grün und hübsch anzusehen.

Am Herd stand ein Mann, der eine alberne Schürze trug und Isla anlächelte, während er in einem Topf rührte. Außerdem waren zwei Teenager damit beschäftigt, Teller und Besteck zusammenzusuchen. Isla kam es so vor, als wäre der ganze Raum von Licht und Glück erfüllt. Mit einem Mal schoss ihr ein Bild durch den Kopf, wie sie jeden Abend in ihrer sterilen Küche mit den Hunden zu ihren Füßen allein am Tresen aß.

»Oliver, das ist Isla«, sagte Dee, legte ihr die Hand an den Rücken und schob sie sanft vorwärts, als wolle sie sie offiziell vorstellen. Oliver kam herüber, um Isla die Hand zu schütteln.

»Ich freue mich, dich kennenzulernen. Ich habe schon so viel von dir gehört«, sagte Oliver mit einem warmen Lächeln.

»Ich freue mich auch.«

Dee zeigte zu den beiden Jungen hinüber. »Und das sind meine Söhne. John …«, der größere Junge lächelte und winkte Isla zu, »… und Adrian.« Der Jüngere winkte, lächelte aber nicht.

»Hallo, Jungs«, begrüßte Isla die beiden. *Denk nicht darüber nach, ob Matty dir auch beim Kochen geholfen hätte*, mahnte sie sich und konzentrierte sich darauf, diese perfekte Familie zu betrachten.

Dee unterbrach ihre Gedanken. »Hast du schon mehr über Marie erfahren?«, fragte sie, und Isla schüttelte den Kopf.

»Ich hatte eigentlich vor, Dax heute anzurufen, aber dann fiel mir ein, dass er ja das Café wieder öffnen wollte und zu beschäftigt gewesen wäre. Außerdem … Ich weiß nicht, wie ich es sagen soll, aber es werden mit Sicherheit keine guten Neuigkeiten sein. Sie wird sich nicht wieder erholen.« Isla hatte den ganzen Tag an Marie gedacht und sich gewünscht, sie hätte sie schon vor Jahren kennengelernt und nicht erst vor wenigen Wochen.

»Das denke ich auch. Ich wünschte, ich könnte sie noch einmal sehen. Obwohl es sich gestern eigentlich schon wie ein Abschied angefühlt hat, nicht wahr? Ich kann es immer noch nicht glauben, dass sie diese Nachricht für uns geschrieben hat.« Dee schüttelte den Kopf, als wäre sie immer noch verwundert.

»Ich konnte gar nicht aufhören, darüber nachzudenken. Wir haben uns auf Anhieb alle so gut verstanden, nicht wahr? Es fühlte sich irgendwie so an, als sollten wir uns begegnen ...« Isla verstummte. Kam sich ein wenig albern vor, weil sie ihre Gedanken laut ausgesprochen hatte.

»Mir geht es genauso«, stimmte ihr Dee zu. »Ich glaube allerdings, das Einzige, was wir jetzt tun können, ist dankbar zu sein, dass wir sie kennenlernen durften, und dafür zu beten, dass sie keine Schmerzen hat. Ich glaube, das ist das Beste, was wir ihr wünschen können.«

»Nach einem langen Leben scheint ein schmerzvolles Ende so grausam«, sagte Oliver vom Herd, und Isla erinnerte sich daran, dass Dee ihr von dem langen Kampf seiner Mutter nach einem Schlaganfall erzählt hatte.

John schien zu spüren, dass Traurigkeit in der Luft lag. »Sag mal, Dad, was kochst du eigentlich?«, fragte er.

Oliver schaute seinen Sohn belustigt an. »Die beiden scheinen immer erst zu wissen, was wir essen, wenn es auf ihren Tellern liegt«, sagte er an Isla gewandt. »Morgen bist du an der Reihe, und dein Bruder kann dir dabei helfen«, sagte er, zeigte auf die Jungen und gab ein theatralisches Stöhnen von sich, als sich diese lauthals beschwerten.

Dee griff zum Topf hinüber und rührte den Inhalt mit dem Löffel um, woraufhin ihn Oliver ihr rasch wieder aus der Hand nahm.

»Alles klar, meine Damen, wir haben das hier unter Kontrolle. Jungs, reicht mir mal die Teller rüber. Warum gießt du uns nicht schon einmal etwas zu trinken ein, Dee?«

»Er spielt gern den Chefkoch«, sagte Dee mit einem vernehmlichen Flüstern zu Isla, während sie zwei Gläser herausnahm und großzügig füllte. Eins davon reichte sie Isla und das andere Oliver, der sogleich einen Schluck davon nahm.

»Hmm, wunderbar. Danke dafür, Isla. Der Chefkoch ist angetan«, sagte Oliver und studierte die Flasche.

Isla hatte einfach die erstbeste aus dem Regal genommen und war froh, dass sie scheinbar einen guten Griff getan hatte.

»Komm, setz dich doch«, forderte Dee sie auf und bedeutete ihr, am Tisch Platz zu nehmen. Dann brachte sie drei hohe Gläser und eine Flasche Mineralwasser mit herüber und goss sich daraus ein Glas ein.

»Oh nein, entschuldige! Ich habe einfach nicht nachgedacht – du trinkst natürlich keinen Alkohol«, sagte Isla und ärgerte sich, dass ihr das nicht vorher eingefallen war. Sie mussten sie für völlig ungebildet halten, dass sie Wein mitgebracht hatte.

»Hör auf, Isla. Du musst dich für gar nichts entschuldigen. Oliver trinkt gern Wein«, erwiderte Dee.

»Stimmt«, rief Oliver aus der Küche und hielt sein Glas in Islas Richtung in die Höhe.

Sie lachte und nahm einen kleinen Schluck aus ihrem eigenen Glas. »Es tut mir trotzdem leid«, sagte sie zu Dee.

»Das muss es nicht. Du solltest doch nach meiner Arbeit an diesem neuen Lehrplan wissen, dass ich ziemlich aufgeschlossen bin!« Dee hob ihr Wasserglas, um mit Isla anzustoßen.

»Ja, Mum ist berühmt für ihre Aufgeschlossenheit«, sagte Adrian mit ironischem Unterton.

Dee warf ihm einen Blick zu, der selbst Isla ein bisschen Angst einjagte. »Danke, das reicht«, sagte sie zu ihrem jüngeren Sohn. Jetzt war eindeutig eine Anspannung in Dees Körper.

In dem Moment brachte Oliver zwei Teller mit dampfenden Spaghetti zu ihnen herüber, die mit einer Tomaten-Basilikum-Soße bedeckt waren. Isla kam sich vor wie in einem Restaurant.

»Essenszeit«, sagte er und sah Dee dabei mit einem Ausdruck auf dem Gesicht an, den Isla nicht so recht einzuordnen vermochte.

»Das duftet fantastisch«, sagte Isla, die sich über ihren Teller beugte, um das intensive Aroma zu genießen.

»Ach, das ist doch nichts Besonderes«, sagte Oliver, der den Rest der Teller an den Tisch brachte. Er setzte sich neben Dee, John setzte sich links neben Isla, und Adrian nahm gegenüber von ihr Platz. Es waren gut aussehende Jungs, die beide etwas von jedem Elternteil hatten. Obwohl Adrian ein viel hellerer Typ war und mehr Oliver glich, war da etwas an seinen Augen, das Isla an Dee erinnerte. Johns Gesichtszüge glichen eher denen seiner Mutter, dennoch ähnelte er Oliver. Matty hatte mit seinem lockigen blonden, wilden Haar und seinen großen blauen Augen, die durch seine olivfarbene Haut so hell leuchteten, immer nur wie Isla ausgesehen. Sie hatte sich so viele Male gefragt, wie er sich wohl mit den Jahren verändert hätte. Ob er wohl irgendwann auch seinem Vater geähnelt hätte. Isla konnte sich kaum noch an Joes Aussehen erinnern. Sie besaß nicht einmal ein Foto von ihm. Sie wusste, dass er ein paar Jahre nach der Schule nach Hongkong gezogen war und dort laut Nat irgendeine Praktikantenstelle in einem Technologieunternehmen bekommen hatte. Isla kannte seinen Nachnamen und hätte ihn jederzeit auf Facebook suchen können, doch das hatte sie nie getan. *So ein Blödsinn.* Isla schüttelte diese Gedanken ab und ihr wurde schlagartig klar, dass um sie herum eine Unterhaltung im Gange war. Sie versuchte hineinzufinden, hoffte, dass sie keine Frage verpasst hatte. Dee redete. Es schien um den Tag der offenen Tür zu gehen.

»Also ist alles verwässert worden, genau, wie ich es mir schon gedacht hatte«, endete sie gerade, ganz offensichtlich aufgebracht. Isla fragte sich, was sie wohl alles verpasst hatte.

»Soll das etwas heißen, dass das Ministerium wegen einer Handvoll von Beschwerden jetzt eine Kehrtwende macht?«, fragte Oliver.

»Sie nennen es ›abschwächen‹. Es lagen vierundneunzig Beschwerden vor. Und das allein von Eltern unserer Schule.«

Islas Blick wanderte zwischen Dee und Oliver hin und her. Warum war ihr nichts davon zu Ohren gekommen, dass man beim Tag der offenen Tür offensichtlich von offizieller Seite so viel zurückgeschraubt hatte?, fragte sie sich.

»Und was bedeutet das nun konkret?«, fragte sie und hoffte, dass sie sich nicht nach etwas erkundigte, was Dee bereits erklärt hatte, während Isla in Gedanken gewesen war.

»Es bedeutet, dass die Bezeichnung ›interreligiöse Schule‹ und der Tag der offenen Tür lediglich leere Gesten sind. Es wird sich nichts ändern.«

»Soll das etwa heißen, dass der Lehrplan damit Geschichte ist?«, erkundigte sich John.

»Prima«, kommentierte Adrian. »Ist eh eine schräge Idee, Mum. Die Leute kapieren es gar nicht. Die glauben, du würdest versuchen, sie dazu zu bringen, alle derselben Religion beizutreten, wie bei einer Sekte oder so.«

Dee ließ ihre Gabel fallen. »Wer hat das gesagt?«, fragte sie.

Adrian zuckte mit den Schultern.

»Adrian, du kannst nicht einfach so etwas von dir geben und dann eine Erklärung schuldig bleiben«, mahnte ihn Oliver.

»Keine Ahnung. Einige meiner Mitschüler. Dieses ganze Drama um den Tag der offenen Tür ist doch inzwischen überall Thema. Und alle denken, dass du schräg drauf bist.« Adrian spielte mit den Spaghetti auf seinem Teller.

»Und glaubst du das auch?«, fragte Dee, und Isla zog kurz in Erwägung, sich zu entschuldigen und im Badezimmer zu verschwinden, denn das hier schien eine sehr private Unterhaltung zu sein.

»Nein«, murmelte Adrian.

»Und was ist deine Meinung, John?«, fragte Dee.

John seufzte. »Hab ich dir doch schon gesagt. Ich finde das cool. Letzten Endes dreht es sich doch bloß darum zu begreifen, dass die Menschen gleich sind. Eigentlich keine große Sache.«

Seine Worte beeindruckten Isla. Vielleicht war sie diese Kampagne ganz falsch angegangen. Vielleicht hätte sie sich nicht so sehr auf den Wandel konzentrieren dürfen, der herbeigeführt werden sollte, sondern vielmehr auf die Schlichtheit dieser einen Idee: Im Grunde sind wir alle gleich. Isla fürchtete schon, dass das ihr Fehler war, aber halt, hatte sie nicht sowohl vom Ministerium als auch von Dee die eindeutige, klare Anweisung bekommen, dass es in dieser Kampagne darum ging, einen Wandel herbeizuführen und das Zusammenwachsen der Gemeinschaft zu fördern?

»Genau das ist es, John. Aber irgendwo habe ich einen Fehler gemacht, denn das ist nicht bei den Leuten angekommen. Eine Mutter hat mich heute in einer E-Mail als radikalisierte Muslimin bezeichnet und mich beschuldigt, ich würde ihre Kinder einer Gehirnwäsche unterziehen. Und das ist noch eine Beschwerde der netteren Art gewesen.« Dee lachte, aber es war ein bitteres Lachen.

Oliver streckte die Hand aus und rieb ihre Schulter. Dee legte ihre Hand auf die seine.

»Tut mir leid, Isla. Das hier ist nicht gerade ein entspannendes Familienessen«, sagte Dee.

»Wir sind nicht immer so«, beteuerte Oliver.

Aber Isla schüttelte nur den Kopf, denn ihr war eine Idee gekommen. »John, deine Worte sind perfekt. Dürfen wir sie uns borgen?«

John sah Dee und Oliver an und nickte, auch wenn er dabei ein wenig verwirrt aussah.

Isla wandte sich Dee zu. »Wir sind die Sache falsch angegangen, Dee, und es tut mir leid, dass es erst zu einem solchen Fiasko kommen musste, um das zu erkennen. Dieser neue Lehrplan ist großartig, und er basiert doch auf weitverbreiteten Überzeugungen, nicht wahr? Wenn man einmal die Ängste außen vor lässt, dann glauben die meisten guten Menschen in diesem Land doch an das Gleiche, nämlich daran, dass wir freundlich miteinander umgehen und eben das, gute Menschen, sein sollten, stimmt's? Und genau darum geht es doch in dem Lehrplan mehr oder weniger.« Adrenalin schoss durch Islas Körper.

»Nun, es geht schon um etwas mehr, aber ja, das ist der Hauptgedanke«, stimmte ihr Dee zu.

»Genau. Dann müssen wir die Leute also nur davon überzeugen, dass es in diesem Lehrplan einzig und allein darum geht, dass die Menschen gleich sind, an erster Stelle der Mensch steht und erst an zweiter Stelle Religion und Kultur, oder nicht?«

Dee nickte aufgeregt. »Ja, genau darum geht es in dem Lehrplan.«

»Dann müssen wir genau das den Leuten auch vor Augen führen. Ich hole mal eben meine Kamera und den Laptop aus dem Auto. Und du ziehst dich um, Dee. Du wirst ein YouTube-Star«, sagte Isla und stürmte aus dem Haus.

Kapitel 38

Dee

1988

Nur noch eine Prüfung, dachte Dee. Eine einzige Prüfung, und sie war mit der Uni fertig. Sie hatte das Studentenleben zwar genossen, aber nun war sie erschöpft. Man hatte ihr bereits eine Stelle an einer öffentlichen Schule auf der anderen Seite von Sydney, in Beecroft, angeboten, die sie im nächsten Jahr antreten würde. Mitten in ihrem letzten Studienjahr war man zu der Ansicht gelangt, dass sie eine Menge Talent besaß und hatte ihr gleich eine Festanstellung in Vollzeit angeboten. Auch wenn sie sich schon ihr ganzes Leben lang erwachsen gefühlt hatte, war diese Stelle nun wie der letzte Sprung ins Erwachsenenleben. Sie hatte das vierjährige Studium in nur drei Jahren geschafft, jedes Semester zusätzliche Fächer belegt, sodass sie mit gerade mal zwanzig Jahren die jüngste unterrichtende Absolventin sein würde.

Sie blickte sich in der Bibliothek um und stellte fest, dass die meisten Tische mit kleinen Gruppen von Studenten besetzt waren, die gemeinsam lernten. Dee hatte auch Freunde an der Uni gefunden – einige gute Freunde sogar. Sie war nie zuvor so vielen unterschiedlichen Menschen begegnet, von denen jeder eine andere Geschichte hatte. Und doch verfolgten sie alle ein gemeinsames Ziel: den Abschluss zu schaffen und Lehrer zu werden. Aber Dee hatte es schon immer vorgezogen, allein zu lernen. Sie hatte das Gefühl, mehr erreichen zu können, wenn sie sich nur mit ihren eigenen Gedanken beschäftigte. Obwohl sie für ihre letzte Prüfung am nächsten Tag eigentlich perfekt vorbereitet war, ging sie vorsichtshalber ihre Notizen ein weiteres Mal durch. Nun streckte sie sich auf ihrem Stuhl, reckte die Arme in die Höhe und ließ die Schultern dabei nach hinten gegen die Lehne fallen, was ein knackendes Geräusch verursachte.

»Autsch«, ertönte es aus der Arbeitsnische neben ihr, und ein Typ, den sie schon des Öfteren auf dem Campus gesehen hatte, lehnte sich auf seinem Stuhl zurück und schaute zu ihr herüber. Sie wusste, dass er kein Lehramtsstudent war, aber er hatte einen ähnlichen Zeitplan wie sie, denn sie sah ihn oft in den Pausen zwischen ihren eigenen Seminaren und Vorlesungen. Er hatte ihr schon mehrfach ein Lächeln zugeworfen, und sie hatte es erwidert.

»Das klingt, als hätte es wehgetan«, sagte er und lächelte.

Dee bemerkte, dass sein blasses Gesicht einen rosigen Ton annahm, wenn er lächelte. Dadurch stachen seine blauen Augen noch mehr hervor.

»Ehrlich gesagt, hat es sich toll angefühlt«, erwiderte sie.

Der Typ hielt ihr seine Hand hin. »Hallo, ich bin Oliver«, sagte er.

Dee ergriff die Hand und schüttelte sie. »Adeena. Dee, wollte ich eigentlich sagen«, verbesserte sie sich rasch. Sie hatte wieder einmal vergessen, dass sie eigentlich nur noch den Kurznamen verwenden wollte, den ihr ihre Freunde von der Uni gegeben hatten.

»Du hast deinen Namen vergessen? Ich glaube, du sitzt schon zu lange hier«, sagte Oliver, und Dee lachte. Nicht, weil es ein dermaßen guter Witz gewesen war, sondern weil Oliver ihn für witzig zu halten schien und über sich selbst lachte. Sein ganzes Gesicht begann dabei zu leuchten. Dees Herz schlug ein wenig schneller.

»Vermutlich«, gab sie zu. »Was studierst du?«, fragte sie und stellte zu ihrer Verwunderung fest, dass es sie wirklich interessierte.

»IT. Ich bin ein Computerfreak.« Oliver grinste. »Und du?«

»Lehramt. Morgen ist meine letzte Prüfung, dann bin ich fertig.«

»Lehramt, wow. Also wirst du jeden Tag mit Kindern arbeiten?«, fragte er und schüttelte dabei den Kopf, als könne er es nicht glauben.

»Magst du keine Kinder?«, fragte sie lachend.

»Die sind schon ganz okay. Ich war ja selbst mal eins. Aber ich würde nicht jeden Tag mit ihnen arbeiten wollen. Die sind so laut. Und nervig.«

»Wie viele jüngere Brüder und Schwestern hast du denn?«, erkundigte sich Dee, die an Myra dachte, die immer geschworen hatte, keine eigenen Kinder zu bekommen, weil es ihr gereicht hätte, auf ihre jüngeren Brüder aufzupassen. Oliver warf den Kopf zurück und lachte. »Ist das so offensichtlich? Vier. Drei Schwestern und einen Bruder.«

»Dann verstehe ich das sehr gut«, meinte Dee lächelnd.

»Und du hast ältere Geschwister?«, mutmaßte Oliver.

»Nein, ich war ein Einzelkind.«

»Aha, dann weißt du also gar nicht, wie nervig Kinder sind. Du wirst dich noch wundern.«

Dee begann, ihre Notizen zusammenzupacken. »Ich werde es schon überleben«, erklärte sie und erhob sich, um zu gehen, wobei sie sich gar nicht sicher war, wieso sie es tat, denn dieses Geplänkel mit Oliver gefiel ihr.

»Bist du fertig?«, fragte er und schob die Notizen auf seinem eigenen Schreibtisch zu einem großen Haufen zusammen, sammelte sie ein und stand auf. »Ich auch. Hast du Lust, essen zu gehen?«

Dee warf einen Blick auf ihre Uhr. Es war halb zwölf, und sie musste erst heute Abend arbeiten, also hatte sie eigentlich keinen Grund, Nein zu sagen. Auch wenn ihr eine innere Stimme sagte, dass sie es tun sollte.

»Ähm ...«, setzte sie an.

»In der Cafeteria gibt es heute Hähnchenschnitzel. Die mag doch wirklich jeder«, sagte Oliver.

Dee mochte sie zwar nicht, aber es gefiel ihr, wie viel Mühe er sich gab, um sie zu überzeugen. Sie zuckte mit den Schultern. »Warum nicht?«

»Ich kann es gar nicht glauben, dass wir uns erst drei Wochen kennen. Du etwa?«, fragte Oliver und reichte Dee das Popcorn. Sie waren zum zweiten Mal in einer Woche im Kino und warteten darauf, dass der Film begann. Es stimmte, sie hatte das Gefühl, Oliver schon ewig zu kennen.

»Aber du kanntest mich doch schon länger«, neckte sie ihn und bewarf ihn mit einem Popcorn. Er hatte Dee gestanden, dass sie ihm schon vor Monaten aufgefallen war, er aber in der Bibliothek erst den Mut aufgebracht hatte, sie endlich anzusprechen.

»Das ist aber nicht nett von dir, meine Worte gegen mich zu verwenden«, sagte er mit gespielter Empörung und warf das Popcorn wieder zurück.

Dee tat so, als bemerke sie nicht, wie er sie anstarrte. Konzentrierte sich stattdessen auf die Popcornschachtel. Sie war sich nicht sicher, was das hier zu bedeuten hatte. War er mehr als nur ein Freund, obwohl sie noch nicht einmal Händchen gehalten hatten?

Auf jeden Fall war Oliver sehr rasch zum besten Freund in ihrem Leben geworden, und doch gab es noch so viel, das sie nicht übereinander wussten. Und es gab so viele Unterschiede. Doch so wie sein Blick heute Abend auf ihr ruhte, würde sich vermutlich in den nächsten Stunden etwas zwischen ihnen ändern.

Nach dem Film verließen sie lachend das Kino. Es war nur eine alberne Cop-Komödie mit ein bisschen Action gewesen, aber ganz lustig.

»Wie wär's mit einem Eis? Wir könnten zum Strand runtergehen, um es dort zu essen«, schlug Oliver vor.

Sie befanden sich in Cronulla. Dee hatte am Nachmittag die Bahn genommen, um sich hier mit Oliver zu treffen. Maras Bruder, der in einem Restaurant in Cronulla arbeitete, würde sie nach seiner Schicht mit nach Hause nehmen. Dee schaute auf ihre Armbanduhr. Es war erst halb acht. Sie hatte noch eine ganze Stunde Zeit, ehe sie sich auf den Weg zum Restaurant machen musste, um ihn dort zu treffen.

»Klingt gut«, sagte sie und lächelte, als Oliver auf dem Weg zum Eisladen ihre Hand hielt. Seine fühlte sich warm an, gab ihr ein Gefühl von Sicherheit. Dee schob ihre Finger durch seine und lehnte sich zu ihm hinüber, sodass sich ihre Beine unterwegs mit einem leisen Rascheln streiften. Warum nur hatte sie das hier bisher vermieden?, fragte sie sich. Es kam ihr wie die natürlichste Sache der Welt vor, Oliver so nah zu sein, und sie verspürte auch kein Schuldgefühl, wie sie es eigentlich befürchtet hatte.

Als sie an dem Laden ankamen, bestellten sie ihr Eis und nahmen es mit nach draußen, um damit Richtung Meer zu spazieren. Der Schein der Straßenlaternen in dem Park hinter dem Strand reichte zusammen mit dem Mondlicht gerade noch aus, um zu erkennen, dass sich niemand mehr hier am Wasser aufhielt. Sie setzten sich nebeneinander in den kühlen Sand und aßen schweigend. Dee hatte Herzklopfen. So, wie Oliver immer wieder auf ihre Lippen schaute, schloss sie, dass er versuchen würde, sie zu küssen. Während der letzten Wochen, in denen sich zwischen ihnen eine Freundschaft entwickelt hatte, war sie sich sicher gewesen, dass sie es nicht zulassen würde. Doch nun, da sie so dicht nebeneinander im Halbdunkel saßen, hoffte sie sogar, dass er es tun würde. Doch er tat es nicht. Stattdessen stellte er ihr eine Frage.

»Ich ... ähm ... ich wüsste gern ...« Oliver hustete und lachte dann. »Ich hätte nicht gedacht, dass ich so schlecht in so was bin«, sagte er kopfschüttelnd und blickte auf seine Hände hinab.

Dee hatte das Gefühl, im Sand festgefroren zu sein, während sie darauf wartete, dass er die richtigen Worte fand.

»Könntest du dir vorstellen, dass aus unserer Freundschaft mehr wird?«, platzte er schließlich heraus. Dee war sich nicht sicher, was sie antworten sollte. Sie begegnete seinem Blick, als er herauszufinden versuchte, wie sie reagieren würde. Und dann seinem enttäuschten Ausdruck, als sie sich räusperte.

»Ich fände es schön, wenn wir mehr als nur gut befreundet wären, Oliver. Aber es geht nicht. Es ist einfach alles zu kompliziert. Ich glaube, befreundet zu sein ist einfacher, okay?« Sobald die Worte heraus waren, hätte Dee sie gern zurückgenommen. Sie hatte ihren Verstand sprechen lassen, und ihr Herz hasste sie dafür.

Oliver rutschte im Sand hin und her und setzte sich ein wenig gerader hin. »Alles klar, ich versteh schon. Ich war mir nur nicht sicher, ob das hier vielleicht ein Date war und ... ich weiß auch nicht. Ich mag dich einfach, Dee. Ich mag dich wirklich sehr«, sagte er, ohne sie anzusehen.

»Ich mag dich auch«, sagte sie und entschied sich für den Versuch, ihm ihre Lage zu erklären. »Wie du weißt, bin ich Muslimin,

Oliver. Das heißt, ich bezeichne mich als Muslimin, aber in Wahrheit praktiziere ich meinen Glauben nicht. Mein Vater war überhaupt nicht religiös und hat mich ermutigt, mir das Leben leichter zu machen und … Es ist kompliziert.«

Oliver nickte. »Du hast deine Eltern bisher nie erwähnt. Ist dein Dad, ähm … Es klingt als ob …«

»Er ist gestorben. Kurz nachdem ich die Schule beendet hatte«, sagte Dee, und sie spürte einen Kloß in ihrem Hals.

Oliver griff nach ihrer Hand. »Tut mir leid«, sagte er.

Dee hielt seine Hand ganz fest. Es war schön, auf diese Weise getröstet zu werden. Nach dem Tod ihres Vaters hatte sie sich von niemandem trösten lassen, sondern stattdessen darauf beharrt, stark genug zu sein, um allein mit ihrer Trauer fertigzuwerden.

»Danke«, flüsterte sie. »Ich wusste, dass er erschöpft war. Aber ich hatte keine Ahnung, dass er krank war. Ich bin eines Morgens aufgewacht, und er lag noch im Bett. Er war so still und kalt.« Dee holte tief Luft. Abgesehen von dem Rettungssanitäter, der an diesem Morgen gekommen war, hatte sie nie jemandem davon erzählt. »Seine Augen waren geschlossen, aber er sah immer noch so erschöpft aus, und sein Gesicht war nicht entspannt, als würde er schlafen … Er sah aus, als hätte er Schmerzen. Ich war die ganze Nacht im Nebenzimmer und hatte keine Ahnung, dass er dort mit Schmerzen lag und während ich schlief, an einem geplatzten Aneurysma starb.«

Oliver rutschte dicht an sie heran, legte ihr den Arm um die Schultern und hielt sie fest. Dee ließ ihren Kopf auf seine Schulter sinken und ließ ihren Tränen freien Lauf. Sie erlaubte sich selten, an ihren Vater zu denken, dabei vermisste sie ihn so sehr.

»Hattest du … Hattest du denn sonst niemanden mehr?«, erkundigte sich Oliver nach einer kleinen Weile.

»Nein, es gab immer nur uns zwei. Wir hatten einige gute Freunde, aber keine Familie außer uns.« Dee wischte sich die Augen, setzte sich aufrecht hin und lachte. »Was eigentlich sehr ungewöhnlich für uns Libanesen ist. Die meisten von uns haben eine ganze Sippe.« Sie wandte sich Oliver zu. Sie waren einander so nah, dass sie seinen warmen Atem auf ihrem Gesicht spüren konnte. Sie lehnte sich ein bisschen zurück, was er daraufhin auch tat.

»Also kannst du nicht einmal als nicht praktizierende Muslimin mit mir zusammen sein?«, fragte er leise.

Dees Magen zog sich zusammen. Sie hatte sich noch nie so hin- und hergerissen gefühlt. Sie wusste, welche Antwort sie ihm gern gegeben hätte, aber da war dieses Gefühl, diese Stimme, die ihr riet, anders zu antworten. Wie sollte sie herausfinden, welche recht hatte?

»Ich weiß nicht, was ich bin, Oliver. Ehrlicher kann ich nicht sein. Ich bin Australierin, ja, und ich weiß, Liebe ist Liebe, und all das wird hier akzeptiert. Und wenn ich mir vorzustellen versuche, was mein Vater dazu gesagt hätte, dann hätte er vermutlich seine Zustimmung gegeben. Sich gefreut, dass ich mich so gut angepasst habe.« Sie versuchte sich an einem Lachen, aber es klang eher wie ein Wimmern. Sie setzte sich noch ein bisschen aufrechter hin. »Ich bin mir nicht sicher, woran ich glaube. Ich hatte immer mehr Vertrauen in unsere Religion als mein Vater. Aber ich bin nie stark genug gewesen, sie auf die Weise auszuüben, wie ich es eigentlich tun sollte. Ich weiß es einfach nicht.«

Oliver nickte, aber Dee bemerkte, dass da ein kleiner Hoffnungsschimmer in seinen Augen war.

»Du bist durcheinander. Ich verstehe das, Dee. Ich wurde katholisch erzogen, aber inzwischen weiß ich auch nicht mehr so recht, woran ich glaube. Doch eins weiß ich: dass ich dich in meinem

Leben brauche. Und wenn das nur in einer freundschaftlichen Beziehung möglich ist, dann muss das eben reichen.« Er lächelte.

Dee erwiderte sein Lächeln. Sie hatte das Gefühl, dass sie dem besten Freund begegnet war, den sie jemals haben würde. Vielleicht würde er eines Tages mehr sein als das. Aber für den Moment war sie einfach nur dankbar, dass sie ihm begegnet war.

Kapitel 39

Dee

Gegenwart

»Isla, wieso ist uns das bloß nicht schon früher eingefallen?«, fragte Dee, als Isla die Kamera auf dem Stativ befestigte.

Oliver rückte die Kissen auf dem Sofa zurecht, auf dem Dee gleich während der Aufnahme sitzen sollte. Auf Islas Empfehlung hin hatte sie sich eine blaue Bluse angezogen, weil Blau angeblich die beste Farbe war, wenn man etwas kommunizieren wollte. Auf Dees Frage hin, ob sie das an der Uni gelernt habe, hatte Isla gelacht. »Das ist Marketing für Anfänger. Im Ernst – sieh dir nur die Politiker an, wenn sie bei wichtigen Veranstaltungen Reden halten. Sie haben immer irgendetwas Blaues an.«

Dee war sich nicht sicher, ob sie das glauben sollte, aber sie besaß eine hübsche, kurzärmelige hellblaue Bluse, die sie sich erst kürzlich gekauft hatte, und so befolgte sie den Rat. Während Isla aufbaute, überflog Dee das Blatt in ihrer Hand. Es war eine gekürzte Version der Rede, die sie am Tag der offenen Tür halten wollte. Sie hatte einige Änderungen daran vorgenommen, um sie zu vereinfachen. Isla hatte darauf bestanden, dass »Vereinfachung« das neue Schlüsselwort war.

»Okay, wir sind startklar«, sagte Isla und trat von der Kamera weg. »Bist du bereit?«

»Nein«, erwiderte Dee wahrheitsgemäß. »Bist du dir auch ganz sicher, dass wir das hier tun wollen? Ich habe keinerlei Genehmigung vom Ministerium. Alles andere wurde immer von denen genehmigt.« Sie hatte Angst. Aber sie wusste genau, was sie rüberbringen wollte. Es war ihr ein Anliegen, den Menschen die Furcht zu nehmen. Marie hatte mit ihren Worten wenige Tage zuvor so recht gehabt: Die Leute fürchteten sich vor dem Unbekannten. Das hatten die unzähligen Beschwerden bewiesen, die bei der Schule eingegangen waren. Viele stammten von guten, liebevollen Eltern. Sie verstanden das Konzept nicht und fürchteten die Veränderung. Dee beabsichtigte, Maries Rat zu folgen und es ihnen zu erklären. Sie hoffte nur, dass es wirklich so einfach sein würde.

»Es ist deine Entscheidung, Dee. Ich möchte nicht, dass du deinen Job riskierst. Aber darf ich dir etwas dazu sagen?«, fragte Isla. Dee nickte. »Dein Ziel ist es, die Menschen zusammenzubringen. Was du vorhast, ist so simpel, wie John es gesagt hat. Wovor haben die Leute Angst? Dein Lehrplan besteht aus einer Stunde pro Woche, in der es darum geht, über die Schönheit des menschlichen Geistes zu reden! Mehr müssen die Leute gar nicht verstehen, um es zu akzeptieren, da bin ich mir sicher. Sich auf die Veränderungen zu konzentrieren war ein Fehler. Ich hätte das schon viel früher erkennen müssen.«

Dee betrachtete Isla eingehend, während sie ihr zuhörte. Ihre Wangen hatten sich rosig gefärbt, und da war ein so leidenschaftlicher Ausdruck in ihren Augen. Sie fragte sich, ob das bei all ihren Klienten so war oder ob diese eine, besondere Idee bei ihr so großen Widerhall fand. Oliver räusperte sich.

»Isla, das hast du sehr schön ausgedrückt, und ich kann dir nur zustimmen.« Er wandte sich Dee zu. »Tu es, Schatz. Das Schlimmste, was passieren kann, ist, dass sie dich feuern. Und sollten sie das tun, kommen wir schon klar.«

Dee nickte erst ihm und dann Isla zu. »Okay, dann legen wir mal los. Danke, Isla, ich bin bereit.« Sie nahm auf dem Sofa Platz, doch bevor sie begann, fiel ihr noch etwas ein. »Adrian, John!«, rief sie.

»Möchtest du, dass die ganze Familie zuschaut?«, fragte Oliver.

Adrian und John kamen ins Wohnzimmer geschlurft.

»Was ist?«, wollte John wissen.

»Was sollte ich deiner Meinung nach sagen?«, fragte ihn Dee. Sie wollte, dass es alle verstanden, auch Teenager.

»Hey, basiert das Ganze hier nicht eh schon auf dem, was ich gesagt habe?«, erwiderte John und hob die Hände in die Höhe, als sei das zu viel verlangt.

»Da hast du recht«, stimmte sie ihm zu und sah Adrian an. »Was sollte ich deiner Ansicht nach sagen, Adrian? Was würdest du deinen Freunden gern antworten, wenn sie mal wieder behaupten, dass das eine schräge Idee ist?«

Adrian blickte für einen Moment auf seine Schuhe hinab, Hände in den Taschen vergraben. Gerade als Dee dachte, dass sie ihre Zeit verschwendete, blickte er auf. »Ich schätze, dass ich sagen würde, dass sich nichts ändern wird. Dass du von keinem verlangst, sich zu ändern. Dass du sie nur bittest ... keine Ahnung ... vielleicht etwas offener zu sein ...« Adrian blickte wieder nach unten.

»Das ist toll, Adrian. Was würdest du sonst noch sagen?« Dee platzte beinahe vor Stolz.

»Bloß dass sie offener sein sollen und kapieren sollen, dass ... dass wir zuerst mal Menschen sind«, sagte er und lächelte, als ihm klar wurde, dass ihm alle zunickten.

John klopfte ihm auf den Rücken. »Klingt gut, Mann. Also Mum: *Keep it simple.*«

Dee stand auf und zog beide Jungen in ihre Arme und gab ihnen jeweils einen Kuss auf die Wange. »Wie seid ihr beide nur so klug geworden, hm?«, fragte sie. »Na schön, ihr seid entlassen. Geht ruhig wieder in eure Zimmer. Danke, Jungs.«

»Ich schaue zu, wenn das okay ist«, sagte John.

»Ja, ich auch«, schloss sich Adrian an.

Dee wandte sich Isla zu. »Ich bin bereit.«

Es war schon nach Mitternacht, als Dee sich zu Oliver ins Bett legte. Sie war so erschöpft, als wäre sie einen Marathon gelaufen. Aber es war die Sache wert gewesen – zumindest hoffte sie das. Isla hatte ihr versprochen, das Video noch in der Nacht zu bearbeiten, damit es schon am nächsten Morgen in den sozialen Medien der Schule verfügbar sein würde. Sie wollte es auch an all die großen Nachrichtensender schicken, in der Hoffnung, dass wenigstens einer die Geschichte aufgreifen würde. Dee war sich nicht sicher, ob das tatsächlich ihrem Wunsch entsprach, aber bei dem Gedanken, die Chance zu haben, der Schulgemeinschaft ihre eigentliche Idee zu erläutern, fiel ihr ein Stein vom Herzen. Sie legte sich vorsichtig ins Bett, um Oliver nicht zu stören, der schon zu schlafen schien. Aber er rollte sich herum und legte seinen Arm über ihre Taille.

»Wie geht es dir?«, fragte er.

»Gut, glaube ich. Auf jeden Fall bin ich sehr viel optimistischer als heute Nachmittag.«

»Du warst toll heute Abend. Deine Worte waren perfekt. Sie werden Anklang finden. Einen Nerv treffen.«

Dee berührte sanft sein Gesicht, rieb seine stoppelige Wange. »Ich danke dir. Ohne dich würde ich solche Dinge nicht durchstehen«, sagte sie und gab ihm einen Kuss.

»Du würdest wunderbar ohne mich klarkommen«, erwiderte er. »Aber das wirst du niemals müssen.«

Es war noch dunkel, als Dee erwachte. Sie drehte sich sogleich auf die Seite und warf einen Blick auf ihr Smartphone. Sie hatte eine Nachricht von Isla mit einem Anhang. Es war das Video. Dee schaute auf die Uhr. Es war erst halb sechs. Isla musste die ganze Nacht aufgeblieben sein, um es zu bearbeiten. Sie überlegte, ob sie Oliver wecken sollte, damit sie es sich gemeinsam ansahen, doch sie entschied sich, erst einmal allein einen Blick darauf zu werfen. Nachdem sie vorsichtig ihre Bettdecke zur Seite geschlagen hatte, machte sie sich mit dem Smartphone in der Hand auf den Weg ins Bad. Dort setzte sie sich auf die kühlen Fliesen, holte tief Luft und drückte »Play«.

Ich war acht Jahre alt, als dieses wunderschöne Land meinen Vater und mich aufgenommen hat. Ich bin anders, dessen bin ich mir bewusst. Doch sind wir das nicht alle? Ich habe Freunde aus unterschiedlichen Kulturen; mein Mann und seine Familie hingegen sind in Australien auf die Welt gekommen. Wir sind alle verschieden, und das ist etwas, das in diesem großartigen Land gefeiert wird. Doch dabei wird oft vergessen, dass wir uns alle auch ziemlich gleichen. Wir sind alle Menschen. Menschen, die in einer Welt leben, in der wir Furcht und Glück und Traurigkeit empfinden und das zumeist in gleichem Maße. Menschen, die lieben, die dazugehören, die sich kümmern. Ich bin Muslimin, aber auch ich stehe genau wie mein Nachbar, der Christ ist, morgens auf, frühstücke mit meiner Familie und kämpfe mich durch den Verkehr auf Sydneys Straßen zur Arbeit. Wie mein jüdischer Kollege hole ich mir meinen Morgenkaffee und arbeite hart. Und wie mein Freund, der ein Sikh ist, freue ich mich auf den Feierabend und darauf, nach Hause zu kommen. In unserem Innersten sind wir zuallererst einmal Menschen.

Unser interreligiöser Lehrplan wurde entworfen, um unsere Kinder zu lehren, was wir alle gemeinsam haben. Um die Grundlage aller Religionen zu würdigen: Güte, Vergebung und Achtung. Er wurde entworfen, um unserer nächsten Generation begreiflich zu machen, wie ähnlich sie einander sind, und damit sie das, was sie verbindet, würdigen lernen. Bei diesem Lehrplan ging es nie darum, dass eine einzige Religion dominiert. Und es ging auch nie darum, irgendetwas von irgendeiner Religion wegzunehmen. Es geht um Hoffnung. Es geht darum, zuallererst einmal Mensch zu sein. Der gesamte Lehrplan kann auf der Website und der Facebook-Seite unserer Schule eingesehen werden. Bitte nehmen Sie sich ein paar Minuten Zeit, um ihn zu lesen. Und kommen Sie dann zu unserem Tag der offenen Tür an diesem Samstag und teilen Sie unseren Lehrkräften Ihre Gedanken mit. Ihre Meinungen sind für uns von hohem Wert. Ich freue mich darauf, Sie dort zu sehen, und ich bin voller Hoffnung, was unsere gemeinsame Zukunft als Schulgemeinschaft angeht.

Als das Video endete, bemerkte Dee, dass sie den Atem angehalten hatte. Sie verspürte mit einem Mal ein Kribbeln im Bauch. Wenn sich die Eltern den Lehrplan wirklich durchlasen, würden sie erkennen, dass ihre Beschwerden unbegründet waren. Sie wusste, dass sie nicht jeden auf ihre Seite bringen konnte. Einige Leute würden weiterhin jede Veränderung hassen. Aber die meisten fürchteten sich nur, und wie Marie schon ganz richtig gesagt hatte: Das einzige Heilmittel gegen Ängste war Verstehen. *Ich werde diese Eltern* überzeugen, sagte Dee sich und stand auf, um sich für den Tag bereit zu machen.

Kapitel 40

Dee

1998

»Eine Beschwerde?« Die Worte gingen Dee einfach nicht in den Kopf. Sie gab in ihrem Job wirklich alles und versuchte, als Lehrerin immer das Beste aus sich herauszuholen. Sie war peinlich genau bis ins kleinste Detail. Stand ihren Schülern selbst in der Mittagspause für Nachhilfe zur Verfügung. Sprach mit den Eltern, wann immer man sie darum bat. Wie konnte es da eine Beschwerde über sie geben?

Richard Lawson, Direktor der Dural Public School und damit ihr Vorgesetzter, nickte. »Ich fürchte ja, Dee. Aber so etwas sollte man nicht immer allzu ernst nehmen. Wenn es nach mir ginge, hätte ich die Sache gar nicht weiterverfolgt und Ihnen nichts davon erzählt. Aber da es sich hier um Lernstoff handelt, bin ich verpflichtet, dem nachzugehen.«

»Lernstoff?«, rief Dee. Sie verbrachte Stunden damit, ihren Unterricht vorzubereiten und stellte dabei immer sicher, dass alles auf dem Lehrplan basierte. Wie konnte es da eine Beschwerde geben?

»Dee, bitte beruhigen Sie sich. Ich bin auf Ihrer Seite. Ich gebe die Beschwerde nur weiter, stimme ihr aber weder zu noch werde ich irgendwelche Maßnahmen ergreifen. Haben Sie das verstanden?«

Dee zwang sich tief durchzuatmen. Sie führte sich lächerlich auf. Natürlich musste sie sich beruhigen.

»Es tut mir leid. Würden Sie mir bitte sagen, wie die Beschwerde lautet?«, bat sie ihn und konzentrierte sich darauf, still zu sitzen und sich zusammenzureißen.

Richard seufzte, nahm seine Brille ab und rieb sich die Augen, um sie dann wieder aufzusetzen. »Die Beschwerde stammt von Mrs. Davids, Michaels Mutter«, begann er, um gleich wieder von Dee unterbrochen zu werden, die sich nicht zu beherrschen vermochte.

»Mrs. Davids hat sich über mich beschwert?« *Wie konnte sie nur?*, fragte sich Dee. Sie war so eine nette Frau, nahm sich immer Zeit, um mit Dee zu plaudern, wenn sie sie sah. Erst letzte Woche hatten sie sich darüber unterhalten, wo man hier in der Gegend den besten Kaffee bekam.

»Dee, ich bitte Sie. Mrs. Davids hat mich heute Morgen angerufen. Sie ist besorgt wegen einer Thematik, über die Sie mit Ihrer Klasse gestern in Sozialkunde gesprochen haben – Flüchtlinge?«

Dee hatte augenblicklich ein mulmiges Gefühl in der Magengrube. Natürlich. Sie hatte ihrer sechsten Klasse das Thema Immigration vorgestellt, als einer ihrer Schüler wissen wollte, was es mit dem Slogan »Stoppt die Boote« auf sich hatte. Dee war vom Thema abgeschweift und hatte ihnen ausführlich erklärt, was Flüchtlinge waren. Die Diskussion hatte sie inspiriert, denn die ganze Klasse war von dem Thema gefesselt gewesen. Sie hatten über die Gründe gesprochen, weshalb Menschen flüchteten und wie es auf den Flüchtlingsbooten zuging. Und sie hatten auch über Australiens Flüchtlingspolitik und die Bemühungen der Regierung, die Einwanderung illegaler Bootsflüchtlinge zu stoppen, gesprochen. Dee erinnerte sich daran, wie sie ihrer Klasse gesagt hatte, dass sie diese Politik für ungerecht hält. Ihre genauen Worte waren gewesen: »Australien ist ein sehr großes Land. Es gibt Platz für Menschen, die in Not sind, findet ihr nicht?« Ihre Klasse hatte ihr mit großem Enthusiasmus zugestimmt.

»Stimmt. Ich habe das Thema Flüchtlinge angesprochen.«

»Und dagegen ist auch nichts einzuwenden, Dee. Unsere Schülerinnen und Schüler der sechsten Klasse sind beinahe Teenager, und es ist wichtig, dass sie die Welt um sich herum verstehen. Mrs. Davids hatte allerdings das Gefühl, dass Sie der Klasse Ihre eigene Meinung aufgedrängt hätten. Ihr Mann arbeitet im Parlament, und sie haben ihre eigenen Ansichten.« Richard seufzte erneut. »Die sich von den Ihren erheblich unterscheiden. Von den meinen übrigens auch.«

Nun kam Dee sich vor, als hätte sie einen Schlag in die Magengrube erhalten. Das rief ihr in Erinnerung, wie viele Australier eine andere Ansicht als sie vertraten. Aber es verletzte sie, dass Mrs. Davids gleich mit Richard gesprochen hatte, anstatt zunächst mit ihr. Doch am allermeisten war sie über sich selbst enttäuscht. Sie hatte der Klasse ihre Meinung aufgedrängt, das ließ sich nicht leugnen. Sie hatte die andere Seite der Debatte gar nicht erst angesprochen, weil sie nicht daran glaubte. Aber das war nicht in Ordnung.

»Tut mir leid, Richard. Sie könnte recht haben. Ich bin zu weit gegangen.«

»Sie sind mit Leidenschaft dabei, und deshalb sind es Ihre Schüler auch. Dafür sollten Sie sich nicht entschuldigen.«

»Das tue ich auch nicht. Aber ich bedauere, dass ich ihnen nur die eine Sichtweise in dieser Debatte genannt habe. Das war nicht richtig.«

Richard sah sie einen Moment lang an. »Wissen Sie, es kommt nicht häufig vor, dass eine Lehrkraft auf diese Weise auf Kritik reagiert«, sagte er.

Dee zuckte mit den Schultern. »Ich finde, das ist die einzig mögliche Weise. Ich bin zwar ein wenig verletzt, aber Mrs. Davids hat ja nicht unrecht. Ich habe den Schülern eine Meinung vorgegeben. Ich werde selbstverständlich morgen auch die Sichtweise der Gegenseite nennen.«

»Ach, bitte tun Sie das nicht. Ich bin sicher, dass sie die oft genug zu hören bekommen. Belassen wir es einfach dabei, dass ich mit Ihnen gesprochen habe, und beim nächsten Mal stellen Sie gleich beide Seiten vor, wenn Sie ein Thema diskutieren. Was halten Sie davon?«

Dee lächelte. »Klingt gut. Danke.« Sie stand auf, um zu gehen. Sie war froh, dass sie einen so aufgeschlossenen Direktor hatten, der das Kollegium unterstützte. Der Direktor der letzten Schule, an der sie unterrichtet hatte, war das genaue Gegenteil gewesen.

Als sie die Tür erreicht hatte, hielt Richard sie noch einmal auf. »Dee, Sie wissen ja, dass wir für das nächste Jahr eine offene Stelle für die stellvertretende Schulleitung haben. Werden Sie sich bewerben?«, fragte er.

Dee war nicht daran interessiert. Sie war mit einigen Stellvertretern befreundet und wusste, wie viel Arbeit mit einer solchen Stelle verbunden war. Sie fürchtete, dass es auf Kosten der Qualität ihrer Lehrtätigkeit gehen würde. Außerdem planten Oliver und sie in den nächsten Jahren eine Familie zu gründen, und sie war sich nicht sicher, ob sie beides bewältigen könnte.

»Das hatte ich eigentlich nicht vor«, erwiderte sie.

»Nun, ich hoffe, dass Sie das noch einmal überdenken werden.

Ich würde Ihre Bewerbung wirklich sehr gern prüfen«, sagte Richard lächelnd.

»Na schön, vielleicht tue ich das.«

»Freitag ist Bewerbungsschluss«, rief er ihr hinterher, als sie sein Büro verließ. Während sie entschied, mit Oliver darüber zu reden und zu hören, was er davon hielt, beschäftigten sich ihre Gedanken bereits damit, was sie in einer Führungsposition in der Schule alles bewegen könnte.

Als Dee von der Arbeit nach Hause kam, ließ sie der Geruch nach Knoblauch und verbrannten Zwiebeln schaudern. Sie war seit drei Jahren mit Oliver verheiratet, aber er hatte erst kürzlich mit seinen Versuchen begonnen, das Abendessen zuzubereiten. Nach ihrer Hochzeit war Dee automatisch in die Rolle der Köchin geschlüpft. Das hatte sich sinnvoll ergeben, da sie für gewöhnlich abends vor sechs Uhr zu Hause war, während Oliver meist erst nach sieben von der Arbeit kam. Ganz zu schweigen davon, dass sie schon seit ihrer Kindheit am Herd stand. Aber Oliver war kürzlich befördert worden und musste nun als IT-Manager schon um sechs Uhr früh mit seiner Arbeit an der Universität beginnen. Aus diesem Grunde war er allerdings auch schon spätestens um fünf zu Hause und hatte sich einige Kochbücher gekauft, mit denen er experimentierte.

Dee fand es toll, dass er sich so anstrengte, aber bisher war das, was er auf den Teller brachte, leider kaum genießbar. Glücklicherweise versuchte er sich nicht an libanesischem Essen, sondern überließ dessen Zubereitung Dee an den Wochenenden. Sie hätte niemals mit ansehen können, wie er ihre geliebten Gerichte verhunzte.

Dee machte sich auf den Weg in die Küche und lachte, als sie

Oliver in ihrer rot-weißen Schürze erblickte. Er ließ das Messer fallen, das er gerade in der Hand hielt, und kam zu ihr herüber, um sie zu umarmen. »Wie war dein Tag?«, fragte er.

Dee gab ihm einen Kuss. »Interessant. Und wie war deiner, maître de cuisine?« Sie zupfte an der Schürze.

»Langweilig. Was ist, gefällt sie dir etwa nicht an mir?«, fragte er, ließ seine Hände über den Stoff gleiten und verdrehte dabei auf übertriebene Art und Weise seine Hüfte.

Dee lachte und gab ihm noch einen Kuss. »Blödmann«, sagte sie. »Was kochst du denn?« Sie warf einen Blick in die Pfanne, die mit viel zu lange gebratenen Zwiebeln und Champignons und anderem Gemüse gefüllt war, das sich aber nicht mehr identifizieren ließ.

»Gemüsepfanne. Heute mal auf asiatische Art.« Dee stocherte mit dem Kochlöffel in dem verbrannten Gemüse herum. Sie fragte sich, ob sie stattdessen getoastete Sandwiches vorschlagen könnte, ohne ihm damit zu nahezutreten.

»Urteile nicht nach dem Aussehen. Es wird köstlich, glaub mir. Ich werde immer besser«, verkündete er mit stolzgeschwellter Brust.

Dee lachte wieder. »Ja, das wirst du«, stimmte sie ihm zu.

»Warte nur ab, eines Tages werde ich der Koch in dieser Familie sein, und du wirst mich anflehen, dir deine Lieblingsgerichte zu kochen.«

Dee unterdrückte ihr Lachen. »Ich glaube an dich.« Sie legte die Arme um seine Mitte und küsste seine Wange. Dann ließ sie ihn weiter die nächste Katastrophe zubereiten, während sie sich ein Glas mit Wasser füllte und am Tresen Platz nahm.

»Also«, begann sie. »Richard hat mir heute einen interessanten Vorschlag gemacht«, sagte sie. Auf der Fahrt nach Hause hatte sie sich entschlossen, die Sache mit der Beschwerde zu überspringen. Sie kam damit klar und wollte nicht, dass Oliver stellvertretend für sie gekränkt war. Das kam nämlich des Öfteren vor.

»Und welchen? Dass du die Leitung der Schule übernehmen sollst?«, fragte er und schüttelte viel zu viel Salz in die Pfanne. Dee zuckte nicht einmal, doch sie musste sich sehr zusammenreißen.

»Nicht ganz. Aber er hat mich dazu ermutigt, mich für die offene Stelle der stellvertretenden Schulleitung im nächsten Jahr zu bewerben. Ich müsste meine Bewerbung bis Freitag abgeben.«

»Das ist ja super. Ich sage dir, die wollen, dass du das übernimmst. Du wirst den Laden ins Laufen bringen.« Dee fand das zwar rührend, aber dennoch unterdrückte sie ein Seufzen. Oliver hatte keine Ahnung, wie das Schulsystem funktionierte. Richard war ein hervorragender Direktor, aber ihm waren so oft die Hände gebunden. Wie überall im öffentlichen Dienst gab es Regeln einzuhalten. Dennoch fand sie die Vorstellung, in leitender Position etwas innerhalb des Systems bewirken zu können, immer verlockender. Regeln waren nicht in Stein gemeißelt. Sie änderten sich ständig.

»Also findest du, dass ich es versuchen sollte?«, fragte Dee.

»Aber klar. Du denn nicht?«

»Doch, ja. Durchaus. Ich mache mir nur etwas Sorgen, ob das auch dann noch funktionieren würde, wenn wir … wenn wir versuchen sollten, ein Baby zu bekommen?«

Oliver legte den Löffel zur Seite und lehnte sich über die Theke zu ihr hinüber. »Du bekommst doch Mutterschaftsurlaub, oder?«

»Ja, vierzehn Wochen bei vollem Lohn, glaube ich, aber da ich schon länger im Schuldienst bin, könnte ich auch noch verlängern oder auch noch Elternzeit nehmen.«

»Perfekt. Also falls – oder wenn – wir ein Baby bekommen,

dann schöpfst du alles aus, was geht. Und wenn du wieder arbeitest, dann nehme ich all die Elternzeit, die mir zusteht. Und danach sehen wir weiter. Es gibt Kindertagesbetreuung oder auch meine Mutter – die wird sich drum reißen, auf den Nachwuchs aufzupassen. Wir werden das schon hinkriegen«, sagte er.

Dee dachte an einige ihrer Freundinnen, die mit ihren Männern zu kämpfen hatten, damit die einen gerechten Anteil an der Kindererziehung übernahmen.

»Du bist ein Genie. Aber das weißt du ja, stimmt's?«, sagte sie und beugte sich vor, um ihn zu küssen.

»Natürlich weiß ich das, aber danke, dass du mich daran erinnerst«, erwiderte Oliver grinsend. Dann wandte er sich wieder seiner Mixtur in der Pfanne zu, und Dee sprach ein stilles Dankgebet, dass sie einen solchen Ehemann hatte. Auch wenn sie etwas länger als nötig gebraucht hatte, um zu erkennen, dass sie füreinander bestimmt waren, war es dennoch die beste Entscheidung gewesen, die sie jemals getroffen hatte.

Kapitel 41

Gegenwart

»Die haben *was*?«, fragte Isla und hielt sich das Telefon näher ans Ohr, weil sie glaubte, sich verhört zu haben.

»Die haben mich abserviert. Das heißt, in der offiziellen Version habe ich nach langjähriger Dienstzeit Sonderurlaub beantragt, aber inoffiziell drohen sie mir, das Verfahren zur Beendigung meines Vertrags einzuleiten, wenn ich mich weigere, das entsprechende Formular auszufüllen.«

Isla vermochte sich keinen Reim auf den Klang von Dees Stimme zu machen. Man hätte glauben können, sie sei vergnügt und guter Laune.

»Das tut mir so leid, Dee. Ich hätte dir nie vorschlagen dürfen, dieses Video zu machen. Ich hatte ja keine Ahnung, dass du deinen Job verlieren würdest.«

»Nein, bitte Isla, ich kann dir gar nicht genug danken. Ich war gestern derartig verzweifelt, aber nachdem wir das Video gemacht hatten, kam es mir so vor, als hätte ich etwas, um das es sich zu kämpfen lohnt. Und ich fühle mich immer noch so. Es ist ein verdammt guter Lehrplan. Weißt du, bevor sie mich kaltgestellt haben, hatte ich zwanzig E-Mails und ein Dutzend Anrufe – alles Entschuldigungen wegen der gestrigen Beschwerden.

Okay, eine Morddrohung war darunter, aber das werte ich eher als Erfolg!«

Sie ist wahnsinnig, dachte Isla. »Eine Morddrohung?«, wiederholte sie.

»Ach, nichts Ernstes, bloß eine leere Drohung, mich den Haien zum Fraß vorzuwerfen, wenn ich weiter Videos mache. Kein Grund zur Sorge.« Dee lachte.

»Ich mache mir aber Sorgen. Alles in Ordnung bei dir?«, erwiderte Isla, und Dee blieb für einen Moment stumm.

»Ehrlich gesagt, bin ich mir nicht sicher«, sagte sie schließlich. »Ich weiß, dass ich eigentlich wütend sein sollte, aber im Augenblick fühle ich mich einfach nur … ich weiß auch nicht. Wir haben den Mund aufgemacht, Isla. Genau das haben wir getan, und du hast dafür gesorgt, dass ich mit meinen Worten eine Menge Menschen erreicht habe. Wir hatten so viele Aufrufe der Schul-Website. Sean sagte, so etwas hätte er noch nie erlebt. Die Leute sind interessiert, sie hören zu. Ich habe keine Ahnung, ob ich mich hier bloß an irgendetwas klammere, aber es scheint mir ein Schritt in die richtige Richtung zu sein.«

»Das ist es auf jeden Fall, das glaube ich auch. Und ich bin so stolz auf dich. Nun ja, genau genommen auf uns beide. Aber was ist mit deinem Job, Dee? Was wirst du tun?«

»Tja, man erwartet immer noch von mir, dass ich beim Tag der offenen Tür erscheine. Ein fröhliches Gesicht mache, als wäre alles okay.« Dee gab ein bitteres Lachen von sich. »Und ich schätze, dass ich den Rest des Schuljahres freihabe. Sean wird vermutlich als kommissarischer Direktor einspringen, daher weiß ich, dass die Schule in guten Händen ist.«

»Und was ist mit dir?«

»Ich komme schon klar.«

Dee stand bewegungslos draußen vor ihrer Haustür, den Schlüssel im Schloss. Die Wirkung des Adrenalins hatte nachgelassen. Die positiven Rückmeldungen der Eltern hatten ihren Glanz verloren. Jetzt, wo sie nicht mehr länger die Schule leitete, war alles vorbei. Wie sollte sie Oliver beibringen, dass man sie gefeuert hatte? Ihren Jungs erklären, dass diese Idee, die sie mit so viel Stolz erfüllt hatte, gescheitert war. Sie wusste, dass sie stellvertretend für sie stinksauer sein und versuchen würden, sie zu trösten. Aber das wollte sie nicht. Denn dadurch würde das alles erst real werden. Plötzlich schwang die Tür auf, und John stand da und starrte sie an.

»Mum? Ich dachte doch, ich hätte deinen Wagen gehört. Wie lange stehst du denn schon hier draußen?«

Dee holte tief Luft. »Irgendwas stimmt mit meinem Schlüssel nicht.« Sie warf ihren Schlüsselbund wieder zurück in die Handtasche und trat ein.

John wich einen Schritt zurück, ließ sie aber nicht aus den Augen, als sie ihre Schuhe abstreifte.

»Aber warum bist du schon zu Hause? Alles okay, Mum?«

Dee stand mit beiden Handflächen auf den Dielentisch gestützt da und starrte sich im Spiegel an. Alles, was sie sehen konnte, war eine Versagerin.

»Dad! Irgendwas stimmt nicht mit Mum«, rief John.

Oliver kam den Flur heruntermarschiert, Adrian im Schlepptau. Sie umringten sie. Dee fühlte sich in ihrer eigenen Diele bedrängt und wäre am liebsten wieder zur Haustür hinausgerannt.

»Was ist denn los, Schatz?«, fragte Oliver und griff nach ihrer Hand.

Es hatte keinen Zweck, ihnen etwas vorzumachen. Dee stieß einen langen, tiefen Seufzer aus, verabschiedete sich von ihrem Traum.

Zehn Minuten später waren sie alle ins Wohnzimmer umgezogen, und Oliver, der so aufgebracht war, wie sie es erwartet hatte, lief im Zimmer auf und ab.

»Das ist unmöglich. Ich glaub's einfach nicht!«

Dee sank tiefer in die Sofakissen. »Ich weiß«, stimmte sie ihm zu.

Oliver setzte sich neben sie und nahm ihre Hände. »Ich meinte eigentlich deine Reaktion«, sagte er.

»Wie bitte?«

»Du lässt es also zu, dass sie dich quasi feuern? Einfach so? Man hat dich gefeuert, und du akzeptierst das und fährst einfach nach Hause? Das sieht dir nicht ähnlich, Dee.«

»Echt nicht. Ich hätte gedacht, dass du irgendwas Verrücktes anstellst«, stimmte ihm John zu.

»Sie alle killst!«, rief Adrian, und John gab ihm einen leichten Stoß.

»Dee, da stecken so viele Jahre Arbeit drin. Nein, viel mehr als das. Also, wenn du deinen Job verlieren solltest, dann bekommen wir das irgendwie geregelt. Aber willst du es wirklich einfach so hinnehmen?«

»Was zum Teufel soll ich denn tun?«, wollte sie von ihm wissen, fassungslos, dass er kein Mitleid mit ihr hatte.

»Na ja, du musst ja nicht einfach so klein beigeben. Die Adeena Dawood, die ich kenne, würde sich so etwas nicht gefallen lassen.«

Als sie ihren vollen Namen vernahm, setzte sich Dee aufrechter hin.

»Erinnerst du dich noch an die Geschichte, die du mir über deine Nachbarin und die Zwangsräumung erzählt hast?«, fragte Oliver, und Dee sah plötzlich all das wieder vor sich, als wäre es gestern gewesen.

»Zwangsräumung?«, rief Adeena. »Wie kann das sein, Rania? Das hier sind Sozialwohnungen, und du bist die perfekte Mieterin! Da muss ein Fehler vorliegen.«

Rania war ein Häufchen Elend, saß in ihrem Morgenmantel auf dem Sofa und um sie herum verstreut lagen lauter feuchte Taschentücher.

»Habibti, genau das haben sie mir mitgeteilt. Ein Dolmetscher hat angerufen und mir auf Arabisch klar und deutlich gesagt: ›Rania, Ihre Wohnung wird zwangsgeräumt.‹«

Adeena schäumte vor Wut. Sie hatte das Gefühl, als würde tatsächlich ein Feuer in ihrer Brust brennen. Rania hatte erst vor vier Monaten ihren Mann verloren und nun das.

»Ich sage dir, da muss ein Fehler vorliegen, Rania. Ich werde das in Ordnung bringen.«

»Nein, Habibti, lass nur. Ich will keinen Ärger. Keinen Streit. Ich werde zu meiner Cousine ziehen. Die wohnt nicht weit weg von hier.«

»Nein! Und ob das Ärger geben wird! Einen verdammt großen Ärger!« Adeena marschierte davon, nahm die Bahn zum Bezirksrathaus und verlangte, den für sie zuständigen Stadtverordneten zu sprechen. Nach stundenlangem Warten ließ sich dann alles klären. Es hatte in der Tat einen Fehler gegeben. Die Zwangsräumung betraf eine Wohnung zwei Stockwerke über Rania, wo eine weitere, jüngere Rania wohnte, die seit über einem Jahr ihre Miete nicht gezahlt hatte. Es wurde aufseiten der Behörde ziemlich viel über die dramatische Art und Weise gelacht, wie diese Angelegenheit geklärt worden war, denn offenbar hätte es nur eines Anrufs beim Wohnungsamt bedurft. Aber das war Adeena egal. Als sie nach Hause kam und Rania davon erzählte, wäre ihr die alte Frau beinahe in die Arme gesprungen. Als ihre Tränen endlich langsam versiegten und sie in der Lage war zu sprechen, legte sie ihre Hände um Adeenas Gesicht und

sagte mit sanfter, zärtlicher Stimme auf Arabisch: »Du bist ein außergewöhnliches Mädchen, Adeena. Deine Stärke kommt aus deinem Herzen.«

Dee sprang vom Sofa. »Meine Stärke kommt aus deinem Herzen! Ich werde diesen Schwachköpfen zeigen, dass sie mich mal können.« Dee schnappte sich ihre Tasche und die Schuhe und marschierte zur Tür hinaus, wie es die neunzehnjährige Adeena vor so vielen Jahren getan hatte. Aber dieses Mal waren da ihre Lieben, die sie jubelnd anfeuerten, als sie sich auf den Weg machte. Dee rief Isla aus dem Auto an, hoffte, dass sie bereit war, sich gemeinsam mit ihr weit aus dem Fenster zu lehnen.

Dee atmete einmal tief durch, ehe sie die Tür zum Empfangsbereich öffnete und auf den Tresen zuging. Die junge Frau, die dort saß, blickte auf.

»Hallo, ich möchte zu Bruce McEvoy.«

Die Frau seufzte. »Haben Sie einen Termin?«

»Nein. Aber sagen Sie ihm, dass Adeena Dawood von der South Public School hier ist, um mit ihm zu sprechen.«

Der Ausdruck, der über das Gesicht der Frau huschte, ließ darauf schließen, dass ihr Adeenas Name bekannt war. Sie nickte, griff zum Telefon und flüsterte etwas hinein.

»Er wird gleich hier sein«, sagte sie, und Dee nickte dankend.

Es dauerte über zehn Minuten, bis Bruce am Empfang erschien, um Dee zu begrüßen. Er lächelte, als er auf sie zukam, und dafür hätte Dee ihm am liebsten eine Ohrfeige verpasst.

»Mrs. Dawood, wie schön, Sie einmal persönlich kennenzulernen. Bitte kommen Sie doch durch in mein Büro, dort können wir uns unterhalten.«

Dee befürchtete, dass ihr etwas Beleidigendes herausrutschen könnte, daher verzog sie lediglich das Gesicht und folgte ihm schweigend in sein Büro. Es war größer als ihr eigenes mit einem Schreibtisch aus Massivholz und bequem aussehenden Stühlen davor. Die Klimaanlage war viel zu kühl eingestellt; es war eiskalt in dem Zimmer. Sie nahm auf einem der Stühle Platz. Bruce lehnte sich in seinem Schreibtischsessel zurück und verschränkte die Arme vor seinem ziemlich dicken Bauch.

»Was kann ich für Sie tun?«, fragte er, als wäre sie nicht jemand, den er vor knapp zwei Stunden praktisch gefeuert hatte.

»Ich möchte Ihnen der Höflichkeit halber persönlich mitteilen, dass ich mir einen Anwalt nehmen und wegen unberechtigter Entlassung Schadenersatz einklagen werde.«

Bruce reagierte nicht, aber seine Wangen röteten sich.

»Sie haben nichts in der Hand«, erwiderte er. »Sie haben unser Datenschutzgesetz verletzt, und wir haben das Recht, Sie dazu aufzufordern, Urlaub zu nehmen.«

»Nein, Sie haben lediglich das Recht, disziplinarische Maßnahmen zu ergreifen. Mir mit Entlassung zu drohen, sollte ich keinen Urlaub nehmen, dazu haben Sie absolut kein Recht. Aber das überlassen wir doch am besten den Anwälten.«

Bruces Augenbrauen bewegten sich auf eine komische Art und Weise in die Höhe, um sich einander dann zu nähern. Er rutschte unruhig in seinem Sessel hin und her. »Was genau wollen Sie?«

»Sie sollen wissen, dass es ein Fehler war, mich rauszuwerfen. Und ein noch größerer Fehler, den Lehrplan zurückzuziehen. Wir hätten es einer ganzen Generation von Kindern ermöglicht, sich dieser Thematik zu öffnen.« Bruce lachte auf, aber Dee fuhr fort. »Sie halten mich für etwas naiv. Ich hatte selbst schon die Befürchtung, dass es so sein könnte. Aber ich erkenne ein Problem innerhalb unserer Gesellschaft, und ich werde es zu meiner Lebensaufgabe machen, etwas dagegen zu unternehmen. Mit Ihrer Hilfe oder ohne sie.«

Bruce starrte sie wütend an. »Und bloß um mir das zu sagen, kommen Sie extra hierher?«

»Ja. Und auch, um Sie wissen zu lassen, dass Market Thrive alles abgesagt hat, was für den Tag der offenen Tür geplant war. Es gibt ja auch derzeit nicht gerade viel zu feiern, oder?«

Bruce, der alle Mühe zu haben schien, sich zu beherrschen, erhob sich halb, ließ sich dann aber wieder in den Sessel sinken.

»Das können die doch nicht machen«, zischte er.

»Haben sie aber bereits getan. Und bei einer so kurzfristigen Absage gibt es bedauerlicherweise auch keine Erstattung. Na ja, sei's drum«, Dee stand auf und schwang sich die Handtasche über die Schulter. »Ich möchte nicht noch mehr Ihrer kostbaren Zeit verschwenden. Mein Anwalt wird sich mit Ihnen in Verbindung setzen.« Sie marschierte hinaus und seufzte zufrieden angesichts des nunmehr purpurroten Tons, der die Wangen von Bruce zierte.

Isla starrte noch lange Zeit auf ihr Smartphone, nachdem sie das Gespräch beendet hatte. Sie war vor einer Stunde bei der Arbeit eingetroffen und saß immer noch im Auto auf dem Parkplatz. Zuerst hatte Nat ihren Anruf erwidert. Es war ein seltsames und doch so wundervolles Gefühl, ihre Stimme zu hören. Nat war inzwischen mit Tony verheiratet und hatte zwei Kinder. Nach all dieser Zeit war es eine etwas holperige Unterhaltung gewesen, aber irgendwie hatte es sich wie ein Stück Heimat angefühlt, mit ihrer ältesten Freundin zu reden.

Nat lebte mittlerweile in Melbourne, und Isla versprach, sie beim nächsten Mal anzurufen, wenn sie beruflich dort war. Sie war sich aber nicht sicher, ob sie es wirklich tun würde. Bevor sie sich verabschiedete, hatte sie sich bei Nat dafür bedankt, dass sie damals ihre Lebensretterin gewesen war, und Nat hatte sehr emotional reagiert und einen Moment gebraucht, um sich wieder so weit zu fassen, dass sie sprechen konnte. Als sie sich schließlich verabschiedet und einander noch einmal versichert hatten, wie sehr sie sich mochten, war es Isla wie ein Abschluss vorgekommen. Und während sie so dagesessen und über das Gespräch nachgedacht hatte, hatte Dee angerufen und freudig und hysterisch zugleich geklungen. Isla war sich nicht sicher, was sie davon halten sollte. Sie war der Ansicht, dass Dee zu Größerem bestimmt war, als nur Schulleiterin zu sein. Und mit diesem Gedanken war mit einem Mal die Richtung für sie klar. Sie durchsuchte ihre Kontakte auf dem Handy und drückte alle Daumen, während sie wartete, dass sich am anderen Ende jemand meldete. Hoffentlich war das die Lösung.

Vier Stunden später erfuhr Isla die Neuigkeit, auf die sie gehofft hatte. Als das Gespräch beendet war, lächelte sie, fühlte sich wie eine Zauberin mit dem perfekten Zauberspruch. Sie schickte Dee eine Textnachricht: *Hast du heute Abend Zeit? Lass uns noch einmal Marie besuchen und dann reden. Ich habe Neuigkeiten.*

Kapitel 42

Marie

1993

Von den drei Verlusten, die Marie in ihrem Leben erlitten hatte, war dies der schlimmste. Als junge Frau den Bruder zu verlieren, war niederschmetternd gewesen. Sie hatte sehr um ihn getrauert und ihn für lange Zeit schrecklich vermisst, aber nach einer Weile festgestellt, dass sie mit den Erinnerungen an ihn in ihrem Herzen weiterzuleben vermochte. Bei ihrer Mutter, die sie mehrere Jahre durch die Demenz begleitet hatte, war es ein langer Abschied auf Raten gewesen. Ein schrittweiser, allmählicher Trauerprozess.

Aber auf den Verlust von Samuel war Marie nicht vorbereitet. Der Morgen war wie jeder andere gewesen, seit die Kinder das Haus verlassen hatten. Sie waren beide früh aufgestanden und hatten gemeinsam einen Spaziergang gemacht. Als sie zurückkehrten, öffnete Betty gerade den Laden. Sie winkten ihr zu und gingen um das Haus herum durch den Hintereingang hinein in die Küche. Dort setzten sie sich an den Tisch, lasen die Morgenausgabe der Zeitung, aßen dabei ihr Müsli und tranken ihren Kaffee. Dann hatte Samuel Marie zum Abschied einen Kuss gegeben und sich mit den Worten »Noch fünfundsiebzig Tage« auf den Weg zur Arbeit gemacht. Es waren nur noch fünfundsiebzig Tage bis zu seiner Pensionierung, und sie planten, dies mit einer Kreuzfahrt zu feiern. Betty und Marie waren dabei, den Laden aufzulösen. Betty hatte vor, in ein Seniorenheim zu ziehen, in dem es offenbar jeden Abend eine Happy Hour mit Drinks gab. Und wenn Samuel und Marie von ihrer Kreuzfahrt zurückkehrten, wollten sie den Laden renovieren und in ein großes Wohnzimmer mit offenem Kamin verwandeln. Sie freuten sich beide schon sehr darauf. Doch das war, bevor Samuel an jenem Tag zur Arbeit gefahren war. Bevor er in der Fabrik, die er besucht hatte, zusammengebrochen und vor dem Eintreffen des Krankenwagens gestorben war. Ein schwerer Herzinfarkt, hatte man Marie mitgeteilt, was ironisch war, denn Samuel hatte weder geraucht noch Alkohol getrunken und war für seine fünfundsechzig Jahre fit gewesen. Und nun fühlte sich Marie furchtbar und elendig verloren.

Sechs Wochen waren seit der Beerdigung vergangen, aber anstatt sich besser zu fühlen, brachte jeder Tag nur ein neues Gefühl der Verzweiflung mit sich. Maries Kinder waren wundervoll, schliefen abwechselnd im Gästezimmer, kochten für sie und kümmerten sich um alles. Doch obwohl Marie es als tröstlich empfand, sie in ihrem Zuhause um sich zu haben, machte sich in ihrem Herzen ein Gefühl der Isolation breit. Was sollte sie ohne Samuel anfangen? Der Laden war geschlossen. Betty hatte ihr Vorhaben in die Tat umgesetzt, den restlichen Lagerbestand, die Regale und die sonstige Ausstattung verkauft – dort war nur noch ein leeres Nichts. Sie war Betty dankbar, dass sie sich um alles gekümmert hatte. Marie hätte es nicht bewältigen können. Aber den leeren Laden zu sehen, verstärkte nur noch das Gefühl des Verlustes. Sie hatte keine Aufgabe. Ihre Kinder waren erwachsen, sie brauchten sie nicht mehr. Und was war sie denn nun noch, da sie keine Ehefrau und keine Ladenbesitzerin mehr war? Womit sollte sie ihre Tage füllen?

Marie lag im Bett, die Decke bis zum Kinn hochgezogen und starrte auf Samuels leere Seite neben sich. Sie vermisste ihn in den Nächten so sehr, dass es ihr vorkam, als ob ihr Herz nie wieder heilen würde. Es war in zu viele Stücke zerbrochen, dachte sie, während sie leise vor sich hin schluchzte und sich dabei wünschte, dass Samuel sie im Arm hielt, ihre Tränen fortwischte und ihr versicherte, dass alles wieder gut werden würde.

Um sich von ihrem Kummer abzulenken, ging sie in Gedanken einige Fakten durch. Heute war Dienstag. Es war der neunundzwanzigste März. Als Nächstes zählte sie die Geburtstage ihrer Kinder auf. Und es dauert nicht lange, und sie schlief ein.

Marie schreckte aus dem Schlaf, ihr Herzschlag pochte laut in ihren Ohren, während sie regungslos in der stillen Dunkelheit dalag. Was hatte sie geweckt?, fragte sie sich. Sie streckte die Hand aus, um Samuel zu wecken, aber er war natürlich nicht da. Marie hatte ein ungutes Gefühl im Bauch. Sie schlug die Bettdecke zurück und stand auf, um sich im Haus umzusehen. Kat übernachtete heute bei ihr, aber die schlief stets wie ein Stein, daher war sie sich sicher, dass das, was auch immer ihren Schlaf gestört haben mochte, ihre Tochter nicht geweckt hatte.

Marie schlich sich in den Flur und schaute nach, ob die Seitentür abgeschlossen war. Dann machte sie sich auf den Weg zur Rückseite des Hauses und stellte fest, dass auch die Hintertür abgeschlossen war. Wahrscheinlich war es nur ein Knarren vom Dach gewesen, dachte sie und ging in die Küche. Sie schaltete das Licht ein und nahm ein Glas heraus. Dann griff sie zu dem höchsten Schrank über dem Kühlschrank hinauf und holte eine Flasche Baileys daraus hervor. Sie goss sich ein kleines Glas daraus ein und setzte sich an den kleinen Küchentisch, der alt und wacklig war, aber immer in ihrer Küche verbleiben würde. Marie nahm einen Schluck und genoss die Wärme, die sich rasch in ihrem Körper ausbreitete. Sie schloss die Augen und dachte an all die vielen Male, die sie mit ihrer Mutter und Lucas daran gesessen hatte. Dann nur mit ihrer Mutter. Dann mit Samuel. Und nun saß sie hier allein.

Mit einem Mal hörte sie wieder dieses Geräusch und erstarrte. Es hatte wie ein Knall vor dem Haus geklungen. Sie ließ ihr Glas stehen und eilte mit schnellen Schritten los, bereit, sich dem zu stellen, was auch immer ihr da Furcht einflößte. Als sie die Verbindungstür zum Laden öffnete, wehte ihr ein kalter Wind entgegen. Die Eingangstür zum Laden stand auf. Marie betrat vorsichtig den Raum. Das Licht der Straßenlaterne ermöglichte ihr, sich umzusehen, ohne die Lampen einzuschalten. Sie schritt langsam durch den Laden, der bis auf die große Holztheke im vorderen Teil leer war. Es dauerte nicht lange, bis sie sicher sein konnte, dass niemand hier war. Sie marschierte zur Eingangstür hinüber, zog sie zu und sperrte sie sorgfältig ab. Dann drehte sie sich um und lehnte sich mit dem Rücken gegen die Tür und wartete darauf, dass ihr Herz aufhörte zu hämmern, konzentrierte sich darauf, ruhiger zu atmen. Sie starrte auf die Holztheke, auf die ihre Mutter immer so stolz gewesen war.

Sogar im Dunkeln beeindruckte das tiefrote Holz, das selbst jetzt zu glänzen schien. Marie ging hinüber und legte ihre Hände darauf. Wie oft schon hatte sie diese Theke gewischt! Und mit einem Mal verspürte sie ein seltsames Kribbeln, das ihr vom Nacken über die Arme hinunterlief. Beinahe wie Gänsehaut, doch mehr wie ein Schauder. Marie schloss die Augen und stellte sich ihre Mutter vor, wie sie hinter diesem Tresen stand, ihre Kundschaft begrüßte, ihr Leben voller Stolz lebte, weil sie ihren eigenen

Weg in dieser Welt ging. *Das ist es, was ich tun soll,* dachte sie. Ich soll hier sein, in diesem Haus, in diesem Laden. *Aber nicht auf diese Weise.* Sie musste es zu etwas Eigenem machen. Musste aus dem Schatten ihrer Mutter treten, es ohne Samuels und Bettys Hilfe allein schaffen. Es anders schaffen.

Marie öffnete die Augen und eilte zum Lichtschalter hinüber. Im hellen Schein der Lampen wanderte ihr Blick über den Holzboden, die nackten Wände und die Fenster hinweg. Ein Café, entschied sie. Aus der Maher Street 33 würde das beste Café der Gegend werden. Denn hier war alles möglich, dachte sie und lächelte zum ersten Mal seit sechs Wochen wieder.

Liebe junge Rose,

ich bleibe dabei: Das Leben ist schon manchmal verrückt. Wenn ich mir meine Marie ansehe, dann bin ich so voller Stolz und Freude und Liebe. Was für eine Frau ist aus ihr geworden! Ich weiß, dass sie schon bald bei uns sein wird, aber noch ist es nicht so weit. Als meine Kinder klein waren, habe ich ihnen von Zeit zu Zeit den Begriff »außergewöhnlich« erklärt, denn so hat sich unser Leben für mich angefühlt. Von außen betrachtet gewöhnlich, doch wenn man genauer hinsah, konnte man all das erkennen, was es so außergewöhnlich machte. Inzwischen habe ich begriffen, dass jedes Leben außergewöhnlich ist, wenn man nur genauer hinschaut. Meine Marie könnte eine ganz gewöhnliche Frau sein: eine Witwe, eine liebende Mutter und Großmutter, die ein kleines Café führt. Doch wenn man genauer hinsieht, dann erkennt man, wie viele Menschenseelen sie berührt hat. Wie vielen, die sich mit ihr unterhalten haben, sie mit ihrer Begeisterungsfähigkeit und ihrer Klugheit geholfen hat. Sie ist außergewöhnlich – wir alle sind es. Wir sehen uns bald wieder, meine liebe Marie. Bleib noch ein wenig, denn sie brauchen dich noch. Aber wenn du bereit bist, dann warten wir alle hier auf dich.

Rose

Kapitel 43

Dee

Gegenwart

Seinen Kummer in Schokolade zu ertränken, hatte schon etwas für sich, dachte Dee, als sie ein Stück Waffel in die geschmolzene Schokolade tunkte. Der Krankenbesuch bei Marie am heutigen Abend war traurig verlaufen. Marie war nicht bei Bewusstsein gewesen, und es schien, als würde sie immer mehr dahinschwinden. Dee und Isla waren nur wenige Minuten geblieben, hatten nur kurz mit der Familie gesprochen und Maries Hand berührt. Dabei hatte Dees Haut die ganze Zeit über gekribbelt, weil sie an Maries gestrige Worte gedacht hatte: *Starke Frauen, alles möglich.* Dee war heute stark gewesen, und sie wünschte, sie hätte Marie davon erzählen können.

»Starke Frauen, alles möglich – meinst du, dass Marie das auch im Brief an ihr jüngeres Ich geschrieben hätte?«, fragte Isla plötzlich.

Dee ließ ihre Gabel fallen. »Ob du's glaubst oder nicht, ich habe auch gerade an Maries Worte gedacht.« Sie grinsten einander einen Moment lang an, und dann nickte Dee. »Ich glaube schon, dass das in ihrem Brief vorgekommen wäre – oder etwas in der Art. Sie ist ja der Inbegriff einer starken Frau – immerhin gibt sie uns selbst vom Sterbebett noch Ratschläge. Sie ist einfach unglaublich.«

»Finde ich auch. Ich bin so dankbar, dass ich ihr begegnet bin. Ich wünschte nur, es wäre schon vor viel längerer Zeit passiert. Ich wünschte, wir wären in der Lage gewesen, unser Treffen am Montag zu einer lieben Gewohnheit werden zu lassen, wie wir es geplant hatten. Das wäre sehr schön gewesen«, sagte Isla und nahm einen Schluck von ihrer heißen Schokolade. Im Chocolate Café war es gemütlich und behaglich und das, obwohl es beinahe Sommer war und draußen warm. Um zehn Uhr an einem Freitagabend brummte der Laden, und beinahe jeder Tisch war besetzt.

»Vielleicht bist du ihr genau im richtigen Moment begegnet, genau, als du sie gebraucht hast«, gab Dee zu bedenken. Sie glaubte nicht daran, dass im Leben alles vorbestimmt war, aber sie war durchaus der Ansicht, dass das Schicksal beim Lauf der Dinge eine Rolle spielte. »Lass uns beide den Nachmittagstermin doch beibehalten! Was hältst du davon, wenn der Montag von nun an unser Kaffeeklatschtag ist?«

Isla lächelte und nickte, nahm noch einen Schluck. »Das wäre toll.«

Dee hatte sie bisher noch nicht danach gefragt, was sie für Neuigkeiten hatte, aber sie hatte sich schon den Kopf darüber zerbrochen, um was es sich handeln könnte. Isla schien nicht der Typ zu sein, der viel Lärm um nichts machte. Dee versuchte, sich trotzdem nicht allzu große Hoffnungen zu machen, während sie einen weiteren Bissen von ihrer Waffel nahm.

»Also«, begann Isla da und holte tief Luft.

Dee legte ihre Gabel hin und blickte Isla aufmerksam an. Die schien ein Lächeln zu unterdrücken.

»Ich glaube, man könnte sagen, dass ich sehr aufregende Neuigkeiten für dich habe. Du weißt ja inzwischen, dass ich an das glaube, was du da erschaffen hast, und als ich dir gestern beim

Filmen zugehört habe, da war ich … na ja, schon verdammt beeindruckt von deiner Klugheit und deiner Intelligenz. Du bist, was meine Mutter als ›alte Seele‹ bezeichnen würde.«

Dee lachte. »Was bedeutet das?«

»Nun, wenn du an Wiedergeburt glaubst, dann wäre das eine Seele, die schon viele Leben durchlaufen und viele Erfahrungen gesammelt hat. Falls du das nicht tust, dann ist das lediglich ein Mensch, der in der Lage ist, einen Schritt zurückzutreten und zu erkennen, wie die Welt funktioniert und etwas zu unternehmen, um sie zu einem besseren Ort zu machen.«

Dee gefiel die Idee. »Eine alte Seele. Wow. Vielen Dank.«

Isla lächelte. »Also, ich war wirklich beeindruckt. Und das Beste an der Art und Weise wie du sprichst, ist, dass du ein so natürliches Selbstvertrauen besitzt. Du klingst, als wärest du wirklich von deinen Meinungen überzeugt, stündest den Dingen aber gleichzeitig offen gegenüber. Das ist eine perfekte Kombination für eine Expertenrunde.« Isla grinste, aber Dee hatte keine Ahnung, worauf sie hinauswollte.

»Expertenrunde?«

»Im Fernsehen. Du weißt schon, wie in diesen Talkshows, wo sie aktuelle Ereignisse diskutieren und ihren Senf dazugeben. Mit deinem Sprechstil, deiner Erfahrung und deiner Ausbildung bist du eine perfekte Kandidatin dafür.«

Dee bemühte sich mitzuhalten. Sie wusste das Kompliment zu schätzen, aber sie hatte keine Ahnung, wie sie es anstellen sollte, ins Fernsehen zu kommen.

»Du hast nächsten Montag ein Vorstellungsgespräch bei der *Today Show*, um in eine dieser Diskussionsrunden aufgenommen zu werden!«, rief Isla, die die Neuigkeit nicht mehr länger für sich behalten konnte.

Dees Herz klopfte ihr bis zum Hals. Das ist doch unmöglich, dachte sie.

»Eine meiner Kolleginnen ist mit einem Produzenten von Channel 9 verheiratet. Sie wechseln die Diskussionsteilnehmer immer mal wieder aus und haben Interesse an neuen Gesichtern für ihre Stammrunde. Ich habe dem Produzenten dein Video geschickt, es hat den Leuten dort gefallen, und sie haben dich zu einem Vorstellungsgespräch eingeladen!« Isla reichte ihr ihr Smartphone, auf dem eine geöffnete Mail zu sehen war.

Sehr geehrte Mrs. Dawood,
vielen Dank für Ihr Interesse. Wir würden uns gern am Montag, den 11. November, um 12:00 Uhr mit Ihnen treffen. Meine Assistentin wird sich hinsichtlich der Adresse unseres Studios und der Anfahrt mit Ihnen in Verbindung setzen. Sie können sich gern auf das Thema »Staatliche Schulen kontra Privatschulen« in New South Wales vorbereiten. Bitte rechnen Sie damit, dass an dem Tag auch weitere Themen diskutiert werden.

Mit freundlichen Grüßen
Peter Touk
Senior Producer

Dee starrte noch lange Zeit, nachdem sie mit dem Lesen fertig war, auf Islas Smartphone. Das konnte doch unmöglich wahr sein! Sie hatte sich immer schon gewünscht, einmal so etwas zu machen. Sie hatte schon so viele Vorträge bei Bildungskonferenzen gehalten und sich insgeheim vorgestellt, dass sie dabei gefilmt würde. Bekam sie nun wirklich die Chance, ganz Australien mitzuteilen, was sie zu sagen hatte?

Isla griff nach ihrer Hand und schüttelte sie. »Also, was sagst du dazu?«

Dee blickte Isla an und blinzelte, versuchte, die richtigen Worte zu finden. »Ich glaube, dass ich *dir* genau im richtigen Moment begegnet bin. Isla! Du meine Güte! Wie kann ich dir jemals dafür danken?«, sagte sie und griff über den Tisch hinweg, um sie zu umarmen.

Isla lachte. »Da bin ich aber froh, dass du dich darüber freust! Ich hatte schon Angst, dass du kein Interesse daran hättest und ich den Termin wieder absagen müsste …«

»*Interesse* ist kolossal untertrieben! Hör bloß auf!« Dee lehnte sich kopfschüttelnd zurück. »Ich kann es einfach nicht glauben.«

»Tja, solltest du aber. Genieße es. Du hast diese Chance verdient.«

»Ich kann es echt nicht fassen. Wow!« Dee sah Isla an, die sich mit ihr zu freuen schien. »Ich danke dir wirklich sehr. Das bedeutet mir so viel, genauso wie deine Unterstützung und dass du an mich glaubst.« Dee hob ihr Wasserglas in die Höhe. »Lass uns auf Marie trinken, die uns daran erinnert hat, dass alles möglich ist, wenn starke Frauen zusammenhalten.«

Isla stieß mit Dee an, und sie saßen für einen Moment schweigend da, während sich Dees Gedanken überschlugen. Nach einer Weile sagte sie: »Dann hat dieser ganze Schlamassel wohl so kommen müssen. Ich sollte dir begegnen und mit dem Lehrplan scheitern, um meine Ideen dann einem größeren Publikum vorstellen zu können.«

»Sieht ganz so aus«, stimmte ihr Isla zu.

»Ich glaube, ich weiß, was ich in meinem Brief an mein jüngeres Ich schreiben würde. ›Entspann dich, Adeena, jede Erfahrung hat einen Sinn. Alles Weitere wird sich finden.‹ Ich glaube, das ist meine Botschaft«, sagte Dee ein wenig verlegen.

»Und es ist eine gute Botschaft«, erwiderte Isla. Sie schien in Gedanken versunken, und Dee befürchtete schon, sie verletzt zu haben. Sie wollte nicht, dass Isla glaubte, sie sei der Ansicht, dass der Tod ihres Sohnes eine sinnstiftende Erfahrung gewesen sei. Sie wollte ihr gerade irgendwie erklären, dass sie lediglich über ihr eigenes Leben gesprochen hatte, als Isla ihr zuvorkam.

»Mein Brief an mein jüngeres Ich war sehr lang. Ich habe das ganze Notizbuch bis zum Ende vollgeschrieben. Und dabei hat es nicht einmal viel Sinn ergeben«, sagte sie und nahm einen Schluck von ihrer heißen Schokolade. »Weil der Verlust von Matty niemals irgendeinen Sinn für mich ergeben wird.« Dee griff nach ihrer Hand. »Aber ich glaube trotzdem, dass ich nun eine wichtige Botschaft für mich habe. Sie lautet: Isla, lass zu, dass dich jemand liebt, erlaube dir, glücklich zu sein, denn ein Leben voller Traurigkeit ist eine verdammt lange Zeit. Und ich glaube nicht, dass ich für immer traurig sein sollte«, setzte sie hinzu. »Und das werde ich auch nicht sein.«

Marie wusste, dass sie von ihrer Familie umgeben war. Sie fühlte es, spürte, wie ihre Liebe sie umfing. Lacey war eingetroffen. Sie hatte ihre Stimme vernommen, die ihr sagte, dass sie die beste Mutter sei und dass sie sie liebe. All ihre Lieben hatten ihr so wunderschöne Dinge gesagt. Doch auch wenn ein Teil von ihr gern noch geblieben wäre, um mit anzusehen, wohin sie das Leben führte, so wusste sie doch, dass ihre eigene Reise nun beendet war. Sie öffnete die Augen und blickte ihre Familie an. *Das habe ich gut gemacht*, dachte sie. Und dann, als sie ihren letzten Atemzug tat, nahm sie Samuel an die Hand.

Epilog

Isla lauschte gebannt der Geschichte über die Farm auf den Philippinen, wo Dax aufgewachsen war. Er schilderte ihr, wie er sich kleine Schlammschlachten mit einem Mädchen namens Joanna geliefert hatte, die aus seinem Dorf stammte und schließlich seine Frau geworden war.

»Hast du jemals bereut, die Philippinen verlassen zu haben?«, fragte sie ihn, denn da war ein beneidenswertes Strahlen in seinem Gesicht, wenn er über die üppigen grasgrünen Felder sprach.

Aber er schüttelte den Kopf. »Nein. Nie. Ich vermisse die Familie, aber wir besuchen sie. Alle zwei Jahre. Das reicht«, sagte er mit einem Augenzwinkern.

»Weshalb bist du von dort fortgegangen?«, erkundigte sie sich, während sie vorsichtig eine weiß gerahmte Fotografie an einen Haken neben der Eingangstür hängte.

»Ich wollte Veränderung. Neubeginn. Hatte keine Lust, die Farm zu übernehmen. Habe ich meinen Brüdern überlassen und kam zum Kochen her.« Dax grinste und deutete auf die glänzende Küche.

Isla fand, dass er es großartig hinbekommen hatte, aus dem Café etwas ganz Eigenes zu machen und dennoch die Erinnerung an Marie in Ehren zu halten. Kaum zu glauben, dass sie nun fast schon ein halbes Jahr tot war. Doch seither war so viel passiert. Dax hatte das Café in den ersten Monaten so weitergeführt, wie es Marie zu Lebzeiten getan hatte. Ihr Tod hatte zahlreiche Gäste erschüttert. Es schien fast so, als wäre sie in den Köpfen der meisten Menschen unverwundbar gewesen. Das Café war zu einer Hommage an sie geworden. Die Leute brachten über Wochen hinweg Blumen mit und erzählten sich Geschichten über sie.

Dax und seine Frau zogen ins Haus, als Maries Familie ihnen das Angebot machte, und sobald sie sich dort eingerichtet hatten, nahmen sie das Café in Angriff und erfanden es neu. Genauso wie Marie es nach dem Tod ihres Mannes mit dem Laden getan hatte. Sie schlossen es für fünf Wochen und veränderten einiges an der Einrichtung, verliehen dem Ganzen einen »urbanen Touch«, wie Dax es ausdrückte. Dax hatte Isla angerufen, um sich bei ihr Ratschläge wegen anderer Veränderungen zu holen und nachgefragt, wie er das Café mit dem neuen Look vermarkten könne. Er war hocherfreut, als er erfuhr, dass sie ihren Job gekündigt hatte und im Begriff war, sich ihre eigene kleine Marketingagentur aufzubauen.

Dax wurde ihr erster offizieller Kunde. Gemeinsam überarbeiteten sie die Speisekarte und entschieden, an den Wochenenden in der lockeren, entspannten Atmosphäre des Cafés den Schwerpunkt auf verschiedene Brunch-Varianten zu legen und unter der Woche Mittagsgerichte an Schulen und Unternehmen zu liefern. Es dauerte lediglich drei Tage, dann hatten sie so viele Aufträge an Land gezogen, dass Dax und Joanna sie gerade noch bewältigen konnten. Isla verbrachte viel mehr Zeit mit ihren neuen Kunden, als sie vermutlich sollte, und kam bei jedem Besuch in den Genuss eines Kaffees und eines getoasteten Sandwiches.

Sie rückte die Fotografie nun ein letztes Mal zurecht und trat einen Schritt zurück, um sicherzugehen, dass sie gerade hing. Dax hatte Maries Familie um die Erlaubnis gebeten, eins der Schwarz-Weiß-Fotos, die auf ihrem Nachttisch gestanden hatten, im Café aufzuhängen. Das Bild war vor über achtzig Jahren auf diesem Grundstück gemacht worden und hatte eine noch sehr kleine Marie eingefangen, die Hand in Hand mit ihrem etwas größeren Bruder dahinschritt. An ihrer Seite, Maries freie Hand in der ihren, ging Rose, groß und elegant, mit einem heiteren, beinahe fröhlichen Gesicht. Sie schienen sich alle nicht bewusst gewesen zu sein, dass sie fotografiert wurden, blickten einander an statt in die Kamera.

Dax gesellte sich zu Isla und betrachtete grinsend das Foto. Sie schaute sich im Café um, das immer noch Wärme ausstrahlte, obwohl es nun in einem erfrischend modernen Gewand daherkam.

»Ich glaube, du bist bereit, Dax«, sagte Isla und klatschte in die Hände.

»Glaube ich auch. Immer noch viel Kochen, aber wir schaffen das. Danke, Isla«, sagte er.

»Es war mir ein Vergnügen. Und ich bekomme jetzt ein Leben lang Kaffee und Sandwiches gratis, stimmt's?«

»Kommt drauf an, wie lange du lebst.«

»Haha, sehr witzig«, sagte sie und griff nach ihrer Handtasche, denn der Alarm an ihrem Smartphone ertönte. *Dees Show*! Beinahe hätte sie sie vergessen.

»Dax, hättest du etwas dagegen, wenn wir den Fernseher einschalten? Dee ist heute Morgen in der *Today Show*.« Ohne die Antwort abzuwarten, schnappte sie sich die Fernbedienung von der Theke und schaltete den Fernseher ein, der nun an der hinteren Wand hing. Sie zappte rasch durch die Kanäle und fand gerade noch rechtzeitig zur Vorstellung der Diskussionsrunde den richtigen Sender.

Dee schaute mit einem breiten Lächeln in die Kamera und winkte kurz, als sie vorgestellt wurde. Das Thema an diesem Morgen lautete »Fake News«. Sie wusste aus zahlreichen Gesprächen mit ihrer Freundin, dass sie eine klare Meinung zu dieser Problematik hatte.

Isla setzte sich und wollte Dax gerade fragen, ob sie noch einen Kaffee trinken könnte, als er auch schon neben ihr auftauchte und einen Macchiato auf den Tisch stellte. Er hatte auch einen für sich selbst mitgebracht und nahm neben ihr Platz, um mit zu schauen.

»Du bist so gut zu mir«, sagte sie und stieß mit ihrer Tasse leicht gegen seine.

»Du zu mir auch«, erwiderte er.

Isla dachte an die unglückliche Frau zurück, die sie noch vor einem Jahr gewesen war. Die Frau, die als eine von vielen in der Schlange stand und darauf wartete, einen Kaffee von jemandem vorgesetzt zu bekommen, der viel zu beschäftigt war, um sie wiederzuerkennen. Sie lehnte sich auf ihrem Stuhl zurück, um zuzuhören, was ihre Freundin im Fernsehen zu sagen hatte, und dabei ihren Kaffee zu trinken. So muss sich Glück anfühlen, dachte sie sich.

1932

Rose hielt sich eine Hand vors Gesicht, um ihre Augen vor der Sonne zu schützen, während die andere eine Teetasse hielt. Es war ein perfekter Frühlingsmorgen, warm genug, um draußen nur ein leichtes Kleid zu tragen, aber auch noch kühl genug, um im Gartenstuhl in der Sonne zu sitzen und Marie und Lucas dabei zuzusehen, wie sie im Garten Fußball spielten. Marie drehte sich nach jedem Schuss im Kreis oder schlug ein Rad, während Lucas wie ein echter Fußballprofi herumflitzte. Rose nahm einen Schluck von ihrem Tee und genoss die sonntägliche Ruhe dieses Morgens – keine Lieferungen, keine Kundschaft, nur sie und die Kinder. Wenngleich im Laufe des Tages noch ein Fotograf vorbeischauen würde, den Will, der Metzger, für sie besorgt hatte. Er hatte darauf bestanden, dass Rose das Gedeihen ihres Ladens und ihrer Familie in einer Fotografie einfangen ließ. Seiner Ansicht nach war dies etwas, das sie für immer voller Stolz zeigen konnte.

Sie schloss für einen Moment die Augen und hoffte insgeheim, dass sie stark genug sein würde, auf diese Weise weiterzumachen. Es gab vieles, worauf sie stolz sein konnte, da hatte Will recht, doch der Druck, dem sie dadurch ausgesetzt war, lastete schwer auf ihren Schultern. Sie waren von den Entbehrungen und dem Elend der Großen Depression umgeben, aber dennoch gelang es ihr, dass die Kinder genug zu essen und anzuziehen hatten und gute Schulen besuchten. Aber es gab Augenblicke, in denen sie fürchtete, nicht stark genug zu sein, um immer so weiterzumachen.

Roses Gedanken wurden von einem lauten Kreischen unterbrochen, und ihre Lider flogen auf. Marie lag ausgestreckt auf dem Rücken, und Lucas stand über sie gebeugt und versuchte ihr aufzuhelfen. Rose sprang auf, verschüttete dabei ihren Tee und rannte hinüber. Als sie bei den Kindern ankam, hatte Lucas es schon geschafft, Marie in eine sitzende Position hochzuziehen, und Rose erblickte eine große rote Beule, die sich auf der Stirn ihrer Tochter bildete.

»Was ist passiert?«, fragte sie energisch.

»Tut mir leid, Mum, wir sind ineinandergerannt, und ich glaube, sie ist mit dem Kopf gegen mein Knie gestoßen«, sagte Lucas und umarmte seine Schwester. »Tut mir leid, Marie.«

Marie gab ein kleines Wimmern von sich, erwiderte aber seine Umarmung.

Die beiden so zu sehen, ging Rose zu Herzen, und sie sagte mit sanfterer Stimme: »Ist schon gut, es war nur ein Unfall. Lasst uns in die Küche gehen und etwas Butter auf deine Beule tun, Marie. Dann wird sie gleich kleiner«, tröstete sie ihre Tochter und hielt sie an der Hand, als sie langsam Richtung Haus gingen. Lucas nahm Maries andere Hand und schwang sie in die Höhe, was sie zum Lachen brachte. Während sie so miteinander verbunden voranschritten, kam Rose ein Gedanke: Sie würden einander immer haben. Es spielte keine Rolle, was die Zukunft für sie bereithielt, denn sie würden immer dieses Haus haben und zusammen sein.

In diesem Moment ertönte ein lautes, knallendes Geräusch von der Seite. Rose erschrak, als sie einen gut gekleideten Mann in ihrem Garten erblickte, der einen Fotoapparat hochhielt und sie alle anlächelte. Er winkte, und die Kinder winkten zurück.

»Nun, das ist ja eine liebevolle Familie, wie sie im Buche steht«, rief der Fotograf.

Obwohl sie die nächste halbe Stunde damit verbrachten, für Porträtaufnahmen zu posieren, war diese erste Fotografie diejenige, von der der Fotograf einen Abzug anfertigen würde. Eine Woche später hängte Rose die Fotografie stolz an ihre Wohnzimmerwand. Für den Rest ihres Lebens sollte sie von Zeit zu Zeit davor stehen bleiben und sie betrachten. Da war sie, Hand in Hand mit ihren Kindern, für immer mit ihnen verbunden durch die Liebe, die sie empfand.

Sie hatte keine Ahnung, dass die Fotografie eines Tages in einem Café hängen würde. Konnte nicht wissen, dass sie für die Fremden, die sie betrachteten, so viele verschiedene Dinge symbolisieren würde. Für manche war es die Stärke, die herausstach – die

Stärke einer alleinerziehenden Mutter, die allen Widrigkeiten zum Trotz so viel erreicht hatte. Für andere war es die Liebe, die aus den Gesichtern der kleinen Familie strahlte. Und für viele war es ein Symbol der Hoffnung. Die Hoffnung, dass das Leben ungeachtet der Umstände weitergeht und alles möglich ist. Rose hatte keine Ahnung, dass diese Fotografie ihrer Familie für eine so lange Zeit so viel bedeuten würde. Doch wenn sie es gewusst hätte, dann wäre sie stolz gewesen und hätte vermutlich gesagt: *Das Beste, was ich im Leben getan habe, war, eine Familie zu gründen.*

Danksagungen

Es gibt so viele Menschen in meinem Leben, bei denen ich mich für ihre Unterstützung und ihre Hilfe auf meiner Schreibreise bedanken möchte. Zuerst einmal danke ich meiner unglaublichen Mutter, Cathy, die bei allem, was ich jemals geschrieben habe, immer meine ersten Entwürfe liest und mir den Rücken stärkt, was ich bitter nötig habe. Danke an meinen Vater, Robert, und an meine Tanten Anne, Joan und Christine, meine Onkel Peter und an Phillip Robson, die einige ihrer liebsten Kindheitserinnerungen mit mir geteilt haben. Danke an meine wundervollen Freundinnen Daniella, Mikarla, Hannah, Mel und Andrea, die den ersten Entwurf gelesen und mir ermutigendes Feedback und Ideen geliefert haben. Ich danke meinen großartigen Schwestern, Michelle und Suzie, die sich immer für mich freuen und mich ermutigen. Danke an meine Schwiegermutter Susy, die der Überzeugung ist, dass ich alles erreichen kann, wovon ich träume. Danke an Cassandra, die mir dabei geholfen hat, daran zu glauben, dass ich es schaffe, dieses Buch zu schreiben. Danke an das Team bei Lynk Manuscript Assessment Services für ihr kritisches Feedback und die Ratschläge zu meinem zweiten Entwurf. Ein großer Dank an das Team von Impact Press, Jane, Eleanor und Zoe, die meinen

Roman angenommen und daran geglaubt haben, dass er eine breite Leserschaft erreichen könnte. Danke an meine Lektorin, Amanda Hemmings, es war ein Vergnügen, mit dir zu arbeiten. Und zu guter Letzt meine kleine Familie, Fernando, Gabriella und Xavier, Lichter meines Lebens, danke, dass ihr mich immer liebt, unterstützt und an mich glaubt.

Rose Robson war meine Urgroßmutter und hat tatsächlich ein Haus und einen Laden in der Maher Street 33 in Hurstville gebaut. Auch wenn ich mir dichterische Freiheiten erlaubt habe, so sind in dieser Geschichte viele kostbare Erinnerungen meiner Familie verwoben.